MI
NOMBRE
ESCRITO
EN
LA PUERTA
DE
UN VÁTER

PAZ CASTELLÓ

MI NOMBRE ESCRITO EN LA PUERTA DE UN VÁTER

Umbriel Editores

Argentina • Chile • Colombia • España
Estados Unidos • México • Perú • Uruguay • Venezuela

1.ª edición Enero 2017

Copyright © 2017 by Paz Castelló
      All Rights Reserved
© 2017 *by* Ediciones Urano, S.A.U.
      Aribau, 142, pral. – 08036 Barcelona
      www.umbrieleditores.com

ISBN: 978-84-92915-91-0
E-ISBN: 978-84-16715-66-4
Depósito legal: B-23.787-2016

Fotocomposición: Ediciones Urano, S.A.U.
Impreso por Romanyà-Valls, S.A. – Verdaguer, 1 – 08786 Capellades (Barcelona)

Impreso en España – *Printed in Spain*

A mi padre

PRIMERA PARTE

Mauro Santos

1

A Mauro le pareció muy liviana aquella urna que contenía las cenizas de su padre y que le recordaba un florero con tapa. Se la
había entregado un hombre de la funeraria, muy amable y con
grandes mofletes sonrosados, que antes le había hecho firmar un
documento que ni siquiera leyó. Con una familiaridad que le resultó casi auténtica de tan ensayada, le transmitió sus más sinceras
condolencias dándole una palmadita en la espalda y manteniendo
en su mirada el difícil equilibrio entre compasión y esperanza. Ya
estaba. El ritual de la muerte había llegado a su fin con los restos
incinerados y triturados de su progenitor. Calculó que su padre
había quedado reducido a unos cinco kilos de polvo dentro de una
bolsa negra de plástico, oculta en una urna dorada. Como si a algo
tan gris hubiera que ponerle brillo. No le encontró poesía al momento. Tampoco dolor. Ni siquiera tristeza. Tal vez algo de alivio
que sólo él podía entender.

Subió las escaleras hasta su casa con el recipiente bajo el brazo.
Vivía en el piso situado justo encima de la pequeña librería de barrio que regentaba. El edificio estaba formado únicamente por el
local comercial y su casa. Era una construcción de finales de los
años setenta que había quedado encajonada entre modernos edificios de pisos con fachadas de ladrillo y aparatos de aire acondicio-
nado profanando la cuidada estética. Todo en Mauro parecía estar
fuera de lugar, como si perteneciera a otra dimensión temporal,
incluida su casa.

Aunque había un silencio incómodo entre ellos, Mauro no estaba solo. Olvido se había empeñado en acompañarle todo el tiempo
que había pasado en el tanatorio y había insistido en no dejarle
hasta que no estuviera en casa. «Nadie debería pasar solo por un
trance así», le había dicho. A Mauro, aquella actitud un tanto maternal de su amiga Olvido le incomodaba un poco. Hacía mucho
tiempo que había hecho un pacto con la soledad y no le molestaba,

pero en aquella ocasión, y dadas las circunstancias, había preferido no discutir, especialmente porque les acompañaba también Cristina, la hija de Olvido. A sus cinco años, la pequeña Cristina no terminaba de entender por qué el tío Mauro estaba tan serio y por qué su madre la había regañado por corretear por los pasillos de aquel sitio tan grande y frío que habían visitado, donde todo el mundo lloraba y estaba triste, a pesar de los colores tan bonitos que tenían las vidrieras cuando entraba la luz del sol.

Olvido y Cristina eran la familia que Mauro nunca había tenido, la que la vida le había prestado, sin poder formar parte de ella, sin poseerla. También eran las únicas personas que le quedaban ahora que su padre había muerto, sin contar a su madre, de la que Mauro desconocía su paradero, aunque tampoco le importaba. Olvido lo era todo para él y al mismo tiempo no era nada. Era la mujer más importante de su vida sin dejar de ser sólo un anhelo, un sueño inalcanzable que, cuando las noches eran demasiado largas, le atormentaba y se volvía pesadilla, un deseo incumplido pintado de frustración. Pero Olvido le había dado a Cristina, la hija de otro que sentía como propia, a pesar de que ella sólo le llamara «tío». Por una sonrisa suya, Mauro hubiera vendido su alma al mismísimo diablo.

Con la mano derecha, Mauro buscó las llaves de casa en el bolsillo de su pantalón mientras apoyaba la urna en el lado izquierdo de su cadera. Sonaron metálicamente y el ruido desperezó a Jacinto, el loro de Mauro, que comenzó a gritar como hacía siempre, desde dentro de la casa: «*¡Policía! ¡Policía! ¡Al ladrón! ¡Al ladrón!*». Cristina reprimió unas risitas tapándose la boca. Intuía que aquel no era un buen día para reírse.

—Bueno, muchas gracias por acompañarme —dijo Mauro justo antes de meter la llave en la cerradura, invitando a Olvido a marcharse de una forma un tanto descortés. No estaba de humor.

—¿No me vas a invitar a pasar? Puedo prepararte un té, hacerte algo para comer, no sé, tal vez te apetezca hablar… —Miró el reloj de su muñeca izquierda—. Es pronto todavía. Tengo una hora antes de prepararle el baño y la cena a esta pequeñaja. —Le atusó el cabello a Cristina con una alegría postiza.

—Tío Mauro, ¿me dejas ver a Jacinto? —Cristina lo miró con una dulzura infinita, pero Mauro no se dejó vencer. Quería estar solo.

—Ahora no, cariño —contestó poniéndose en cuclillas para estar a su altura—. El tío está muy cansado y si te pones a jugar con Jacinto, luego no me va a dejar dormir. Ya sabes que es un charlatán. —En el rostro de Cristina se dibujó una decepción sincera que casi hizo sucumbir a Mauro—. Mañana, si quieres, vienes y juegas con él. Le leeremos un cuento. ¿Te parece bien? Ya sabes cuánto le gusta que le contemos historias, ¿verdad?

—Uno de piratas, que son sus preferidos. —La pequeña sonrió conforme.

—Uno de piratas. Prometido. Elegirás el que tú quieras de la librería y se lo leeremos juntos. Estoy seguro de que ahora mismo ya podrás leérselo tú solita, ¿a que sí? —Mauro le guiñó un ojo de manera cómplice.

—Sí —repuso Cristina con una gran sonrisa—. Ya casi sé leer del todo. ¿A que sí, mami? —Olvido asintió con la cabeza, orgullosa.

—Eres una chica lista. Algún día, todos los libros de mi librería serán para ti.

—¿Todos? —preguntó Cristina con asombro—. ¿Y no venderás ninguno a nadie?

—Si viene alguien a comprarme un libro le diré que son de Cristina, la niña más lista y guapa del mundo, y que se vaya a otra librería a comprar. Pero serán tuyos con una condición.

—¿Cuál?

—Me tienes que prometer que te los leerás todos.

Cristina frunció el ceño. Le pareció una promesa difícil de cumplir, pues se le antojaban millones de libros los que había en las estanterías de la librería de su tío Mauro.

—No sé si podré, tío Mauro. Pero te prometo intentarlo.

—Con esa promesa me vale. Cuantos más libros te leas, más lista serás.

—¿Y sabré escribir libros como tú? ¿Algún día me enseñarás? —A Mauro se le ensombreció el rostro, pero intentó disimularlo.

—Claro que sí, mi amor. Te enseñaré lo que tú quieras…

—Vamos, Cris —les interrumpió Olvido—. Es hora de irse a casa. Hay muchos días para jugar con Jacinto y muchos días para leer libros e inventar historias. Dale un beso a tío Mauro. —Cristina obedeció y, tras recibirlo, Mauro se levantó. Casi se le habían dormido las piernas de estar en cuclillas—. ¿Me llamarás si necesitas algo?

—Por supuesto.

Ambos sabían que no lo haría, que Mauro era un hombre que se sentía cómodo en su soledad y que, si bien su mundo eran las palabras, siempre había preferido el papel para escribirlas o leerlas, y así no tener que verbalizarlas. Pero a los dos les bastó con el compromiso de saber que se tenían el uno al otro si se necesitaban. Y con aquel compromiso se despidieron.

El olor a tabaco de pipa que fumaba su padre le sacudió al entrar en casa, a pesar de que hacía más de un mes que nadie la encendía. Durante todo ese tiempo su padre había estado en el hospital, aguardando su muerte. Era una vieja pipa de coleccionista, hecha de espuma y con boquilla de ámbar, fabricada en París a finales del siglo XIX. Se la había regalado un general luso hacía mucho tiempo, y Ramiro la había cuidado como un tesoro, incluso más que a su hijo. Ahora la pipa también estaba huérfana.

—*Mauro, ¡eres un inútil! ¡Inútil!* —gritó Jacinto desde su jaula, situada al lado de la ventana del salón para que le diera el tímido sol de invierno.

Aquellas habían sido las primeras palabras que el loro había aprendido de tanto oírselas a Ramiro, el padre de Mauro. Las soltaba una y otra vez en cuanto aparecía en su campo visual. Pero a Mauro ya no le afectaban. Las había escuchado tantas veces, que se había hecho inmune al dolor que al principio le producían. Había intentado reeducar a Jacinto, pero finalmente había desistido. Los malos hábitos parecían grabarse a fuego también en los animales. Así que hacía ya tiempo que se había acostumbrado a que Jacinto le gritara que era un inútil, como lo había hecho su padre tantas otras veces, o a que exaltara la dictadura española gritando: «*¡Arriba España! ¡Viva Franco!*».

Depositó la urna sobre la mesa del salón y abrió la ventana de par en par a pesar del frío. Necesitaba aire fresco.

—¿Quieres salir un rato? —le preguntó a Jacinto, que llevaba en la jaula todo el día, cuando normalmente deambulaba libremente por la casa. Jacinto respondió ondulando su cuerpo de alegría como si estuviera bailando salsa.

Abrió la jaula y, con un aleteo sonoro, el loro se posó directamente en su cabeza. Mauro no tenía miedo de que se escapara por la ventana, porque nunca lo había intentado en sus dieciocho años de vida. Como mucho, se posaba en el marco de la ventana como un viejo viendo pasar la vida, y gritaba *«¡Moza, si me pillaras más joven…! ¡Moza!»* a las chicas que pasaban por la calle. En cierta manera, Mauro se sentía un poco como Jacinto. A sus treinta y cinco años nunca había sido capaz de escapar de su propia jaula pese a tener la llave. Ahora, sin su padre en casa, se sentía igualmente encerrado pero sin carcelero.

Con Jacinto sobre su cabeza, puso un poco de agua a hervir en un cazo. Necesitaba algo caliente. Pensó que una sopa de sobre le recompondría un poco el cuerpo. Poco más sabía prepararse. Un mes durmiendo en la butaca de un hospital y una noche de velatorio le hacían sentir como un trapo sucio. Después fue a cerrar la ventana. Agradecía el aire fresco pero hacía demasiado frío. Además, a pesar del viento helado que se había colado, no se había amortiguado ni un ápice el olor a tabaco de pipa en la estancia.

—Habrá que pintar la casa —anunció a Jacinto, que era con quien hablaba cuando estaba solo—. Las paredes y los techos están ennegrecidos y las cortinas huelen a esa mierda que fumaba el Teniente —dijo con repulsión.

—*¡Mierda! ¡Mierda! ¡A sus órdenes, mi General!*

Miró de reojo la urna que seguía sobre la mesa, como si temiera que su padre pudiera escucharle y recriminarle aquella forma de hablar. Por un momento pudo sentir la mirada inquisidora de unos ojos que ya eran polvo.

Jacinto le iba picoteando el escaso pelo que todavía conservaba en la cabeza mientras se dirigía a la cocina. Su aspecto de hombre anodino se reflejó en el espejo del pasillo y no pudo evitar mirarse de reojo. Tenía los ojos hundidos en un agujero infinito y su boca, a la que apenas habían besado por placer, era una línea lánguida con cierta tendencia a curvarse hacia abajo por las comisuras. También su nariz era pequeña. Parecía haber sido concebido con la escasez de un deseo inexistente, y todo en él era justo, limitado. Tal vez por eso siempre parecía triste, incluso cuando estaba alegre, que normalmente era cuando Cristina le abrazaba o le dedicaba una sonrisa. Sus manos eran pequeñas, casi de aspecto infantil. Dedicó algo más de tiempo a contemplarlas. Al fin y al cabo de aquellos dedos salían historias increíbles, tecleadas en un viejo portátil que hacía más ruido que una cafetera. Las miró fijándose primero en las palmas. Echó en falta que no hubieran sentido nunca el tacto de la piel cálida de Olvido, y que se hubieran tenido que conformar con pieles frías que se vendían por necesidad. Tenía las palmas de las manos finas y blanquecinas, surcadas por líneas que, según decían, significaban el rumbo de su vida. Tal vez su vida no tenía rumbo, pensó, y hubiera debido tener unas palmas sin líneas, o con una sola línea en espiral, tal y como se sentía. Abandonó ese pensamiento y giró las manos. Se mordía las uñas. Y aunque no le gustó mirarlas, eran parte de su instrumento de trabajo, como el cincel para el escultor o el pincel para el pintor. Ningún escritor que se precie de serlo reniega de sus manos, y si había alguna certeza en la vida de Mauro, esa era sentirse escritor por encima de cualquier cosa.

Escuchó el gorgoteo del bullir del agua y dejó de analizar su cuerpo en el espejo, intentando restarle importancia a su apariencia de hombre pequeño y poco agraciado. Se dijo que él también acabaría como su padre, siendo un puñado de polvo del que alguien tendría que deshacerse.

La sopa hizo algunos grumos que flotaron en el agua y Mauro los aplastó contra las paredes de la taza con una cucharilla, mientras se acomodaba en una de las sillas del comedor, frente a la urna de su padre. Jacinto bajó de su cabeza y buscó un hueco en su hombro izquierdo. Mauro dio un primer sorbo a la sopa y se quemó la lengua.

—¡Mierda! —gritó.

—¡Mauro! ¡Eres un inútil! ¡Inútil!

Sabía que Jacinto decía aquellas cosas sin intención, pero esta vez no pudo evitar replicarle.

—¡Cállate! Ya no está el viejo para reírte las gracias. ¿Ves eso? —Señaló con la taza la urna dorada que tenía enfrente—. Ese es Ramiro Santos. ¡El gran Ramiro Santos! —exclamó con voz grandilocuente—. Teniente del Ejército del Aire, con ínfulas de General, para servir a la patria. Un militar al que le dieron la patada en el culo cuando se partió la pierna por tres sitios haciendo prácticas de paracaidismo. ¡El muy idiota!

—*¡Arriba España! ¡Viva Franco!* —clamó Jacinto.

—Los dos teníais algo en común, ¿sabes? Tú también tienes una pata jodida como el viejo —masculló, y soltó una carcajada cínica—. A lo mejor por eso tú tampoco sales a volar. Ahora que lo pienso, tiene su gracia. Un paracaidista en tierra firme y un pájaro que no vuela… —Y volvió a reír sin alegría.

Jacinto era un loro *Electus roratus*. Un macho de bonito plumaje verde con pinceladas azules y rojas en las alas, pero con una pata atrofiada por una malformación congénita. Tras retirarse del Ejército, el exteniente Ramiro Santos había montado una tienda de animales en el local de debajo de su casa, donde ahora estaba la librería. Un pequeño negocio que diera para completar la pensión. Mauro todavía era un niño por aquel entonces y tener una tienda de animales fue el mejor regalo que podía haberle hecho su padre. Los adoraba y, como hijo único criado en solitario por su padre, un hombre recto y dictatorial, tenía poca vida social fuera de las horas del colegio, por lo que los animales eran sus amigos. Pero pronto aquel paraíso se convirtió en un infierno. La falta de sensibilidad de Ramiro hacia las criaturas con las que comerciaba transformó el bajo comercial de su casa en una tienda de los horrores, donde los cachorros enfermaban y morían sin la más mínima compasión.

—¡No debes encariñarte con ellos! ¿Me has oído? ¡Eres tan blando como tu madre! —le gritó un día que lo sorprendió llorando. Dos crías de gato habían muerto y yacían, junto a otros tres cachorros de una misma camada, dentro de una jaula llena de excrementos. Mauro tenía nueve años.

—¿Puedo enterrarlos? —preguntó entre hipos y conteniendo con dificultad el llanto.

—¿Enterrarlos? —El Teniente le lanzó una mirada incrédula y censuradora—. ¡Claro! ¡Y si te parece llamo al señor obispo y que les oficie una misa de difuntos!

Ramiro Santos abrió la jaula e, ignorando los agudos maullidos de hambre de los gatitos vivos, cogió con desprecio los cuerpos de los animales muertos. Se dirigió a la trastienda cojeando pero con paso marcial y abrió una pequeña puerta de cristal que daba al patio de luces. Levantó la tapa de un enorme cubo de basura negro que había en una esquina, junto a un sumidero, y los tiró dentro como un desperdicio más.

—Lo que ya no sirve se tira a la basura. ¿Lo has entendido? —le dijo al pequeño Mauro, que lo miraba con los ojos ahogados en lágrimas imposibles de reprimir—. Estamos aquí para vender animales, no para compadecernos de ellos. Si no te gusta, pronto tendrás edad para largarte como hizo tu madre. ¿O acaso ella se compadeció de ti?

A partir de entonces, Mauro dejó de preguntar qué pasaba con los animales que de un día para otro ya no estaban en sus jaulas a la vuelta del colegio. Le gustaba pensar que todos se vendían y que eran felices en sus nuevos hogares, con familias que los querían y niños con los que jugar. Pero lo cierto es que, a veces, el hedor de aquel cubo de basura subía hasta la casa, especialmente los calurosos meses de verano, y Mauro no podía evitar imaginar cuántos animales muertos habría allí dentro. Tenía pesadillas pensando en sus pequeños cuerpos devorados por los gusanos. Aunque el calor fuera insoportable, prefería dormir con la ventana de su cuarto bien cerrada para que aquel nauseabundo olor no le acompañara en sus sueños. Muchas veces se despertaba porque le daban arcadas que no podía controlar. Por eso, a muy temprana edad, cuando los niños comienzan a descubrir a qué huele el perfume de su madre, las mañanas de verano regadas por el rocío, el *aftershave* de su padre, el chocolate caliente o el pan recién horneado, él ya había descubierto a qué huele la muerte: a hedor amargo mezclado con tabaco de pipa.

—*¡Cuéntame un cuento! ¡Cuéntame un cuento!*

Jacinto lo sacó de sus pensamientos. Volvió a sorber un poco de sopa, agarrando la taza que le había regalado Olvido y en la que se podía leer con letras rojas «Hoy puede ser un gran día. ¡Bébetelo!». Sonrió. La vida le resultaba muy cínica a veces.

—Tuviste suerte de salvarte de aquel campo de concentración. Eres un bicho afortunado. El Teniente era un hijo de puta, pero le gustabas. A decir verdad, le gustabas mucho más que yo.

—*¡Hijo de puta!*

Jacinto nunca se vendió, a pesar de estar tres años en la tienda piropeando obscenidades a las clientas, o tal vez por eso. Nadie quiso un pájaro con una pata malformada. «No hay mercado de saldo para los animales, como tampoco parece haberlo para las personas», pensó Mauro para sí. Además, transcurrido un tiempo, el loro comenzó a aprender más palabras malsonantes de la cuenta, así como otros alardes inapropiados que, lejos de hacer gracia a la clientela, más bien la espantaban. Así que Jacinto se ganó, por impresentable, el dudoso honor de subir al piso de arriba y formar parte de la familia Santos. Ya tenía dieciocho años, pero teniendo en cuenta que un loro de su especie puede vivir incluso hasta los ochenta, Jacinto era tan sólo un adolescente maleducado al que sería imposible enderezar.

Mauro se terminó la sopa. Le había sentado bien. Cogió aire y suspiró. Se quedó vacío por dentro en un segundo.

—Es el momento —anunció a Jacinto, pero en realidad se lo estaba diciendo a sí mismo.

Después de dejar la taza en el fregadero, volvió al salón y destapó la urna dorada. Dentro había una bolsa negra de plástico bien cerrada. Le pareció una pequeña bolsa de basura, un desperdicio más. Utilizando sus pequeños dedos, los mismos que tecleaban palabras hermosas en su ordenador, abrió la parte superior de la bolsa con tan poca destreza que un poco de ceniza cayó sobre la mesa.

—¡Joder! —maldijo con fastidio mientras sacudía con la mano aquel polvo grisáceo que había caído sobre el mantel. Sintió cierta repulsión. Aquella era la mesa que utilizaba para comer.

Con algo más de cuidado, sacó la bolsa negra de la urna y fue hasta el cuarto de baño, el único que había en la casa, situado justo entre la habitación de su padre y la suya. Jacinto le siguió volando a media altura por el pasillo. La luz del baño era amarillenta y una de las bombillas estaba algo floja. De vez en cuando parpadeaba y los azulejos de la pared, de color azul hospital, adornados con flores rosas, le recordaban a los váteres de los clubes que a veces visitaba.

—¡*Inútil! ¡Mauro, eres un inútil!* —exclamó Jacinto mientras se posaba en el grifo del lavabo.

Levantó la tapa del inodoro y posó su mirada en el agua del fondo. Estaba claro que no era tan hermoso como el mar abierto donde tantos difuntos incinerados eran arrojados con amor por sus seres queridos en una sentida ceremonia, pero pensó que había cierto equilibrio en lo que estaba a punto de hacer. Algo parecido a la justicia poética.

—Muy bien, papá. ¿O prefieres que te llame «teniente»? —preguntó con hiriente cinismo.

—¡*Arriba España! ¡Viva Franco!* —dijo el loro al escuchar la palabra «teniente».

—Aquí estamos Jacinto y yo, todo lo que has dejado en esta vida. Un loro maleducado y cojo, como tú, y un hijo al que nunca quisiste. Había pensado llamar al obispo para que oficiara una misa de difuntos por tu alma, ¿recuerdas? Pero, pensándolo bien, de nada hubiera servido porque seguro que ya estarás en el infierno. Es más, le habrás pinchado en el culo con su propio tridente al mismísimo diablo. Ese es tu estilo. —Mauro abrió un poco más la boca de la bolsa negra—. ¿Cómo fue aquello que me dijiste de niño? ¡Ah, sí! Los desperdicios van a la basura. Eso fue exactamente lo que dijiste. «Lo que no sirve se tira a la basura»… Pues bien, querido papá, supongo que estarás de acuerdo conmigo en que la mierda se tira al váter.

Y vertió las cenizas de su padre en el inodoro. En un segundo, el agua del fondo se volvió oscura y espesa. Algo de polvo se escapó, volátil, perdiéndose en el aire. Jacinto aleteó con fuerza y una pluma azul se separó de sus alas para caer con cadencia zigzagueante hasta posarse en una toalla que antes había sido blanca. La pluma azul fue lo único colorido de la escena. Después Mauro apretó el botón de la cisterna y lo que quedaba de su padre, un hombre alérgico a los afectos al que se esforzó por querer, fue engullido dando círculos por el váter.

—Finalmente irás a parar al mar, querido padre —murmuró Mauro con frialdad—. Pero me temo que antes tendrás que dar un rodeo.

2

A aquella hora de la tarde, los pasillos de los estudios de televisión estaban tan concurridos como una autopista en hora punta. En Azul TV se emitía en directo un concurso vespertino que consistía en hacer preguntas de cultura general al concursante, mientras este era sometido a todo tipo de situaciones desconcertantes. Se le preguntaba, por ejemplo, por la parte del cuerpo que se había amputado Van Gogh en un ataque de locura, mientras le obligaban a meter los pies en un cajón de metacrilato lleno de ratones. O bien tenía que recitar un poema clásico al tiempo que mordisqueaba una guindilla picante, y todo ello con un tiempo limitado.

El público invitado asistía entusiasmado a aquel circo romano donde el concursante no se dejaba la vida, pero sí algo de su dignidad a cambio de un puñado de euros. La religión del espectáculo tenía muchos adeptos dispuestos a casi todo por un minuto de fama. Todo era colorido y sonoro, casi estridente. Un cóctel excitante para los sentidos y la adrenalina, una droga de consumo masivo con imprevisibles efectos secundarios.

En el plató contiguo todo estaba listo para grabar el programa estrella de la cadena, *A solas con Germán*, con la indiscutible figura del presentador más amado y odiado de todas las televisiones del país, Germán Latorre. El programa se emitía todos los sábados por la noche y había cumplido ya su cuarta temporada, cosechando éxitos de audiencia con los que no podían competir el resto de cadenas.

Germán Latorre era un personaje carismático y con cierto atractivo. Había superado los cincuenta, pero su aspecto físico no lo delataba. De madre judía alemana y padre católico español, a Germán el éxito mediático le llegó casi por casualidad. Había sabido sobrevivir durante muchos años en trabajos precarios como repartidor de pizzas, ayudante de panadero, camarero en una bolera o encargado en un lavadero de coches hasta que, con casi treinta y cinco años, metió la cabeza en un canal de televisión local como agente comercial. Comenzó grabando sus propios *spots* publicitarios, familiarizándose así con las cámaras, y terminó sustituyendo al presentador del programa magazine de la tarde, después de que este sufriera un grave accidente de coche y la cadena no contara con presupuesto para contratar a otro periodista. Los cuatro meses que duró la sustitución fueron reveladores, ya que el mismo programa, presentado por Germán Latorre, rompió los audímetros. En aquel momento y sin ni siquiera saberlo, había nacido una estrella mediática.

Pronto una cadena nacional se fijó en aquella cara nueva, en su magnetismo, en ese personaje construido, o tal vez improvisado, que era capaz de mantener a cientos de miles de personas pegados a sus sofás durante más de tres horas seguidas y dejándoles con ganas de más cuando el programa llegaba a su fin. Azul TV experimentó primero con su encanto en formatos pequeños y horarios poco arriesgados para la cadena, pero Germán parecía desafiar todos los estudios sobre las audiencias. Su nombre en la cabecera de un programa era una garantía de éxito y su cara ya ocupaba páginas de periódicos y revistas, no sólo por sus logros profesionales, sino también por sus escándalos personales que aliñaban convenientemente la vida del personaje de éxito en el que se había convertido. Por alguna razón, Germán interesaba.

Pero también era denostado por tanta gente como le admiraba. Nunca supo, o tal vez nunca pretendió, encontrar el equilibrio. Eran muchos los que negaban públicamente ser seguidores de Germán Latorre, sin embargo, todos querían sentarse en su sofá el sábado por la noche, en *prime time*, frente al gran Germán para que los entrevistara. Conseguía un efecto hipnótico sobre sus entrevistados. Como si estuvieran ante un confesor, las mayores intimidades nunca antes contadas en público salían por la boca de los famosos que cada sábado por la noche compartían una taza humeante con Germán Latorre. Si no eras invitado al programa *A solas con Germán*, sencillamente, no eras nadie.

—Bonita, échale un chorrito a este hielo. ¿Vale, nena? —le dijo a una ayudante del regidor que pasó por su lado. Germán hizo tintinear los cubitos en un vaso de cristal que antes había contenido ginebra con Coca-Cola, sentado en una butaca de piel y con unos pañuelos de papel alrededor del cuello para proteger su camisa blanca del maquillaje—. Querida, es para hoy. No tenemos todo el día...

La relación de Germán con las mujeres era de una sola dirección. Germán pedía y ellas otorgaban. Germán deseaba y ellas complacían, sin importar quién fuera ella, porque lo fundamental para Germán siempre había sido quién era él. Alto, rozando el metro noventa, era un hombre interesante y de aspecto imponente. Muy consciente de su atractivo físico y del poder que ejercía sobre el objetivo y sobre la audiencia femenina en especial, nunca faltaba un escándalo sexual en su azaroso currículum. Tenía unos bonitos ojos azules, herencia materna, y una ambición sólo superada por su ego. Pero Germán también tenía claro que sus mejores bazas eran su éxito y su dinero, muy especialmente en aquel momento de su vida, cuando los años comenzarían pronto a arañar su fachada irremediablemente y el trabajo en televisión no iba a durarle siempre, por lo que ansiaba encontrar una nueva zona de confort en la que instalarse el resto de sus días.

—¡Empezamos a grabar en quince minutos!

El director del programa le hizo una señal desde el otro lado del plató dando golpecitos con el dedo índice en su reloj de pulsera. Germán respondió levantando el pulgar y buscando a la joven a la que había pedido su ginebra con cola, sin encontrarla.

Los operarios de luces ultimaban la revisión de los focos. Algo parecía no estar en regla y uno de ellos, con un pesado cinturón armado con herramientas, hurgaba en las entrañas de una lámpara halógena que había en una esquina del plató. El público tomaba asiento en las gradas y dos señoritas les explicaban que debían tener sus teléfonos móviles apagados, guardar silencio y atender a las indicaciones del regidor.

—Aquel señor de allí es el regidor. ¡Saluda, Fredy! —gritó una de ellas. Alfredo levantó el brazo derecho. —Todo el mundo debe estar pendiente de él. Es nuestro director de orquesta, ¿entendido? —Un murmullo generalizado retumbó en aquel espacio diáfano. —¡Bien! Si el regidor dice que se aplauda, todo el mundo debe aplaudir, ¿comprendido? —De nuevo otro murmullo fue la respuesta que la azafata dio por buena. —Y eso es todo. Que disfruten del programa y muchas gracias a todos por venir.

Un técnico de sonido se acercó a Germán para ponerle el micro en la solapa, pero este lo apartó de un manotazo, casi haciéndole caer la petaca de sonido al suelo.

—Espera un momento. Tengo que hacer una llamada y es privada. No quiero que estéis espiando todo lo que digo. Ya sabes que me gusta ponerme el micro en el último momento —masculló con tono de superioridad.

Germán se refugió en su camerino. Cerró la puerta y, cuando se supo a solas, marcó unos números que tenía memorizados pero que nunca había guardado en su agenda de contactos. Pocos segundos hicieron falta para que, al otro lado, una voz apagada respondiera.

—¿Qué tripa se te ha roto? ¿A qué debo el honor de que el gran Germán Latorre me llame?

—No me jodas, Mauro. Te noto muy susceptible. ¿Dónde están los buenos modales de un intelectual como tú? «Buenas tardes» es lo primero que se debe decir cuando un amigo te llama para interesarse por ti —dijo Germán con ironía punzante.

—¡Ah! ¿Ahora somos amigos? Me había perdido esa parte de la historia. Usted perdone.

—Yo no hago negocios con cualquiera, sólo con los buenos amigos.

—Claro, es verdad, ahora se le llama hacer negocios… —repuso Mauro con desdén.

Una voz grave interrumpió la conversación. Alguien dio un fuerte golpe con los nudillos en la puerta del camerino.

—¡Señor Latorre! ¡Faltan cinco minutos para empezar a grabar!

—¡Voy enseguida! —respondió Germán tapando con la mano el micrófono de su teléfono móvil.

—Reclaman a la estrella de la televisión. No les hagas esperar, te debes a tu público —bromeó Mauro con acidez, mostrándose especialmente cínico. No le gustaba aquel tipo, pero había iniciado una relación con él que difícilmente tenía vuelta atrás.

—Lo creas o no, te llamaba para mostrarte mis respetos. Me he enterado de la muerte de tu padre y quería darte el pésame —Germán sonó sincero y al otro lado de la línea hubo unos segundos de silencio.

—Ya. No te preocupes tanto por mí. Estoy bien, tal vez mejor que nunca.

—Vale, me alegra oír eso, en serio…

—No seas condescendiente. No soy uno de los invitados de tu programa a los que tienes que llevar al redil para que te confiesen las miserias de su vida por un puñado de audiencia —señaló Mauro, aunque en el fondo se moría de ganas de serlo, porque eso hubiera implicado que había conseguido el éxito que tanto ansiaba.

—Vale, vale… Ya veo que no es un buen momento para ti. En realidad tampoco para mí. Te tengo que dejar. Hablamos pronto. Tengo que grabar el programa de esta semana —se excusó Latorre molesto y cortante. Mauro lo trataba con un desprecio con el que nadie hubiera osado hacerlo jamás, pero le necesitaba. Se reprochaba a sí mismo no haberle puesto freno a tiempo a esa actitud, pero para cuando quiso hacerlo, ya fue demasiado tarde.

El espectáculo comenzó. La sintonía de cabecera sonó en estéreo y a todo volumen, y una cabeza caliente hizo un barrido de imágenes por todo el plató. Germán abrió el programa con la frase que pronunciaba todos los sábados por la noche para millones de espectadores: «Soy Germán Latorre. ¿Les apetece pasar esta noche conmigo?». Y la magia de colores hizo el resto.

La llamada de teléfono de Latorre le había revuelto el cuerpo. Últimamente, Mauro se encontraba especialmente susceptible y desanimado, pero lejos de disgustarle su estado de ánimo, sabía que cuando se encontraba así escribía sus mejores páginas. Por alguna razón, la infelicidad le inspiraba. Tal vez por eso era tan buen escritor, porque la mayor parte de su vida había sido infeliz.

Ya de niño, cuando en el colegio todos jugaban al balón o a cazar bichos en el arenal donde los preescolares hacían castillos con palas y cubos de plástico multicolores, Mauro buscaba acomodo debajo de la copa de un árbol y leía libros de la biblioteca del colegio. Muchos de ellos casi no habían sido prestados antes. Lo sabía porque, cuando la señorita Aurelia los sacaba de la estantería, estaban forrados por una espesa capa de polvo que, de tan gruesa que era, ella prefería limpiarla con un trapo antes que soplarla. Debía de ser alérgica a los ácaros porque estornudaba mucho cuando lo hacía. Después, ya en sus manos, comprobaba que apenas había alguna anotación en la parte interior de la solapa, en esa pegatina que ponían para apuntar las fechas de préstamo. Casi todos los libros que Mauro escogía estaban vírgenes, marcados sólo por el sello del colegio con tinta azul que el tiempo se había encargado de desdibujar. Eso le hacía sentirse un poco especial.

Olvido iba a su mismo curso. La conoció en cuarto de primaria, cuando se mudó a vivir a su misma calle. Como llegó a mitad del curso escolar, le costó un poco adaptarse porque el resto de las niñas parecían observarla como a una intrusa que debía ganarse el privilegio de formar parte de la pandilla. Las chicas ensayaban bailes en el patio. Ponían música de la que sonaba machaconamente en la radio, grandes éxitos pegadizos, y movían sus cuerpos prepúberes como las estrellas del pop hacían en la televisión. Sin embargo, aquella sensualidad ensayada pasaba desapercibida a los niños, que preferían un balón o intercambiar cromos de los jugadores de la Liga de fútbol, que coleccionaban como un tesoro. Salvo Mauro, que nunca encontró ni belleza ni equilibrio en el deporte que tanto gustaba a los demás niños. Él prefería correr detrás de las palabras y perderse en universos paralelos que le ayudaran a escapar de su realidad.

Uno de los primeros días de Olvido en el colegio, Mauro la vio deambular sola por el patio buscando un sitio que nadie parecía haber reservado para ella. Mauro recordaba muy bien aquel momento; lo había conservado nítido en su memoria para rescatarlo cuando lo necesitara, y lo necesitó muchas veces en su vida. Olvido sujetaba un trozo de bocadillo a medio comer en una mano, y algo despeinada, iba de aquí para allá mirando al suelo. Parecía estar buscando algo que había perdido. Olvido tenía una melena castaña que le llegaba hasta los hombros y un mechón le caía sobre la cara y le obligaba a retirarlo constantemente detrás de su oreja. Su madre siempre le ponía una horquilla para sujetarlo, pero su cabello era tan fino y tan lacio que, a la hora del patio, la mayoría de veces la horquilla ya se le había escurrido.

Era un día de primavera y la mimosa bajo la que Mauro estaba leyendo había florecido. El intenso amarillo eclipsaba cualquier otro color. Algunas de las flores se habían desprendido y habían quedado dispersas por el suelo de hormigón gris. Parecían pinceladas de Monet hechas con la maestría de la que sólo la Naturaleza es capaz. De repente, Olvido llegó corriendo hasta donde él estaba. Se agachó a la altura de sus zapatillas e hizo como que cogía algo del suelo.

—Estaba escondida debajo de tu pie. ¿Tú lo sabías? —preguntó mostrando la horquilla que simuló que acababa de encontrar. Mauro enrojeció. Había mirado de reojo a la niña nueva, le gustaba, pero no sabía cómo hablarle. Se limitó a negar con la cabeza—. ¿Qué estás leyendo? ¿Puedo? —Y, sin esperar respuesta, Olvido se sentó a su lado mientras se volvía a sujetar el rebelde mechón de su cabello con la recién encontrada horquilla. Sin que Mauro dijera ni una palabra, pasaron todo el recreo bajo la mimosa en flor, con la compañía de los poemas de Gloria Fuertes. Olvido leía en voz alta y Mauro la miraba fascinado al descubrir que los versos alcanzaban la perfección en su boca.

En aquel momento Mauro se enamoró de Olvido Valle. No fue consciente de ello hasta años después, pero sí supo que lo que sentía por ella era algo distinto a lo que antes había sentido por nada ni por nadie. Parecía como si todas las mariposas y abejas que pululaban por las flores de la mimosa cada primavera se le hubieran metido de golpe en el estómago y, cada vez que la miraba, aleteaban con fuerza produciéndole unas cosquillas asfixiantes. Había leído que algo parecido era el amor. Sus vidas se unieron para siempre por aquella horquilla escurridiza. Tal vez nunca cumpliera demasiado bien el cometido para el que había sido diseñada, pero había servido para que sus almas nunca más se separaran desde ese preciso instante. Aquel día, Mauro Santos le dijo a Olvido Valle que de mayor sería escritor, un escritor famoso, y que vendería millones de libros en todo el mundo.

—¡Mauro! ¡Inútil! ¡Eres un inútil! —gritó Jacinto tras sus barrotes. Estaba aburrido y quería hacerse notar.

—¡Está visto que hoy no me vais a dejar escribir! ¡Está bien! —exclamó disgustado, y cerró el portátil de un manotazo.

Le abrió a Jacinto la puerta de la jaula, encendió la televisión para que el sonido les hiciera compañía y le obsequió con un trozo de manzana. Era la fruta preferida del loro. Cada que vez que Mauro o Cristina le daban un trozo, Jacinto silbaba de contento.

Después, sin ni siquiera cambiarse las zapatillas de estar por casa, bajó a la librería. Con la enfermedad y posterior muerte de su padre, hacía semanas que no la había abierto al público, y el negocio de la venta de libros de un pequeño librero como él no podía permitirse estar cerrado ni un día más. Bajó por la escalera interior que comunicaba su casa con la tienda y accedió por la puerta de atrás.

La librería estaba a oscuras. Ya había anochecido y la persiana de metal de la puerta principal apenas dejaba pasar la luz; lo justo para que el escaparate de cristal permitiera asomarse y ver las novedades editoriales que estaban expuestas. Hacía frío, así que estiró las mangas de su jersey para que le cubrieran las manos. Mauro dio la luz principal. Un tubo fluorescente con los bordes oscuros titubeó antes de encenderse definitivamente y dejar al descubierto los cadáveres de algunos insectos atrapados en el cristal del plafón. Al verlos pensó que, a veces, buscar la luz también puede matarte. Un puñado de cartas asomaban amontonadas por debajo de la puerta. Las recogió y, como si fueran cartas de una baraja, comprobó una a una que, efectivamente, ninguna era personal. Las tripas de todas ellas eran facturas, fríos números de color rojo consecuencia de unas ventas exiguas en los últimos meses. El negocio agonizaba devorado por grandes superficies y un mercado globalizado.

A Mauro le pareció que llamar a su librería Calderón 17, por estar ubicada en ese número de la calle en honor al escritor del Siglo de Oro, resultaba de lo más apropiado. Era una librería vieja Y aún conservaba por los rincones el olor a pienso de animales y a desinfectante mezclado con heces que se le había quedado para siempre grabado en la pituitaria. A menudo se preguntaba si los clientes percibían también el fétido olor de lo que había sido o si, por el contrario, era cosa de su mente. A veces Mauro escogía un libro al azar. Tomaba uno cualquiera de una estantería y lo abría para oler sus páginas. Lo hacía con los ojos cerrados, como se huelen las cosas bonitas, para atrapar ese aroma que le evocaba otras vidas, otros colores, otros sueños. Pero a él se le antojaba que el olor de los libros no había podido instalarse definitivamente en aquel local. Estaba de prestado, como parecía estarlo también él.

Al ver el mostrador y la caja registradora cubiertos por una fina capa de polvo no pudo evitar recordar a la señorita Aurelia y sus estornudos. Sonrió con nostalgia y una punzada de tristeza y desánimo lo invadió. Y es que allí, rodeado de libros, era cuando más claro tenía que no todos los sueños de la infancia se cumplen y que, a veces, nos persiguen a lo largo de los años, sin desfallecer, insistentes e incansables, simplemente para hacernos infelices, para recordarnos que estamos hechos de fracasos y frustraciones más que de sueños cumplidos.

Se giró. Justo en la estantería principal, con la que se topaban todos los clientes nada más entrar, hacía ya tres años que cinco ejemplares de su única novela publicada aguardaban pacientes a que alguien curioseara su portada, la sinopsis, la fotografía del autor o, tal vez, incluso se aventurara a leer alguno de sus párrafos para quedar atrapado irremediablemente entre sus páginas. Pero en tres años nadie había posado ni un segundo sus manos curiosas en su novela; nadie había preguntado quién era Mauro Santos, ese autor que unía las palabras con la maestría de quien borda tapices y la sencillez de quien hilvana sin mirar la tela. Su ópera prima, *Perdóname si tal vez no te lo dije antes,* ya era una historia más que había quedado atrás, rezagada y olvidada en el intrépido mundo editorial. Ya no estaba en ningún catálogo y ninguna reseña la evocaba para darle un poco de aliento. *Perdóname si tal vez no te lo dije antes* era una historia agonizante que empezó a apagarse al poco de nacer, llevándose consigo la esperanza de su autor, una mente tan brillante como desaprovechada. Tras mucho esfuerzo y sinsabores, Mauro Santos había conseguido, por fin, la difícil tarea de dejar de ser un autor novel para pasar a ser algo peor: un autor olvidado al que ningún otro editor había vuelto a prestar atención. Mauro había tocado con la punta de los dedos el cielo, sin dejar de pisar el infierno.

Pero Mauro nunca había dejado de escribir a pesar del desaliento. Su cabeza no podía dejar de inventar historias. Sus personajes brotaban como las flores en primavera sin que pudiera hacer nada para evitarlo. Ocurría porque tenía que ocurrir. Vivía a través de sus palabras y respiraba en los espacios en blanco que había entre ellas. Olvido siempre le decía que tenía un don y que, quien nace con un don, debe actuar con sentido de la responsabilidad. Pero a Mauro le parecía que en realidad era un regalo envenenado del que no podía deshacerse y al que nadie más que ella prestaba atención.

«Escribe para mí. No dejes nunca de escribir», le dijo un día. Lo que Olvido no sabía era que todas las palabras que había escrito desde el instante en que la conoció estaban pensadas para ella. «Algún día alguien se dará cuenta de lo hermoso que lo cuentas todo y te publicará una gran editorial. Millones de personas se emocionarán con tus letras en todo el mundo como me emociono yo. Estoy segura de que algún día ocurrirá. Ten fe, Mauro. No te desanimes…». Le pedía demasiado. Mauro ya no tenía esperanza y hacía mucho tiempo que se le había caducado aquel sueño que empezaba a pudrírsele por dentro. «¡Mírame!», le dijo cuando él escapó huidizo del entusiasmo de su mirada. Tenía miedo de volver a contagiarse con ese virus llamado ilusión que tanto daño le había hecho ya. Sentía terror de volver a caer en ese pozo. «El talento es como la luz del sol, Mauro, no se puede tapar con un solo dedo, y tú tienes muchísimo talento. La vida te dio ese don para algo, ¿no lo has pensado nunca?». Olvido le sujetó la cara con ambas manos, con la sutileza de quien sujeta algo muy frágil. «La mayoría de la gente tiene un mundo gris en su cabeza y, sin embargo, tú eres capaz de crear vida, amor, pasión, dolor, risas… Eres capaz de erizarme la piel sin tan siquiera tocarme, Mauro…». Sintió agujas en el estómago al escucharla. ¿Acaso debía sentirse reconfortado? Estremecía a la mujer que amaba sin rozarla, ni besarla, ni poder oler la calidez de su piel, cuando hubiera cambiado todo su talento por un solo beso de sus labios. ¡Qué irónico! ¿Acaso existía una tortura más cruel en el mundo?

Cogió de la estantería un ejemplar de *Perdóname si tal vez no te lo dije antes* y lo observó una vez más. Era un libro pequeño, editado con escaso presupuesto por Ediciones LIG, una empresa familiar de los hermanos Gil, de ahí su nombre, invirtiendo las letras de su apellido. Los hermanos Gil no entendían de libros, ni siquiera los amaban, y tampoco les importaba lo más mínimo. No habían puesto en su obra ni una ínfima parte del amor que él había invertido en escribirla. Comerciaban con la ilusión de escritores que, como él, hubieran hecho cualquier cosa por ver su obra publicada y dispuesta en las mejores librerías del país al alcance de los lectores. Eran carroñeros del talento de otros, piratas con bandera negra que se hacían llamar editores, navegando al asalto en el inmenso océano de la literatura. Trileros de tres al cuarto. Mediocres con trajes caros que pensaban que todo se podía comprar, una mentira que se habían esforzado en diseñar para que resultara convincente.

Y Mauro fue una más de sus víctimas, aunque no la única. Nadie de la profesión les conocía, nadie con prestigio había oído hablar de ellos, y en los corrillos literarios el nombre de Ediciones LIG jamás fue pronunciado. Todo en Ediciones LIG era una fachada bien construida que, a poco que rascaras, se descascarillaba. Pero para cuando Mauro quiso darse cuenta del engaño ya era demasiado tarde. Tuvo la mala fortuna de toparse con ellos en el inicio de su carrera. Les entregó su primera criatura como quien entrega un hijo a un proxeneta creyéndole una buena persona. Y todo se fue al carajo. Los hermanos Gil se quitaron pronto la máscara, en cuanto Mauro les cedió los derechos de su primera novela. Apenas se imprimieron un millar de ejemplares y *Perdóname si tal vez no te lo dije antes* nunca estuvo en las librerías con las que siempre había soñado, excepto en la suya. Estuvo obligado por contrato a comprar la mitad de la tirada, de la que apenas pudo vender una veintena de libros, y jamás recibió ni un solo céntimo de Ediciones LIG. Los hermanos Gil hicieron un negocio redondo y la carrera literaria de Mauro quedó frustrada desde su inicio.

Le vibró el teléfono móvil, que llevaba en el bolsillo trasero de su pantalón. Volvió a colocar su novela en la estantería y atendió la llamada. Sintió una bocanada de aire fresco al escuchar la dulce voz de Cristina.

—Hola, tío Mauro. Soy yo, Cris. Sólo llamo para darte las buenas noches y desearte dulces sueños. Dale las buenas noches a Jacinto de mi parte.

—Que tengas tú también dulces sueños, mi niña —dijo Mauro con toda la ternura de la que fue capaz.

—Te paso a mamá. Un beso de chocolate. —El sonido de una pequeña explosión hecha con los labios le supo a Mauro efectivamente como el más dulce de los chocolates.

—Te he llamado a casa y no estabas. Estaba preocupada —explicó Olvido.

—Tranquila, estoy bien. He bajado a la librería. Mañana abriré. Hay muchas facturas por pagar. Además, me han llegado esta mañana los libros de Germán Latorre y la editorial ha contratado todo el escaparate para él. Quería dejarlo todo preparado.

—¡Uf! No puedo con ese tipo. ¡Está enfermo de ego! Como no tenía suficiente con ser uno de los presentadores mejor pagados de

la televisión, ahora le da por publicar novelas. Se las da de literato… Se me llevan los demonios al ver lo fácil que lo tiene sólo por
ser famoso y, sin embargo, tú… —Se calló. No quería decir algo
que pudiera herirle, pero no hacían falta las palabras de Olvido
para eso, el daño ya estaba hecho—. Ese tipo es un impresentable y
todos le bailan el agua. Vende libros porque pone su nombre en la
portada, nada más. Y encima las editoriales se lo rifan. ¿Dónde ha
quedado la buena literatura?

—Pues escribe muy bien, deberías leer su última novela. Toda
la crítica habla maravillas de su estilo.

—¡Me niego! —exclamó Olvido, ofendida—. No entiendo cómo
puedes defenderle. ¿Cuántas novelas ha publicado ya?

—Esta es la segunda —repuso Mauro mientras rasgaba con un
cúter el embalaje de una caja que había recibido por la mañana.
Eran los libros de la última novela de Germán Latorre.

—Es puro *marketing*. Parece mentira que tú precisamente no
sepas cómo funciona este negocio. Su nombre de famoso, una promoción bestial, el soporte de la televisión, la foto en la contrapor-
da y ya tienes las colas de todas las *fans* en sus firmas de libros.
¿Qué más da lo que haya escrito? Será el libro más vendido, pero
apostaría mi fortuna a que esos que lo compran ni siquiera pasan
del capítulo uno.

—Puede ser, pero te digo yo que el tipo es bueno —insistió
Mauro—. Te voy a regalar su novela, pero me tienes que prometer
que la leerás sin prejuicios.

—No sé si tengo tiempo para perderlo con ese imbécil, la verdad, pero si tú me lo pides, intentaré buscar un hueco. Aunque estoy segura de que no me hará cambiar de opinión. Ese tipo es un
idiota y los idiotas sólo pueden escribir idioteces.

Después de colgar, Mauro vació las dos cajas de cuarenta libros
cada una. Tenía la certeza de que, aunque eran muchos libros para
su pequeña librería, los vendería sin mayor dificultad. Latorre era
la sensación literaria de la temporada tras el bombazo mundial de
su primera novela. Incluso algunos clientes habituales habían reservado ya su ejemplar.

Le gustó la edición, cuidada y exquisita, con tapas duras. El título, *El primer paso*, estaba escrito con letras doradas, pero de un
tamaño más pequeño que su nombre, Germán Latorre, impreso en

negro y ocupando la mayor parte de la portada. Hacía ya meses que se hablaba en los dominicales y las revistas culturales de la esperada segunda novela de Latorre. Su primera obra, *Más allá del horizonte hay vida*, había vendido más de un millón de ejemplares, se había traducido a treinta y siete idiomas, y ya tenía los derechos vendidos para su adaptación cinematográfica. Los críticos habían sido algo escépticos al principio, pero Latorre sorprendió por «su brillantez, el equilibrio de su sensibilidad, que en ningún momento roza lo almibarado, su exquisito estilo y la calidad de una trama tan bien planteada como resuelta». Halagaron también la psicología de los personajes, que parecían «sacados del álbum familiar del autor» y así, casi sin pretenderlo, como un Midas de las letras, la estrella mediática fue elevada a los altares intelectuales como una de las grandes plumas del país y las mejores editoriales comenzaron a rifarse los derechos de sus siguientes novelas.

Mauro vació el escaparate y, con sumo cuidado, empezó a prepararlo para exponer *El primer paso,* de Germán Latorre, como la obra de arte que todo el mundo consideraba que era. Desplegó un enorme póster del autor que le había enviado la editorial. Era la misma fotografía que ocupaba la contraportada de la novela. Germán aparecía con sonrisa cautivadora pero ensayada, discreta, y una corbata azul cielo sobre traje gris perla. Lo colocó sobre un soporte y después hizo pequeñas hileras con los ejemplares encima de una tela de raso negra que daba empaque a la composición. No pudo evitar sentir una punzada de orgullo al contemplar ese pequeño altar que él mismo había montado para exhibir el libro que firmaba otro, pero que él había escrito. Aquella era su novela, aunque nadie más, excepto Latorre y él, lo supieran; a pesar de que el mundo entero estuviera ciego y leyera con ferviente admiración una mentira. Tampoco pudo evitar sentirse miserable por haberse prostituido por un cheque de cinco cifras. Sucio y vendido como una puta. Por haberlo hecho, además, de manera reincidente. Por tropezar por segunda vez con la misma piedra. Las dos novelas que Germán Latorre había publicado pertenecían a la pluma de Mauro Santos, obras que habían sido rechazadas decenas de veces por otros tantos editores. Quizá por eso había decidido un día vender su talento por algo tan frío como el dinero y ahora, la calidez de los aplausos, el reconocimiento, las miradas de admiración, el sabor de los lectores… Todo lo que para un escritor no tiene precio pertenecía a Germán Latorre, y el arrepentimiento le pareció un sentimiento del todo inútil. Se compadeció de sí mismo. Se dijo que era un ser patético y ruin, y que si todavía le quedaba un poco de dignidad, debía hacer algo para devolver el equilibrio a aquella situación. Pero la mentira había crecido tanto que Germán le parecía ya un monstruo invencible, un callejón sin salida del que no sabía de qué manera escapar.

3

Olvido Valle vivía sola con su hija Cristina, tres calles más arriba de Calderón 17, en una casa de alquiler de apenas cincuenta metros cuadrados. Siempre había vivido allí, desde que llegó a la ciudad cuando era niña. Primero lo hizo con su madre, que también fue madre soltera, y, cuando esta murió, con el sonrosado y mofletudo bebé que trajo al mundo en solitario, la pequeña Cristina. La de Olvido era una casa de mujeres, de la misma manera que la de Mauro había sido una casa de hombres a partir del instante en que su madre los abandonó. Olvido y Mauro estaban cerca el uno del otro, lo suficiente como para no sentirse solos, para respetar sus respectivos espacios, para compartir los momentos que la vida ha diseñado para pasar en compañía; pero al mismo tiempo también estaban separados, lo justo como para que la cálida intimidad que a veces tenían se volviera fría, casi heladora.

Como una rutina convertida en costumbre, dos o tres días por semana, dependiendo de los turnos de trabajo de Olvido, Mauro comía en casa de su amiga. Después de cerrar la librería a mediodía, caminaba con las manos en los bolsillos, subía la empinada calle donde vivían las dos mujeres de su vida y, por unas horas, tomaba prestado un hogar que no le pertenecía. Era su manera de mitigar la soledad, un maquillaje hermoso, pero ajeno, de la familia que siempre le hubiera gustado tener.

—¡Tío Mauro! —exclamó Cristina al abrirle la puerta. Se le echó a los brazos y trepó por su cuerpo con la habilidad de una cría de chimpancé hasta conseguir cogerse con fuerza a su cuello y deshacerse en besos sobre su mejilla derecha. Mauro a punto estuvo de perder el equilibrio y caer al suelo.

—¡Criatura! ¡Estás creciendo muy deprisa y ahora mismo ya no sé si podré contigo! ¡Eres un bicho travieso! Anda, baja, que le he traído un regalito a mamá. Vamos a dárselo —dijo intentando desasirse de la pequeña, que casi le estaba ahogando.

—Mamá está en la cocina, preparando carne guisada con patatas. ¿A que huele bien?

Cristina tenía razón. La casa desprendía un agradable aroma a especias y carne de ternera cocida. Era un olor confortable y acogedor. De fondo se escuchaba la voz del presentador de las noticias de las dos en Azul TV hablando de la recesión, y su tono grave y neutro se interrumpió por unas declaraciones del presidente del Fondo Monetario Internacional. Aquella banda sonora estaba acompañada por el crepitar del aceite de una sartén donde Olvido estaba friendo patatas, mientras una olla resoplaba y movía la tapa como si fuera un barco de vapor.

Mauro dejó su abrigo en el perchero de la entrada junto a su bufanda, al lado del diminuto chaquetón rosa de plumas de Cristina y una mochila con un dibujo enorme de una rana con ojos saltones con su nombre escrito con rotulador permanente de color rojo. Llevaba los libros de Germán Latorre bajo el brazo, envueltos con el papel de color vino con marcas de agua que tenía en la librería. Se había esmerado en hacer el paquete e incluso le había pegado un lazo de terciopelo granate para que quedara más vistoso. El contenido lo merecía porque, aunque ella no lo supiera, en realidad no le estaba regalando los libros de Latorre, sino sus propios libros, los que había escrito en secreto para ella y su hija.

Aquel día Olvido estaba especialmente preocupada. La habitual algarabía de Cristina al recibir a su tío postizo hizo que el rostro cariacontecido de Olvido le pasara desapercibido a Mauro en un principio. Se mostró huidiza, intentando esquivarle la mirada en todo momento.

Cuando entró a la cocina, una pequeña estancia que hacía las veces de comedor y salón, el primer impulso de Mauro fue agarrarla por la espalda, sorprenderla cogiéndola por la cintura con delicadeza y dejar que el olor del perfume de su cuello se fundiera con el del guiso, para después besarla con dulzura en la mejilla, pero se reprimió. Le hubiera gustado darle las buenas tardes y preguntarle cómo había ido el día. Ella hubiera respondido dejándose hacer con satisfacción. Después la hubiera girado sobre sí misma, sin separarla de su cuerpo, y la hubiera vuelto a besar, esta vez en los labios. Le hubiera gustado poder hacerlo ante los ojos de la pequeña Cristina, para que la niña supiera cuánto y de qué manera quería a su madre, y cómo deseaba que ella lo llamara papá en lugar de tío aunque no llevara su sangre. Pero los primeros impulsos de Mauro hacia Olvido siempre estaban castrados y eran como la pólvora mojada, frustrantes e inútiles al mismo tiempo. Mauro podía sentir la frialdad de la frontera que Olvido había trazado entre ellos, una línea insalvable que apenas había intentado cruzar. Sabía cuánto lo quería Olvido, pero también sabía de qué forma lo hacía.

Al escucharles entrar, Olvido se giró y se limpió las manos con un trapo de cocina que estaba sobre la encimera. Su mirada estaba triste, había llorado, pero fingió felicidad sonriendo con generosidad.

—¡Ya está aquí el tardón! —le riñó con dulzura.

—Me he entretenido envolviendo esto. —Le mostró el paquete con el lazo y pudo sentir su tristeza al mirarla a los ojos.

—¡Vaya! ¡Un regalito! Mira, Cristina, ¿qué será? —exclamó Olvido con una sorpresa forzada.

—Pues un libro, mamá —dijo Cristina espontáneamente. —¿Es que no ves que tiene forma de libro?

—¡Hay que ver! ¡Qué lista es mi niña! Pero te equivocas… no es un libro —repuso Mauro.

—¿No? ¿Y qué es? —preguntó Cristina sorprendida. ¡Ábrelo, mamá!

Las manitas de Cristina ayudaron a rasgar el papel de regalo. Olvido intentaba desenvolverlo con cuidado, levantando un poco con las uñas el adhesivo que había pegado las dobleces de los extremos, pero Cristina no pudo esperar tan lenta maniobra y tiró del papel con ímpetu infantil.

—¡Sí que es un libro, tío Mauro! —se quejó Cristina algo decepcionada al ver el contenido.

—Fíjate bien. No es un libro, son dos libros —especificó Mauro, haciéndole una señal con los dedos.

—Gracias, supongo —murmuró Olvido con un deje de ironía, mientras ojeaba con desgana la portada y la contraportada de las dos novelas de Germán Latorre—. Este es un regalo envenenado. Ahora voy a tener que leerlos, ¿verdad?

—Por favor…

—Está bien. Mi madre me enseñó a ser agradecida, pero ya sabes que no me gusta nada ese personaje de la tele metido a escritor. Seré muy dura con mi crítica. Voy a ser implacable. Lo prometo.

—No esperaba menos de ti. Pero ya sabes lo que se dice: «Nunca juzgues un libro por la tapa… ni a un escritor por su imagen…» —dijo mostrando su aspecto con ambas manos de arriba abajo. Eso la hizo sonreír.

—Tienes razón… Tú eres un desastre, no hay más que verte, y, sin embargo, tienes una pluma maravillosa…

—No se puede tener todo en la vida, ¿verdad?

—Supongo que no…

—¿El tío Mauro tiene plumas? ¿Como Jacinto? —preguntó Cristina. Olvido dejó escapar una carcajada que parecía llevar tiempo queriendo una excusa para salirle de dentro.

—¡Anda! Pon el mantel y déjate de plumas, princesa. Se está haciendo tarde para comer y sé de una niña que tiene que dormir la siesta.

Cristina protestó. Quería ser mayor para no tener que dormir después de comer. En las noticias estaban dando la previsión meteorológica. Un nuevo frente frío iba a cruzar el país en las próximas horas y se esperaba nieve en cotas bajas. Olvido se lamentó mientras se frotaba las manos. Odiaba el frío porque Cristina siempre enfermaba de los bronquios en los meses de invierno. Mauro ayudó a la niña a poner la mesa sin dejar de observar a Olvido. Podía percibir su inquietud espesa, pegada a sus pies, haciendo que sus pasos fueran lentos, casi arrastrados. La conocía bien. Podía saber lo que ella sentía a través de su mirada. Había invertido miles de horas en observarla hasta tener cada uno de sus gestos tan interiorizados que casi formaban parte de él. De haber sido pintor podría haber dibujado la sutileza de sus manos sólo con imaginarla, y la curva de su cintura evocando su recuerdo. La amaba en silencio, a distancia, en el rechazo implícito de una amistad que espantaba cualquier otra posibilidad más allá de lo que ya tenían. Pero no podía dejar de amarla, y aunque estar a su lado se parecía más a una tortura que a un consuelo, no tenía otra cosa, y lo prefería a la nada, al menos por ahora.

—¿Qué te ocurre? —se aventuró a preguntarle después de comer, cuando Cristina ya estaba durmiendo la siesta en su cuarto. Olvido estaba enjuagando los cacharros y colocándolos en el lavavajillas con una simetría casi artística, mientras Mauro secaba con un paño los cubiertos que ya estaban limpios—. Y no me digas que nada porque sé que algo te preocupa. Has llorado, lo he visto en tus ojos.

Olvido no dijo nada. Se retiró el mechón de cabello de la cara con la misma ternura que lo hacía cuando era niña. Ella había crecido, pero la rebeldía de ese mechón de pelo era la misma y Olvido ya no utilizaba horquillas para sujetarlo. De repente, una lágrima silenciosa rodó por su mejilla. Había aprendido a llorar en silencio, para adentro, como saben hacer todas las madres, para que no pudiera oírla Cristina. Abrió el último cajón de la cocina, donde guardaba algunos papeles como las garantías de los electrodomésticos, cartas del banco y recetas que apuntaba en una libreta vieja. Rebuscó entre algún bolígrafo viejo y útiles inservibles que terminaban olvidados en el fondo del cajón, hasta que dio con un sobre con un membrete rojo que entregó a Mauro.

—Lo escondí porque tenía miedo de que lo encontrara Cris. ¡Qué idiota, ¿verdad?! Como si una niña de cinco años entendiera estas cosas…

En la televisión había empezado un programa de actualidad con debates sobre la situación política. Una presentadora con un escotado vestido de color malva y cabello rubio oxigenado daba explicaciones del sumario. El programa iba a estar dedicado a la corrupción del sistema. Presentó, uno a uno, a los contertulios que formaban la mesa de debate. Olvido se sentó en el sofá de piel ajada que había frente al televisor sin prestar atención a lo que estaban emitiendo, a ese otro mundo paralelo que apenas le rozaba, a esa realidad de colores tan diferentes a los suyos.

—¿Es un aviso de desahucio? —preguntó sorprendido Mauro después de leer el contenido de la carta—. ¿Pero cómo es posible?

—Debo cuatro meses de alquiler y hace seis que me han reducido la jornada a cuatro horas en el súper —explicó con una vergüenza que intentó distraer clavando su mirada en una hebra del jersey de lana que había escapado de la manga—. Hay rumores de que van a cerrar…

De lunes a sábado, Olvido trabajaba por turnos como cajera en un supermercado del barrio. Hubiera querido ser maestra en un colegio pequeño de una ciudad cualquiera —los niños son niños en cualquier parte, solía decir—, pero no fue lo suficiente buena estudiante como para obtener una beca que supliera los escasos ingresos de su madre. La vida tenía otros planes para ella. Nunca antes había tenido problemas, al menos no de ese tipo. Era desenvuelta y muy trabajadora, responsable y simpática. Se le daba bien la gente y la labor comercial le había dado muchas satisfacciones en su vida hasta que la crisis económica había azotado el país y puso su vida patas arriba. Los trabajos precarios coincidieron con su maternidad, con la muerte de su madre y con sueldos míseros que estaban peleados con las necesidades de una niña pequeña criada por una madre soltera. Nadie le había explicado que iban a venir años tan duros. De haberlo sabido, Olvido hubiera pensado las cosas de otra manera, se decía a veces, pero eran pensamientos culpables e inútiles que sólo servían para atormentarla.

—¿Por qué no me lo has dicho antes? —Mauro la riñó con dulzura y se sentó a su lado, pero Olvido se levantó para evitar su cercanía con la excusa de cerrar la puerta del pasillo para que Cristina no pudiera oírles.

—Creí que podía solucionarlo yo sola. Eso es todo. Pero está claro que he fracasado. Demasiadas facturas por pagar y los problemas siempre tienen la fea costumbre de acumularse hasta que al final… —Mauro sintió que la palabra «fracaso» en boca de Olvido quedaba demasiado grande. El fracaso era más bien un traje que la vida parecía haber hecho a medida para él.

—Si es una cuestión de dinero, yo puedo ayudarte, Olvido. Tengo algo ahorrado —murmuró mientras se levantaba. La siguió. La estancia era muy pequeña y Olvido se sintió atrapada. Esquivó la mesa de comedor, que separaba la cocina de la zona de estar, y se acurrucó en una esquina, dándole la espalda. Mauro le cogió la mano, en un atrevimiento inusual en él, pero la soltó inmediatamente al avergonzarse por aprovecharse de la debilidad del momento.

—Me da mucha vergüenza tener que aceptar tu dinero, Mauro —dijo sin levantar la mirada.

—¡Pero qué tontería es esa! ¡Sólo es dinero! Ni los perros lo olfatean cuando lo tiras al suelo.

—Pero es mucho dinero, Mauro… —susurró mirándole por fin a los ojos. Eran dos pozos que se lo tragaban cuando se asomaba a ellos.

—Además, soy el tío Mauro. Vosotras sois mi familia, ¿no es cierto? ¿No es eso lo que siempre me dices? —Olvido asintió—. Pues los miembros de una familia se apoyan unos a otros, se tienden la mano cuando lo necesitan. Tú harías lo mismo por mí, si fuera yo quien lo necesitara. No hay más que hablar, saldaremos esa deuda mañana mismo.

La economía de Mauro estaba tan desahogada como oculta, pero sólo él lo sabía. La pequeña librería, Calderón 17, apenas daba para cubrir gastos y pagar algunas facturas, pero Mauro tenía otros ingresos, cuantiosos y suculentos, que no aparecían ni en su cuenta bancaria, ni en su declaración de la renta: los pagos que había recibido de Germán Latorre por ser su negro literario. A un negro se le paga con dinero negro, solía decir Latorre.

Por la primera novela, *Más allá del horizonte hay vida,* una obra que Mauro había escrito a los treinta años y que había cosechado más de una veintena de rechazos editoriales, Latorre le pagó treinta mil euros en metálico. En aquel momento a Mauro le pareció un negocio redondo, especialmente después de haber barajado seriamente la posibilidad de tirarla al cubo de la basura. Pero tras el éxito mundial de la obra, Mauro se sintió un estúpido, una puta barata que había regalado su talento a un inepto cuya vanidad era infinitamente más grande que su inteligencia. Por eso exigió ciento cincuenta mil euros por *El primer paso,* la segunda y esperada obra de Latorre que acababa de salir a la venta. Teniendo en cuenta que los *royalties* de la primera novela, según publicaron los periódicos especializados, habían ascendido a varios millones de euros, ciento cincuenta mil eran tan sólo las migajas de una inmensa fortuna. Una cantidad de miel insignificante para quien era dueño de todo el panal. Sólo un reducido número de escritores del país podían presumir de conseguir tantísimo dinero con sus novelas. La mayoría ni siquiera podían comer ni pagar sus hipotecas con los beneficios de las ventas de sus libros. Mauro lo sabía muy bien. Él mismo había sido un escritor pobre que se alimentaba de la esperanza de convertir su pasión en su medio de vida. Ahora tenía dinero, mucho más dinero del que jamás hubiera imaginado obtener por alguna de sus novelas, pero también era muy consciente de que el anonimato no tiene precio.

—Está bien. No sabes cuánto te lo agradezco… —respondió Olvido, cogiéndole ella esta vez de la mano, al mismo tiempo que estrujaba un pañuelo de papel. Le hubiera dado un abrazo, pero no lo hizo—. Prometo que algún día te lo devolveré. Te lo prometo, Mauro…

Sonó sincera, a sabiendas de que era el nacimiento de una promesa difícil de cumplir.

—No quiero que me devuelvas nada, Olvido. ¿Para qué sirve el dinero si no es para estas cosas? —Guardó unos segundos de silencio y suspiró antes de proseguir—. En realidad quería decirte algo…

Antes de empezar ya se había arrepentido, pero estaba agotado de lamentarse de las cosas que no había hecho, de lamerse las heridas como un perro, así que se lanzó, sintiendo el vacío en la boca de su estómago.

—He pensado que quizá no es necesario que tengas que pagar un alquiler… —Mauro hablaba despacio, le tenía miedo a las palabras. Olvido adivinó lo que iba a decirle y retiró la mano, incómoda—. Ahora que el Teniente ha muerto, la casa está muy vacía… Un viejo loro parlanchín y yo, ya ves, menuda pareja… —Olvido retiró también la mirada y volvió a buscar la hebra indómita de la manga de su jersey—. Además, yo estoy todo el día en la librería y el poco tiempo que paso en casa, apenas salgo de la habitación. Estoy con mis cosas, con el ordenador, escribiendo…

Sentía la necesidad de mostrarse invisible en su propia casa, hacerle saber que no era molesto, que casi era un fantasma, lo que en realidad era cierto.

—He pensado que tal vez os podríais mudar a mi casa. Hay dos habitaciones libres, una para ti y otra para Cristina. Son amplias. Voy a pintar el piso para quitarle esa mugre de viejo que ha acumulado con los años. Podríamos decorarle un bonito cuarto a Cris. Y, por supuesto, el tuyo lo podrías poner a tu gusto. Yo soy un desastre para esas cosas, me vendría bien un poco de estilo… He hablado de esto con Jacinto y está de acuerdo con esta propuesta, ya sabes que adora a Cris… —comentó intentando resultar gracioso sin conseguirlo y se calló de golpe.

Recibió la peor respuesta posible, un silencio espeso que podía respirarse hasta el ahogo. Mauro no pudo soportarlo durante más de cinco eternos segundos y abortó cualquier otra respuesta.

—Por lo menos piénsalo…. —Carraspeó para aclararse el nudo de la garganta.

—Mauro, yo…

—No, no… No hace falta que lo decidas ahora mismo. Dedícale un poco de tiempo —la interrumpió—. Podría ser divertido y también infinitamente más barato. —Intentó mostrarse tan aséptico como práctico. —Piensa que el Teniente dejó la casa y el local pagado. Al menos hizo una cosa bien ese viejo insoportable. No es necesario, pero si te hace sentir mejor, los gastos los podríamos dividir al cincuenta por ciento…

Una oportuna promoción televisiva desvió la atención de ambos y sirvió para disipar un poco la incomodidad de la situación. Anunciaba un nuevo *talent show* que se iba a emitir próximamente en Azul TV. *Negro sobre blanco*, el nuevo programa cazatalentos presentado por el escritor de *best sellers* y estrella de la cadena, Germán Latorre.

«*¿Te gusta escribir? ¿Tu sueño siempre ha sido publicar una novela? ¿Tienes talento literario?*».

Los pantallazos de colores vistosos impactaron en la retina de Mauro. Las imágenes estridentes parpadeaban con insolencia.

«*¡Azul TV hace realidad tu sueño! Inscríbete y participa en el* casting *de "Negro sobre blanco". ¡Es la oportunidad que estabas buscando! El ganador recibirá un premio en metálico de doscientos mil euros y publicará su obra con un importante grupo editorial. ¡Conviértete en un gran escritor!*

»*¡Llama al 805 123 000 e inscríbete! ¡Aprende de los mejores escritores del país!*».

Un sonriente Germán Latorre, de brazos cruzados y actitud altiva, ocupó toda la pantalla en ese mismo instante.

«*Buscamos a las mejores plumas del país. ¡El fascinante mundo de la literatura te está esperando! Deja de ser un escritor desconocido y vive tu sueño.*

»*"Negro sobre Blanco", próximamente en Azul TV con el gran Germán Latorre*».

4

El restaurante preferido de Germán Latorre tenía lámparas de lágrimas de cristal y sillas doradas tapizadas con terciopelo azul marino. Los camareros vestían con un impecable traje de chaqueta negro, camisa blanca y pajarita. Nunca miraban a los ojos de los clientes, hubiera supuesto faltarles al respeto, y jamás perdían la rectitud de la postura, con el brazo izquierdo cosido a la espalda y una bisagra en la cintura para poder realizar una ligera inclinación hacia delante cada vez que aparecía un nuevo cliente. A Latorre le gustaba porque era un restaurante muy caro, inaccesible para cualquiera con ingresos mundanos. Allí seguía siendo la estrella, aunque estuviera fuera de un plató, lejos de la luz de los focos. Aquel exquisito ambiente conseguía que su estatus se prolongara más allá de las cámaras de televisión. Sólo unos pocos elegidos podían permitirse pagar un cubierto en Prim's, y la mayoría de ellos eran empresarios y aristócratas que consideraban a Latorre un nuevo rico, un intruso en una élite a la que había llegado por las reglas del siniestro juego de la vida.

Máximo Prim, el dueño del restaurante, con actitud lisonjera y servicial, siempre salía al encuentro de Latorre cuando este asomaba por la puerta. Lo veía aparecer a través de la cristalera que separaba la cocina del comedor. Su enorme mostacho rubio, bien dibujado, como dos lenguas terminadas en punta, ocultaba el labio superior del chef y enmarcaba una cuidada dentadura que lucía con generosidad. Máximo, al contrario que los camareros y la señorita que atendía a los clientes a la entrada del restaurante, siempre vestía con ropa de cocinero, de blanco inmaculado, y con un delantal azul marino que llevaba bordado en el pecho el logotipo de Prim's con letras doradas, a juego con las sillas. El chef Prim nunca pisaba el comedor sin su enorme gorro de cocinero, que le hacía parecer algo más estilizado. Su figura redondeada se debía más a su escasa estatura que al sobrepeso, aunque cada mes hiciera el firme propósito de quitarse cinco kilos de encima.

—¡Querido Germán! —exclamó al verlo aparecer, elevando la voz para que los comensales que estaban en el comedor pudieran escuchar con claridad que la estrella de la televisión les honraba con su presencia—. ¡Qué alegría verte por mi casa! Hace tiempo que no venías a ver a este viejo vikingo. —A Máximo le gustaba presumir de su ascendencia escandinava aunque la hubiese dejado atrás hacía ya varias generaciones. Le estrechó la mano derecha y le propinó unas sonoras palmadas en la espalda con la izquierda.

—No se puede ser un hombre ocupado, Máximo —respondió Germán hinchado como un palomo en pleno cortejo—. El tiempo es la mayor riqueza de este mundo, querido amigo. Quien tiene tiempo, es afortunado.

—Sabias palabras de un gran literato como tú. Por cierto, Silvia se está terminando tu novela. ¡Está encantada! Y ya tiene la otra esperando en la mesilla. Que sepas que pasas un par de horas en la cama con mi mujer cada noche —comentó socarronamente mientras le soltaba un codazo—. Y encima conmigo al lado. Técnicamente hacemos un trío. —Ambos rieron con carcajadas vacías.

—No me lo tengas en cuenta. No sabes cuántos maridos me dicen eso mismo últimamente. Y lo mejor de todo es que parece que cumplo con todas a la vez. Dile a Silvia que se las dedicaré encantado. No podría perdonarme que la esposa de mi cocinero favorito no tuviera una dedicatoria especial.

—Se lo diré. No sabes lo feliz que la vas a hacer.

Máximo Prim pensaba que Latorre era un gilipollas, pero un gilipollas con mucha influencia. Tenía poder mediático que, para su negocio, era más importante incluso que el poder político. Solamente con que Germán Latorre mencionara el nombre de su restaurante una sola vez en su programa, las reservas ocupaban un trimestre completo y sin tener que gastar ni un euro en publicidad. A Prim le parecía que eso bien merecía tener que soportar su soberbia y tener que reírle las gracias de vez en cuando. Podría decirse que el chef Prim no sólo alimentaba su estómago, sino también su ego, bastante más hambriento.

—¿Vienes solo? Me tienes acostumbrado a verte siempre del brazo de una bella dama. Se me hace raro verte así, sin un bomboncito al lado.

—Hoy tengo una comida de negocios. Apenas me queda ya tiempo para el placer, amigo Máximo —repuso con una fingida seriedad, mientras miraba su reloj de pulsera de cuatro mil euros—. Estoy esperando a mi editora. No creo que tarde mucho en llegar, no se atrevería a hacerme esperar con el dinero que le estoy haciendo ganar a su empresa. Aún no se creen la suerte que han tenido de toparse con mi talento para las letras —dijo al oído del chef como una confidencia, mientras este suspiraba con desdén.

Latorre ocupó una mesa esquinada al fondo del gran salón. Máximo Prim en persona lo acompañó y corrió la silla para que tomara asiento. No pudo evitar que le siguieran también una sucesión de miradas curiosas y los murmullos, poco disimulados, se activaron a su paso. Latorre adoraba aquella sensación de saberse observado, no había probado una droga que le produjera más placer; ni siquiera con el sexo se le disparaba la adrenalina de aquella manera.

Desde su mesa tenía una vista perfecta de todo el restaurante. Había unas quince mesas, casi todas ocupadas, y las que estaban libres tenían el cartel de «reservado» encima de ellas. Un pianista, con gafas de pasta negra y cristales muy gruesos, tocaba una pieza en un piano de cola que estaba justo en el centro. Se inclinaba con pasión sobre las teclas, absorto en su tarea, como si estuviera solo en mitad de la nada, en una simbiosis mística con la melodía que escribían sus dedos. No supo identificar el nombre de la composición, ni el músico al que pertenecía, pero lo asumió con indiferencia. Germán Latorre era de la opinión de que la cultura está sobrevalorada y que en la vida resulta más útil ser listo que inteligente. La cocina estaba al fondo, al otro extremo, separada por una cristalera que permitía a los clientes ver al chef Prim dirigir a todo su equipo de cocineros, impecablemente ataviados con sus delantales corporativos, como el director de una orquesta dirige a sus músicos. El humo de las sartenes y las ollas empañaba de vez en cuando la cristalera que, segundos después, volvía a ser transparente.

Latorre se estaba impacientando. Miró de nuevo el reloj. No le gustaba tener que esperar. Normalmente era a él a quien esperaban. Consultó su teléfono móvil y comprobó que no tenía ningún mensaje. Se entretuvo estirando las mangas de su camisa, para que asomaran convenientemente por debajo de la chaqueta, colocó lo más simétricamente posible los cubiertos de la mesa y echó un vistazo rápido a la carta. Un camarero inexpresivo se acercó a la mesa.

—¿Desea el señor algo de beber mientras espera? —Latorre no contestó y se limitó a hacer un gesto displicente con la mano para que se marchara. Desde luego no pensaba esperar más de un par de minutos. Si su editora no llegaba en ese tiempo, sería él quien le daría plantón.

Entonces, una atribulada mujer atravesó el comedor dando zancadas. Rondaba la cincuentena y llevaba un abrigo de color beis desabrochado sobre un vestido de punto color morado. Arrastraba un enorme bolso negro con tachuelas metálicas que desentonaba con su sobrio estilo.

—Hola Germán, te ruego que me disculpes —se excusó con cierto agobio mientras se quitaba el abrigo y se lo ofrecía a una señorita que había acudido a su encuentro—. Gracias, cielo... No había manera de encontrar este sitio. Mi GPS es más de... otro tipo de restaurantes —acertó a decir al echar un vistazo al lujo del que estaba rodeada—. ¿Vienes mucho por aquí?

—Siempre que el tiempo libre me lo permite.

—Es bonito.

—Sí, lo es —respondió cortante para evidenciar que estaba molesto.

El mismo camarero inexpresivo se acercó sigilosamente. La editora se acomodó en la silla e intentó recuperar la respiración. Se colocó el pelo, peinándoselo con los dedos, y suspiró profundamente mientras Latorre consultaba la carta con sus gafas de cerca, sin prestarle demasiada atención.

—¿Qué vas a querer comer, Mariona?

—¡Oh! Lo mismo que tú —repuso tratando de parecer despreocupada, aunque era difícil no sentirse abrumada por los precios y los nombres de los platos que ocupaban varias líneas.

—Bien, pues será entonces un *carpaccio* de *foie* y mango caramelizado al Jerez, un par de canelones de aguacate relleno de rape y salmón con salsa de mostaza, y también un par de flores de calamar al aroma de cítrico, con toque de miel y espuma de alcachofas.

—Perfecto —contestó el camarero mientras terminaba de anotar—. ¿Y de beber, señor? —Germán levantó la vista por encima de sus gafas de cerca para consultar con la mirada a Mariona.

—Un poco de agua estará bien, muchas gracias —respondió la editora algo impresionada por el menú elegido.

—Agua para la señora, y para mí… —Germán acudió con agilidad a las páginas de vinos de la carta. Dudó unos segundos y finalmente se decidió—: Un Vega Sicilia reserva del 94 estará bien.

—Excelente elección, señor —dijo el camarero mientras Mariona Roser tragaba saliva al comprobar que el caldo elegido por Latorre costaba más de doscientos euros la botella.

Mariona Roser era sólo una mandada. Una editora más que trabajaba para uno de los grupos editoriales más importantes del país, con sede en Barcelona, bajo el mando del director editorial, un hombre tan ocupado y poderoso como Germán Latorre. Ella se encargaba de las reuniones menos importantes, pero necesarias en todo proceso de publicación. Su sueldo implicaba la dura tarea de intentar conciliar amablemente la mala educación de un autor con los intereses de la editorial. Por suerte, encajar como piezas de un puzle tiempos, egos, *marketing* y literatura no se le daba del todo mal. Latorre cosechaba cifras de ventas históricas y, en aquel momento de crisis del sector, encontrar un autor de tan alta calidad literaria, gran proyección mediática e inmejorable cuenta de resultados, era un tesoro al que había que mimar, incluso si eso significaba soportar su desbordante soberbia. En sus más de veinte años de profesión, Mariona había tratado con todo tipo de escritores, incluso había hecho un catálogo que compartía entre risas con sus compañeros de trabajo cuando tomaban café. Conocía al escritor excéntrico y narcisista, que no conservaba una pareja más de un fin de semana porque no era capaz de querer a nadie tanto como a sí mismo. El enfadado con el mundo, que utilizaba la literatura para volcar en ella sus innumerables frustraciones. El obsesivo, tan autodestructivo como brillante, pero al que era mejor no presentar en público. Sentía especial predilección por las escritoras amantes de los gatos. Por alguna extraña razón, había comprobado que este grupo era fundamentalmente femenino. No soportaba a los escritores bombilla, aquellos con escaso o nulo talento literario, pero que brillaban en un mundo marcado por la mediocridad, por el mero hecho de ser populares, normalmente por aparecer en televisión. Una vez fuera de su fama, su luz se apagaba como en una bombilla. Cuando Mariona supo que su editorial iba a encargarse de la carrera literaria del famoso presentador Germán Latorre, pensó sin más que sería un escritor bombilla, como otros tantos que la editorial lanzaba para reactivar las ventas cuando se acercaban fechas clave de venta como las Navidades, por ejemplo. Pero se equivocó. Lo supo en cuanto leyó el manuscrito de *Más allá del horizonte hay vida.* Hacía muchísimo tiempo que Mariona no disfrutaba tanto con la lectura de una novela. Aquel libro le pellizcó algo por dentro y se obró la magia de las palabras en su interior. Sin duda alguna, para Mariona Roser, *Más allá del horizonte hay vida*, pasaría con letras de oro como uno de los grandes títulos de la literatura en castellano y algún día, la obra y su autor, serían estudiados en las clases de literatura de los colegios. Estaba segura de ello.

En el mismo instante de terminar el libro, deseó conocer en persona al autor de tan maravillosa obra literaria. No podía imaginar que aquel personaje engreído que de vez en cuando veía en televisión fuera capaz de hacer que se estremeciera con una historia tan conmovedora y exquisita. Pensó que tal vez lo había juzgado muy a la ligera, dejándose llevar por los prejuicios que su imagen televisiva le inspiraba. Pero en cuanto tuvo la primera reunión de trabajo con él, Mariona reafirmó su primera impresión. Se trataba de un personaje engreído, que la trataba como una segundona.

—Tengo excelentes noticias —anunció Mariona con jovialidad mientras Latorre daba buena cuenta del *carpaccio* de *foie*—. Sólo hace una semana que la novela está en las librerías y ya hemos vendido los derechos para traducir *El primer paso* a diecisiete idiomas. —Germán no se inmutó con la noticia, ni correspondió al entusiasmo de su editora, que intentó complacerle un poco más, colmándolo de halagos—. Pero serán muchos más, Germán. Tu segunda novela es tan buena o más que la primera y el mundo entero se muere de ganas por leer esta nueva historia. ¿Estás preparado para la gira de promoción? ¡Todo el mundo va a querer tu libro dedicado! ¡Largas colas de lectores esperando! ¡Clubes de *fans*! Esta segunda novela te consolida en el mundo editorial. Con ella has demostrado que has llegado para quedarte y que tu primer éxito no fue fruto de la casualidad como dicen algunos envidiosos de la profesión. —Latorre alzó su copa de vino y la invitó a brindar por el augurio de tan descomunal éxito.

El descubrimiento de Mauro Santos había resultado mucho más satisfactorio de lo que Germán había calibrado en un principio. Él mismo había sido el primer sorprendido, incluso a veces se había sentido gratamente desbordado. Hacía tiempo que Latorre buscaba un sector profesional que no sólo le permitiera refugiarse cuando la televisión le diera la patada, sino que además le permitiera hacerlo con un prestigio social que pocas profesiones conllevan. El tiempo ante las cámaras se le empezaba a acabar. De un día para otro todo podía cambiar, lo había visto mil veces antes. Latorre empezaba a envejecer y era muy consciente de que sumar años era una sentencia de muerte sin posibilidad de indulto para su profesión. Y no lo hacía por dinero; acumulaba una fortuna que le hubiera permitido vivir desahogadamente más de tres vidas seguidas; se trataba de estatus, de esa posición social que no se paga con un cheque. Le seducía sobremanera la idea de que todos esos pseudointelectuales a los que se les llenaba la boca de críticas despectivas sobre el tipo de televisión que hacía, le llamaran «escritor» y discutieran entre ellos por sentarse a su lado en las mesas de los más importantes eventos literarios del país. Quería su respeto. Había fantaseado con esa imagen millones de veces, visualizándose recogiendo el *Premio de las Letras* mientras el resto de escritores mediocres y lameculos masticaban entre dientes una amarga envidia.

Mauro Santos, el joven escritor que rumiaba su fracaso una y otra vez, llegó a Germán Latorre por casualidad, como lo habían hecho casi todas las cosas importantes en su vida, una tarde que esperaba en la consulta de su dentista para hacerse una limpieza de boca e intentar darle a su blanqueo dental algo más de brillo, tarea casi imposible.

Nadie más esperaba en la sala, porque Latorre siempre era el último paciente. Escogía la hora de la última consulta para no tener que mezclarse con la gente, curiosa y entrometida, que siempre le pedía autógrafos y se ponía muy pesada exigiéndole una fotografía. Las señoras se le colgaban al cuello y le besaban sin el más mínimo decoro. Y la mayoría perdían el pudor cuando lo tenían delante en una intimidad postiza compartiendo unos pocos metros cuadrados.

Aquel día llegó diez minutos antes de la hora prevista. Muy a su pesar tuvo que esperar a que el doctor terminara de poner una ortodoncia a un niño de doce años al que se le oía gruñir desde dentro de la consulta mientras su madre intentaba calmarlo. La enfermera, una jovencita menuda y contorneada, de impecable dentadura como la mejor carta de presentación del negocio, le invitó a esperar en la sala contigua.

Entre las revistas de sociedad que se amontonaban en una mesita de cristal que separaba dos sofás algo desgastados por el uso, había todo tipo de publicaciones para matar el tiempo, algunas revistas médicas especializadas en el sector dental y varios cuentos infantiles. A Latorre le llamó la atención un libro que asomaba por una de las esquinas, el único libro entre el resto de publicaciones. Nunca antes había visto un libro en la consulta de un médico, así que lo cogió para echarle un vistazo.

Se trataba de *Perdóname si tal vez no te lo dije antes,* la única novela que Mauro Santos había logrado publicar, al menos con su nombre, y de la que se habían distribuido escasos ejemplares. Latorre no era amante de la lectura más allá de la sección de crítica televisiva de algunos diarios nacionales; tampoco hubiera sabido distinguir a Cervantes de Shakespeare salvo por el idioma original que utilizaban en sus obras, pero por alguna razón aquel libro atrajo su interés.

Sentado en uno de los sofás, abrió la novela al azar por una página y leyó algunos párrafos. Un regustillo dulce despertó su instinto, como la buena música amansa a las fieras, o el buen vino seduce a inexpertos paladares. No era un gran lector pero, sin duda, aquellos párrafos le parecieron buenos. Lo primero que pensó fue que aquel tal Mauro Santos, del que jamás había oído hablar, debía de ser un gran literato con prestigio y reconocimiento a juzgar por lo que estaba leyendo. Exactamente el personaje que él pretendía construirse a medida.

Su dentista le regaló la novela. Germán se interesó y preguntó por el autor, pero ni la enfermera ni su doctor supieron darle ninguna referencia. Simplemente era un libro que llevaba meses en la sala de espera, probablemente olvidado por algún paciente que nunca había vuelto para reclamarlo.

Y así empezó todo. Leyó la novela al completo de un tirón y quedó fascinado. Pronto Germán Latorre se puso a trabajar para averiguar quién era Mauro Santos. Y descubrió para su fortuna quién no era. Tecleó su nombre en Internet, y el escritor Mauro

Santos resultó ser un desconocido para el *cibermundo*. Sólo encontró un par de menciones de su novela en blogs literarios de menor trascendencia, y eso después de una intensa y concienzuda búsqueda. Dio, eso sí, con otras personas con el mismo nombre, un futbolista de un equipo de segunda división en Nicaragua, un ingeniero brasileño, un directivo de una empresa de mensajería, pero ni rastro de un escritor español que se llamara así. Comprobó incluso que ni siquiera existía ya Ediciones LIG. Un informe de una empresa de servicios mercantiles daba cuenta en Internet de su quiebra económica y su posterior liquidación.

Germán Latorre se frotó las manos y le sonrió al destino. Se sabía un tipo con suerte y había aprendido a interpretar las señales que la vida le presentaba para llevar a cabo sus planes. Mauro Santos era el tipo de perdedor con talento que andaba buscando, un hombre sin estrella al que iba a permitir lucir bajo la estela de la suya. Así que lo buscó hasta encontrarlo. Dos años después, estaba brindando con su editora por el éxito y el prestigio que un día compró con su dinero.

—Y dime… —dijo Mariona después de secarse los labios con la servilleta, dándose unos delicados golpecitos en la boca—. ¿Estás trabajando en una nueva historia? —Latorre carraspeó. Un bocado de flor de calamar se le atragantó por la pregunta.

—¡Por supuesto! Los escritores no podemos tener la cabeza quieta. Siempre estamos inventando, creando, construyendo mundos paralelos. —Agitaba las manos dibujando la nada en el aire con el tenedor.

—Una pena que no te hayas decidido a publicar antes. Has sido un descubrimiento tardío. Seguro que guardas en el cajón un buen puñado de textos de tu etapa más temprana. ¿Sabes? Esas cosas les gustan mucho a los lectores, poder conocer el trabajo de un joven Germán Latorre, con sus imperfecciones de escritor novel, con sus inquietudes e inseguridades… Escudriñar en las entrañas del autor a través de la trayectoria de su obra. Deberíamos plantearnos una recopilación de tus primeros textos.

Mariona hablaba con pasión y convencimiento, pero a Germán Latorre le incomodaba la conversación. Él no contaba con ese pasado de escritor del que ella hablaba. Por suerte, el teléfono móvil de Latorre vibró en el bolsillo interior de su chaqueta. Era una forma más que oportuna de dar por finalizada aquella inconveniente conversación con su editora, pensó, hasta que vio que la llamada era de Mauro Santos, cuyo número de teléfono conocía de memoria. Volvió a meterlo en el bolsillo de la chaqueta y dejó que el zumbido se agotara.

—¿No lo coges? Por mí no te preocupes… —comentó Mariona acompañando sus palabras con un gesto de aprobación.

—No es importante, volverá a llamar —repuso. Y nada más decir esto, el teléfono volvió a vibrar con insistencia.

—Vaya, eres vidente —exclamó Mariona, divertida—. Creo que para quien quiera que sea debe tratarse de algo que no puede esperar a más tarde.

—Discúlpame.

Con un golpe de servilleta sobre la mesa, Latorre se levantó de la silla arrastrándola con su trasero. A paso ligero y con el rostro contrariado, se escondió en un rincón de la entrada del restaurante. Descolgó y respondió con la mano tapando el auricular para que nadie más pudiera escucharle.

—¡Si no te cojo el teléfono es que no puedo hablar! —dijo molesto.

—No te preocupes. Nuestra conversación será breve. Sólo quería decirte que te vayas buscando otro negro. He tomado una decisión que debes conocer. Más que nada porque te atañe. No voy a escribir más para ti. —El pianista del Prim's había terminado de tocar una pieza y los comensales del salón arrancaron en aplausos. El hombre se puso en pie e hizo varias flexiones de medio cuerpo en direcciones distintas, con rostro complaciente.

—No digas idioteces. ¿Qué te pasa? ¿Tienes un mal día? —preguntó con condescendencia.

—Lo dejo, Germán. He decidido tomar de nuevo las riendas de mi carrera literaria. —Mauro sonó convincente—. Nunca debí acceder a tus chanchullos.

—¿Carrera? —espetó con sarcasmo y alzando la voz. Alguno de los comensales levantaron la vista y clavaron su mirada en Latorre. Aún más irritado, intentó bajar el tono sin conseguirlo—. ¿Que vas a retomar tu carrera? ¿Pero de qué mierda de carrera estás hablando? ¿Quién coño te crees que eras, García Márquez?

El tono confidencial que Germán había utilizado al principio de la conversación había desaparecido. Ahora sonaba alto, soez y despectivo. Una pareja entró en el restaurante. Ella, con un abrigo de visón y guantes de piel, cogida del brazo de su marido, le recriminó con la mirada la ordinariez de sus palabras y Germán Latorre sonrió con torpe disimulo.

—Sí, mi carrera, esa que un día te vendí por un puñado de pasta —contestó Mauro con seguridad tajante—. Yo soy el que escribe tus éxitos, el alma de tu triunfo es mía. Yo soy la esencia, lo que te convierte en lo que los demás creen que eres. Tú sólo pones el envase al perfume y eso se ha terminado.

Había una frialdad hiriente en sus palabras, un convencimiento pleno, sin dolor, pero sin vuelta atrás. Mauro tejía un discurso nacido de las entrañas, pero cocinado con la razón durante largo tiempo y, de alguna manera, verbalizarlo, le hacía sentirse en paz consigo mismo.

—En este mismo instante dejo de escribir para ti. Tómatelo como un exorcismo. Igual que un día empezó esta especie de posesión, hoy termina. Recupero mi alma. Búscate a otro a quien arrancarle la suya. Seguro que con todo tu dinero puedes comprar el talento de quien esté dispuesto a venderse. Pero ese ya no soy yo. Dejo de ser tu puta y tú ya no eres mi chulo.

Mauro colgó el teléfono y Germán Latorre sintió la imperiosa necesidad de salir corriendo al baño del Prim's. Mauro Santos había soplado sobre su castillo de naipes.

5

La tarjeta de visita de Esmeralda era de color rosa fucsia, con estrellas y lunas doradas enmarcándola. No tenía escrito ningún apellido, solamente su nombre de pila y justo debajo de él, y con letra cursiva, la palabra «vidente» junto a un número de teléfono móvil. Su cursilona ordinariez, muy alejada del buen gusto, hizo pensar a Mauro, el día que Esmeralda se la entregó en mano, que bien podría haberse tratado de la tarjeta de una fulana por horas, de las que calientan camas de hostales de barrio que no tienen tiempo a enfriarse entre un servicio y otro. Pero Esmeralda era una reputada vidente con aspecto de prostituta entrada en años, y Mauro sabía muy bien que el hábito no hace al monje. Nada es lo que parece y él era un buen ejemplo de ello.

Sentado frente a la barra de la cafetería, Mauro la encontró olvidada en el fondo del forro de su chaqueta de paño gris al guardar los guantes de lana en los bolsillos, mientras aguardaba a que el camarero le sirviera. No recordaba haberla dejado allí; de hecho, hacía mucho tiempo que no pensaba en Esmeralda. Intentó recordar desde cuándo aquel bolsillo tenía un descosido, tal vez lo había tenido siempre. Con el paso del tiempo el hilo había terminado por ceder ofreciendo un boquete del tamaño suficiente por el que perder monedas, llaves y cualquier otra cosa que fuera capaz de tragarse, como una tarjeta de visita. Le pareció que la vida tenía curiosas maneras de hacerle comprender que sólo si eres lo suficientemente grande, puedes evitar colarte por agujeros negros.

El camarero, un joven de unos treinta años, espigado y con cuello de avestruz con una prominente nuez que subía y bajaba cada vez que hablaba, le sirvió un café con leche.

—Aquí lo tiene. ¡Bien caliente! Que hoy hace un frío del carajo. ¡La hostia! —Lo colocó con cuidado sobre la barra, por encima de las vitrinas que exhibía la bollería fresca, mientras en la radio hablaban de fútbol.

Mauro observó la tarjeta. Tal vez haberla encontrado después de tanto tiempo también era una señal del destino. El camarero se dio cuenta de cómo la miraba y, tras darle la espalda a Mauro para colocar unos licores en una estantería, inició una conversación.

—Yo tuve una novia que echaba las cartas. Era asturiana, ¿sabe? Y un poco bruja también... ¡Me cago en la mar! —exclamó al recordarla, como si un escalofrío le recorriera de arriba abajo la espalda—. Cuando la dejé me echó una maldición y todo. ¿Usted cree en esas cosas?

El camarero se giró y agarró un trapo de cocina blanco con cuadros rojos. No dejó responder a Mauro. Prosiguió mientras sacaba brillo con agilidad a unas copas.

—Yo no creía, pero, ¡joder! Después de eso no daba pie con bola, ¿sabe? Tuve un accidente con el coche, siniestro total. Me entraron a robar en el bar y pillé la varicela con veinticinco años... No le voy a decir en qué parte del cuerpo me salieron más granos, ya se lo imagina usted —dijo en tono confidencial aunque estaban solos en la cafetería—. ¡La virgen, qué picor! Desde entonces, yuyu, yuyu... —Se persignó tres veces seguidas—. ¿Viene de verla? —Volvió a preguntar señalando la tarjeta con el trapo.

—No, no vengo, pero tal vez vaya.

El camarero lo miró con cara de no tener ganas de esforzarse por entender el juego de palabras. No le gustaban los tipos que iban de interesantes y que hablaban tan poco. Todo el mundo sabía que a los camareros y a los taxistas hay que darles conversación, y con aquel tipo se sentía como en el mundo al revés. Aun así lo volvió a intentar.

—¿Una mujer tal vez? ¿Mal de amores? —preguntó como una vieja chismosa—. Dicen que los amarres funcionan de coña. Hacen un conjuro y la moza no se te despega de la entrepierna. Ya me entiende. Pero digo yo que, si eso fuera verdad, estaríamos todos más felices que unas pascuas. ¿No cree? Aunque por probar... Tal vez a usted le funcione.

—Yo nunca obligaría a nadie a que me quisiera. Como si eso fuera posible... —sentenció Mauro con contundencia, mirando fijamente a los ojos del hombre e intentando no mirarle la nuez, que con tanto movimiento le distraía la atención.

Mauro conoció a Esmeralda a través de un anuncio en el periódico. Necesitaba documentarse para construir un personaje para uno de sus libros, una pitonisa que tuviera conexiones con el más allá. Buscaba huir del cliché, del estereotipo de mujer extraña, con uñas largas pintadas de rojo y cabellera generosa algo desaliñada y, sin embargo, se dio de bruces con él. Esmeralda encarnaba a la perfección el personaje de bruja de cuento, pero con cierta aurea amable.

La casa donde recibía olía a incienso y conservaba una cuidada decoración trasnochada de los años setenta, con sofás de escay con flecos y muebles de formica. Esmeralda le hizo pasar a una salita pequeña. Para hacerlo, había que atravesar el salón, donde había un pequeño altar con figuritas de santos y vírgenes hacinados. Un velón rojo se consumía con cierta elegancia, sin prisa, y dejaba caer chorretones de cera sobre los restos de otras velas muertas.

La salita era diminuta y austera, casi huérfana de muebles y con las paredes desnudas, muy alejada de la imagen recargada que había imaginado. No tenía ventanas y la luz amarillenta procedía de un plafón en el techo. Mauro pensó que aquel consultorio se había construido de manera improvisada, levantando un muro para robarle un trozo de espacio al salón. Le resultaba casi aséptica, como un quirófano para el alma, un lugar claustrofóbico y sin posibilidad de escapatoria donde, a los pocos minutos, el aire viciado se te pegaba a la garganta. En el centro había una mesa camilla con un mantel morado que llegaba hasta el suelo y una baraja de cartas de tarot ennegrecidas por el tacto repetido de unas manos cansadas de buscar respuestas en ellas.

Esmeralda le invitó a sentarse y ella, levantándole las faldas a la mesa y colocándolas en su regazo, hizo lo mismo frente a Mauro. Llevaba las uñas largas y puntiagudas, pintadas de color sangre, tal y como él había imaginado, como las brujas de algunos cuentos que había leído de pequeño. Una imagen preconcebida en su subconsciente convertida en profecía cumplida. Toda ella lo era. Calculó que rondaría los sesenta años. De la juventud que había dejado atrás apenas conservaba como recuerdo una mirada inquieta. Lucía un maquillaje exagerado y vulgar, y una melena poco cuidada, de cabellos finos y canas mal disimuladas por un tinte barato.

—¿Qué tipo de respuesta viene a buscar si no tiene fe en otra vida que no sea la terrenal? —le preguntó Esmeralda colándose en sus ojos, haciendo que Mauro retirara la mirada. Había sentido cómo usurpaba su celosa intimidad con sólo mirarle.

—¿Cómo dice? —preguntó contrariado.

—Usted sabe tan bien como yo que no cree en estas cosas —murmuró Esmeralda mientras manoseaba las cartas arropándolas con ambas manos y dándoles golpecitos sonoros con las uñas—. Es usted un escéptico, así que, si no son respuestas, alguna otra cosa pretenderá encontrar aquí. Estoy muy acostumbrada a los curiosos, a los escépticos y a los que me ponen a prueba. Todos se creen que poseen la verdad y desconocen que la verdad no es de nadie, porque no existe, nos la hemos inventado los hombres. Dígame, ¿qué quiere de mí?

Sentirse descubierto al primer golpe de vista le hizo dudar. En otras circunstancias hubiera argumentado con vehemencia que las adivinaciones y cualquier tipo de magia siempre están basados en la mentira, más o menos elaborada. Pero, si como decía Esmeralda, la verdad no existía, dudó por un segundo que tampoco existiera la mentira. Decidió ser sincero.

—Está bien, digamos que soy una persona racional y que tengo dificultades para aceptar la brujería —repuso, consciente de que aquella última palabra había incomodado a Esmeralda, que arrugó los labios dibujando infinitas líneas de expresión alrededor de ellos—. Soy escritor, novelista concretamente. Invento historias para que la gente las lea. Necesitaba conocer a alguien como usted en persona porque forma parte del argumento de uno de mis libros. Necesitaba documentar fielmente a mi personaje.

—Agradezco su sinceridad. En primer lugar, yo no soy una bruja, caballero, y por lo tanto no hago brujería. Eso es lo primero que debe saber para su libro. Soy una vidente. Para que lo pueda entender, podríamos decir que funciono como un aparato de radio. A través de mí, las personas que estamos en este mundo, como usted y como yo, podemos sintonizar con las voces que nos hablan desde otro plano.

Esmeralda cerró los ojos. Sus párpados arrugados estaban cubiertos por una espesa sombra de ojos azul mar y los recorría una línea negra que parecía el final del horizonte. Movió los labios sin pronunciar palabra. Mauro no se atrevió a decir nada, simplemente observó para retener en su cabeza cada gesto para poder plasmarlo fielmente en su novela. Después de unos eternos segundos, Esmeralda abrió los ojos y sonrió a Mauro de manera maternal.

—Su madre cuida de usted desde el más allá, es su guía. —Escuchar aquello fue como si le abofetearan—. Quiere que sepa que siempre pensó en su hijo, cada uno de los días de su vida, hasta que pasó a otro plano. Se encuentra bien y quiere que sea feliz. —Mauro le dio veracidad a esas palabras.

—¿Mi madre está muerta? —preguntó con asombro. Y con resentimiento acumulado replicó—: Pues dígale de mi parte que es tarde para cuidarme y preocuparse de mi felicidad.

—Le pide perdón. Su alma necesita que la perdone.

—El perdón se gana y yo no hago caridad. —Esmeralda volvió a cerrar los ojos y a escuchar algo que Mauro no podía oír.

—Quiere que haga una cosa por ella. Espere un momento, me está hablando.

El silencio pesaba en la habitación y Mauro sintió un repentino calor que se alojó en sus sienes. Por un momento, las palabras de aquella mujer habían hecho mella en él. Hizo un esfuerzo por rescatar su parte más racional, la que le hacía sentirse seguro de sí mismo y de su realidad, y se dijo que no debía sucumbir a aquel engaño burdo. Pero otra parte infantil necesitaba creer lo que estaba oyendo.

—En la habitación de su padre hay una caja vieja de tabaco de pipa —prosiguió Esmeralda sin abrir los ojos con un tono de voz pausado e inquietante—. Es una caja mediana, de color verde con los bordes marrones, de una marca de tabaco que ya no se fabrica, pero no entiendo muy bien el nombre. Está escondida en el fondo del armario, entre las cajas de los zapatos. —Mauro palideció. ¿Cómo podía saber esa mujer que su padre fumaba en pipa? ¿Cómo era posible que supiera que hacía años que había cambiado de marca de tabaco?—. Búsquela. Allí escondió su padre todas las cartas que durante años le envió su madre y que nunca llegaron a sus manos. Tal vez ahí encuentre las respuestas que necesita y le proporcionen algo de paz a su espíritu angustiado.

El rostro de Esmeralda cambió de repente, como si volviera a ser ella misma sin dejar de haberlo sido nunca. Alargó el brazo y rozó la mano de Mauro, que estaba desconcertado y con el corazón trotándole dentro del pecho. Él la apartó instintivamente. Sintió miedo, la misma clase de miedo que sentía de niño, cuando se daba cuenta de lo solo que estaba en la vida. Un miedo frío y profundo que le revolvía las entrañas y que se le pegaba a la piel como el alquitrán. Esmeralda le sonrió con dulzura y sin rencor.

—Tal vez no era esto lo que usted venía a buscar, pero tal vez era lo que la vida quería que usted encontrara. No siempre elegimos el camino, pero siempre podremos elegir cómo recorrerlo.

La productora de televisión ultimaba los detalles del concurso *Negro sobre Blanco* que Azul TV iba a lanzar en horario de máxima audiencia, los viernes por la noche. Sólo quedaban dos semanas para su estreno y un total de sesenta personas trabajaban sin descanso para pulir los detalles de lo que iba a ser un programa pionero en la televisión mundial. Nunca se había apostado por la literatura con un formato de entretenimiento, mezclando *talent show* y concurso. No había precedente alguno y eso lo convertía en un programa arriesgado, pero, al mismo tiempo, con el atractivo de lo novedoso. Se auguraban cotas de audiencia con picos históricos para la cadena, que no daba puntadas sin hilo. La televisión necesitaba nuevos formatos, porque todo o casi todo estaba inventado ya y Azul TV nunca había tenido miedo a arriesgar.

La reunión de trabajo de aquella mañana en Dreams and Movies Productions comenzó muy temprano en torno a un problema que resolver: uno de los tres miembros del jurado del concurso se había caído del plantel y había que encontrar un sustituto con urgencia. El tiempo no volvía atrás y había importantes intereses económicos en juego. Azul TV presionaba a la productora para que todo estuviera listo en tiempo y forma. La cadena ya había empezado a bombardear en su programación con la promoción del estreno del programa e incluso había dado una rueda de prensa augurando un éxito seguro.

—¡Muy bien, chicos! ¡Prestadme un poco de atención! ¡Esto es lo que hay! —anunció el director de la productora audiovisual intentando imponer su tono de voz por encima del murmullo generalizado de la sala—. Tenemos a Aurelio Vargas, el escritor mexicano que llega esta misma mañana a nuestro país. Este tipo tiene tirón porque además es un guaperas. Dará juego. No va de intelectual por la vida y sabe muy bien cómo funciona el *business* de la televisión. Está curtido ante las cámaras, porque en su país es un habitual de las tertulias de todo tipo.

—Sí, es un escritor de culebrón al que le va la novela romántica y empalagosa. ¿Alguien se ha fijado en los títulos de sus libros? No quiero ni pensar en el contenido. A mí casi me sube el azúcar sólo de pensarlo… —La sala rió al unísono para satisfacción de la mujer que había hecho el comentario, que mordisqueaba sonriendo el extremo de un bolígrafo.

—¡Está bien! ¡Calma! ¡Calma! ¡Centrémonos! —pidió el director agitando las manos—. Querida Marga, no deberías juzgar un libro por la tapa. También podríamos pensar muchos de nosotros que, a juzgar por tu aspecto, eres una alocada mujer de mediana edad, excéntrica y atormentada, que vive con una decena de gatos, y, sin embargo, todos sabemos que eres el ser más maravilloso y sociable del mundo. Pon un poquito de romanticismo en tu vida. —La sala al completo arrancó un aplauso entre carcajadas y la mujer, de pelo azul y medias de colores combinadas con zapatillas deportivas, hizo un gesto divertido con el dedo índice para indicarle a su jefe que su observación había sido de lo más ingeniosa—. Bien. Sigamos. El elemento femenino está cubierto con Lara Sánchez, una escritora atractiva y joven. ¡No sabéis lo difícil que ha resultado encontrar un perfil así! Lara aún no ha cumplido los treinta y, además, ya ha saltado a la fama con su polémico y caliente libro *Mi lengua es tuya.*

—¡Uuuuuuuh! —Sólo pronunciar el título del libro parecía tener el efecto inmediato de subir varios grados la temperatura en la sala de reuniones, especialmente entre el sector masculino.

—¿Algún hombre en la sala que lo haya leído sin tener una erección? —Nadie levantó la mano, pero todos rieron y buscaron cómplices con la mirada—. A vosotras ni os pregunto porque sé que todas, sin excepción alguna, y no miro a nadie, Marga, os lo habéis leído.

—Jefe —lo interrumpió la aludida—, por alusiones. Yo sólo me lo he leído porque soy una profesional y tengo que estar documentada. Me pone poco el rollo sexual de dominación hombre-mujer, ya sabe… Pero si hay que leérselo, pues se lee. —El director le devolvió el mismo gesto que minutos antes ella le había dedicado.

—Entendido, Marga, pero ten cuidado, no vaya a ser que te ponga de deberes leerte todas las novelas de Vargas.

—¡No, por favor, jefe! ¡Se lo suplico!

—Por esta vez te salvas —bromeó el director, que volvió a fijar su atención en los papeles que sujetaba entre las manos y continuó—: ¡Bien! De eso se trata, de morbo, de sexo, de captar como televidentes a todos los lectores de Lara, que es prácticamente el país entero. Lara Sánchez lleva loco a todo el mundo con su literatura porno y eso da mucho juego. Se trata de un pilar importantísimo en el concurso. Tenéis que mimarla. Es algo excéntrica, se le ha subido su repentino éxito a la cabeza y va un poco de estrella. Pero la necesitamos contenta, ¿entendido? Si hay que chuparle un poco el culo se le chupa.

—¡Me pido voluntaria! —exclamó Marga levantando la mano.

—Sí, ya me lo imaginaba… —La sala volvió a reír—. Además, su libro se está vendiendo como la espuma en toda Europa y no nos viene nada mal un poco de proyección internacional. Nos va a abrir muchas puertas fuera. La chica es atractiva y tiene un aspecto interesante para la televisión. —Lara Sánchez siempre vestía con prendas de cuero muy ajustadas de color negro y presumía de su aspecto de dominatriz.

—¿Está casada? ¿Tiene novio? ¿Qué sabemos de eso? —preguntó un joven barbudo con gafas de pasta desde el fondo de la sala.

—¡Céntrate, Sergio! Demasiada mujer para ti. ¿Quieres morir joven?

—¡De algo hay que morir!

Una joven vestida con unos pantalones vaqueros ceñidos y un jersey de punto azul turquesa, subida a unas botas altas de ante negro y el pelo recogido en una generosa cola de caballo, interrumpió la reunión entrando sin llamar. Llevaba una cafetera de cristal en una mano y un tubo formado por pequeños vasos de plástico en la otra.

—Perdón, el café —se excusó.

—Gracias, Eli, déjalo en la mesa. —La joven obedeció y varios de los asistentes abandonaron la comodidad de su postura en los sillones de la sala de reuniones para servirse un poco. La mañana se presentaba intensa.

—Bien, hasta aquí lo que tenemos cerrado por contrato —prosiguió el director—. Ahora viene el problema que debemos dejar solucionado esta misma mañana. Ya sabéis cómo son estas cosas; estamos sujetos a elementos que no podemos controlar. Es necesario que todo nuestro ingenio se ponga a funcionar al doscientos por cien. Esto es prioritario, ¿entendido? —Todos asintieron—. El tercer miembro del jurado, que en principio iba a ser Cristian Albani, el periodista de *La Gaceta* que ganó el *Premio Novela de Invierno* el año pasado, se nos ha caído en el último momento. Su agente literaria le ha recomendado no participar en el concurso.

—¿Razones? —preguntó Marga.

—Cuestión de imagen. Quieren convertir a Albani en un referente literario serio y de prestigio, y piensan que mezclarlo con un *reality* como este no le beneficia.

—Vamos, un estirado… ¿Ha pensado su agente la notoriedad que conseguiría y la de libros que vendería después? —protestó Marga—. Esta gente no tiene ni idea de cómo funciona el mundo. Están en su burbuja de intelectuales rancios y nos miran como si fuéramos basura.

—Es lo que hay, no podemos gustarle a todo el mundo. Para muchos hacemos exactamente eso, televisión basura, y no quieren que salpique la carrera de Albani.

La sala de reuniones, totalmente acristalada, dejaba ver parte de la ciudad. La productora estaba en la vigésimo tercera planta de un edificio de negocios en el centro neurálgico de la urbe y, desde allí, parecía una maqueta de sí misma. De pronto el cielo se ennegreció y un grupo de nubes apretadas comenzaron a disparar gotas de lluvia como proyectiles sobre los cristales.

—¿Alguien tiene en mente algún nombre que sirva para sustituir a Albani? Acordaos de que esto es televisión; necesitamos que esté relacionado con el mundo de la literatura, pero no necesariamente tiene que ser un escritor. Nos sirve un crítico, un profesor de universidad, qué sé yo… —comentó el director agitando las manos en el aire y mirando al infinito en busca de opciones—. Pero es fundamental que dé juego ante las cámaras, que la gente identifique su nombre y me da igual que sea porque es un homicida y cumple condena en un penal.

—¡No podría venir a grabar! —apuntó alguien.

—¡Guárdate el ingenio para los guiones, Iván! ¡Ya me entendéis todos! Esto es un *talent show*, no nos olvidemos de la parte de *show*.

Quiero una buena audiencia, vamos a mezclar literatura con un concurso de televisión, debemos mantener a la gente despierta hasta el final del programa. ¡Así que todo el mundo a trabajar! Quiero al menos tres nombres encima de mi mesa en menos de una hora.

Cuando llamaron a Germán Latorre para proponerle formar parte del jurado de *Negro sobre blanco*, estaba en la cama. Era primera hora de la tarde y el momento preferido de Germán para el sexo, pero no estaba de humor. Había bebido demasiado vino en la comida y se había excedido con la ginebra después del café, tanto que su virilidad había acusado las consecuencias. Su compañera de cama, algo aliviada por no haber tenido que culminar, se estaba dando una ducha. Era una joven veinteañera que se había estrenado como azafata en el programa *A solas con Germán* y que aspiraba a hacer carrera televisiva a cualquier precio.

La casa de Latorre estaba situada en una zona residencial con cámaras de seguridad en cada esquina, frondosos y altos setos bien cuidados en las parcelas, coches de lujo al abrigo de garajes más grandes que muchas casas, y servicio oriental ataviado con uniformes y cofia.

Germán estaba apurando una raya de cocaína amontonando los polvos blancos dispersos sobre la mesilla de noche de su lujoso *loft,* cuando sonó el teléfono. Antes de atender la llamada, se limpió la nariz sonoramente con los dedos. Después, desnudo y malhumorado, se sorprendió al darse cuenta de que quien le llamaba era uno de los consejeros delegados de la cadena en persona. Eso sólo podía suponer dos cosas: o algo muy bueno o algo muy malo. Germán se puso en lo peor. Se rumoreaba que si las audiencias no recuperaban los niveles de meses atrás, podrían prescindir de él, y sabía muy bien que en televisión no había que despreciar ese tipo de rumores porque nadie resulta imprescindible. Intentó sacudirse la frustración antes de contestar.

—¡Qué sorpresa, señor Palacci! ¿A qué debo este honor? —preguntó con una falsa grandilocuencia y se sintió ridículo hablando desnudo, sentado sobre las sábanas de su cama, con la persona de la que dependía su cabeza.

La joven azafata salió corriendo del baño al escuchar el nombre de Palacci. Lo hizo descalza, a medio secar, mientras se envolvía en una toalla, dejando empapada la madera del suelo del cuarto de Latorre, que le dedicó una mirada inquisidora.

—Querido Germán, espero no haber interrumpido alguna cosa importante —dijo Palacci con marcado acento y cantinela italiana.

—¡Oh! ¡No! ¡En absoluto! Estaba preparando un poco el programa de la semana que viene. Ya sabe, soy un profesional de los de antes, no me gusta dejar nada a la improvisación. —La joven abortó una risita tapándose la boca con un extremo de la toalla.

—Me alegra oír eso. Verás, Germán, te llamo para ofrecerte algo que no vas a poder rechazar.

—Soy todo oídos, señor. Debe de ser algo muy importante cuando es usted en persona el que me lo propone.

—Lo es, mi querido Germán, lo es. La cadena te necesita y confiamos en que, como el hombre inteligente que tú eres, entenderás lo que te quiero decir con esto. —Las palabras del consejero delegado se enroscaron como una serpiente en la incertidumbre de Latorre, que se acongojó un poco. Palacci hizo una pausa que a Germán le pareció infinita y prosiguió—. Necesito que aceptes una propuesta *molto* interesante para ti. Ya sé que la rechazaste en un inicio, pero creo que debes reconsiderar la *mia* propuesta otra vez.

—Las veces que haga falta, señor Palacci, faltaría más. Pero, dígame… ¿qué propuesta es esa?

—Te necesito como jurado en *Negro sobre Blanco*. Uno de los tres se ha echado atrás. La productora y la cadena coincidimos en que debes ser tú quien ocupe ese lugar, no puede ser otro. Por supuesto, estamos dispuestos a firmar un contrato generoso contigo, pero ni se te ocurra decírselo a los otros dos —repuso con tono confidencial—. Germán, tú eres el mejor y, si aceptas, lo seguirás siendo *per molto* tiempo en Azul TV. *¿Capisci?* Piénsalo un par de horas y me llamas. Sabrás tomar la decisión adecuada.

Palacci lo dejó flotando en el aire y Germán captó el mensaje a la perfección. El consejero delegado sabía muy bien cuál era la postura de Latorre porque no era la primera vez que la cadena le ofrecía la posibilidad de ser uno de los tres picos del triángulo del jurado del concurso. De hecho, había sido la primera opción de la productora. Nadie reunía tan bien como él los requisitos necesarios después de su despegue literario. Un hombre de letras y de televisión al mismo tiempo no era tan fácil de encontrar, alguien con prestigio literario que manejaba a la perfección también el lenguaje televisivo. Ya había aceptado a regañadientes ser el presentador, sabiendo que esta figura estaba mucho menos expuesta en un formato como aquel. No tendría que emitir opiniones, se limitaría a ser un mero conductor. Pero Latorre rechazó de plano ser uno de los tres mosqueteros a sabiendas de que era una excelente oportunidad profesional. Y lo hizo no porque pensara que el formato del programa fuera a ser un fracaso, muy al contrario, aquel *talent show* olía a éxito rotundo, sino porque sabía que era un impostor, una mentira que de haber aceptado, hubiera tenido que defender cada semana en un programa en directo. Hubiera sido cuestión de tiempo que su cuidado maquillaje se agrietara.

Germán Latorre temía sobremanera a la lupa a la que te somete la televisión en directo. Sabía el daño que podía causarle una sobrexposición de ese calibre dadas las circunstancias. Le gustaban los programas grabados porque podía controlarlos. El saberse un mentiroso, le hacía sentirse como si se sentara ante un polígrafo cada semana. ¿Y si metía la pata? ¿Y si todo el mundo se daba cuenta de su nula cultura literaria, de sus dificultades para escribir un solo párrafo por sí mismo? Las redes sociales harían sangre hasta el escarnio y el país entero se preguntaría cómo era posible que Latorre hubiera escrito dos *best sellers*. Todo el mundo dudaría de su capacidad, hasta el momento tan sólo cuestionada por algún envidioso descreído. La televisión, y mucho más aquel formato de telerrealidad, detectaba las mentiras con sólo olerlas y si Germán Latorre temía algo en su vida, eso era el juicio del público. No había trabajado toda su vida para que su prestigio se televisara rebozado por el fango. No lo hubiera podido soportar y él lo sabía. Latorre había ideado todo aquel plan para convertirse en escritor de renombre con el fin de construirse un cálido refugio para su carrera televisiva y no podía permitir que aquel refugio se transformara en una tumba. Pero no supo encontrar la manera de negarse al ofrecimiento de Palacci por miedo a las consecuencias, se sintió acorralado, y sucumbió al sutil chantaje del consejero delegado. ¿Qué otra cosa podía hacer? La balanza en la vida profesional de Latorre empezaba a inclinarse hacia el lado equivocado y tenía la sensación de que los enanos de su circo ya eran unos gigantes.

6

Aquel lugar le producía escalofríos. Había caído la noche y sólo una farola funcionaba de manera intermitente. El viento helador campaba a sus anchas entre los callejones de las naves industriales que escondían a gente de mal vivir en busca de un chute para evadirse de la realidad. Ni las putas se dejaban ver por aquel trozo de ciudad. Mauro aparcó justo en la esquina del punto de encuentro, junto a un descampado, al lado de una cabina de teléfono que ya no tenía auricular, un cable decapitado colgaba del aparato y se balanceaba al antojo del viento. Miró a un lado y a otro, y no vio ni rastro de Germán Latorre ni de su coche, pero sabía que no tardaría en aparecer.

Mauro no terminaba de entender por qué razón Latorre siempre elegía lugares tan inhóspitos para sus reuniones. Estaba claro que eran tan furtivos como secretos, pero cualquier lugar algo apartado de las miradas de curiosos y cámaras hubiera bastado. Puso la radio para encontrar compañía en una cálida voz femenina que conversaba sensualmente con un radio oyente que había llamado por teléfono para opinar sobre el tema del día, la inseguridad ciudadana, y se sopló los puños cerrados para entrar en calor porque había olvidado los guantes.

De pronto, el golpe de unos nudillos contra el cristal de la ventanilla de la puerta del conductor lo sobresaltó. Era Germán Latorre, que había aparecido de la nada como una sombra, vestido con un abrigo de paño negro que le llegaba hasta los pies y un gorro de lana que cubría su cabellera plateada. Mauro salió del coche y se ajustó su cazadora de plumas hundiendo su cuello en ella.

—Lo mejor de dejar de escribir para ti será no tener que frecuentar estos sitios. Me dan escalofríos. Eres un tipo extraño; lo sabes, ¿verdad? —Germán rio sarcásticamente al escuchar de Mauro aquellas palabras, precisamente viniendo de él, que no tenía nada de convencional—. ¿Me has traído la pasta?

—La llevo aquí. Billetes grandes, que ocupan poco espacio —murmuró Latorre dando unos golpecitos al bolsillo derecho de su abrigo—. Pero antes tenemos que hablar.

—Tú y yo ya no tenemos nada más que decirnos. Págame la segunda parte de lo que acordamos por la segunda novela y cada uno seguirá su camino. Yo guardaré silencio y tú puedes hacer lo que quieras, buscarte a otro negro o abandonar tu carrera literaria. Tendrás que seguir sin mí.

—Apalabramos cuatro novelas, ¿recuerdas? Y si la cosa funcionaba, a partir de la quinta renegociaríamos las condiciones de nuestro acuerdo. No puedes dejarlo así como así, no en este momento. ¡Tiene gracia! ¿Acaso la palabra de un escritor no vale una mierda?

Un gato atigrado de apenas unos meses rebuscaba en un cubo de basura, haciendo equilibrios con las cuatro patas sobre el borde de plástico negro. De repente, las luces de un coche deslumbraron a Latorre, que se escondió tras el cuerpo menudo de Mauro hasta que pasó de largo.

—¡Joder, estás paranoico, tío!

—Podrían ser *paparazzi*; son como ratas en busca de carroña. ¡Qué sabrás tú de estas cosas!

—Habrán pensado que somos un chapero y su cliente. Al fin y al cabo no somos algo muy diferente —musitó—. Dame la pasta y acabemos con esto. No me gusta este sitio.

—No te la daré hasta que no te comprometas a cumplir con el trato. Tengo un contrato firmado con la editorial y no puedes dejarme tirado ahora, ¿lo entiendes? Ya me están pidiendo la tercera novela; quieren publicar una por año. Esto es serio. Hay mucho en juego.

—¿Y qué vas a hacer, denunciarme? ¡Venga! ¡Adelante! ¡Puede ser francamente divertido! Dile a un juez que tu negro ya no responde a la voz del amo. Así se enterará todo el mundo de que el gran novelista Germán Latorre sólo es una mentira, un impostor, un embaucador que pone su nombre al talento de otro.

—¡Cállate! ¡Nadie te puso una pistola en la cabeza para que aceptaras! —le reprochó. Latorre empezaba a perder los nervios frente a Mauro, que permanecía impasible y aferrado a su decisión.

—Nunca debí acceder a venderte mis novelas, eso es cierto. Es un error que cometí y con el que he tenido que vivir estos dos años mientras tú cosechabas todo el reconocimiento que sólo me correspondía a mí. Pero está decidido y no hay vuelta atrás. No voy a escribir más para ti. Ni para ti ni para nadie que no sea yo mismo. Soy bueno, lo sé. Tengo talento y el talento es imparable.

—¡Ja! ¡Permíteme que me ría, maldito cretino! ¡Mírate! —le gritó—. ¿Talento? ¿Quién coño te crees que eres? ¡Tú no eres nadie! ¡Nadie! Podrías morir ahora mismo y ni siquiera las ratas se acercarían a roerte. ¿Crees que tus libros se venden por millones porque tú tienes talento? —escupió con desprecio—. ¡Se venden porque mi nombre está escrito en ellos! ¡Mi nombre! ¡No importa la mierda que lleve dentro! ¿Entiendes? ¡Es mi nombre en la portada lo que los convierte en *best sellers*!

El dedo índice inquisidor de Latorre le daba golpecitos a Mauro en el pecho y su aliento caliente y enfurecido le abofeteaba la cara. El vaho salía de su boca disparando gotas de saliva como un perro salvaje. De haber podido lanzarse a su yugular lo hubiera hecho.

—Pues si es así, búscate a otro que escriba por ti. Va a dar igual con tal de que lleve tu nombre —repuso masticando las palabras.

Mauro no se había achantado ni una pizca y mantenía la serenidad en sus palabras. Le estaba echando un pulso a Latorre sabiendo que la razón estaba de su lado. Aquella actitud enervaba todavía más a Latorre, que empezaba a estar al borde del colapso nervioso.

—¡No te conviene desafiarme!

—No lo estoy haciendo. Simplemente he tomado una decisión. ¿O acaso tienes miedo de que tus lectores se den cuenta de que Germán Latorre ha perdido su magia literaria con su tercera novela? Sabes que lo más difícil de este mundo que has pretendido conquistar no es llegar, sino mantenerse. La literatura está llena de escritores burbuja que suben como la gaseosa pero se desinflan con la misma rapidez. Un primer éxito, tal vez dos, y ya está, mueren olvidados en los rincones de viejas librerías. Tu nombre te ha puesto ahí, sí, eso es cierto, ¿pero será capaz de sostenerte por mucho más tiempo si no estoy yo detrás?

—¡No puedes hacerme esto! Creía que eras un tipo más inteligente de lo que estás demostrando ser. —Latorre respiraba con agitación y sus ojos querían escapar de las cuencas—. ¿Es por dinero? —Sacó del bolsillo del abrigo un sobre de color pardo y se lo estampó con violencia a Mauro en el pecho—. ¡Toma! Este es el segundo pago. Dentro de seis meses cobraré los derechos de autor de las ventas del primer semestre, puedo darte el treinta por ciento, mejor el cuarenta... —Su voz sonaba desesperada.

—¿No lo entiendes, verdad? No todo se puede comprar con dinero. Para alguien como yo que no tiene nada, nada es lo que teme perder y eso es lo que me hace fuerte. Esa es mi ventaja frente a ti. Yo no te necesito, pero tú a mí sí y lo sabes. Me he dado cuenta de ello hace poco, pero todavía no es tarde.

Latorre dio un paso atrás y miró a Mauro de hito en hito con todo el desprecio que fue capaz de acumular. Se desabrochó algunos botones de su abrigo con parsimonia y después hizo lo mismo con el cinturón de su pantalón ante la mirada perpleja de Mauro. Rebuscó en su bragueta y sacó su pene sujetándolo con una mano, mientras con la otra apartaba un poco el abrigo. Antes de que Mauro reaccionara, Germán Latorre empezó a orinar sobre sus zapatillas de deporte como un perro hace con una farola después de olisquearla, marcando su territorio. Mauro se apartó, pero ya estaba empapado.

—¡Puedo destruirte si quiero! ¡Maldito seas! Mearme encima de ti si me apetece. Tú eres insignificante y no tienes sentido si no es a través de mi nombre y, puestos a saber, eso también lo sabes. ¡Volverás a escribir para mí porque, de lo contrario, encontraré la forma de destruirte! ¿Lo has entendido?

Después de subirse la cremallera y volver a abrocharse el abrigo, Latorre desapareció en la oscuridad de las callejuelas que separaban las naves industriales como lo que era, una sombra que necesitaba la luz de otros para existir.

Brigitte había pedido al Moro que le sirviera champán guiñándole un ojo. Era la señal para que el camarero del burdel aguara la bebida pero se la cobrara al cliente a precio de *Moët Chandon*. Mauro se hizo el distraído y pasó por alto, como parte del juego, la falta de disimulo de la chica y pidió un *whisky* con cola. Se sentía abatido de nuevo tras el pulso con Latorre, que había puesto de manifiesto que era más fuerte que él. Lo peor de todo era volver a revivir esa sensación de sumisión e impasibilidad que creía muerta junto a su padre, el Teniente. Hay cosas que no puedes tirar al retrete aunque quieras. Para una vez que decidía tomar las riendas de su vida, se le meaban encima y además no había hecho nada por evitarlo. Eso era lo peor de todo. Podía escuchar en su cabeza la voz impertinente de Jacinto diciendo de él que era un inútil. A veces pensaba que era cierto.

—Hoy mi cielito no tiene ganas de follar, ¿a que no? —Brigitte se le enroscó como una serpiente alrededor del cuello y recorrió cada pliegue del lóbulo de su oreja con la calidez y la humedad de la punta de su lengua—. Algo te ha pasado, lo sé. Las putas somos como los loqueros, nos damos cuenta de esas cosas. —Le besó el cuello con ternura y le susurró al oído—: ¿No me lees ninguna de esas historias tan bonitas que siempre escribes?

Zalamera, Brigitte intentaba hacer su trabajo lo mejor que sabía. Ya tenía acumulados en su entrepierna más de diez años de experiencia y era consciente de que algunos hombres necesitaban el cortejo tanto como las mujeres. Mauro era uno de ellos. Otros, sin embargo, la embestían como a una mula y con cuatro empujones se cobraban el servicio sin mediar palabra.

La rubia de bote tenía especial predilección por Mauro. Se la beneficiara o no, siempre pagaba religiosamente y la invitaba a un par de copas. Las comisiones que recogían cada noche por las consumiciones de los clientes eran una importante fuente de ingresos para Brigitte y el Moro. Además, Mauro era educado y limpio. Nunca olía a sudor rancio ni a tabaco, apenas levantaba la voz y, aunque era muy torpe en las artes amatorias, muchas veces ni le tocaba un pelo, la sentaba en la cama y le leía historias que él mismo escribía. Eran historias de amor imposible sobre una mujer llamada Olvido que no le correspondía, y que Brigitte estaba convencida de que iban dirigidas a ella.

—¿Has tenido un mal día, cielito? —insistió al ver que Mauro hacía ya un rato que había posado su mirada y toda su atención en los hielos del vaso de tubo donde el Moro le había servido el *whisky* con cola. Había enmudecido—. Anda, dime algo, que me estás preocupando, y deja de mirar así ese vaso, que se muere más gente en los vasos que en los ríos —dijo Brigitte, que siempre tenía un refrán en la boca para cada ocasión.

—Lo peor de todo, Brígida, es que no me pasa nada que no me haya buscado yo mismo. ¡Soy un imbécil!

La chica torció el gesto e hizo una mueca de desaprobación al escuchar su verdadero nombre, pero pensó que no era el momento de protestar.

—Ya sabes que no hay mal que cien años dure ni cuerpo que lo resista. No será tan malo. Todo pasa, cielito, te lo digo yo que este cuerpo lleva mucho pasado ya…

—¿Alguna vez has sentido que la vida te zarandea? —Brigitte lo pensó un momento, no estaba segura del todo de saber qué significaba «zarandear». Sorbió de su copa de champán y enarcó una ceja mirando de lado a Mauro, que siguió explicándose intuyendo el desconcierto de la rubia—. Me refiero a cuando sientes que la vida te maneja como un trapo un día de viento, te lleva de aquí para allá, dándote golpes contra todo lo que te encuentras a tu paso y sin poder hacer nada por evitarlo más que esquivar los impactos o encajarlos de la manera menos dolorosa posible. Pero que, sin embargo, cuando quieres moverte por ti mismo, deja de soplar y entonces sólo eres un trapo sucio tirado en el suelo, a merced de que llegue otra ventisca…

—Qué bonito lo dices todo, cielito. Claro que me ha pasado, pero eso es la vida, ¿no? Nada de lo que te haya podido ocurrir se podría comparar a ser puta —musitó con cierta tristeza en la voz. Mauro sonrió con una punzada de dolor. Brigitte no sabía hasta qué punto se veía reflejado en ella—. Ninguna chica sueña con serlo cuando es una niña, pero la vida tiene sus planes y hay mucho hijo de puta que se busca novia para convertirla en lo que fue su madre, ¿entiendes? —Suavizó el tono—. Y no miro a nadie —dijo lanzando flechas con los ojos al Moro, que servía un coctel a un cliente en la esquina derecha de la barra—. Luego todo es cuestión de oficio. No creo que sea el peor de todos, ¿sabes?

—¿Y nunca has pensado en dejarlo? —La pregunta le caló hondo y Mauro se asomó a aquellos ojos negros de una profundidad terrorífica que habían visto demasiado para tanta juventud. Le interesaba de verdad la respuesta.

—¡Oh, sí! ¡Miles de veces! ¿Y quién no?

Brigitte bebió un trago largo de su copa hasta dejarla seca y le hizo un gesto al Moro para que se la volviera a llenar. Necesitaba tragarse la respuesta y se limitó a salir del paso. De sobra sabía que los clientes no quieren escuchar problemas, aunque Mauro no fuera como todos.

—Pero ya sabes que amor con amor se paga y lo demás con dinero. Oye —cambió de tema—, con el tiempo no hay vuelta atrás. —Miró el reloj que colgaba en el centro de la pared de la barra; era regalo de una marca de licor con el logotipo en la esfera—. Y ese de ahí —dijo, refiriéndose al Moro— lo controla todo. Yo me echaría toda la noche de cháchara como una reina, da gusto hablar contigo, cielito, pero… ¿de verdad no quieres que te haga algo rapidito? —Brigitte jugueteó remolona con su mano en la bragueta de Mauro por encima de los pantalones—. Sabes que contigo me gusta hacerlo.

La noche que Mauro conoció a Brigitte, ella estaba haciendo la calle en una rotonda. La encontró tiritando a pesar de tener un abrigo que no llevaba abrochado para así enseñar la mercancía cuando un coche aminoraba la marcha. Todavía no era Brigitte, conservaba la inocencia de su nombre y la fe en el amor. Lucía una cuidada melena del color del maíz tostado que después había quemado de tanto oxigenársela para parecerse a la Bardot. Sus ojos negros no sabían mirar si no era con miedo. El Moro, por entonces su novio y su chulo, la había abandonado cerca de una gasolinera como a un animal que estorba y no merece cariño si no resulta rentable. Lo hacía cada noche, los siete días de la semana, para después recogerla, llevarla a una pensión con olor a naftalina y decirle que la quería mientras le tiraba del pelo con tanta fuerza que alguna vez temió que se le fuera a partir el cuello. Pero Brigitte siempre decía que el Moro no era tan malo. Al menos no le pegaba como les pasaba a otras compañeras de oficio y nunca le había pinchado nada en las venas. Le bastaba con el alcohol y algo de mierda para escapar a otro plano cuando se la follaba un viejo sin dientes. Para Mauro, Brígida había sido y, seguía siendo, su única mujer de pago. Cuando la miró desde la luna del coche aquel día, creyó estar viendo a Olvido con quince años menos y disfrazada de puta.

Aquel día no la tocó. No hubiera podido hacerlo aunque el deseo se le abotargaba en la sangre y apenas pudiera pensar. De haberlo hecho se hubiera sentido sucio y mezquino. Era la viva imagen de Olvido, podría haber sido su hija, y profanar el sexo de aquella chiquilla pensando en Olvido era una escena tan perversa que bien hubiera podido ilustrar alguna de sus novelas. Se limitaron a hablar, ante la mirada atónita de ella, que había oído de clientes que sólo buscaban conversación. Se le hizo raro y desconfió. Nunca antes había vivido una situación semejante. Era un hombre joven al que le supuso algún extraño problema y su desbordada imaginación se puso en lo peor. Temió que fuera un psicópata asesino de furcias que disfrutaba más descuartizándolas que dejándose hacer. Casi hubiera estado más cómoda en el asiento de atrás, abriendo las piernas y fingiendo unos jadeos que aceleraran lo más posible la faena para acabar pronto. Pero sus temores se disiparon cuando Mauro pagó un completo sin rozarla y la invitó a un café con leche y *croissants* recién hechos. Le habló con respeto y le preguntó su nombre. A nadie solía importarle quién era.

A la semana siguiente volvió a buscarla a la misma rotonda. Pero ella estaba ocupada dentro de un Ford Fiesta con los cristales cuajados de vaho, que se agitaba en la cuneta como una cafetera. No pudo soportar la imagen y escapó de allí, como siempre escapaba de todo.

Sólo cuando Brígida pasó a ser Brigitte, una puta curtida que atendía bajo el techo de un burdel, fue capaz de irse a la cama con ella. Para entonces había transformado un poco su aspecto y ya no le recordaba tanto a Olvido. Quería parecerse a la actriz Brigitte Bardot, ser tan arrebatadora y sexy como ella. Mauro le contó un día que la Bardot, como así la llamaban, había sido un símbolo sexual, todo un mito erótico de los años cincuenta y sesenta, y que contaban de ella que había tenido más de cien amantes. Eso la hizo reír.

—¡Pues menudo mito erótico! ¡Cien nada más! —había exclamado divertida—. ¡Yo ya he perdido la cuenta!

Fue ella quien le cogió la mano y lo llevó al cuarto un día. Le tenía ganas. Le había cogido cariño y había llegado a pensar alguna vez, incluso, que a Mauro no le gustaban las mujeres, aunque la forma de mirarla dijera todo lo contrario. Ni siquiera cuando estaba totalmente desnuda y despatarrada para cualquier otro cliente se sentía tan intimidada como cuando la miraba Mauro. Hay vergüenzas que están dentro del cuerpo. Él le hacía el amor con los ojos aunque no se la follara. Así que Brigitte agradeció en cierta manera que por fin lo suyo fuera lo normal, a lo que ella estaba acostumbrada, dos cuerpos retorcidos compartiendo una misma respiración acompasada y nada más. Pero en realidad nunca fue del todo eso, al menos para Mauro, que cada vez que la rozaba evocaba la imagen de Olvido y le atribuía a ella el olor del cuerpo de otra.

Algunos días Mauro le leía poemas y cuentos que él mismo había escrito. Brigitte le escuchaba embelesada aunque no siempre entendía todo lo que las historias querían contar. Le bastaba con la musicalidad de las palabras, con el tono de voz cautivador de Mauro y con el convencimiento de que era ella la que inspiraba tan bonitas historias.

—¿Y por qué le has puesto de nombre Olvido a la chica de tus historias? No me gusta, me parece un nombre tan triste que de ella no puede salir nada bueno —había comentado un día—. A mí me gustan más los nombres de actrices de Hollywood como Marilyn, por ejemplo.

—Olvido es un nombre precioso. A mí me lo parece. En sí mismo evoca un poema…

Brigitte se encogió de hombros; si él lo decía así debía ser. Hacía tiempo que no buscaba encontrar respuesta a lo que no entendía. La mayoría de las cosas que pasaban en la vida ocurrían sencillamente porque tenían que ocurrir. Eso lo había aprendido hacía mucho tiempo. Era inútil discutir. Era inútil combatir. Prefería invertir su tiempo y su energía en ser feliz con lo que tenía y dejar de anhelar un imposible.

—¿Y cuándo escribirás una historia con final feliz? Que esa Olvido se case con el chico que la quiere y tengan muchos niños traviesos correteando por el jardín de un bonito chalé…

—Porque entonces se acabaría la historia, ¿no crees?

Tal vez Mauro tenía razón, pensó. Todas las películas de amor que le gustaban se acababan cuando los protagonistas se casaban o cuando uno de ellos se moría. Entonces aparecían las palabras *The End* mientras ella se sonaba los mocos. Lo había visto cientos de veces en la televisión durante las sobremesas de los días que no trabajaba porque estaba menstruando. Pero aun así, le gustaban las historias que acaban bien, porque para finales trágicos ya estaba la vida. No había necesidad de inventar más desgracias.

—Podrías seguir escribiendo la historia de sus vidas hasta que fueran viejecitos —le sugirió un día.

—Brígida, hay cosas que no pueden ser y otras que sencillamente son imposibles.

Aquel día entendió que nunca abandonaría el burdel del Moro del brazo de Mauro Santos, el hombre que la miraba con cariño y le leía historias bonitas. Era una pena porque hubiera aprendido a quererle de verdad, como se quiere lo que uno quiere querer, pero como Mauro muy bien había dicho, hay cosas que no pueden ser o sencillamente son imposibles. Fue entonces cuando desempolvó sus primeros planes, ahorrar lo suficiente para montar una pensión o un bar que diera comidas. Tenía buenas manos para la cocina.

Hastiado de estar en su piel, Mauro no se encontraba cómodo aquella noche en compañía de Brigitte ni en la suya propia, así que sacó un billete de cincuenta euros del bolsillo y lo puso sobre la barra mientras llamaba la atención del Moro con un chasquido.

—¿Hay suficiente con esto?

El Moro levantó la vista hacia el reloj de pared que estaba justo sobre su cabeza y calculó mentalmente el tiempo que Brigitte había perdido en la barra. Una mirada inquisidora atravesó a la chica por no haber sido capaz de trajinarse a su cliente predilecto. Ella la esquivó como pudo. Entonces Mauro sacó otro billete de cincuenta y lo dejó encima del primero, mirando fijamente al Moro.

—Esto es por el tiempo de Brigitte, ¿entendido?

Ella se sintió como una dama en mitad de una disputa entre dos caballeros, aunque el Moro le pareciera un tipo despreciable. Se lo agradeció a Mauro con un beso en los labios; era lo más valioso que ella podía darle porque las fulanas nunca besan y él lo sabía.

Antes de abandonar el burdel visitó el baño de caballeros y el olor de los orines derramados fuera de la taza huérfana de tapa le hizo acordarse de Latorre. La furia y la impotencia comenzaron a invadirle de nuevo. Cerró la puerta y contuvo todo el tiempo que pudo la respiración. Sacó un rotulador permanente del bolsillo interior de su cazadora, siempre llevaba uno encima, y escribió una cita de su libro en la puerta del váter. Era una frase que pertenecía a la novela *Más allá del horizonte hay vida*, el primer éxito de Latorre, y decía así.

«El día que encontré el camino que la vida me había marcado, entendí que ya para entonces yo mismo había sido capaz de construirme otro.»

Mauro Santos.

Durante unos segundos se quedó observando aquellas letras escritas junto su nombre y no junto al de Germán. Incluso a él mismo se le antojaron extrañas de tanto como había interiorizado que aquellas palabras ya no eran suyas sino de otro. Entonces sintió terror, un miedo indescriptible que le presionó el pecho hasta el ahogo. El frío se paseó por su anodino cuerpo hasta helarle el corazón. Un pensamiento lúgubre le atormentó hasta convertirse en una amenaza, y salió huyendo de aquel lugar de camas prestadas y cuerpos vendidos, temiendo que su nombre sólo fuera recordado para siempre, por estar escrito en la puerta de un váter y no en sus libros.

7

Despertarse embebido de cierto optimismo no era lo habitual en Mauro. En más de una ocasión se había sentido como Gregor Samsa, el protagonista del relato de Kafka, *La Metamorfosis*, transformado en un bicho raro tumbado en su propia cama, mientras miraba el techo buscando las fuerzas necesarias para levantarse cada mañana. Pero aquel día su rutina se iba a romper de la mejor manera posible y de sólo pensarlo se le alegró el día. Algunas tardes al mes, cuando Olvido tenía turno vespertino en el supermercado, Mauro se encargaba de cuidar a la pequeña Cristina hasta que su madre volvía a casa. No había nada que a Mauro le gustara más que ver a Cristina atravesando el patio con los brazos abiertos y una alegría imposible de fingir, al comprobar que era Mauro quien la recogía del colegio. Después se la comía a besos y le hacía cosquillas en el cuello antes de ajustarle bien la bufanda rosa para que no cogiera frío. Entonces caminaban hasta la librería, cogidos de la mano y contándose historias fantásticas que inventaban por el camino y que muchas veces Mauro se decía que debía apuntar en un papel para que no murieran en el olvido.

—Las historias que se escriben para alguien son siempre las más bonitas del mundo —le dijo aquel día a Cristina, que le daba puntapiés cada tres pasos a una lata vacía de refresco.

—¿Sí? Pues escríbeme una historia, tío Mauro, una sólo para mí. —Cristina brillaba como una estrella y Mauro no podía escapar nunca de ese embrujo suyo cuando le hablaba y le miraba con absoluta admiración. Nadie más en el mundo era capaz de mirarle así.

—Cielo, pero si ya lo hago. Todas las historias que escribo son siempre para ti y para tu madre, pero todavía eres muy pequeña para leerlas.

—Pero quiero que me escribas una en la que yo tenga superpoderes. Una que pueda leer ahora. Mi profesora dice que ya voy muy adelantada y que sólo me falta un poquito de práctica. Quiero ser una niña poderosa y que me salgan rayos de fuerza de los ojos y se los lance a los malos para que se caigan al suelo de culo. ¿Sabes, tío Mauro? Se los lanzaría a Iker, el abusón de mi clase, que siempre se mete conmigo —dijo con el rostro ensombrecido por una tristeza que no le pasó desapercibida a Mauro. La lata de refrescos a la que daba patadas se coló debajo de un coche emitiendo un sonido hueco.

—¡Pero si tú ya tienes rayos de súper poderes en los ojos! Mírame y verás —replicó Mauro al tiempo que se puso tieso como un palo. Ante la duda de Cristina, insistió—: ¡Venga! ¡Sin miedo! ¡Mírame!

Con los brazos en jarras, Cristina le lanzó una mirada desafiante, entornando un poco los ojos para imprimirle más fuerza, pero reprimiendo también una sonrisa divertida y cómplice con el juego. Mauro fingió tambalearse de un lado a otro teatralmente y finalmente se dejó caer sobre su trasero en mitad de la calle.

—¿Has visto? Tú ya tienes superpoderes. Me has tirado al suelo con sólo mirarme y eso que soy tres veces más grande que tú. A partir de ahora voy a tener que llamarte «¡Súper Cris!» —exclamó Mauro poniéndose de nuevo en pie y levantando el brazo de la niña hacia el cielo como si fuera a alzar el vuelo.

—No es verdad, tío Mauro… Te has tirado tú… —se quejó Cristina con una risita pícara. Después volvió a entristecerse y su rostro se ensombreció de repente como una tarde de agosto con una tormenta de verano—. Además, con Iker no funciona, lo he intentado muchas veces y él no se cae al suelo. Al revés, a veces es Iker el que me empuja a mí y me dice que soy una niña rara porque no tengo un papá. ¿Por qué no te casas con mi mamá y te conviertes en mi papá, tío Mauro?

Mauro tragó cristales mientras se sacudía el pantalón con la mano. Sabía que la crueldad de los niños, sin filtros, a bocajarro, podía ser más peligrosa y dañina que un veneno que te mata lentamente, como su frustración. Pero también sabía que si algo puede vencer a la crueldad, eso era el amor.

—Escúchame bien, jovencita. —La pequeña abrió de par en par los ojos, como dos ventanales—. No escuches a ese Iker, no creas lo que te dice. No importa lo que tengas o no tengas en la vida, si tienes o no papá, o si tienes o no abuelos. Lo que realmente importa es cuánto te quiere la gente que tienes. Como yo, por ejemplo, o tu mamá, ¿lo entiendes? —Cristina agitó la cabeza de arriba abajo.

—Creo que sí.

—Es muy importante que lo entiendas, cielo. Porque lo que realmente vale es lo que sentimos en nuestro corazón, no lo que tenemos. Y tú tienes el corazón tan lleno de amor que puedes sentirte muy afortunada por ello. Hay personas que no saben querer y otras que, sin embargo, quieren por dos o incluso por tres.

—¿Cómo las ofertas del súper de mi mamá?

—Bueno —sonrió—, algo parecido, pero sin pagar.

Habían llegado al portal de Calderón 17 y Mauro rebuscó las llaves en el bolsillo de su pantalón. Cristina subió las escaleras hasta la casa con la velocidad de un rayo y esperó a que la alcanzara Mauro, a quien le empezaban a pesar los escalones, mientras se escuchaba a Jacinto gritar dentro, alborotado, entre graznido y graznido: *«¡Mauro, eres un inútil! ¡Inútil!»*.

El cerrojo de la puerta de seguridad sonó con tono carcelario y se chocó con el silencio. La hueca soledad de la casa hizo eco del sonido del metal que produjo la llave dando dos vueltas en la cerradura. Al abrirse la puerta, Cristina se deshizo con rapidez de la bufanda rosa y del pequeño abrigo de paño de color azul cielo y ribetes de raso azul marino, que se le empezaba a quedar corto de mangas. Los dejó tirados por el suelo. Corrió directa al salón para encontrarse con Jacinto. Ambas criaturas se adoraban mutuamente, cada una con un amor distinto, pero amor al fin y al cabo. Mauro se entretuvo unos segundos colgando la ropa de la niña en la percha y quitándose él también su chaquetón de plumas.

—*¡Cristina guapa! ¡Mi niña! ¡Mi niña!* —Jacinto aleteaba con entusiasmo y se movía inquieto de un lado para otro de su jaula. De haber tenido brazos y no alas se hubiera lanzado sin dudarlo al cuello de Cristina para abrazarla.

—Tío Mauro, ¿puedo sacar a Jacinto de la jaula? —preguntó desde el salón.

—De acuerdo, pero sólo un ratito mientras te preparo la merienda. Tenemos que bajar y abrir la librería, que se nos ha hecho tarde.

—¡Vale! ¿Sabes una cosa? Ya quisiera el tonto de Iker tener un loro como Jacinto. Ni siquiera tiene un perro. Y si tuviera un perro, no le querría tanto como me quiere Jacinto a mí. ¿A qué no, tío Mauro?

—*¡Guapa! ¡Mi niña! ¡Mi niña!* —Jacinto le picoteaba el pendiente a Cristina, loco de contento, subido a su hombro, y ella reía feliz porque le hacía cosquillas.

El día que Olvido le dijo a Mauro que estaba embarazada, este sintió como si el suelo que ambos pisaban se abriera bajo sus pies, dejando a cada uno de ellos en un lado diferente, a escasos centímetros de distancia, uno frente a otro, pero separados irremediablemente.

Lo recordaba muy bien. Hacía calor, pero una agradable brisa entraba por la ventana de la cocina de Olvido. Fue una noche del mes de julio, seis años atrás. Olvido llevaba puesta una camiseta de algodón de color blanco, sin ropa interior debajo, y unos viejos pantalones vaqueros que había cortado por encima de la rodilla. De manera intermitente se le erizaban los pezones. Él podía adivinarlos debajo del fino algodón, mientras Olvido, despreocupada, preparaba unos filetes con salsa de roquefort para cenar. Mauro no hubiera pensado nunca que la cotidianeidad pudiera resultarle tan hermosa y sexy al mismo tiempo, así, sin formalismos, sin premeditación, pero con alevosía, al menos por su parte, que distraía sus miradas para observarla con deseo reprimido. Mientras lo hacía, en la intimidad de una confianza que Mauro sintió que estaba traicionando un poco, descorchó la botella de vino blanco que había llevado para acompañar la cena. Estaba fresca y, al sacarla del frigorífico, comenzaron a resbalar gotas condensadas por el cuello de cristal verde. Aunque algunas veces Olvido y él cenaban juntos, no era lo habitual. Por eso había aventurado que algo importante iba a ocurrir cuando ella lo invitó a cenar en su casa.

En la mesa no había ni velas, ni mantel especial. Tampoco sonaba música romántica. Pero a Mauro no le hacían falta adornos para lo que sentía. Abrió el armario donde Olvido guardaba las copas de cristal y sacó dos para servir el vino. Ella tarareaba una canción de U2, *Beautiful day,* uno de los éxitos de aquel verano, mientras el aceite de la sartén crepitaba a otro ritmo distinto. Parecía feliz y Mauro se sintió esperanzado.

Sirvió un poco de vino en cada copa y se acercó a ella para ofrecérselo. Entonces ella lo rechazó con una sonrisa dulce en los labios.

—Creo que voy a estar mucho tiempo sin poder probar el alcohol —dijo y lo miró a los ojos para que Mauro adivinara, pero él se sintió desconcertado y no terminó de comprender.

—Pero si es tu vino preferido…

—Bueno, y supongo que lo seguirá siendo dentro de nueve meses —repuso mientras se acariciaba el vientre todavía plano y prieto.

Un torbellino de emociones explosionaron dentro de Mauro. Hubiera querido decir tantas cosas que se quedó casi mudo. Sólo pudo balbucear como un estúpido. A Olvido le hizo gracia y se echó a reír, mientras Mauro sostenía las dos copas como un idiota con la boca abierta.

—En realidad quería habértelo dicho durante la cena, esa era la gran noticia que tenía que darte, pero supongo que no he podido aguantarme. ¡Qué tontería! Parezco una niña pequeña, ¿verdad? —Se ruborizó un poco—. Hace tanto que espero este momento que me parece mentira que ahora sea una realidad… Pero bueno, ¿no piensas decir nada?

Mauro no comprendía qué estaba ocurriendo y se le amontonaban las preguntas. Sabía que Olvido había tenido alguna pareja esporádica, nada serio, aunque ella siempre evitaba hablarle de sus relaciones, tal vez para protegerle de sus propios sentimientos.

—¿Tiempo? ¿Quieres decir que lo has buscado?

—No pongas esa cara de bobo. ¡Por supuesto! ¡Estamos en el siglo XXI! —Olvido se rió de él con ternura—. ¿Tan increíble te parece? Hace un par de años que le estoy dando vueltas a la idea, pero no me decidí hasta que falleció mamá.

—Nunca me lo comentaste, ya sabes, que querías ser madre…

Mauro se entristeció un poco al descubrir que entre ellos había huecos oscuros donde a él ni siquiera se le había permitido asomarse nunca. Se moría de ganas de preguntarle por el padre de la criatura, pero temió pisar arenas movedizas, así que dejó que fuera Olvido la que se extendiera en sus explicaciones hasta donde creyera oportuno. Ella pareció leerle el pensamiento como había hecho muchas veces antes desde que eran niños.

—Este es un embarazo muy buscado, Mauro, y para mí era importante que fueras uno de los primeros en saberlo. Quería compartirlo contigo porque eres especial para mí. —Esas palabras le dolieron y le gustaron a partes iguales—. No hay un padre. No al menos en un sentido tradicional. Ni pareja, ni papá en las fiestas de cumpleaños, ni compromisos con nadie, tan sólo ha habido un donante. ¿Entiendes? Mi bebé será sólo mío y de la gente que lo quiera; esa será su familia. —Volvió a acariciarse el vientre con ternura—. Y los dos queremos que formes parte de esta familia. Si tú quieres…

Los ojos profundos y oscuros de Olvido se lo tragaron de golpe mientras le explicaba todo aquello. Mauro, contrariamente a lo que pretendía Olvido, se sintió excluido, más excluido que nunca de la vida de la mujer a la que amaba desde siempre en un silencio carcelario y obsesivo. No tenía motivos para ello, para sentirse así, pero no sabía cómo hacer entrar en razón a su corazón. Por supuesto que pensaba querer a aquel bebé como si hubiera sido suyo, pero no lo era, aunque hubiera dado la vida porque lo hubiera sido. Supo que era injusto pensar así, que era peligrosamente egoísta hacerlo, y que se estaba dejando atrapar por su propia trampa, pero necesitaba más tiempo para domesticar ese sentimiento que lo arrastraba a un lugar sin retorno. Se sintió en mitad del laberinto sin saber cómo encontrar el camino y con la única posibilidad de mirar al cielo para entender que había una salida.

Olvido retiró la sartén del fuego. Pudo sentir el frío que de pronto se había alojado entre ambos. Hubiera preferido que Mauro mostrara algo más de alegría, pero él no supo fingirla, así, de repente.

—¿No te alegras? —Mauro se bebió el contenido de una de las copas de un trago e intentó disimular.

—¡Sí, claro! ¡Por supuesto! Es sólo que me ha pillado por sorpresa. Una noticia así no la recibe uno todos los días. Menos mal que no sufro del corazón, si no me hubiera dado un infarto aquí en tu cocina. —Intentó ser gracioso—. Será una niña, ya lo verás, tan hermosa como su madre —vaticinó. Y volvió a beber, esta vez de la copa de Olvido.

Pero aquella noche de julio ya no volvió a hacer calor en el piso de Olvido. El frío del invierno que estaba por llegar se había colado por las grietas de aquella relación tan intensa como etérea, y se había alojado todo en el corazón de Mauro. A él le hubiera gustado decirle que la amaba, que siempre la había amado, y que de habérselo pedido, incluso hubiera aceptado ser el padre de su bebé, aunque para ello ni siquiera hubiera tenido que rozar un centímetro de su piel. Mauro quería ser parte de Olvido, una parte que estuviera dentro de su vida, no al lado, no de manera paralela, sino en su interior. Hubiera muerto por ella, pero la realidad era que ella no le había elegido para concebir la vida de su hijo. Para Olvido, ésa no había sido nunca una opción, ni tan siquiera un pensamiento lejano, y aquel día Mauro lo supo definitivamente. Debía aprender a ser la orilla a la que irían a morir las olas de Olvido, y no pretender nadar en las aguas de aquel mar.

Seis años después, la pequeña Cristina era el centro de su universo. La niña de alguien desconocido que le llamaba «tío», respetando una línea excluyente dibujada por Olvido y que claramente le dejaba al otro lado. Pero eso a Mauro había dejado de importarle demasiado.

La tarde en Dreams and Movies Productions se presentaba ajetreada. Las solicitudes de concursantes para *Negro sobre Blanco* se habían recibido por miles, superando cualquier previsión de la productora. Separar el polvo de la paja entre tanto aspirante a ser un rostro conocido de la televisión y conseguir ganar un concurso pionero, que permitiría al ganador publicar con una gran editorial, iba a ser una labor titánica.

El país parecía estar repleto de escritores con aspiraciones de triunfo y fama, y sobre la mesa del equipo de producción se amontonaban los relatos breves que habían enviado los candidatos. Azul TV había estado semanas promocionando el concurso e invitando a todo aquel escritor que considerase que tenía talento a participar en la oportunidad de su vida. Y la insistente promoción había superado incluso el efecto deseado.

Todo aquel que quisiera participar debía ser capaz de concentrar su talento, ingenio e imaginación en un escrito de no más de un folio de extensión. La temática podía ser libre, con la única condición de que el trabajo fuera inédito. Una vez enviado a Dreams and

Movies Productions, la suerte estaba echada. Pero lo cierto era que las probabilidades de que un aspirante a concursante fuera seleccionado eran escasas. De los miles que habían apostado por participar, sólo podían quedar un total de cincuenta tras una primera selección. Después, esos cincuenta afortunados combatirían cuerpo a cuerpo, como si les fuera la vida en ello, cual gladiadores de las letras, en un primer programa con el fin de conseguir ser uno de los diez concursantes finales. Apenas una decena de escogidos entre muchos miles pondrían a prueba sus cualidades literarias frente al gran jurado formado por tres literatos de dudoso prestigio para muchos. Pero el premio bien merecía la pena.

El equipo de lectura no daba abasto leyendo relatos. Una mesa de veinte lectores profesionales se constituyó como un primer filtro. Algunos apenas leían las primeras palabras de los escritos. Era materialmente imposible abarcar el ingente volumen de trabajo y mucho menos ser riguroso. La mayoría de los relatos recibidos carecían de estilo o eran excesivamente almibarados. Otros incluso dañaban la vista con insoportables faltas de ortografía o incorrecciones gramaticales imposibles de pasar por alto. Ocasionalmente algo distinto asomaba en alguno de los folios. De tanto en tanto, las palabras parecían alinearse con un elegante sentido del ritmo narrativo y la historia atrapaba al lector en la tercera línea para no soltarte hasta el final. No era una labor sencilla.

En la primera selección se desecharon más de cinco mil aspirantes y se salvaron unos quinientos, pero aún sobraban demasiados. Con el fin de cumplir con los plazos, el comité lector había decidido repartirse el trabajo. Cada uno se había llevado a casa un total de cincuenta textos, y debía volver aquella tarde al trabajo habiendo seleccionado tan sólo uno, dos o ninguno.

—Necesito con urgencia un barril de café. ¡Anoche estuve leyendo hasta las tantas! —exclamó una de las jóvenes mientras se acomodaba en una de las sillas de la sala de reuniones—. Creo que esto de leer por obligación es uno de los peores trabajos del mundo. ¡Menudas porquerías me he tenido que tragar! ¿Toda esta gente no tiene una madre que le diga cuatro verdades? ¡Un poquito de autocrítica, por favor!

—Sí, todos los juntaletras de este país se creen que tienen el gran *best seller* en el cajón de su mesilla de noche —dijo otro joven con bigote y aspecto cuidadosamente desaliñado que ocupó una de las sillas del fondo, al lado de otros tres de mayor edad, que guardaban silencio mientras repasaban sus escritos.

—¡No pienso leer ni el prospecto de los antibióticos en los próximos tres años! —se lamentó una chica con desidia mientras dejaba su puñado de relatos sobre la mesa y se desparramaba en la silla. Dos de los relatos estaban señalizados con una pegatina roja en el borde superior derecho del papel.

—¡Calma! ¡No es para tanto! —El director llamó al orden aflojándose la corbata—. Hay cosas peores en la vida, ¿no creéis? —repuso mientras también tomaba asiento—. Además, lo peor ya ha pasado. Sólo debemos escoger cincuenta, a ser posible entre hombres y mujeres, y de diversas edades y profesiones. ¡Esto es televisión, que no se os olvide! Si hay alguno guapo, mucho mejor. Después, dejaremos que se maten entre ellos por su minuto de fama. Un poco de morbo, algo de carisma, las llamadas de la audiencia y listo, será como la selección natural de las especies, los débiles morirán y nos quedaremos con los diez más fuertes y televisivos.

Cada uno de los lectores hizo su propuesta personal de entre los textos que le había tocado seleccionar. Y empezó la valoración. Leyeron, releyeron y votaron. Tras más de cuatro horas de puesta en común, debate, mucho café y una buena dosis de paciencia, finalmente quedaron claros los cincuenta nombres seleccionados y cinco más de reserva por si acaso había que cubrir alguna baja imprevista. La suerte estaba echada.

La primera vez que Olvido vio en televisión la promoción del concurso *Negro sobre Blanco*, pensó inmediatamente en Mauro. Sabía que él jamás se hubiera presentado a un programa como ese, sometido a una exposición pública de la que era poco amigo. Olvido también era consciente de que, probablemente, sería un espectáculo que poco tendría que ver con el talento y mucho más con el *show*, pero también sabía que tal vez podía suponer una oportunidad para la carrera de Mauro. Por qué no, se dijo.

Sin pensarlo dos veces por temor a echarse atrás, se convenció a sí misma de que enviar un relato de los muchos que ella conservaba de Mauro no podía hacerle ningún daño. Sintió algo de cobijo en su punzada de culpabilidad, al pensar que lo más probable, dada la cantidad de gente que se presentaba a esas cosas, era que el relato de Mauro pasara desapercibido, uno más entre miles, y no por falta de mérito. Si eso ocurría, aquel atrevimiento sería su secreto, una pequeña travesura cometida con buena intención por un amigo al que apreciaba de verdad y en el que creía firmemente como escritor, y nunca le diría nada al respecto. Pero si, por el contrario, Mauro era uno de los seleccionados para el concurso, tal vez sería porque el destino tenía preparado algo importante para él y la vida la había utilizado a ella como instrumento para cumplir su plan. Le reconfortó pensar que a veces todo tiene un orden establecido y que no somos más que piezas que equilibran la balanza. Le apetecía abrirle esa ventana a Mauro, cuando antes le había cerrado tantas puertas. Escogió un bello escrito que años atrás, cuando ella estaba embarazada de Cristina, él le había dedicado al bebé en camino. Era tan enternecedor y exquisito que Olvido no podía evitar llorar cada vez que lo leía y su piel erizada le revolvía los sentimientos que se empeñaba en controlar, lamentándose por no saber quererle de otra manera. De haberlo hecho, tal vez su vida hubiera sido distinta, tal vez feliz, como la había imaginado muchas veces.

La pequeña Cristina daba buena cuenta del bocadillo que le había preparado su tío para merendar, sentada en una sillita roja y un pupitre verde que Mauro había habilitado en la zona de libros infantiles. Ella leía un cuento de sapos y ranas que no querían ser ni príncipes ni princesas, y él ordenaba un poco la estantería de novedades. El libro de Germán Latorre, sin que le causara mayor sorpresa, estaba teniendo muy buena venta y en la estantería donde estaba expuesto siempre había algún hueco que reponer. El teléfono de Mauro interrumpió su tarea; eran noticias de Dreams and Movies Productions, para comunicarle que había sido uno de los cincuenta seleccionados para participar en el primer programa del concurso *Negro sobre Blanco*, optando a la posibilidad de convertirse en uno de los diez escritores que se someterían al veredicto del jurado.

Al principio pensó que se trataba de un malentendido. Al fin y al cabo él no se había presentado a ningún *casting* tal y como la señorita del teléfono aseguraba y daba por hecho, pero pronto intuyó que era algo urdido por Olvido, sobre todo cuando aquella mujer le felicitó por el bonito relato que había enviado. Ella misma estaba esperando un bebé y había llorado al leerlo. Aparte de él mismo, sólo Olvido tenía ese relato en su poder.

—Es increíble que un hombre sea capaz de expresar tan fielmente unos sentimientos tan femeninos como los de la maternidad —le dijo—. Por un momento pensé que debía haber algún error en el nombre, ¿sabe? Di por hecho que su relato sólo podía nacer de la pluma de una mujer que hubiera sido madre.

A Mauro le hizo gracia la observación. Parecía ser el sino de su vida: escribir sin que nadie reconociera su nombre junto a su obra. Apenas tuvo tiempo para meditar una respuesta y, casi sin darse cuenta, se sorprendió a sí mismo anotando en un papel la fecha, la hora y la dirección del hotel donde debía presentarse para grabar el primer programa de *Negro sobre Blanco*. La señorita le deseó mucha suerte, sin saber cuánto la iba a necesitar.

8

La cafetería de Azul TV era un hervidero de gente a la hora de la comida. Germán Latorre odiaba comer allí, le hacía sentirse igual que en un hospital al ver las colas de gente portando sus bandejas de plástico color gris y un juego de cubiertos envueltos en una servilleta de papel, esperando para servirse de un rancho al que llamaban «bufet», pero que a él siempre se le antojaba muy poco apetecible. Independientemente del menú, siempre olía a coliflor hervida y a salchichas baratas, y no le gustaba que las camareras llevaran redecillas en el pelo y un uniforme azul cielo con puños y cuellos blancos, que les hacía parecer criadas provincianas. Operadores de cámara, técnicos de sonido, peluqueras, directivos, productores y presentadores, todos se mezclaban como una menestra en las mesas del comedor.

Latorre apenas lo frecuentaba, al menos para comer. Prefería escaparse a algún restaurante de las inmediaciones, salir un poco de aquella cárcel donde, acostumbrados a su presencia, ya nadie le miraba con admiración, ni tan siquiera con una pizca de asombro. Pero aquella tarde ocupaba una de las mesas del fondo, acompañado de un café solo en un vaso de cartón, que removía con un palo de plástico, y al que había añadido un generoso chorro de coñac de su petaca. Esperaba una visita y como sabía que el mejor escondite para ocultar un árbol es sin duda el bosque, había decidido que la cafetería, a la vista de todos, era el lugar perfecto para quedar con uno de los redactores del programa *A solas con Germán*. Nadie encontraría nada extraño en que ambos hablaran un rato; al fin y al cabo, trabajaban juntos, aunque no fueran a tratar ningún asunto profesional.

Hizo tiempo. Odiaba tener que esperar. Se entretuvo hojeando la prensa del día. Fue directo a la sección de televisión y sociedad esperando leer alguna noticia interesante sobre las audiencias, pero sólo encontró la fotografía del ganador de un millonario premio en un concurso de preguntas y respuestas que se emitía en la cadena de la competencia, y un artículo de opinión firmado por Ricardo Crespo, el crítico de televisión más despiadado con el que se había topado en toda su carrera. Le llamó la atención comprobar que su nombre estaba escrito en el titular: *«Germán Latorre: ¿barco hundido o flotador?»*. No pudo dejarlo para otro momento.

«No soy de la opinión de los que dicen que en televisión ya está todo inventado. No al menos para Azul TV, que se empeña en rizar el rizo para dar, tal vez a golpe de varita mágica, o tal vez por pura improvisación, con ese formato estrella que rompa los medidores de audiencia. La cadena, capaz de importar y experimentar en nuestro país con las más insospechadas propuestas de realyties emitidos en cualquier otra parte del mundo, ahora se embarca en la búsqueda de un futuro escritor de best sellers, con un talent show propio, "Negro sobre Blanco", que estrenará en las próximas semanas.

Desde luego hay que reconocer que es original. No le quitaré yo el mérito a quien lo haya ingeniado. Y se cuenta que Azul TV ha echado el resto en este concurso. No ha escatimado en presupuesto, quizá porque necesitan lavar su imagen de televisión basura, objeto de críticas y de denuncias de asociaciones de espectadores, y para ello han recurrido a un concepto que personalmente les intuía lejano: la cultura.

Pero yo me pregunto: en un país donde más del cuarenta por ciento de la población reconoce, sin pudor alguno, no leer ningún libro al año, ninguno… ¿"Negro sobre Blanco" será capaz de captar el elevado número de espectadores tan deseado por la cadena?

Claro que, como todo aquel que aspira a pescar necesita un buen anzuelo, Azul TV ha recurrido a su mejor cebo, una vieja cara de la cadena, y lo de "vieja" empieza a ser un adjetivo que debe tomarse en un sentido literal tratándose de Germán Latorre. La estrella mediática venida a menos será el gancho que deberá actuar como imán y arrastrar a los espectadores hasta el sofá de sus casas para ver, sin pestañear, este concurso con ínfulas de intelectualidad.

Latorre, junto a Aurelio Vargas, un escritor mexicano no demasiado conocido en nuestro país, y una joven y erótica estrella emergente de la literatura de burbujas, esa que dura lo que dura una moda en el mercado editorial, Lara Sánchez, formarán el triplete de literatos, miembros del jurado. Y cuando digo "literatos" no puedo reprimir unas risas. ¡Ay, si don Ramón del Valle-Inclán levantara la cabeza!

Todos hablan en los corrillos de las televisiones del evidente declive televisivo de Germán Latorre, reconvertido ahora en novelista tardío. ¡Qué cosas! Y resulta que Azul TV lo ficha como salvavidas de un barco que temen que se hunda nada más ser botado. ¿En qué quedamos? ¿Quién mantendrá a flote a quién? ¿El programa a Latorre o Latorre al programa?

El tiempo se encargará de despejar las dudas. Yo les invito a ir haciendo sus apuestas. ¿Cuántas semanas se mantendrá en antena "Negro sobre Blanco"? ¿Cuánto tiempo le queda a Germán Latorre en Azul TV?»

A pesar de sus muchos años de exposición pública, Latorre no había aprendido a encajar de buen grado las críticas y los hirientes comentarios de Crespo. Los vivía como ataques personales que le disparaban la tensión arterial. El sonido de una silla arañando el suelo lo sacó de su absorto enfado. Era Quique Velasco, el redactor que estaba esperando.

—¡Joder! ¿Por qué nadie me ha avisado de esta mierda? —Golpeó el periódico con el dorso de la mano y se percató de que su tono de voz había captado la atención de algunos comensales de las mesas vecinas que le observaban con extrañeza. Velasco se acomodó en la silla que estaba frente a él.

—¿Eso? Creía que lo habías visto ya. ¡Bah! Ni puto caso. Ese Crespo es un cretino. Cuando se aburre no sabe de qué escribir. Le pagan por esas memeces.

—¡Claro, como no habla de ti, capullo! ¿Sabes el daño que hacen estas cosas a una carrera? Cuando a un imbécil como Crespo le da por escribir en su periódico que estás acabado, créeme, tarde o temprano lo estarás. Los críticos son los que firman tu sentencia de muerte y la audiencia la ejecuta como auténticos verdugos. ¿Lo han leído los jefes?

—No tengo ni idea, pero a esos no se les escapa nada, ya te digo. Tienen un ejército de secuaces husmeando por las redacciones. Aquí hasta las paredes tienen micrófonos y ojos que todo se lo chivan.

—¡Menuda mierda!

—Pero olvídate de eso, joder, de momento las audiencias te siguen respetando. Además, ahora eres un tipo con prestigio. —Velasco se hinchó para aparentar más prestancia—. Yo de mayor quiero ser como tú, Germán. Lo tuyo sí es capacidad de reinventarse y no lo de Leonardo Da Vinci.

Velasco había desenfundado un palillo de su envoltorio de plástico transparente y se hurgaba los dientes con él. Su cuerpo enjuto no tenía ni un gramo de grasa, era pura fibra y huesos, debajo de unos pantalones vaqueros y una camisa de cuadros en tonos rojos, que parecían dos tallas más grandes de la que le correspondía. Tenía el pelo cano y unas generosas entradas, pero a pesar de ello se lo había dejado crecer hasta poder recogérselo en una coleta.

—He investigado al librero ese que me dijiste, el tal Mauro Santos. Desde que te ha dado por escribir estás de un raro…

—¿Quieres bajar la voz, idiota? —le increpó Latorre en tono de confidencia mirando con preocupación a su alrededor. La gente iba y venía con sus bandejas repletas de comida y charlaban animadamente con los compañeros. Velasco se inclinó hacia delante y casi le susurró.

—No conozco a nadie con una vida más aburrida que la suya. Si no fuera porque a veces se va de putas, ese tipo sería el más triste del universo.

—¿Nada turbio? ¿Algo donde rascar? Alguna mierda tendrá por ahí ese imbécil.

—Nada que yo haya encontrado. Como te he dicho, salvo alguna visita esporádica a un burdel de mala muerte, lo suyo es estar en casa y atender su librería. No tiene ni familia. Por cierto, ha decorado el escaparate de su librería con tu nuevo libro y una foto tuya enorme. ¿Se puede saber qué tienes tú con ese tipo?

Velasco era un fiel servidor de Germán Latorre, una persona con pocos escrúpulos pero de su total confianza. Le debía todo lo que era. Aficionado en exceso al alcohol, Latorre lo había conocido en una televisión local veinticinco años atrás. Por aquel entonces, Quique Velasco era un joven recién licenciado en Ciencias de la Información que aspiraba a convertirse en un gran periodista, pero sus constantes coqueteos con la bebida y otras sustancias dieron al traste con su carrera casi desde el principio. Sin embargo, Latorre supo aprovecharse de su debilidad. Esa era su especialidad con la gente: detectar su talón de Aquiles y manipular sus carencias. Lo acogió bajo su manto protector y le procuró un puesto de trabajo. Allá donde Latorre fuera, se llevaba siempre consigo a Quique Velasco. Sin ser brillante, Velasco era eficiente y, lo mejor de todo, servicial y leal. Su aspecto físico, desaliñado y poco agradable, lo había mantenido siempre detrás de las cámaras, por lo que nunca había supuesto una competencia para Latorre, muy al contrario, había sido su complemento. Velasco sabía que sin Germán Latorre no era nadie y por nada del mundo hubiera cuestionado nada que saliera de su boca. Si Latorre le ordenaba librarse de una fulana que empezaba a ponerse pesada largando intimidades en un programa de televisión o en una revista, de eso se encargaba Quique Velasco. El dinero con el que doblegar voluntades nunca había sido un problema. El trabajo sucio era la especialidad de Quique Velasco, un periodista de investigación que había terminado al servicio de su amo, aunque en el fondo, no eran tan distintos, dos personajes construidos con mentiras.

—Sobran las preguntas, limítate a hacer el trabajo. Lo que tenga yo con ese tío no te importa. ¿Desde cuándo tengo yo que darte explicaciones? Te pago bien por lo que haces. Trabaja y mantén la boca cerrada.

—Vale, vale, usted perdone. —Velasco levantó las palmas de las manos mientras hablaba con el palillo entre los dientes, moviéndolo con agilidad de una comisura a otra de la boca—. Se me hace raro viniendo de ti que muestres interés por un hombre, ya sabes, no es lo habitual. Además, el tipo es feo de cojones —comentó con sarcasmo—. ¿No será hijo tuyo? ¿Un desliz de juventud o algo así? Mira que tú has sido un picha brava…

—No seas capullo. Sigue investigando un poco más. Algo no has hecho bien. Te estás haciendo viejo y estarás perdiendo facultades. ¿Dónde está ese periodista de investigación que llevas dentro? Tampoco te estoy pidiendo que des con el paradero del santo grial, ¡coño!

—¿Y qué quieres que haga? ¿Que me meta debajo de su cama?

—Como si te tienes que meter en su braguera. Si es preciso, sí. ¿Entiendes? Todos tenemos un punto débil. Tú y yo lo sabemos muy bien. Ese tipo no va a ser la excepción. ¿Acaso es el único en el mundo? ¡Venga ya! ¡No me lo trago! Algo habrá que le haga mearse en los pantalones y suplicar como un niño. ¡Ese tío no es un santo! ¡Nadie lo es! —murmuró mientras golpeaba con vehemencia la mesa con el dedo índice—. Pregunta en ese burdel que dices que visita, a las putas que se folla, a los vecinos, a la panadera, a su dentista… Quiero saber qué estima más que su propia vida si es que la estima en algo.

—Está bien. Le haré un nuevo rastreo, pero no te prometo nada.

Velasco se levantó de la mesa con rostro de fastidio. Se quitó el palillo de la boca y lo partió en dos trozos que dejó caer al suelo.

—Toma. —Latorre extendió el brazo y le dio el periódico—. Y encárgate también de hacerle una llamadita a este crítico de mierda.

—¿A Crespo?

—Dile que la próxima vez que especule con mi salida de la televisión, se asegure primero de que no sea a él a quien despidan de su periódico. Yo también tengo contactos. Recuérdale que mis libros, esos que reportan millones de beneficios, los publica una editorial que pertenece al mismo grupo empresarial que su periódico. —Velasco pilló la indirecta y sonrió maliciosamente—. Sólo necesito hacer una llamada mostrando mi malestar por sus continuos ataques hacia mi persona. Es tan poca cosa para mí que hasta me da pereza.

—Joder, Germán, empiezas a ser una vaca sagrada.

—Con un artículo a mi favor me daré por recompensado por lo de hoy. Ya sabes, que me regale un poco los oídos, que diga lo buen profesional que soy y que me llame guapo. Házselo saber de mi parte.

Velasco se marchó con una sonrisa socarrona entre los labios y el periódico bajo el brazo. Le gustaba el estilo de Latorre y, en el fondo, estaba orgulloso de mantenerse a su lado, aunque para ello tuviera que ser quien limpiara su mierda de vez en cuando.

Cuando Mauro volvió a casa después de conocer a la vidente, se dejó vencer por la curiosidad y registró el armario de su padre, en busca de una prueba no sabía muy bien de qué. ¿Acaso de la existencia de una vida más allá de la que conocía? ¿O tal vez en busca de respuestas a preguntas que llevaba formulándose una eternidad? Encontró la caja no sin dificultad, escondida en un pequeño recoveco del armario empotrado, aprovechando un tabique de la pared, y maldijo una vez más al Teniente por habérselas ocultado durante tantos años. Estaba harto de mentiras y verdades no reveladas que terminan por pudrirse.

Allí las encontró, justo en el lugar donde Esmeralda le había indicado que llevaban años guardadas, dentro de una vieja caja de tabaco de pipa, en el fondo del armario del Teniente. Las cartas que su madre había escrito a Mauro durante años evocaban el aroma del perfume que su memoria asociaba ya con dificultad a unos difusos abrazos infantiles. Aquel olor a jazmines había resistido el paso del tiempo y se mezclaba con el penetrante aroma del tabaco que la caja un día albergó. Era casi como un acto de rebeldía de unos sobres que nunca se abrieron, mantener la esencia de su remitente.

Las contó, como si el número importara. Había un total de veintiuna cartas, todas ellas marcadas con matasellos de Châteauroux, una pequeña ciudad en el centro de Francia. La primera estaba fechada tan sólo tres meses después de su marcha y la última, diez años más tarde. La mitad de ellas coincidían con la fecha de su cumpleaños. Sacó la cuenta rápidamente. Su madre le había escrito un par de cartas al año durante diez años y, después, de nuevo había vuelto el silencio, la nada.

Nunca le confesó a su hijo que tenía las cartas de su madre en su poder, esas que él le había ocultado. Simplemente dejó que los silencios, las verdades no contadas y las ausencias les separaran todavía un poco más. Tampoco fue capaz de leerlas inmediatamente. Dejó que el tiempo borrara la ansiedad por conocer su contenido y el miedo a lo que allí estuviera escrito se disipara lo más posible. Pero encontrar la caja con la correspondencia que su madre le había enviado desde Francia en el lugar exacto donde le había dicho Esmeralda que estaría, le hizo plantearse que probablemente estaba equivocado al pensar que sólo podía confiar en lo que sus ojos podían ver o sus oídos escuchar. Por eso decidió visitar de nuevo la consulta de la vidente, pensó que tal vez podría ayudarle de alguna manera con el problema que tenía con Germán Latorre.

—Sabía que volverías. —Esmeralda le sonrió con calidez de la misma manera que una madre sonríe cuando vuelve un hijo que cree haber perdido.

—No tiene mérito —repuso él intentando ser ocurrente—. Supongo que usted juega con ventaja en estas cosas de adivinar.

Con el pelo recogido en un moño, pero con los mismos ojos dibujados por una línea negra y profunda con sombra azul, Esmeralda lo condujo hasta el cuarto donde recibía a sus clientes. Nada había cambiado excepto que en el ambiente flotaba el mismo aroma a incienso, esta vez mezclado con el de algún guiso. Las faldas de la mesa de camilla esperaban a que Esmeralda se las colocara en su regazo. Mauro tomó asiento. Por alguna razón se sentía algo inquieto, tal vez porque ahora sí temía lo que pudiera escuchar.

—Bueno y… —carraspeó—. ¿Cómo funciona esto? ¿Yo pregunto y usted responde o me adivina lo que quiero saber? —Esmeralda sonrió—. Técnicamente es la primera vez que vengo a consultarle algo.

—Recuerda que no siempre las respuestas que se obtienen corresponden a las preguntas que nos hemos hecho. Hay respuestas más importantes a preguntas que nunca nos hemos formulado. Por cierto, ¿qué tal tu libro? —Esmeralda ya había arropado con sus manos la desgastada baraja de cartas de Tarot y la golpeaba rítmicamente con las uñas como había hecho la última vez.

—Bien, bien, conocerla a usted fue… digamos… muy revelador. Me fue de mucha ayuda. Ciertamente es usted un buen personaje de novela —repuso, consiguiendo que la vidente soltara una sincera carcajada. Mauro pudo comprobar que tenía varias muelas de oro.

—Lo tomaré como un cumplido. Te aseguro que aquí escucho muchas cosas, pero nada que se parezca a eso.

Esmeralda enmudeció de repente. Cerró los ojos y cubrió su rostro con un gesto de extrañeza, frunciendo ligeramente el ceño. Mauro la observó con atención y con un movimiento involuntario y rítmico de su pierna derecha, que se agitaba ligeramente. Después, ella dejó la baraja de cartas sobre el cristal de la mesa y le pidió que le diera las manos. El tacto cálido de su piel fina y arrugada estremeció a Mauro, que pudo notar la firmeza del apretón y se avergonzó un poco de sus palmas húmedas por efecto de los nervios. Sujetos uno frente a otro, Mauro pudo sentir cómo una energía desconocida le subía por los brazos. Temió ser víctima de la sugestión, pero entonces se acordó de las cartas de su madre y se dejó llevar.

—La oscuridad quiere atraparte. Las tinieblas están a tu alrededor. Hay una sombra que te acecha, la estoy viendo. Sobrevuela como un buitre sobre tu cabeza. Los buitres son aves carroñeras. Ten mucho cuidado. —Mauro contuvo la respiración unos instantes. Ni siquiera él mismo hubiera podido definir mejor a Germán Latorre.

—¿Cuidado? ¿Qué quiere decir que tenga cuidado? ¿Acaso debo hacer lo que él me pide? ¿Si no lo hago me ocurrirá algo malo? ¿Es eso?

Esmeralda lo mandó callar y cerró de nuevo los ojos. —Sólo sé que es peligroso, que debes cuidarte de esta sombra. Parece que tú ya sabes a quién me refiero, ¿cierto?

—Tengo una ligera sospecha, sí.

—Pues no le subestimes. Si mides tus fuerzas con él prepárate para la derrota. Aunque tal vez le venzas, pero si así ocurre, pagarás un alto precio por tu victoria. Nada sale gratis con los seres oscuros y esta sombra lo es. Te están advirtiendo.

—¿Y qué se supone que debo hacer entonces?

—Los seres de luz me dicen que te recuerde que tú eres dueño de tu destino. Nadie puede decirte qué debes hacer, hagas lo que hagas, siempre habrá existido otra opción posible. Nuestro destino no es una línea recta, está llena de caminos paralelos y atajos, curvas y desvíos. Tú eliges la ruta. Alguien desde el otro plano te advierte de un peligro, ahora juegas con ventaja.

Aquellas respuestas ambiguas no satisficieron a Mauro. ¿Una sombra? Claro que él le había puesto nombre, pero necesitaba respuestas concretas. Algo decepcionado continuó indagando.

—Está bien —murmuró. Respiró profundamente intentando serenarse—. Entiendo que soy yo quien debe decidir sobre mi vida, pero me gustaría saber algo más. He recibido noticias inesperadas para participar en un nuevo proyecto; un proyecto realmente interesante para mi carrera profesional. Me gustaría saber si saldrá bien. ¿Es eso posible?

Esmeralda volvió a sonreírle. Podía percibir su escepticismo de nuevo, pero no sintió la necesidad de convencerle, sabía que era inútil insistir con personas como él. Así que cerró otra vez los ojos y escuchó lo que tuvieran que decirle desde el más allá.

—Es cierto, alguien ha abierto una puerta nueva para ti, alguien con una buena luz, una luz limpia. —Mauro pensó inmediatamente en Olvido—. Los niños siempre tienen un aurea blanca, son la pureza.

—¿Un niño? —preguntó asombrado.

—En realidad es una niña. Una niña pequeña, de unos cuatro o cinco años, tal vez seis. Ella ha sido quien ha abierto esa puerta para ti.

—¿Cristina?

—Ella cuida de ti. A veces tenemos ángeles en este mundo que nos ayudan a caminar. Ella es uno de ellos.

Mauro le soltó las manos. Había sentido un escalofrío de repente.

—No tengas miedo de mí. No tengas miedo de las respuestas. Ya te he dicho que a menudo corresponden a preguntas no formuladas. Por favor, dame las manos otra vez. —Esmeralda le extendió las suyas y Mauro las aceptó de nuevo, no sin antes secarse las palmas de las suyas con las perneras de los pantalones.

El rostro de Esmeralda se ensombreció mientras guardaba silencio y, transcurridos unos interminables minutos, comenzó a sollozar como una niña pequeña.

—¡Cuida de ella! ¡Tienes que cuidar de ella! ¡La sombra la quiere atrapar a ella también! —La voz de la vidente se había aniñado terroríficamente.

—¿A quién? ¿A Cristina?

—El buitre sobrevuela a la niña y ella está llorando. No para de dar vueltas y vueltas sobre su cabeza. —Los sollozos se intercalaban entre las palabras de Esmeralda—. Tiene miedo, necesita ayuda. ¡Grita tu nombre! ¡Tío Mauro! ¡Tío Mauro! ¡Está asustada!

Mauro se levantó de la silla espantado y con el horror en su mirada. El estrepitoso sonido de la silla al arrastrarla con brusquedad, sacó de su trance a Esmeralda, que parecía algo aturdida y con la respiración agitada.

—¡Nunca más vuelvas a hacer eso! —le dijo enfurecida—. ¡Es peligroso! —exclamó.

—¿Qué mierda es lo que ha pasado? —preguntó Mauro presa del pánico, arrinconado en una esquina de la sala.

—¡Te estaban avisando! Esa niña y tú corréis peligro.

—¿Qué clase de peligro? ¿Eh?

—La respuesta a esa pregunta debes encontrarla tú —respondió Esmeralda mientras se esforzaba por recuperar la respiración acompasada—. En eso no puedo ayudarte.

Desconcertado, Mauro deseó escapar de allí lo más rápido posible. Sacó de su cartera un billete de cincuenta euros y lo lanzó sobre la mesa, evitando acercarse a Esmeralda.

—Supongo que con eso habrá bastante para pagar el numerito. —La vidente asintió con la cabeza.

Con las piernas temblorosas se dirigió a la puerta. Quería huir, salir de allí y hacer como si aquel episodio nunca hubiera ocurrido. Se estaba ahogando. Pero justo antes de girar el pomo, Esmeralda se dirigió a él por última vez.

—¡Mauro! —Él paró en seco, pero no fue capaz de girarse, simplemente escuchó—. La mujer también corre peligro.

9

Aunque la primavera ya estaba cercana, aquella noche cayó una importante nevada y la ciudad amaneció intransitable. Las aceras estaban cubiertas por más de cincuenta centímetros de nieve y los operarios municipales se afanaban esparciendo sal y haciendo funcionar las máquinas quitanieves por las principales vías de acceso al centro. Mauro prefirió coger el metro para ir hasta el hotel donde le habían citado a primera hora de la mañana. La señorita de la productora de televisión había sido muy amable y precisa en sus indicaciones.

—Tenga en cuenta que se trata de un programa donde participan cincuenta personas. Todo el mundo tiene que poner de su parte. Le ruego puntualidad británica. Hasta que no lleguen todos los concursantes no podemos empezar a grabar y todos tenemos muchas cosas que hacer, ¿verdad? —había dicho la mujer con un retintín que había incomodado a Mauro—. Somos gente ocupada en este mundo que va demasiado rápido. —Parecía mascar chicle mientras le sermoneaba como una maestra de primaria a sus alumnos—. ¿Ha anotado correctamente la dirección? Bien. No se olvide de su documentación. Deberá apagar su teléfono móvil y no podrá ausentarse durante la grabación del programa. Calcule que necesitaremos unas cinco horas más o menos, aunque estas cosas se sabe cuándo empiezan pero nunca cuándo acaban. Se lo comento más que nada por si tiene que planificarse el día. ¿Alguna pregunta?

Con semejante retahíla Mauro no había sabido qué decir. Le había quedado claro que era especialmente importante la puntualidad, así que se felicitó por haber optado por el metro. De haber cogido el coche, en aquellos momentos habría estado atrapado en alguna retención tocando el claxon desesperado y no en la puerta del Hotel Congresista, sacudiéndose la nieve de las perneras del pantalón antes de entrar, a las ocho en punto de la mañana.

El *hall* olía a café recién hecho y a bollería casera. De fondo se escuchaba el tintineo de las cucharillas contra las tazas y el murmullo de la gente. Mauro supuso que el comedor estaba cerca de la recepción. Lo confirmó cuando vio pasar a un camarero pulcramente vestido con pantalón y chaleco negro sobre camisa blanca, arrastrando un carrito con vajilla limpia. El Congresista era un hotel de cinco estrellas con mucho prestigio en la ciudad. Tenía más de cien años, pero tenía un aspecto impecable después de una reforma a la que había sido sometido seis años atrás, tras sufrir un incendio en la planta cuarta. La decoración era sobria y elegante. El *hall* era imponente, de los que ya no se construyen en los hoteles modernos, siempre preocupados por los espacios, pensó Mauro. Tenía una mesa redonda de madera de roble en el centro sobre la que lucía un centro de flores frescas de color blanco. Mauro no supo identificarlas, pero sí supo apreciar el aroma que desprendían, abriéndose paso entre el del intenso café. Una señora gruesa de cabello muy corto y rojizo estaba consultando un mapa de papel que parecía un mantel desplegado junto a dos maletas que abultaban tanto como ella. Parecía extranjera. Llevaba manga corta a pesar del frío y zapatillas deportivas de color verde, a pesar de la elegancia del lugar.

Mauro preguntó en recepción. Nada a su alrededor parecía estar dispuesto para la grabación de un programa de televisión, y temió por un segundo haberse equivocado. El recepcionista era un joven alto y de tez morena, con un dibujado corte de pelo y peinado hacia atrás con abundante fijador.

—Sí, sí, es aquí. Tercer salón a la derecha. ¿Es usted escritor? —le preguntó con ojos de admiración—. Tiene que ser una profesión maravillosa, tener el don para contar historias y poder llegar a tanta gente… A mí me hubiera encantado ser un buen escritor, pero me conformo con ser un buen lector. Que tenga suerte en el concurso, caballero. —Sonó el teléfono de recepción y el joven lo atendió—: Hotel Congresista, buenos días. —Mauro le saludó con la mano—. *Ja, ja, gutten morgen.* —El recepcionista le devolvió el saludo mientras un taxista que había aparcado en la puerta del hotel, cargaba las maletas de la señora pelirroja.

El tercer salón a la derecha correspondía al «Salón Imperio», según rezaba en la placa dorada que había en la pared. Abrió una de las hojas de la puerta doble y se encontró con una especie de pequeño teatro, con butacas tapizadas en color burdeos y un escenario iluminado. Sobre él estaba dispuesta una mesa alargada, hecha con un tablón y dos caballetes, y tres sillas, aunque sólo una de ellas estaba ocupada por un hombre de unos cincuenta años que anotaba algo en unos papeles. En cada esquina del escenario y en el centro, tres cámaras de televisión descansaban sobre sus respectivos trípodes.

Un buen puñado de gente estaba diseminado por el patio de butacas. Mauro supuso que se trataba del resto de aspirantes. Algunos formaban grupos de tres o cuatro personas a lo sumo, pero la mayoría de ellos estaban solos, observándose unos a otros como observan los escritores, con una curiosidad patológica y algo perversa incluso, tal y como estaba haciendo Mauro en ese mismo instante. Una mujer se le acercó al ver que no parecía animarse a traspasar el umbral de la puerta. Muy delgada, era como una sombra, vestía completamente de negro y lucía una melena por el hombro totalmente canosa pero elegante, que le confería cierto aire de institutriz del siglo XIX. Debía de rondar los cincuenta años y conservaba la belleza madura de su juventud. Unas diminutas gafas para ver de cerca, con montura de color azul turquesa, le colgaban de una cadena de oro a la altura de los pechos, pequeños pero bien formados, y a cada paso que daba, rebotaban en ellos con una cadencia erótica. Cuando estuvo frente a Mauro se las puso en la punta de la nariz.

—Buenos días. ¿Me dice su nombre, por favor? —preguntó sin apenas levantar la vista de unos papeles que tenían muchos nombres y apellidos apuntados.

—Mauro Santos.

—Su documento de identificación, si es tan amable.

La mujer buscó en la lista por la letra S utilizando su bolígrafo, obsequio del Hotel Congresista, como guía. Mauro sacó su DNI de la cartera. Sólo cuando la mujer comprobó que era uno de los participantes en el primer programa de *Negro sobre Blanco*, le dedicó una sonrisa y le invitó a tomar asiento.

Ocupó una butaca de la última fila, justo en la esquina derecha del teatro, amparado por una cómoda penumbra, para poder observar sin ser visto. No pudo escapar de la sensación de sentirse fuera de lugar, y un atisbo de arrepentimiento por haber acudido a aquella prueba comenzó a roerle por dentro. ¿Qué hacía allí? ¿Qué pretendía conseguir? No tenía respuestas claras para esas preguntas y por un momento pensó en abandonar. Al fin y al cabo no le había contado a Olvido que había sido preseleccionado para el programa en el que ella le había inscrito. Prefería esperar a ver qué pasaba con aquella aventura en la que se había visto involucrado sin buscarlo. Ahora sólo era uno de cincuenta aspirantes y muy probablemente no pasaría a ser uno de los elegidos y allí terminaría todo. ¿Para qué alimentar una ilusión entonces? Estaba tan acostumbrado a no aferrarse a ellas que ya era una inercia.

Mientras tanto, en Azul TV se celebraba una reunión de trabajo en la que estaban presentes por primera vez juntos los tres miembros del jurado del concurso *Negro sobre Blanco*. Aurelio Vargas, recién venido de México e instalado ya en la ciudad, fue el primero en llegar. Era un tipo seductor con un halo de perfume intenso, con olor a sándalo en verano un día de lluvia, que iba dejando un rastro olfativo a su paso. Saludó a Germán Latorre amigablemente en cuanto este entró por la puerta, estrechándole enérgicamente la mano y con unas palmadas firmes en la espalda, como si fueran viejos amigos y no nuevos rivales. Pero tras aquella cordial apariencia, ambos se observaron midiendo sus egos, como dos gallos de pelea antes de darse picotazos. Eran de la misma edad, un par de años más joven Vargas que Latorre, pero el pelo extrañamente oscuro del mexicano, delataba el uso de algún producto para disimular las canas.

La última en aparecer en la sala de reuniones mientras ambos tomaban café y hablaban de sus éxitos literarios y de lo mal que andaba la industria editorial, siempre en crisis, fue la autora del súper ventas erótico, *Mi lengua es tuya*, Lara Sánchez. Lo hizo envuelta en un abrigo de pieles que parecían naturales aunque de escaso valor, tal vez pieles de conejo, en tonos blancos y grises. Como si fuera una gran estrella del celuloide, dejó que Latorre le ayudara a quitárselo y lo colgara de un perchero. Debajo del abrigo Lara llevaba un ceñido vestido de cuero negro, con escote cuadrado por el que asomaba la voluptuosidad de unos pechos excesivamente

grandes para su menuda anatomía. Latorre pensó que llevaba pró-
tesis de silicona, pero aun así le parecieron muy apetecibles. Igual
que sus labios, abultados por efecto del colágeno infiltrado.

—Siento mucho el retraso —se disculpó—. En esta ciudad, en
cuanto caen cuatro copos de nieve, el tráfico es un caos. —Abrió
una pitillera dorada y cogió un cigarro rubio que golpeó contra la
tapa unas cuantas veces antes de encenderlo—. ¿Se puede fumar
aquí? ¡Oh! ¡Maldita ley antitabaco! ¡Siempre escondiéndonos para
echar un cigarrito como si fuéramos delincuentes! —No esperó
respuesta y lanzó el humo de la primera calada de manera ensayada,
como una actriz de Hollywood de los años cincuenta.

—Aurelio Vargas, encantado de conocerla personalmente —se
presentó el mexicano, tendiéndole la mano—. He leído su novela y
he de decirle, con todos mis respetos, que no pude reprimir una
profunda excitación. —Lara rió con falsedad, como si escuchar
aquello le diera pudor.

—Vaya, lo tomaré como un cumplido. —Lo radiografió con la
mirada, de arriba abajo—. ¿Sabes? Me encanta el acento mexicano,
es muy sexy, tendré que incluirlo en mi próximo libro. Los mexica-
nos tenéis fama de ser muy buenos amantes. —Vargas le sonrió
como en una telenovela, luciendo dentadura blanqueada.

—Bueno, ninguna se me quejó hasta el momento. No seré yo
quien diga lo contrario, eso sería ser un pendejo. —A Lara se le
escaparon unas carcajadas impostadas.

—Yo soy Germán Latorre, el tercero en discordia. —Se abrió
paso entre los dos al ver que Vargas se le estaba adelantando—.
Tenía muchas ganas de conocerte. ¿Puedo tutearte? —La besó en
la mejilla.

—¡Claro! ¡Por supuesto! —exclamó, agitando el cigarrillo en
el aire con movimientos despreocupados de las manos—. En realidad, debes hacerlo si no quieres que me enfade contigo, y tú también, Aurelio, ¿entendido?

—De acuerdo. Es la costumbre allá en mi tierra con las señoritas tratarlas de usted.

—Ahorita, como dirías tú, vamos a ser compañeros durante los
próximos meses, dejémonos de formalismos.

Germán Latorre la observó con detenimiento morboso. Al final
no iba a ser tan mala idea haber aceptado ser el jurado de aquel

concurso si iba a tener a una compañera como Lara, pensó. Si follaba tal y como escribía, Lara debía de ser una máquina en la cama y
eso le puso cachondo y de buen humor al mismo tiempo. Había
leído su libro y, aunque no le pareció nada brillante, comprendió
que Lara era, sin duda, una mujer desinhibida en las artes amatorias y lista, muy lista, por haberse convertido, tanto ella como su
novela, en un producto de *marketing* que todos parecían querer
comprar. Eso la situó en su punto de mira en cuanto la vio, aunque
Latorre era muy consciente de que una mujer como ella era un reto
difícil de conseguir, sobre todo si no necesitaba de él nada a cambio
con lo que poder negociar.

Mauro tuvo que firmar un documento de cesión de los derechos de
imagen y otro de derechos de autor de todo lo que escribiera para
el concurso. A partir de ese momento, todo lo que grabaran sobre él
en aquel pequeño teatro del Hotel Congresista o lo que creara
para el concurso podía ser utilizado por la productora y Azul TV
como les pareciese oportuno, sin que él pudiera hacer nada por
evitarlo. Nada de objeciones. Sintió como si estuviera vendiendo su
alma al diablo por segunda vez; aquella sensación le era extrañamente familiar.

Los cámaras comenzaron a grabar planos generales del patio de
butacas mientras el hombre que estaba en el escenario y la señora
de la melena canosa les explicaban cómo iba a realizarse la selección. De vez en cuando alguna cámara se detenía en algún partici-
pante. La mayoría de ellos tenían un aspecto llamativo, con aires
bohemios, gafas de intelectuales, sombrero o algún foulard al cuello. Todos eran de mediana edad. No había nadie que superara los
cuarenta y cinco ni tampoco ninguno que no rondara los treinta.
Estaba claro que el *casting* se había centrado en una franja de edad
determinada. Había más hombres que mujeres. Calculó que en una
proporción de dos a una. Eso le llamó mucho la atención y le desa-
nimó ya que, por pura estadística, dio por hecho que la productora
buscaría una paridad de sexos entre los diez concursantes seleccionados, lo que le hacía estar en desventaja.

—Hoy grabaremos una pequeña entrevista personal con cada
uno de ustedes —explicó la mujer de las gafas turquesa mientras

subía al escenario—. Se trata de conocerles un poco más y de ver cómo dan en cámara. Vayan pensando qué quieren trasladar al mundo sobre sus personas. Les preguntaremos por qué se han presentado a este concurso. Son ustedes muy valientes o tal vez muy kamikazes. —Los asistentes rieron—. No les negaré que los primeros programas tienen siempre mucho de experimento. Pero sin duda será un escaparate excelente para todos y una oportunidad única para el ganador. ¿Acaso tienen algo que perder? Todos ustedes saben lo difícil que resulta publicar un libro si se es un desconocido. —Un murmullo generalizado dio por veraz la afirmación—. Así que ahora dejarán de ser eso, unos escritores desconocidos. Sus nombres en sus manuscritos ya no serán nunca más uno entre las montañas de nombres que nunca reciben ni siquiera una respuesta por parte de los editores. Desde Dreams and Movies Productions pensamos que no era justo que sólo hubiera programas de cazatalentos para cantantes y nos dijimos, ¿por qué no uno para escritores? —Un aplauso espontáneo la interrumpió y el hombre tomó la palabra. Era el director de *casting* de Dreams and Movies Productions.

—Bien, eso es lo que queremos que nos cuenten. Cuándo empezaron a escribir, por qué lo hacen, cuáles son sus sueños, los momentos de desaliento, si alguna vez han pensado en abandonar… —Se había levantado de la silla y caminaba de un extremo a otro del escenario gesticulando con vehemencia—. No olviden que esto es un concurso de televisión y la televisión también es entretenimiento. Quiero que piensen por un momento que son los ganadores, publicando su novela con una de las editoriales más prestigiosas de este país, firmando libros con colas interminables de lectores o vendiendo los derechos de su historia para llevarla al cine a cambio de un suculento cheque. Imagínense recogiendo algún prestigioso premio o cruzando nuestras fronteras con sus obras traducidas a tantos idiomas que es imposible recordar cuántos son. ¡De eso va este programa, de eso versa *Negro sobre Blanco*, de cumplir un sueño! —De nuevo un aplauso unánime interrumpió el discurso. Tenía que reconocerlo, aquel tipo era bueno, muy bueno. Sabía vender humo, pensó Mauro.

Sentado en su butaca al fondo del teatro, Mauro cerró los ojos y lo imaginó. Para él era muy sencillo hacerlo. Lo había hecho en tantas ocasiones que se había convertido en un sueño recurrente y obsesivo, una trampa de la que ya no sabía cómo escapar aunque muchas veces lo había deseado. Había vivido tanto tiempo de sueños que estaba empezando a morir de frustración y apenas lograba encontrar alivio a aquel mal.

—Después de la entrevista personal, de la que se emitirá un extracto durante el primer programa —continuó explicando la mujer—, se someterán a una prueba literaria. Es una pequeña toma de contacto con el formato del programa. Deberán escribir un relato libre, con un máximo de quinientas palabras y un único requisito: el relato deberá hilarse en torno a tres palabras que ahora mismo les diré. Tendrán una hora para hacerlo.

Una joven peinada con trenzas apareció de la nada repartiendo una libreta y un bolígrafo a cada uno de los participantes. Los aspirantes se mostraban inquietos. Cuando todos tuvieron su libreta y su bolígrafo, la mujer continuó.

—¡Bien! Tomen nota por favor. —Hizo una pausa y consultó sus papeles con las gafas en la punta de la nariz—. Apunten: elefante, nube y pizza.

Los concursantes se removieron en sus asientos. Protestaban por lo insólito de la prueba. Un murmullo generalizado se adueñó del teatro, pero ninguno se atrevió a alzar la voz. Por un momento Mauro temió que se produjera un pequeño motín y alguno abandonara bajo la atenta mirada de las cámaras que continuaban grabándolo todo. Estaba convencido de que la productora buscaba ese tipo de espectáculo que con tanta avidez consume la audiencia. El discurso volvió a retomarlo el director de *casting*, que parecía estar programado para hablar en los momentos de máxima tensión.

—¡No se alboroten! ¡Calma! ¡Silencio, por favor! Esta es sólo una prueba de las muchas en las que consistirá el concurso. Tendrán una hora para elaborar un relato en torno a esas tres palabras. Se las repito: Elefante, nube y pizza. ¡Pongan a volar su imaginación! Los diez mejores relatos, junto con las mejores entrevistas personales, serán los seleccionados para concursar ya en el plató de Azul TV. Uno de cada cinco de ustedes tendrá cada semana a millones de espectadores pendientes de él. ¡Sólo diez serán los elegidos entre más de cinco mil aspirantes que se presentaron al concurso! ¿Se dan cuenta de eso? —Guardó silencio. Manejaba los silencios con maestría—. ¿Acaso piensan dejar pasar esta oportunidad? ¡Adelante! —Señaló la puerta—. ¡Tengo a miles esperando a que alguno abandone! —Mauro pensó que era tan cierto como patético—. ¡Han llegado hasta aquí! ¡Sólo les queda el esprint final para llegar a la meta! Escudriñen en su talento, echen mano de toda la originalidad de la que sean capaces, emocionen, hágannos reír, llorar, pónganos el vello de punta. En definitiva: ¡Escriban las mejores quinientas palabras de toda su vida!

A Mauro aquello se le antojó surrealista y casi esperpéntico. Aquel tipo le parecía un vendedor de mantas ambulante, un motivador barato con la boca llena de hueca palabrería, que nada sabía sobre el proceso creativo. Quiso escapar, pero algo le retuvo pegado al asiento con un bolígrafo de publicidad en la mano y una libreta sobre las rodillas donde había apuntado elefante, nube y pizza. Al igual que él, nadie se movió de su butaca. Sabía que de salir por la puerta, probablemente sería el único, y las cámaras de televisión le seguirían para después emitirlo sin piedad, como el cobarde y estúpido que desaprovecha la oportunidad de su vida. Quedaría ante todo el país como el peor de los perdedores, el que se rinde sin luchar, aunque aquella inusitada prueba literaria no fuera más que un espectáculo barato. No pensaba decepcionar a Olvido, así que se lo tomó como un juego.

Una azafata de Azul TV condujo a los tres escritores por el laberinto de pasillos, platós y camerinos que era la televisión, hasta la quinta planta donde estaban ubicados los despachos de los directivos y consejeros delegados. Palacci les esperaba en el suyo. El teléfono móvil de Latorre sonó en el ascensor. Era su secuaz, Quique Velasco, haciendo gala de una de sus características, la inoportunidad.

—Velasco, ahora no puedo atenderte —dijo con un tono de voz bajo, pero lo suficientemente elevado como para que todos los que estaban en el ascenso pudieran escucharle—. Si se trata de algo del programa del sábado, háblalo con dirección. Estoy a punto de entrar en una reunión muy importante en el despacho del señor Palacci. —Se dio importancia—. A ver si podéis apañároslas sin mí un ratito.

—Escúchame, Germán, es importante. Se trata del tal Mauro. —Latorre guardó silencio—. No te lo vas a creer. Esta mañana he seguido pensando que iba a ser inútil porque siempre hace lo mismo, pero cuál ha sido mi sorpresa cuando he visto que ha cogido el metro hasta el Hotel Congresista.

—¿Y?

—¡Joder, Germán! ¡El Hotel Congresista! —El ascensor había llegado a la quinta planta y todos siguieron a la azafata.

—Por favor, ¿puedes explicarte? —esta vez sí bajó la voz.

—¿No lo sabes? ¡Joder! Allí es donde se está grabando el programa cero de *Negro sobre Blanco*. ¡Tío! ¡El tal Mauro es uno de los cincuenta aspirantes a concursante! ¿Eso era lo que querías que encontrara, verdad? Ya sabía yo que algo tenía que ver ese tío contigo. Mi olfato de periodista de investigación sigue funcionando a la perfección. ¿Qué? ¿Cómo te has quedado?

A Germán Latorre casi se le cae el teléfono al suelo a las puertas del despacho del máximo consejero delegado. Colgó sin responder. No tenía ni idea de que Santos hubiera llegado tan lejos en un concurso en el que, de resultar seleccionado, le haría coincidir con él ante millones de espectadores todas las semanas. Ni siquiera sabía que Mauro se había presentado al *casting*. El trabajo que realizaba la productora escapaba por completo a su control. Comenzó a sudar generosamente y la respiración se le hizo pesada hasta el ahogo. Por nada del mundo podía consentir que aquello fuera a más. Toda su carrera literaria, tan concienzudamente construida para un retiro televisivo prestigioso, peligraba más que nunca. Debía cortarlo de raíz. Mauro Santos, no contento con dejar de escribir para él, estaba a punto de exponerse públicamente ante todo el país. A Latorre la cabeza se le embotó con un puñado de pensamientos catastróficos. A Mauro podía salirle bien la jugada, ser uno de los diez concursantes definitivos, incluso el ganador final. Germán sabía mejor que nadie el talento que poseía ese joven escritor al que un día convirtió en su negro, y no podía permitir que lo supiera el resto del mundo, porque eso supondría que su mentira saldría a la luz. ¿Se puede mantener un secreto como ese? ¿Y si le daba por hablar? ¿Y si le contaba a todos el acuerdo que ambos habían cerrado un día? ¿Y si a la gente que ya desconfiaba de que fuera él quien escribía sus novelas le daba por investigar? ¿Compararían hasta llegar a la conclusión de que ambos estilos eran sospechosamente similares? Latorre estaba angustiado como nunca antes lo había estado. Se hubiera ahogado en un vaso de agua en aquel momento. No podía permitirlo. Mauro Santos empezaba a ser demasiado molesto y, lo peor de todo, parecía ser insobornable. La puerta del señor Palacci se cerró tras de sí y la reunión de los tres miembros del jurado del concurso *Negro sobre Blanco* comenzó, mientras Latorre maquinaba para sus adentros la mejor manera de pararle los pies a aquel maldito problema en que se había convertido Mauro Santos.

Aquella noche, Mauro no lograba conciliar el sueño. El día había resultado ser muy intenso. Nunca antes se había presentado a un *casting* de televisión y se sentía extraño en su propia piel. Lo peor de todo había sido la entrevista personal frente al objetivo haciéndole primeros planos. Tímido hasta lo patológico, a Mauro le habían sudado las manos todo el rato, aunque había conseguido relajarse pensando que, afortunadamente, eso no se apreciaba por la televisión. Había intentado sonreír; Olvido siempre se lo decía, que debía sonreír más, pero él no tenía ni demasiada costumbre, ni demasiados motivos para hacerlo a menudo. A la señora de pelo cano y gafas turquesa le había gustado que viviera solo con un loro facha y cojo que se llamaba Jacinto. La había hecho reír y lo había anotado en su ficha con rotulador rojo. Incluso le había preguntado si el loro podría ir a plató en caso de ser uno de los seleccionados. Ya se veía en un plató de Azul TV con Jacinto en el hombro gritándole «inútil» o, peor aún, dedicándoles obscenidades a todas las azafatas. Era triste pensar que Jacinto era más televisivo que él.

Escribir un relato de quinientas palabras que hablara de un elefante, una nube y una pizza había sido todo un sacrilegio al proceso creativo, pero había tirado de oficio y le había quedado bastante bien. Estaba satisfecho con el resultado. Tenía cierta facilidad para conectar con su parte derecha del cerebro, aunque prefería hacer de la escritura un proceso íntimo e introspectivo. Los de la televisión no parecían entender ese concepto. Se había sentido como un mono de feria, expuesto como una rareza y vestido con una ridícula falda mientras le obligaban a hacer equilibrios sobre una pelota. Eso no era literatura, era otra cosa. Probablemente era televisión, pero desde luego no era literatura, de eso estaba convencido.

De repente escuchó un estruendo, el sonido de cristales rotos y, a continuación, una explosión. Se alarmó. El ruido había sonado cercano, muy cercano, incluso había despertado a Jacinto, que se puso a vociferar.

—*¡Todo el mundo al suelo! ¡Todo el mundo al suelo! ¡Soy el teniente coronel Tejero! ¡Todo el mundo al suelo!*

Se levantó de la cama como alma que lleva el diablo al empezar a notar un olor extraño, a papel quemado mezclado con gasolina. Ni siquiera cogió zapatillas, ni la bata, aunque en la calle volvía a nevar. En pijama, bajó las escaleras interiores a toda prisa y abrió la puerta de la librería. Tenía un mal pálpito. Una llamarada casi le chamuscó la cara. Calderón 17 estaba en llamas y el papel de los libros ardía con una facilidad imposible de controlar por una sola persona. Hizo lo que pudo con un extintor que colgaba detrás de la puerta de la entrada mientras pedía ayuda a gritos. Los restos de una botella de cristal rota le cortaron el pie al pisarla. Alguien había lanzado un cóctel molotov contra el escaparate. Mauro luchaba como podía contra el fuego y gritaba con desesperación al mismo tiempo porque sabía que le estaba perdiendo la batalla. Las luces de las casas vecinas comenzaron a encenderse y minutos después un camión de bomberos trataba de controlar el incendio de Calderón 17, mientras Mauro, desolado, observaba cómo el fuego consumía la enorme fotografía de Germán Latorre que había en el escaparate.

10

Germán Latorre era un hombre confiado con su suerte. La vida le había tratado bien y esa pizca de fortuna, imprescindible para el éxito, nunca le había faltado. Pero por encima de todo, Latorre era un hombre embebido de sí mismo y de su capacidad para afrontar las vicisitudes que el destino le presentaba. Por eso, en cuanto Quique Velasco escudriñó un poco más en la vida de Mauro Santos, supo que había encontrado la información que necesitaba, ese material sensible que doblegaría la voluntad del escritor hasta romperla con la facilidad con la que se parte un mondadientes. Podía oler las debilidades de la gente, era una capacidad que había sabido desarrollar con los años, y eso le convertía en un hombre poderoso que además tenía a su favor las bondades que confiere el dinero.

Lo tenía planeado. Ya más sosegado después de calibrar la situación a la que se enfrentaba, con Mauro Santos como principal escollo, supo exactamente cómo y dónde debía atacar. Y lo dispuso todo sin más tiempo que perder. Se citó con la mujer en la habitación de un hotel discreto a las afueras de la ciudad. Uno de esos donde se puede pagar por horas, no tienen cámaras de vigilancia y permiten el acceso por el aparcamiento. Le pareció fantástico que la discreción también se pudiera comprar; adoraba el mercado de la oferta y la demanda que tan a su favor jugaba en aquel momento. Las instrucciones habían sido muy precisas. Ella debía llegar una hora antes y preguntar por la habitación del señor García, un apellido común para un hombre corriente. Esperaría pacientemente a su cliente y, después del servicio, aguardaría otra hora más antes de marcharse. Todo su tiempo estaría muy bien pagado, más del triple de una tarifa habitual. Por eso ella, necesitada de dinero, había aceptado.

Velasco había hecho de alcahueta. No era la primera vez que conseguía una mujer para calentar la cama de Latorre, una a la que se le pudiera comprar también el silencio, pero esta vez había sido diferente. Sabía que las intenciones de su benefactor no eran las mismas de siempre y le molestaba que le mantuviera al margen de sus planes y le diera la información a cuenta gotas.

Nada más pisar la habitación del hotel, preñada de mal gusto, con cortinas estampadas con grandes flores y olor a desinfectante, la mujer quiso salir corriendo, pero se quedó. No podía pensar sólo en sí misma como una egoísta porque, aunque se sintiera el ser más solitario del mundo, no estaba sola. Existía una fuerza más poderosa que su voluntad, una fuerza que incluso la llevaba a romper una vez más, la promesa que un día se había hecho de no volver a venderse nunca más. Miró el reloj. Faltaban cuarenta y cinco minutos para que llegara su cliente, y le pareció una eternidad, demasiado tiempo para darle vueltas a la cabeza y tal vez arrepentirse.

Tumbada en la cama, pasando el tiempo observando una mancha de humedad dibujada en el techo que parecía reciente, maldijo su suerte y deseó que todo pasara rápido, coger su dinero, darse una ducha para quitarse de encima el olor del cuerpo de un extraño y marcharse para no volver a ver al tal señor García nunca más. Pero eso no iba a ocurrir.

Entonces intuyó unos pasos lejanos por el pasillo del hotel de mala muerte. Miró de nuevo el reloj. Ya era la hora acordada. Inspiró profundamente y contuvo una arcada involuntaria; desde niña, los nervios siempre se le alojaban en el estómago. Se puso en pie y se atusó un poco el pelo. Se dijo que podía hacerlo. Deseó que al menos el señor García no fuera desagradable y estuviera limpio. Tampoco era mucho pedir. Pasó la lengua húmeda por la carne de sus labios. Tenía la boca seca. Los pasos, cadenciosos, sonaban cada vez más cerca, hasta que se detuvieron delante de la habitación, la trescientos siete. Se dibujó una sonrisa de carmín y se calzó el disfraz de prostituta ocasional dispuesta a ganarse un buen dinero.

Pero nada de lo ensayado le sirvió para mucho porque, en cuanto la puerta se abrió, la sonrisa de carmín se le desdibujó por completo. No pudo disimular su cara de asombro al comprobar que su cliente era, nada más y nada menos, que Germán Latorre. A Latorre le entró la risa.

—¡Me encanta la cara que ponéis todas cuando entra por la puerta el señor García! —exclamó divertido—. Siempre he pensado que este sería un excelente formato de programa con cámara oculta: *La puta y el cliente VIP*. A la gente le encantaría y los maridos se sentirían muy identificados. Pero claro, probablemente nos expondríamos a demasiadas demandas como para que fuera rentable, ¿no crees?

La mujer intentó recomponerse del impacto y actuar con cierta normalidad dadas las circunstancias. Su sorpresa no debía afectarla. Tampoco pensaba entablar una conversación con él y, puestos a ser exigentes, era un hombre de buen ver a pesar de su edad y olía bien. Podría haber sido peor.

—Disculpa, una no está acostumbrada a ver a un famoso en estas circunstancias. No lo hubiera imaginado nunca. —Lo que en realidad quería decirle era que jamás hubiera imaginado que Latorre, la estrella de la televisión, también fuera un putero que citaba a sus chicas en antros de carretera, pero se lo guardó para sí.

—Bueno, ya sabes, la discreción es importante en mi profesión. No hago nada que no haga cualquier hombre de este país, con la diferencia de que yo no tengo que rendirle cuentas a ninguna abnegada señora Latorre. Pero… podríamos decir que estoy casado con mi audiencia así que, nada de lo que ocurra hoy aquí deberá salir de esta habitación. —Sacó un billete de cincuenta euros y se lo guardó a la mujer en el escote, enganchándolo entre sus pechos—. Lo que ocurre en un hotel se queda en un hotel. Esta es sólo una propina por tu discreción, el resto te lo daré después de que te lo trabajes un poco más. ¿Entendido, *baby*?

La mujer tragó saliva y volvió a respirar profundamente. Le hubiera gustado preguntarle por qué la había elegido y cómo había llegado hasta ella. Sólo dos personas sabían que de vez en cuando jadeaba sin placer y cerraba los ojos cuando la tocaban para no tener que ver el rostro sudoroso y desencajado de quien la penetraba por dinero. Pero optó por no preguntar. Sólo era dinero y nunca antes nadie le había ofrecido tanto por un servicio. Volvió a repetirse una vez más que merecía la pena hacerlo, sin lograr convencerse del todo.

Latorre, con las pupilas dilatadas y una extraña excitación nerviosa, le sobó los pechos por encima de la ropa y le pidió que se quitara el camisón de encaje negro que llevaba puesto.

—Demasiado elegante para una ramera.

Ella obedeció. Al fin y al cabo se trataba de eso, de obedecer soportando la humillación.

—¡Despacio! ¡Hazlo más despacio! No me gustan nada las prisas. No quieras acabar tan rápido.

Desnuda, tan sólo tapada con un tanga a juego con el camisón, la miró con vicio pervertido y se acercó a ella hasta que ya sólo fueron dos cuerpos unidos por un trato.

—No sabes lo que significa para mí follarte —le susurró al oído mientras le lamía la oreja con la lengua y el aliento caliente la estremecía de repulsión sin terminar de entender el significado de sus palabras.

De un empujón la tiró sobre la cama, dejando claro que era él quien pensaba llevar las riendas de aquel encuentro. A Latorre le gustaba dominar, sentirse el amo de las mujeres, y mucho más si le costaban dinero. Así que la mujer se dejó hacer centrando su mirada en aquella mancha de humedad del techo que ya le resultaba tan familiar.

Esmeralda se había despertado angustiada aquella mañana, sus espíritus guías le habían enviado un mal sueño sacado del mismo infierno. El fuego lo devoraba todo a su paso y aquel joven escritor que había acudido a su consulta en un par de ocasiones no lograba escapar de las llamas. Moría carbonizado ante sus ojos entre un terrible sufrimiento, sin que ella pudiera hacer nada por evitarlo. Aunque llevaba horas despierta, todavía retumbaban en su cabeza los terribles gritos de auxilio del joven. Esmeralda sabía que era un mal augurio.

Algunas veces le ocurrían esas cosas. Sin pretenderlo pero sin poder evitarlo, recibía señales del peligro que corrían otras personas. Le pasaba desde niña. Le pasó con la muerte de su hermana melliza, cuando ambas tenían nueve años. La noche anterior había soñado que sufriría una mala caída desde un árbol al que solían encaramarse para jugar. Esa fue la primera vez que tuvo un sueño premonitorio. Pero por más que advirtió a su hermana de que no se subiera aquella mañana, esta aprovechó un descuido suyo para subir incluso más alto que cualquier otro día con fatal desenlace. Desde entonces Esmeralda supo que no era una niña normal y que poco, o más bien nada, podía hacer para cambiar el destino de nadie. Si algo le pertenecía a una persona era su libre albedrío, solía decir, lo más íntimo del ser humano.

Hubiera querido advertir a aquel joven, avisarle de que huyera del fuego o de todo aquello que pudiera causarlo, porque terminaría destruido. Pero no encontró la forma de hacerlo. Apenas sabía nada de él más que se llamaba Mauro, que era un escritor que regentaba una librería y que había tenido algún conflicto en el pasado con su madre, que ya había fallecido. Pero el mal presentimiento no la abandonó durante todo el día hasta que bien entrada la tarde, mientras preparaba algo para cenar, escuchó las noticias locales en la radio de su cocina y le dio un vuelco el corazón.

Sucesos. La pasada madrugada se produjo un incendio en una librería situada en la calle Calderón, número 17. Al parecer, alguien arrojó al escaparate una botella que contenía acelerante, lo que unido a la fácil combustión de los libros hizo que las llamas se propagaran con gran rapidez, produciendo un devastador incendio.

Esmeralda se cortó con el cuchillo con el que estaba pelando unas patatas y, sin dejar de prestar atención a las noticias de la radio, se llevó instintivamente el dedo a la boca.

Se necesitaron dos dotaciones de bomberos para sofocarlo. En el suceso ha resultado herido, al intentar apagar las llamas, el dueño de la librería, que en estos momentos permanece ingresado en el Hospital General. Su vida no corre peligro.

El final de la noticia le arrancó un suspiro. Esmeralda se alegró de haber errado por esta vez y se sintió aliviada al saber que la vida de Mauro no se la había llevado el fuego. Pero aun así, podía percibir el peligro rondándole, acechando como aquel buitre en busca de su carroña. Lo supo la primera vez que acudió a ella y llevada por una compasión casi maternal, encendió una vela blanca para que el espíritu de su difunta madre lo guiara y lo protegiera en su vida terrenal.

Mauro tuvo que pasar la noche en el hospital, ingresado en observación. Había respirado mucho humo. Afortunadamente el fuego apenas le había alcanzado, pero la herida de su pie izquierdo al cortarse con los cristales rotos de la botella, no tenía buena pinta y había requerido de puntos de sutura y una buena dosis de antibióticos. Pero había algo que los médicos no podían curar, algo que como un gusano hacía tiempo que se le movía por dentro, zigzagueando, haciéndose cada vez más grande. La desolación. Se sentía destruido, lo que para Mauro era mucho peor que estar muerto. De haber estado muerto la vida no le hubiera dolido como le dolía. Vivir sin ningún motivo para hacerlo era para Mauro el peor de los castigos. Amaba a una mujer que le miraba con ternura, casi con misericordia, pero asomándose a un pozo seco de deseo que les separaba. No la tenía a ella ni tampoco a su hija, que era de otro, aunque el corazón la sintiera como propia. Ni siquiera era dueño de sus libros, los que había vendido por el precio más vulgar de las cosas, el dinero. Y por si eso fuera poco, ahora su librería, ese pequeño santuario que con su trabajo y esfuerzo había logrado aportarle algunas satisfacciones, había sido pasto de las llamas. Para Mauro Santos, los momentos de alegría eran como azucarillos que se disuelven en el agua.

Nada le pareció casual, sabía que el destino tenía su propio lenguaje, así que pronto intuyó que, de una manera u otra, Germán Latorre estaba detrás de lo ocurrido. Se acordó de Esmeralda y de la advertencia que le había hecho la última vez. Latorre era el buitre que sobrevolaba sobre su cabeza, esperando a que muriera para alimentarse de su carroña. Pero Mauro no estaba muerto, no al menos en el sentido estricto de la palabra. Todavía conservaba una punzada de rabia que, como la gasolina a un motor, le hacía funcionar. Como escritor sabía que la venganza resultaba muy inspiradora, y se juró postrado en la cama de hospital a la espera de que le dieran el alta, que no dejaría que Germán Latorre se adueñara de su vida.

Olvido, despeinada y con paso acelerado, irrumpió en la habitación cuando Mauro estaba guardando sus cosas en una bolsa de plástico que tenía impreso el logotipo del hospital. Su ropa olía a humo, pero no había querido llamar a nadie para que le llevara una muda. Ni siquiera le había contado lo ocurrido a Olvido.

—¡Oh! ¡Dios mío! —Se abrazó a él como no recordaba Mauro que jamás lo hubiera hecho nunca— ¿Estás bien? —Dio un paso atrás y lo examinó con la mirada, de hito en hito, comprobando que no le faltaba ninguna parte del cuerpo y que todo parecía estar en su sitio—. Me acabo de enterar por las noticias. ¡Qué horror! ¿Pero cómo no me has llamado para contármelo? Temí que te hubiera pasado algo. —Volvió a abrazarle y Mauro cerró los ojos para retener el instante, acostumbrado a vivir de propinas afectivas.

—Estoy bien, sólo he necesitado unos puntos en el pie izquierdo. Por unos días seré un cojo como mi padre y como Jacinto. Tiene gracia, ¿no? —dijo con sarcasmo—. La peor parte se la ha llevado la librería. Los libros que no se han quemado están empapados por el agua de los bomberos. No se puede salvar nada de nada, ni un solo libro...

—¡Olvida los libros! ¡Por el amor de Dios! Ya se encargará de eso el seguro. Los libros son sólo cosas. Lo importante es que tú estés bien. No quiero ni pensar...

Olvido le sujetó la cara con ambas manos. Las tenía frías. Mauro sintió una punzada en la boca del estómago, tal vez por el contacto, o tal vez por lo que le acababa de decir, no estaba seguro. Hubiera querido replicarle, explicarle que los libros no eran sólo cosas, sino que tenían alma, pero no se lo tuvo en cuenta. Sabía a lo que Olvido se refería, pero por un momento experimentó la misma sensación que tenía cuando era niño cada vez que su padre tiraba a la basura los cuerpos de los animales muertos como si fueran sólo un pedazo de carne inerte que ya no se podía vender en la tienda de animales. Mauro estaba convencido de que los animales también tenían alma, tal vez un alma más pura que la de muchos seres humanos.

—Tienes razón. Son sólo cosas... compraré más. De eso se encargará el seguro...

Entonces cayó en la cuenta. Los pocos ejemplares que existían a la venta de su único libro publicado, *Perdóname si tal vez no te lo dije antes*, también habían quedado destruidos. Y no podía comprar más ejemplares de su propia novela, porque ni siquiera existía Ediciones LIG. Se ahogó de pensarlo y se sintió como si se le hubiera muerto su único hijo.

De haber sabido que aquello iba a ocurrir se hubiera esmerado en protegerlos mejor, en ponerlos a buen recaudo como el tesoro más preciado que poseía, algo realmente suyo de verdad, tal vez lo único que le pertenecía por derecho y por afecto. De haberlo sabido, no hubiera liberado algunos ejemplares como hizo a los pocos días de su publicación, los hubiera conservado todos con egoísmo enfermizo. Pero en aquel momento le pareció una buena idea, incluso una idea romántica: dejar algunos libros al azar, aquí y allá, en lugares diversos de la ciudad, donde algún lector pudiera encontrarlos y así, como parte de un juego del destino, que algún desconocido pudiera descubrirlo como autor.

Recordó lo que sintió cuando dejó uno de ellos en un banco de piedra del *Parque Central*. Apoyado en un árbol, a un par de metros de distancia, Mauro observó cómo un corredor que hacía *footing* a primera hora de la mañana lo encontraba al detenerse para anudarse las cordoneras de una de sus zapatillas. El joven miró a un lado y a otro para comprobar si el propietario de aquel libro estaba cerca y lo había olvidado, pero no había nadie. Mauro disimuló haciéndose el distraído con el teléfono móvil mientras le observaba. Después, el corredor lo hojeó con interés, porque incluso se desprendió de sus auriculares para hacerlo, y debió gustarle lo que leyó porque se lo llevó consigo. Para Mauro aquella fue una sensación especial, la recordaba bien, de desgarro y satisfacción al mismo tiempo, por dejar ir a lo que más quería para que tuviera su propio recorrido, su propia oportunidad.

Repitió la misma operación en otros lugares, dejando sus novelas en sitios dispares. Dejó una en la estación de autobuses, a la espera de que algún viajero se la llevara consigo con destino incierto; otra en la cafetería del Museo de Arte Contemporáneo; incluso una de ellas la dejó entre las revistas de sociedad que había en la consulta de su dentista, confiando en que amenizara a algún que otro paciente intranquilo. A veces se preguntaba qué habría sido de ellas, por qué manos habrían pasado, de qué manera habrían influido en la vida de sus lectores… Y, sin embargo, ahora ya no le quedaba ninguna, ni una sola de sus criaturas de papel, ni una sola de la única novela que se habían publicado con su nombre en la portada. Maldijo a Germán Latorre con toda la rabia con la que fue capaz, que era mucha. Sabía que había sido él quien le había atacado donde más podía dolerle pero no podía demostrarlo, y se sintió como un autor judío en la Alemania nazi, contemplando impotente cómo las llamas devoraban sus más preciadas obras.

Cuando Germán Latorre se dejó caer por Dreams and Movies Productions aquella mañana, fue toda una sorpresa para el personal. No era nada habitual que una estrella de un programa de televisión se juntara con un puñado de trabajadores a sueldo de los que se dejan las pestañas detrás de los focos. Pero Latorre tenía necesidad de olisquear qué estaba ocurriendo con el proceso de selección de los concursantes después de saber que Mauro Santos era uno de los cincuenta aspirantes. Contaba con una excusa perfecta, al fin y al cabo era uno de los tres miembros del jurado y, enfocándolo bien, tampoco tenía por qué resultar sospechoso que se involucrara, hasta el punto de controlar sin que se notara su intención, si Mauro Santos había resultado ser o no uno de los diez clasificados.

Nada más salir del ascensor que le había llevado hasta la quinta planta del edificio, todos los ojos se centraron en él. Los que iban y venían no podían evitar girarse a su paso, como si quisieran cerciorarse de que sus ojos no les estaban jugando una mala pasada y que realmente se habían cruzado con el auténtico Germán Latorre.

Atravesó con paso firme la enorme sala central, consciente de las miradas que asomaban por encima de las pantallas de los ordenadores. Los teléfonos sonaban y los teclados emitían una sinfonía rítmica en mitad de un caos controlado. La puerta del director general estaba al fondo y su despacho, separado del resto de trabajadores por paredes de cristal transparente que le permitían observar todo lo que ocurría en su empresa, siempre y cuando las cortinas estuvieran descorridas, cosa que ocurría salvo que hubiera una reunión privada.

En cuanto alzó la vista y se topó con la mirada segura y egocéntrica de Latorre, el director se levantó como un resorte y fue a su encuentro dando amplias zancadas.

—¡Menuda sorpresa! No te esperaba por aquí. Si me hubieras avisado de que venías…

—¡Bah! ¡Déjate de formalismos! Tenía un par de horas libres y me dije: ¿por qué no acercarme a visitar a mis amigos de la productora, a ver qué tal anda el *casting* del concurso?

Se abrazaron con fingida camaradería, propinándose sonoras palmadas en la espalda.

—Pero pasa, por favor, no te quedes aquí, en mitad de la redacción. —Los redactores hacían como que no prestaban atención y que continuaban con su trabajo, pero en el fondo ninguno de los allí presentes perdía detalle de la escena—. Déjame que te invite a un café recalentado. Es lo único que puedo ofrecerte.

—Adoro los cafés recalentados, son mi laxante preferido —repuso con una risa socarrona y ambos entraron en el despacho acristalado. El director se apresuró a correr las cortinas.

Para el director de Dreams and Movies Productions, Germán Latorre era el prototipo de presentador que, con los años y la manipulación mediática, se había convertido en el esperpento de lo que un día fue, fruto de su propio declive personal y profesional. Pero también era muy consciente de que todavía conservaba cierta cuota de poder en la televisión y más concretamente en Azul TV, para la que su productora trabajaba con asiduidad. Por eso no escatimaba en mostrarse complaciente con él, por los intereses profesionales que una buena relación con las personas adecuadas pudieran repercutirle. Conocía a la perfección cómo funcionaba aquel negocio, pero en el fondo le molestaba que Latorre metiera las narices en sus competencias. Verlo aparecer de improviso le hizo pensar que las intenciones de Latorre no eran del todo transparentes.

—Me han dicho que el programa cero ya está grabado y que está listo el *casting* final. —Germán se acomodó en un sillón de piel color negro que había cerca de la ventana del despacho. El día era soleado. Se desabrochó la chaqueta y se frotó con energía la nariz, inspirando repetidas veces.

—No se te escapa una. —El director sirvió un poco de café en un pequeño vaso de plástico y se lo ofreció a Latorre—. ¿Azúcar o sacarina?

—Tal cual, amargo como la vida… Bueno, me gusta estar al tanto de cómo van las cosas de mis programas. Ya sabes, manías de los viejos profesionales… —Sacó una pequeña petaca plateada del bolsillo derecho de su chaqueta—. ¿Gustas?

—No, gracias, demasiado temprano para mí.

—¿Y ya tenemos a los diez clasificados? No habrá sido nada fácil el proceso de selección. Este país está repleto de juntaletras. Das una patada y te aparecen quinientos. Más que picapleitos. ¡Lo que hay que ver! Se creen que tienen talento y no saben una mierda.

—De todo hay, Germán. Algunos hasta enviaron el texto que se solicitaba para la primera selección plagado de faltas de ortografía.

Tendrías que haberlo visto. —El director se acomodó en el otro sillón, al lado de Latorre, que de un solo trago se había bebido su café con coñac.

—Ha sido por la mierda de la crisis. La gente está desesperada y todos quieren vivir el sueño de J. K. Rowling: hacerse millonarios publicando un *best seller*. ¡Cuánto daño ha hecho esa rubia a este negocio!

—Sí, vivir de sueños para morir de realidades…

—Cómo lo sabes, amigo. —Latorre dio otro trago, esta vez directamente a la petaca.

—A ti tengo que felicitarte. Estás arrasando con tus novelas. Qué calladito te tenías ese talento literario tuyo. Ha sido toda una sorpresa. Dicen que te has forrado tanto que hasta te vas a retirar de la televisión a vivir en una mansión en las montañas, para escribir el resto de tus días.

—¡Joder! ¿Eso dicen? —Rió divertido—. ¡La gente sabe más de mí que yo mismo! ¡La de cosas de mi vida que me entero por los demás! ¡Qué barbaridad! Bueno, no es para tanto… —intentó mostrarse modesto—. Supongo que he tenido un golpe de suerte, nada más. Pero no quiero entretenerte demasiado —cambió de tema—, sé que eres un hombre ocupado. He pasado por aquí y me gustaría conocer a los diez concursantes clasificados, ya sabes, para ir familiarizándome… —El director no pudo reprimir una mueca de desagrado—. Espero que no tengas ningún inconveniente. Le diré a Palacci que he estado por aquí, seguro que quieres que le dé recuerdos de tu parte. Estará encantado cuando le cuente el buen trabajo que estáis haciendo…

El director captó la indirecta. Haciendo un esfuerzo por reprimir su malestar, se levantó del sillón y fue hasta su mesa de trabajo. Amontonado entre una pila de papeles y dosieres, cogió un archivador de color rojo y se lo entregó a Latorre.

—Ahí tienes sus fichas, sus fotografías y sus relatos. Alguno es realmente bueno. Creo que van a hacer un buen concurso. Y quién sabe, a lo mejor descubrimos a otra J. K. Rowling…

Por primera vez Germán Latorre soltó la petaca. Se la guardó en el bolsillo derecho de la chaqueta y, con cierta inquietud, comenzó a pasar las hojas que estaban sujetas por dos enormes anillas metálicas. La primera hoja de cada ficha era una fotografía del concursante a todo color, tamaño folio y con su nombre escrito debajo. Le seguían sus datos personales y algún que otro que tuviera interés, y por último el relato que había sido merecedor de su clasificación.

Los dos primeros concursantes eran dos mujeres de unos treinta años. Una de ellas era muy guapa, con enormes ojos verdes y el cabello rojizo. La otra era muy poco agraciada, y Latorre no le prestó más atención. Siguió pasando páginas con el temor de toparse con la fotografía de Mauro Santos.

—¿No tienes interés en leer los relatos? Te aseguro que te van a sorprender —comentó el director al percatarse de la ansiedad con la que pasaba las hojas, centrándose tan sólo en las fotografías unas décimas de segundo e ignorando por completo el resto de los datos de las fichas.

—Sí, claro, después, con más tiempo...

Los siguientes tres concursantes eran tres hombres, pero ninguno era Mauro Santos, así que respiró aliviado y los pasó de largo. De nuevo la fotografía de una mujer apareció como la sexta concursante. Era una joven negra con nombre extranjero. Latorre empezó a sentir un hormigueo en los dedos, fruto del nerviosismo y del alcohol y otras sustancias que en aquella hora de la mañana ya corrían por sus venas. Respiró profundamente antes de proseguir. El séptimo y octavo clasificados eran un joven casi imberbe, de unos veintitantos años, y una rubia que le pareció que rondaba los cuarenta. Comenzó a relajarse un poco. Ocho de diez y ni rastro de Mauro Santos. Tal vez había sobrevalorado la suerte de Mauro. Pero cuando ya estaba confiado a tenor de las escasas posibilidades que quedaban, tan sólo dos participantes, se topó con la fotografía de Mauro Santos, el noveno clasificado para concursar en *Negro sobre Blanco* y a duras penas pudo reprimir un ataque de ira.

11

Châteauroux, 10 de marzo de 1988.

Querido hijo:

He intentado cientos de veces encontrar las palabras adecuadas para explicarte por qué me marché un día y he llegado a la conclusión de que el lenguaje de las letras es infinitamente más precario que el de los sentimientos. Quizá alguna vez alcances a entenderlo.

Confío en que mis cartas y el tiempo me ayuden a ordenar mis sentimientos. Por ahora me conformo con que sepas que pienso en ti cada uno de mis días y no hay minuto de mi existencia en el que no te eche de menos. Me marché por amor y la vida me hizo pagar el precio con la misma moneda. Amor con amor se paga.

La convivencia con tu padre no siempre fue sencilla. Sabes que es un hombre de carácter austero y su disciplina militar no ha ayudado nunca a dulcificarlo. Los primeros años fuimos felices. Al menos puedo decir que sentía ese pellizco en el estómago cada vez que me miraba, pero pronto los días se hicieron largos y tediosos, y algo se iba muriendo dentro de mí lentamente.

Entonces llegaste tú, mi querido Mauro, el niño que tanto ansiamos tu padre y yo. Pero con tu llegada, casi sin darme cuenta, la pasión del matrimonio se apagó para siempre. Por alguna razón que no sé explicarte, dejé de ser su esposa para convertirme en la madre de su hijo. Todavía eres muy niño para entender algunas cosas, pero confío en que la sabiduría del tiempo te ayude a hacerlo poco a poco.

Entonces le conocí. Se llama Dominique y es piloto del Ejército del Aire francés, destinado en la Base Aérea de Châteauroux, desde donde te escribo. Coincidió con tu padre durante unos cursos de formación para pilotos y paracaidistas. Con él volví a sentirme viva como mujer y pronto nos enamoramos.

A mí me hubiera gustado hacer las cosas de otra manera, pero no pude, te lo aseguro. Antes de que pudiera hablar con tu padre sobre la situación, él nos descubrió. Intenté hacerle entrar en razón, solucionar nuestros problemas de la mejor manera posible, pero ya sabes cómo es tu padre con respecto a la lealtad. Si hubiera podido me hubiera hecho un consejo de guerra para juzgarme.

Nunca me perdonó la traición. Así la llamó él, traición. Me dijo que si quería estar con Dominique que me marchara, que era libre para hacerlo, pero que su hijo se quedaba con él. ¿Su hijo? ¿Acaso no eres también mi hijo? Me volví loca y hasta planeé escaparme contigo y empezar una nueva vida en Francia junto a Dominique; es un buen hombre, te gustaría; pero tu padre, el teniente Ramiro Santos, no me lo hubiera permitido jamás. Él siempre se sale con la suya. Así que con todo el dolor de mi corazón y sintiendo cómo se me desgarraba el alma, me marché sin ti entre mis brazos, pero con la firme promesa de volver para recuperarte cuando las cosas se calmasen un poco. Quiero que entiendas, mi amado hijo, que mi renuncia fue un acto de amor hacia ti. Cuando seas mayor lo entenderás. Ojalá no me guardes rencor.

Te prometo, mi querido Mauro, que lo haré. Volveré para verte. Por nada del mundo me perdería verte crecer. Lucharé hasta conseguir que puedas vivir conmigo, pero mientras llega ese momento, viajaré con frecuencia a España para estar contigo el mayor tiempo posible.

Tu padre te quiere más que a su vida y sé que con él estarás bien. Encontraré una forma de que no tengas que renunciar a ninguno de los dos. Lo que haya pasado entre nosotros como matrimonio son cosas de personas mayores que dejan de quererse, pero a un hijo jamás se le deja de querer, ¿lo entiendes? Sé que a veces es un hombre difícil, es la forma de vivir que le han enseñado, no sabe hacerlo de otra manera, por eso no debes juzgarle demasiado duramente. Querrá hacer de ti alguien a su imagen y semejanza, un hombre fuerte capaz de plantarle cara a la vida. Aprende de él todo lo bueno que tiene y que un día me enamoró perdidamente. Aprende a entender su forma de quererte.

Por mi parte, te reitero mi promesa de volver a verte muy pronto. Tengo tantas ganas de abrazarte que hasta me duele.

Tu madre que te quiere.
TERESA.

Mauro estaba sentado en el sofá del salón de su casa releyendo las cartas de su madre una vez más. El olor a ceniza, prestado de la librería carbonizada, se había colado por el hueco de la escalera, ahora ennegrecida, y se había pegado a todo cuanto tenía. Paredes, muebles, ropa... Incluso las plumas de Jacinto olían a libros quemados, a sueños rotos. Dobló con sumo cuidado la hoja de papel que había escrito su madre años atrás. El tiempo la había oscurecido y había dibujado las líneas de las dobleces como cicatrices dejadas por el dolor de un tiempo pasado que no fue mejor. Era la primera de las veintiuna cartas que su madre le había escrito después de su marcha, dos por cada año de correspondencia y una de propina. Estaban ordenadas cronológicamente dentro de la vieja caja de tabaco de pipa que ahora reposaba sobre su regazo y que había dormido durante años escondida en un armario.

Ninguno de los sobres estaba abierto cuando los encontró. El Teniente no había leído ninguna de las cartas. Por alguna razón que no alcanzaba a comprender, Ramiro Santos no había violado la correspondencia de su hijo y, sin embargo, se la había ocultado toda la vida. ¿Con qué intención? No pudo entenderlo, pero hacía mucho tiempo que ya no se esforzaba por entender a su padre; bastante esfuerzo le había supuesto aprender a perdonarle o, al menos, aceptar cómo era. A veces dudaba incluso de haberlo conseguido. Sin embargo, con su madre le pasaba lo contrario: necesitaba comprenderla, necesitaba unas explicaciones con las que había soñado durante años, tal vez a riesgo de idealizarla. Sabía bien que la imagen de Teresa no había sufrido el desgaste de la convivencia, como le había ocurrido con el Teniente, y que la ausencia siempre es más proclive a una injusta veneración, a crear hipótesis en las que acomodarse para que la vida te duela menos, pero muy probablemente también hipótesis alejadas de la realidad. Por eso, por más que las releía, lejos de saciarle, le dejaban con hambre de respuestas.

Esperanzado por encontrar lo que buscaba en el resto de cartas, las leyó de nuevo una por una. Pero no pudo hallar nada que le reconfortara tampoco esta vez. Los primeros años de ausencia estaban preñados de promesas de un reencuentro que nunca se produjo. Las cartas, amorosas y dulces, siempre posponían los viajes a España por las más variadas razones. Eran un catálogo de excusas, adornadas con bonitas palabras y edulcoradas con una añoranza que, a juzgar por los hechos, parecía fingida. En las últimas tres, Teresa ya ni siquiera se molestaba en prometer algo que a ciencia cierta sabía que no iba a cumplir. Volvía a hablar de ella y de su vida, de lo feliz que era con Dominique, de lo bonita que era Francia y del hueco que le provocaba su ausencia, sin resultar convincente. Eran un folletín barato de sentimientos postizos. La redacción giraba siempre en torno a la felicidad de Teresa, a sus carencias, a sus anhelos y a sus frustraciones, en un monólogo interminable, como si fuera el eje del mundo, como si siempre lo hubiera sido. Acostumbrada como parecía estar a escribirlo, pero a no hacer nada por evitarlo, después de leerlas Mauro sentía siempre que su madre había dado veracidad a sus propias mentiras y pretendía con aquella correspondencia que él también se las creyera. Tal vez quería que la perdonara, aunque nunca pidió perdón, o simplemente buscaba calmar su conciencia, que parecía atormentarla incluso después de su muerte.

¿Por qué le había dejado? ¿Por amor? ¿Acaso amaba más a ese tal Dominique que a su propio hijo? ¿Debía aceptar esa respuesta por toda explicación? Se sintió furioso y defraudado una vez más.

—Ahora ya he crecido, mamá, ya no soy el niño pequeño que dejaste encerrado en esta vida claustrofóbica. ¿Amor con amor se paga? ¡Ahora ya entiendo las cosas de mayores! ¡¿Y qué?! —gritó a la nada con rencor rancio y podrido, como si su madre pudiera escucharle, agitando la última carta en el aire—. ¿Ya está? ¿Se supone que debo entender esta mierda? ¡Dímelo! ¿Y quieres que lo acepte? ¿Es eso? ¿Eh? ¡Te fuiste para ser feliz sin importarte si yo lo era o no! ¡Jamás, ni una sola vez, ni una, viniste a visitarme!

—*¡Todos al suelo, coño!* —exclamó Jacinto asustado por el arrebato de Mauro.

—¡Me abandonaste a mi suerte! ¿Lo sabes? ¡Un hombre a su imagen y semejanza! ¡Ja! ¡Tu padre te quiere, Mauro! ¡Y una mierda! El Teniente supo muy pronto que yo no era como él, ¿te enteras? Ni siquiera me acerqué nunca a su sombra y me lo hizo pagar todos los días de mi vida. ¿Entiendes? ¡Me detestaba! ¡Siempre fui para él ese hijo inútil que había parido la puta de su mujer! ¡Una decepción!

—*¡Mauro, eres un inútil! ¡Inútil!*

—Y no… no se quedó conmigo porque me quisiera… ¡Qué poco le conocías! ¡Lo hizo para hacerte daño, para que no pudieras quedarte tú conmigo! ¿Te enteras, madre? ¡Sólo lo hizo para poder utilizarme contra ti! ¡Yo fui su moneda de cambio, su saco de boxeo! ¡Si no estabas con él tampoco podrías estar con tu hijo! ¡Se quedó conmigo sólo para poder joderte a ti! ¡A ti!

Preso de la ira, se levantó del sofá, no sin esfuerzo. Jacinto aleteaba alborotado dentro de su jaula. Cojeando sobre su pierna derecha y sin apoyar el pie herido en el suelo, Mauro fue dando saltitos hasta la cocina. Allí rebuscó en uno de los cajones hasta encontrar un mechero. Después, dando tres saltitos más hacia la izquierda, se apoyó en el fregadero de acero inoxidable y prendió una de las esquinas de la última carta, dejando que el fuego la consumiera, tal y como había consumido horas atrás su librería. Esta vez el fuego le pareció liberador. Una a una fue lanzando las veintiuna cartas de su madre al fregadero, convertido en un improvisado crematorio.

Si había algo que a Germán Latorre le gustaba especialmente era darse un baño de multitudes en vivo y en directo. Adoraba sentirse adulado y no poder recorrer más de dos metros sin que alguien saliera a su encuentro para estrecharle la mano y regalarle los oídos con halagos huecos y fingidos que Latorre siempre daba por buenos. Pero aquella noche de fiesta no estaba de humor. A pesar de que la cadena de televisión Azul TV contaba con él como una de las estrellas en aquella cena de gala que servía para presentar la nueva programación de primavera, Germán Latorre tenía la cabeza en otro sitio pensando en el plan que había urdido para deshacerse de un manotazo de los problemas que Mauro Santos, cual mosca de televisión, estaba acarreándole. Pero tuvo que disimular su desánimo y lo hizo con dificultad, a pesar de que fingir era su oficio.

La cadena había elegido una antigua finca rural del siglo XIX, situada a las afueras de la ciudad y restaurada para albergar grandes eventos. Era un marco incomparable donde reunir a lo más selecto de la televisión, alta sociedad, medios de comunicación e incluso a algún representante del sector literario como reclamo para dar la bienvenida a uno de los programas estrella de la nueva temporada, el *talent show Negro sobre Blanco*. La primavera era inminente, pero las noches todavía eran frías, lo que no impidió que las mujeres lucieran espectaculares trajes de gala que servían como escaparates a importantes diseñadores y firmas de alta costura, y que dejaban al aire sus dibujadas espaldas. Ellos, sin embargo, optaron en su mayoría por abrigados trajes de chaqueta y alguno que otro, aunque el protocolo no lo exigiera, eligió el esmoquin.

A las puertas de la finca *El Reino*, los destellos de las cámaras de los *paparazzi* se amontonaban, fugaces como las estrellas, cada vez que un famoso nombre o una bonita cara llegaban a la gala. La noche estaba clara pero la mente de Latorre se había sumido en una oscuridad perversa desde que había sabido que Mauro Santos iba a participar en *Negro sobre Blanco*. Nada había servido para persuadir de lo contrario al director de la productora; había optado por ser sutil porque temió que insistir demasiado le delatara, así que su cabeza no había parado de maquinar desde aquella tarde.

En ello pensaba, absorto y distraído, cuando llegó al recinto acompañado de Lara Sánchez, quien, atraída por las influencias y el poder televisivo de Latorre, le había propuesto ser su pareja aquella noche. Aurelio Vargas, el escritor mexicano y miembro del triplete, le atraía mucho más —Lara siempre había sentido debilidad por los latinos—, pero había quedado totalmente descartado de sus planes al enterarse de que no le gustaban las mujeres por mucho que se empeñara en fingir lo contrario y flirtear públicamente con todas las estrellas que se cruzaban en su camino.

—Germán, querido, ¿estás aquí? Ya hemos llegado. ¿Quieres hacer el favor de volver a este mundo y lucir tu seductora sonrisa?

Está la prensa gráfica esperándonos —dijo mientras se arreglaba el peinado reflejada en un diminuto espejo circular.

El Mercedes Benz SLR Mclaren gris metalizado que les había llevado hasta allí, paró el motor y el chófer uniformado se apresuró a abrirles la puerta, mientras los reporteros gráficos apuntaron en aquella dirección. Lara fue la primera en bajar del coche. Consciente del poder impactante de una imagen, alimentó el morbo de las cámaras luciendo un vestido de encaje negro casi transparente, que mantenía estratégicamente a oscuras sus pezones y su pubis, y que se ceñía a la perfección a sus exuberantes curvas. Hacía días que tenía preparada la puesta en escena. Lara había decidido que la literatura sólo iba a ser un pasatiempo, porque la novela erótica, como todas las modas, terminaría por dejar de interesar. Por eso, al contrario que Latorre, pretendía llegar a la televisión para quedarse y pensaba hacer cualquier cosa para conseguirlo.

A continuación, Germán bajó del coche totalmente metido en su personaje, muy elegante, con un esmoquin negro. Lució sonrisa televisiva y le ofreció el brazo a Lara, que no dudó en responderle con un sensual beso en los labios para alimentar los rumores de una posible relación entre ambos. A pesar de ser una recién llegada, ella tenía claro que a la prensa del corazón sólo había que darle el cabo del hilo; ellos ya se encargaban después de tirar de él y, si era preciso, incluso de inventarse un ovillo; así funcionaba ese mundo y Lara Sánchez parecía saberlo muy bien. Aprendía rápido. Todas las cámaras se afanaron por captar el momento. Esas cosas vendían mucho entre el gran público y, sobre todo, y más importante, ocupaban muchas páginas de revistas y muchos minutos de televisión.

Tras cumplir con la prensa gráfica, Latorre se paseó por la finca luciendo a Lara como un trofeo. Sonaba música clásica de fondo y las diminutas llamas de cientos de velas dibujaban los caminos de los jardines. Todos saludaban a Germán con camaradería, las señoras se daban besos al aire para no estropear el maquillaje y ellos, palmaditas en la espalda y apretones de manos.

—¿Has visto cómo nos miran? —masculló entre dientes Germán, sin desdibujar su sonrisa que, de tanto forzarla, parecía ya fruto de una parálisis facial.

Incluso el consejero delegado Palacci se mostró encantado con su pareja televisiva y ese incipiente romance que ya era objeto de conversación en los rincones de los platós durante las pausas de publicidad. Aquello olía a éxito y a rotundos e inigualables índices de audiencia.

—Hacéis una bellísima pareja, *¡molto bella!*

—¡Oh! Yo no diría tanto, señor Palacci —repuso Lara con medida coquetería—. Todavía no somos pareja, eso son palabras mayores. Sólo nos estamos conociendo, ¿verdad, Germán? Digamos que somos buenos compañeros.

—Tendré que darme prisa entonces, antes de que me conozca de verdad y salga corriendo, ¿no cree, señor Palacci? —Ambos rieron antes de cazar, casi al vuelo, una copa de cava de la bandeja de un camarero que pasó por su lado.

—Demasiada mujer para ti. Ten *molto* cuidado, Germán. ¿Has leído su libro? —Lara sonrió divertida mientras pensaba que, tal vez, debía apuntar más alto en sus aspiraciones y prestarle atención a las miradas lascivas del consejero delegado, que estaba fascinado por sus transparencias.

—Germán no se deja impresionar por un poco de sexo en el papel. ¿A que no, querido? Él sabe muy bien que lo que se escribe pertenece al mundo de la fantasía y casi todo es mentira.

—Cierto, los escritores no dejamos de ser unos mentirosos compulsivos. Todo es mentira salvo alguna cosa.

—Eso dicen todos los escritores, pero yo creo que la *verità* es que uno no puede escribir sobre lo que no conoce.

—¿Acaso cree entonces que todo lo que he contado en *Tu lengua es mía* lo he puesto en práctica alguna vez? —Palacci le lanzó una mirada morbosa, dando una respuesta afirmativa a su pregunta—. ¡Oh! ¡Eso es una locura! Sería lo mismo que pensar que un escritor de novela negra va por ahí matando a gente antes de sentarse a cenar con su mujer y sus hijos.

—Visto así…

—Personalmente, creo que acumula más conocimiento quien no alardea sobre ello. Ya sabe lo que se dice: dime de qué presumes y te diré de qué careces… Los hombres maduros tienen mucho que aportar en este sentido. Seguro que cualquiera de ustedes, caballeros, sabe mucho más que yo… Yo solamente he fantaseado un poco.

—¡Me gusta esta mujer! —le dijo Palacci a Germán.

Mientras Lara Sánchez seguía desplegando su erotismo con Palacci, ampliando sus posibilidades de hacer carrera en la televisión, Latorre se excusó para ir al baño. Había recibido un mensaje de Quique Velasco citándolo en los servicios situados en la parte trasera del comedor, los más alejados de los jardines, donde el resto de invitados todavía charlaban y disfrutaban del cóctel de bienvenida.

Germán se aseguró de que nadie ocupaba ninguno de los cinco retretes del baño, asomando la cabeza por debajo de cada una de las puertas, Después, atrancó la entrada antes de iniciar la conversación con Velasco. Estaba inquieto y dibujó sobre el mármol verde de la encimera del lavabo, junto a un cuenco con pétalos frescos de rosas, un par de líneas de cocaína que sacó de una diminuta bolsa de plástico.

—¿Hiciste el trabajo?

—Con gran puntería. Ha salido en todas las noticias, ¿no lo has visto? En unos minutos la librería fue pasto de las llamas. ¡Joder! Por un momento temí que se nos fuera de las manos. El fuego es una puta mierda, totalmente imprevisible.

—¡Bien! —Esnifó una raya sirviéndose de un billete de doscientos euros enrollado como si fuera un canutillo—. A ver si ese idiota entra en razón. Algunas personas son como animales: hasta que no les metes el miedo en el cuerpo no piensan como es debido.

—Alguien llamó a la puerta del baño. Velasco respondió.

—¡Ocupado! ¡Lo lamentamos mucho pero está atascado! ¡Hay otro baño al fondo del pasillo! —Dejó pasar unos segundos en silencio hasta que los pasos del exterior se hicieron lejanos—. ¿Me vas a contar de una puta vez qué coño te ha hecho ese tipo? ¿Y qué tiene que ver con *Negro sobre Blanco*? ¡Creo que me merezco saber por qué estoy haciendo lo que estoy haciendo! ¡No voy a participar más en este juego si no sé a qué estoy jugando exactamente, Germán!

—¿Quieres? Por el trabajo bien hecho. —Germán ignoró sus preguntas. Le tendió el billete enrollado sabiendo que, como adicto, no lo iba a rechazar.

—¡Te lo digo en serio! —dijo restregándose la nariz después de esnifar la raya con rapidez—. No me gusta nada todo esto. ¿Y si le llega a pasar algo? Bajó a sofocar las llamas y podría haber muerto, ¿sabes? Yo puedo ser muchas cosas y he hecho otras muchas cosas de las que no me enorgullezco, pero no pienso matar a nadie. Se sacudió la idea de la cabeza agitándola de derecha a izquierda.

—¿Quién ha hablado de matar? Deja el tremendismo para la televisión, Velasco. ¡Mírame! —Le sujetó por los hombros con firmeza. Velasco era débil y le necesitaba entero—. ¿Te he fallado alguna vez? ¡Coño! ¡Dímelo! ¿Lo he hecho? —Velasco negó con la cabeza—. ¡Pues confía en mí! ¿Vale? Es un asunto personal de suma importancia, te lo contaré todo a su debido tiempo. ¡Lo prometo! —Se puso la mano derecha sobre el pecho—. Sólo pretendo que se asuste un poco y deje de hacer el idiota, ¿vale? ¿Tienes las fotos?

—Las tengo a buen recaudo. Mira. —Velasco buscó en su teléfono móvil hasta que dio con una carpeta de imágenes.

—¿A eso le llamas tú tenerlas a buen recaudo, memo? ¿Guardadas en el teléfono? —exclamó Latorre divertido. En el fondo le preocupaba relativamente poco que alguien pudiera verlas—. Retócalas, no quiero que se me vea la cara, pero elige dos o tres donde a ella se la distinga bien, ¿entendido? Y luego borra eso del móvil, que eres un inconsciente.

—¡Menuda fiesta te montaste, tío! —Velasco parecía recrearse observando las fotografías de su teléfono, pasando las imágenes con el dedo una y otra vez.

—Y tú mirando tampoco creo que sufrieras, cabrón. ¿Has descubierto que te gusta mirar o ya lo habías hecho antes? Seguro que se te puso dura viendo cómo me la follaba. —Velasco rió avergonzado como un adolescente—. ¡Anda! ¡No quiero saber los detalles! Volvamos, que está a punto de empezar la gala y me van a echar de menos.

Latorre le dio unos golpecitos en la espalda y le metió en el bolsillo de la chaqueta otra bolsita de plástico con cocaína. Era el premio que el amo le da al perro después de haber obedecido diligentemente sus órdenes.

—Toma, para que te montes una fiesta a mi costa. Búscate una buena rubia a la que tirarte esta noche. Hoy hay mucho ganado suelto, y despreocúpate un poco, ¿vale? Germán Latorre lo tiene todo bajo control.

Hacía mucho tiempo que Mauro no hacía una maleta y le sorprendió comprobar las pocas cosas que necesitaba llevarse. Sintió que su vida era liviana, insignificante, como una maleta medio vacía. Tres pantalones, unas cuantas camisetas de algodón, cuatro sudaderas, siete calzoncillos, uno para cada día de la semana, el mismo número de pares de calcetines y un chaquetón. Lo que realmente le importaba estaba en su ordenador portátil. El original de su primera novela, de la que ya no conservaba ejemplar impreso alguno, las dos novelas que había vendido a Latorre, infinidad de relatos cortos que algún día aspiraba a publicar, poemas, tres cuentos infantiles que le había escrito a Cristina y otras dos novelas inéditas. Una de ellas era la que debía haberle entregado a Latorre en virtud de su acuerdo verbal, pero Mauro había decidido que no sería suya jamás, por mucho que le extorsionara quemándole la librería. Necesitaría mucho más que eso para amedrentarle y no pensaba darse por vencido a pesar de que la Policía lo hubiera tomado por loco al decir que sospechaba de Germán Latorre, el presentador de televisión, en el momento de personarse para presentar la denuncia. No tenía prueba alguna de ello y probablemente pensaron de él que era un friki desquiciado, un enfermizo mitómano con ideas delirantes y manía persecutoria. Un paranoico de los que hay a montones.

—Y… dígame… ¿por qué querría ese presentador de la televisión quemarle a usted su negocio? —le preguntó una mujer policía que sufría halitosis y mordisqueaba el extremo del bolígrafo mientras le observaba, intrigada, por encima de las gafas. Mauro supo enseguida que no le estaba tomando en serio.

La respuesta era sencilla, pero hubiera resultado poco convincente sin la más mínima prueba. ¿Qué le iba a decir? ¿Que había sido un acto de venganza al negarse a trabajar de negro para él? Latorre era el famoso y Mauro el insignificante, así que optó por el silencio como única respuesta y se marchó de la comisaría sin tan siquiera formalizar la denuncia, pero con el convencimiento de que no iba a permitir que aquello quedara así.

Con el ordenador portátil también en la maleta, Mauro abandonó su casa cojeando, llevándose consigo también la jaula con Jacinto. Para el loro era la primera vez que salía a la calle y nada más abandonar el portal empezó a graznar y a vociferar todo su repertorio sin control, presa de un estado de ansiedad.

Por suerte pronto llegaron a casa de Olvido y la sola presencia de Cristina lo tranquilizó, aunque no del todo.

—Tío Mauro, ¿qué le pasa a Jacinto, que se está picoteando las plumas?

—Está nervioso, mi amor. Nunca ha salido de casa, así que ahora que va a estar contigo unas semanas, tienes que cuidarlo muy bien, ¿de acuerdo? —Mauro siempre le hablaba a Cristina de cuclillas, para estar a su altura, y ella se le colgaba del cuello zalamera y se sentaba en su pierna.

—Lo cuidaré mucho y le voy a dar trocitos de manzana todos los días. Es su fruta preferida.

—*¡Cristina guapa! ¡Cristina mi niña!* —gritó Jacinto que pareció entenderla.

—¿Me lo puedo llevar a mi cuarto, mami?

Olvido le dio permiso para instalar a Jacinto en su habitación, encima de su mesa de escritorio, al lado de las muñecas y del coche descapotable color rosa de la *Barbie*. Lo puso junto a la ventana, para que se fuera familiarizando con su nuevo paisaje, ese trocito de mundo que le iba a acompañar durante las próximas semanas; un mundo totalmente distinto al que estaba acostumbrado, pero al mismo tiempo, el mismo mundo. Ya a solas, Olvido y Mauro retomaron una conversación algo forzada.

—¿Seguro que no quieres quedarte aquí con nosotras? El piso es pequeño pero podemos apañarnos —se sintió obligada a preguntar sin demasiada convicción.

—No te preocupes. He encontrado un hotel en el centro que está muy bien. No quiero molestar. —Esperaba escuchar de los labios de Olvido que no lo hacía, que no molestaba, pero ella no dijo nada—. Bastante hacéis quedándoos con ese cascarrabias. No admiten animales. Fíjate que hasta voy a echar de menos que me llame «inútil». —Ella sonrió con dulzura, mientras se cerraba sobre el pecho la rebeca negra que llevaba puesta, como si quisiera recogerse sobre sí misma y hacerse un ovillo.

—Ya sabes que Cristina está encantada con él. Estará bien.

—Lo sé. Además, serán sólo tres semanas; es lo que me han dicho los albañiles que durará la reforma de Calderón 17. Aprovecharé también para pintar la casa. He querido hacerlo desde que murió el Teniente y nunca encontraba el momento. Si antes apestaba a tabaco de pipa, ni te imaginas la peste a humo que echa ahora. Las paredes están negras por el hollín. En fin, que ya le tocaba un lavado de cara.

El silencio se hizo incómodo entre ellos de repente, mientras de fondo, desde el cuarto de Cristina, se escuchaba su vocecita hablando con Jacinto. Olvido tenía la mirada líquida y triste, más de lo habitual, pero él no se atrevió a preguntarle por qué. Entonces el teléfono de Mauro comenzó a sonar y tuvieron una excusa para no mirarse a los ojos más tiempo. En la pantalla aparecía un número desconocido, una infinita sucesión de dígitos que le hicieron pensar que tal vez la llamada provenía de algún organismo oficial, pero se equivocaba. La misma voz de mujer que semanas atrás, en nombre de la productora Dreams and Movies Productions, le había citado en el Hotel Congresista para grabar el programa cero de *Negro sobre Blanco*, le comunicó esta vez, con jovialidad contagiosa, que había sido uno de los diez seleccionados entre los cincuenta aspirantes a concursante. Mauro no se lo podía creer y, por una vez, abrazado a Olvido y Cristina para celebrarlo, exultantes de alegría, sintió que la suerte estaba de su lado, como una agradable brisa dándole en la cara un caluroso día de verano.

12

Vivir instalado en un hotel no le resultó tan distinto a vivir en su casa, salvo por la ausencia de Jacinto, que, a su manera, se había hecho imprescindible en su vida. A Mauro la soledad siempre le había hecho compañía y le ayudaba a crear un ambiente propicio para la escritura. Sabía estar solo y, además, disfrutaba de ello, casi no podía imaginarse de otra forma, salvo en compañía de Olvido y Cristina. Ni siquiera recordaba haber estado acompañado de verdad nunca en su vida. Llevaba ya dos noches durmiendo en el Hotel Real, que de lujo monárquico tan sólo tenía el nombre, y estaba cómodo. Era pequeño, de tres estrellas, sin parafernalias innecesarias ni diseño de interiores, pero bien situado a diez minutos del centro dando un paseo, limpio y de un precio asequible. En aquel momento de su vida, Mauro sólo necesitaba una cama con sábanas blancas, toallas mullidas y una conexión a Internet que le permitiera centrarse en su trabajo. Le quedaban dos semanas para empezar a grabar *Negro sobre Blanco* y antes de lanzarse a aquella aventura que tenía mucho de locura, quería dejar zanjados algunos flecos de sus últimos escritos.

Estaba nervioso y emocionado a partes iguales. Mauro era muy consciente de sus propias limitaciones, no se le daban bien las cámaras, pero tenía talento, aunque los sueños eran más grandes que los miedos, la emoción más fuerte que la duda. ¿Por qué no iba a poder ganar aquel concurso? Al fin y al cabo tenía una posibilidad entre diez de que eso ocurriera. ¿Acaso era tan improbable? ¡Por supuesto que no! ¿Por qué no iba a ser él quien publicara una de sus novelas inéditas con una importante editorial? Sólo imaginarlo le hacía sudar las palmas de las manos. ¡Dejaría de ser un perdedor que escribe su nombre en las puertas de los retretes públicos junto a sus propias citas! Además, en caso de que no lo consiguiera, tampoco debía despreciar el poder de exposición de un programa en *prime time.* A partir de aquel mo-

mento todo cambiaría y no habría vuelta atrás. La gente lo reco-
nocería por la calle, todo el mundo sabría su nombre y al lado de
él añadirían la palabra mágica: «escritor». Una punzada de vértigo en la boca del estómago le cortó la respiración un par de segundos. ¡Era muy emocionante! Tal vez, si lo hacía bien, aunque
no consiguiera ganar, alguna otra editorial se interesara por su
trabajo por primera vez en su vida, acostumbrado como estaba a
coleccionar rechazos editoriales. Ya había perdido la cuenta de
cuántos acumulaba. «Lo lamentamos, pero en este momento no
aceptamos más manuscritos». «Su novela no se ajusta a nuestros
criterios editoriales». «Lamentamos comunicarle que su manuscrito no cumple con los requisitos exigidos por nuestro comité
lector». Se sabía todas las excusas y hasta había aprendido a agra-
decerlas cuando las recibía ya que, en la mayoría de los ocasiones,
las editoriales ni siquiera cursaban respuesta de cortesía.

Distraído por la idea de poder ganar y dándole vueltas a cómo
el concurso podría cambiarle la vida, Mauro era incapaz de concentrarse en la pantalla del ordenador, así que decidió dar un paseo por
la ciudad, a pesar de que aún le molestaba la herida del pie. Hacía
una tarde preciosa y algunos árboles urbanos ya habían florecido
dando color a las grises fachadas de los edificios. La gente había
salido a la calle y desde la ventana de su habitación tenía la sensación de contemplar un hormiguero en el ir y venir de los viandantes
con los primeros rayos de sol tras el crudo invierno. Mauro estaba
pletórico y necesitaba llenar los pulmones con aire fresco, mezclarse con la gente ensimismada en sus pensamientos, para observarles
y jugar a adivinar en ellos personajes para sus historias. Robarles los
rostros con los que dibujar después con palabras a las personas de
sus libros.

Con una cazadora bajo el brazo, descendió las escaleras a buen
ritmo a pesar de su cojera. La impaciencia le había hecho descartar
el ascensor, que parecía detenerse en cada una de las plantas del
hotel en un trasiego de clientes que subían y bajaban con maletas.
Ya en recepción, dejó sobre el mostrador el enorme llavero de metacrilato que llevaba grabado el número quinientos cinco para que
la recepcionista se lo guardara hasta su vuelta. Aquel debía de ser
de los pocos hoteles de la ciudad que todavía no tenían llave elec-
trónica y conservaban llaveros de tamaños imposibles de transpor-

tar. A Mauro le pareció un detalle nostálgico, casi romántico, de las cosas que van desapareciendo de nuestras vidas sin que nos demos cuenta, como las cartas escritas a mano o los juegos de mesa. La joven le sonrió y le hizo un gesto con la mano para que esperara, mientras atendía una llamada con una sonrisa generosa.

—De acuerdo, que tenga usted buen viaje, señora. Hasta la semana que viene. —Colgó.

—¿Hay algún problema? —preguntó Mauro.

—¡Oh! No, ninguno, señor. Está usted en la quinientos cinco, ¿verdad? —Se aseguró de lo que decía leyendo con más atención el número grabado en el llavero. Mauro asintió—. Es que han dejado algo para usted. Un sobre.

—¿Para mí? —Mauro se extrañó. Nadie, excepto Olvido, sabía dónde estaba alojado, así que no supo qué ni quién podía ser.

La recepcionista se giró sobre sí misma. A su espalda había un enorme casillero de madera con pequeños ganchos de donde colgaban las llaves de cada habitación. Colocó la quinientos cinco en su correspondiente gancho y cogió un sobre blanco, de tamaño grande, que había en su compartimento.

—¿Es usted Mauro Santos? —dijo leyendo lo que estaba escrito en el sobre con letras mayúsculas y rotulador negro.

—El mismo.

—Pues esto es para usted. Lo acaba de dejar un caballero hace escasamente una hora. Ahora mismo iba a avisarle.

Llevado por la curiosidad, Mauro dio vueltas al sobre observándolo minuciosamente. Un matrimonio de mediana edad que hacía malabarismos con una montaña de maletas entró en esos momentos en el hotel para registrarse. Tenían tres niños de corta edad, todos cogidos de la mano, como una cadena humana, y uno de ellos, el más pequeño, de unos dos años, que estaba en el extremo, lloraba desconsoladamente sin que el resto de la familia le prestara la más mínima atención. Mauro se apartó para dejarles espacio en la diminuta recepción y buscó acomodo en un rincón donde habían colocado un par de sillones de polipiel y una mesita de madera de pino con una bombonera de cristal repleta de caramelos.

El sobre estaba cerrado y, a excepción de su nombre, no tenía escrito nada más. Con curiosidad de escritor, lo rasgó, mientras el niño hipaba y se limpiaba los mocos con la manga de su jersey observándole en la distancia. Había dejado de llorar y Mauro le guiñó un ojo, pero el niño no sonrió.

Sacó el contenido, dos fotografías a color y una nota manuscrita. Cuando miró las imágenes de gran tamaño que parecían recrear escenas pornográficas caseras, no supo bien qué estaba viendo exactamente. ¿Qué significaba aquello? ¿Qué clase de pervertido le mandaba eso? No eran de buena calidad, estaban tomadas a distancia y no podían presumir de gran resolución. Instintivamente las escondió, tapándolas con el sobre para que el niño no alcanzara a toparse con ellas, pero después las observó con más detenimiento y le sobrevino una arcada al descubrir el rostro de Olvido en la mujer de las fotografías. ¡Era ella! ¡Su amada Olvido! Desnuda, como nunca la había visto antes. En una de ellas aparecía de rodillas, sujetando el pene de un hombre, con el rostro pixelado, mientras se lo metía en la boca. Mauro tuvo que sentarse en uno de los sofás. Sintió un ahogo cargado de rabia y repulsión que no le dejaba respirar. ¿Qué mierda era eso? ¿Qué estaba ocurriendo? El niño seguía mirándole sin pronunciar palabra, casi de un modo perverso, esperando tal vez a que se derrumbara, como si presintiera que fuera a ocurrir de un momento a otro y no quisiera perdérselo. Tal vez por eso Mauro intentó dominarse. No hubiera querido hacerlo, pero volvió a las fotografías. En la segunda, Olvido estaba a cuatro patas sobre una cama y el mismo hombre la penetraba por detrás mientras le estiraba del pelo. Ella tenía un inequívoco gesto de dolor dibujado en su cara. Mauro sintió un dolor punzante en el corazón, como si se lo hubieran rajado con un cuchillo, y ante la impotencia de no poder gritar allí mismo, en el vestíbulo del hotel, los ojos se le anegaron de lágrimas que rodaron sin control por su cara ante la impertérrita mirada del niño. Después leyó la nota. Decía así: *«Si quieres que solucionemos esto te espero donde la última vez, a las diez de la noche. Todo tiene solución en la vida menos la muerte».* Nadie la firmaba, pero no era necesario. Mauro dio un manotazo cargado de ira sobre la mesa de pino y la bombonera salió por los aires haciendo volar todos los caramelos como en un día festivo de cabalgata. Los tres niños de la familia que formalizaba su recepción se soltaron de las manos y, alborotados, se lanzaron para recoger a puñados los caramelos desperdigados por la moqueta azul, dándose codazos y puntapiés, y entablando una pequeña guerra fratricida. Mientras Mauro, absolutamente destruido, arrugaba con cólera infinita, una y otra vez, las fotografías y la nota.

Acababan de dar las diez de la noche. A Latorre le sonó una alarma en su teléfono móvil, pero Mauro no había aparecido todavía en el lugar del encuentro, la callejuela del polígono industrial abandonado donde se vieron por última vez. Miró el Rolex que lucía en su muñeca izquierda hasta en cuatro ocasiones en el mismo minuto, pero para Latorre el tiempo seguía pasando con la misma lentitud, sin divisar a Mauro Santos ni a derecha ni a izquierda. Empezó a inquietarse. Aquel no era un buen lugar para estar demasiado tiempo solo; estaba oscuro y solamente las ratas campaban a sus anchas. De vez en cuando, los faros de algún coche rasgaban la oscuridad de la noche en la lejanía, y recogían o dejaban a alguna chica de la calle colocándose una exigua minifalda que minutos antes se había arremangado. Temió que no acudiera a la cita. Tal vez se había excedido enviándole aquellas fotos follándose a esa chica que dedujo era su novia. Sabía muy bien que la presión sobre otro ser humano había que ejercerla en su justa medida para que fuera efectiva, porque en caso de excederse, el efecto podía ser el contrario del pretendido y volverse en tu contra. Era algo así como si Mauro y él estuvieran tirando de una goma elástica, cada uno de un extremo. Si uno de los dos estiraba con demasiado ímpetu, probablemente la goma terminaría dándole en las narices al otro.

Latorre estaba sumido en esos pensamientos cuando vio asomar la silueta anodina de Mauro por el extremo de la calle. Se sintió aliviado y victorioso al comprobar que aún sabía calibrar el comportamiento humano, pero no las tenía todas consigo; aquel tipo era pertinaz y obstinado además de muy inteligente. Todavía dominado por la impaciencia, fue a su encuentro e inició la conversación intentando mostrarse cordial dadas las circunstancias.

—Estaba a punto de marcharme. Llegas tarde —dijo Latorre con aplomo cuando lo tuvo delante. Mauro no se pronunció y, observándolo con una ira que había dejado reposar, dejó que hablara.

—Pero veo que eres listo… Una lástima lo de tu librería. Me enteré por los periódicos. ¡Menos mal que no te pasó nada! No sé a dónde vamos a ir a parar con tanto gamberrismo. Hay gente para todo en este mundo, incluso los hay que encuentran un enfermizo placer en la destrucción…

—¿Qué quieres de mí? Supongo que no vas a dejarme en paz, ¿verdad?

—Imagino que te habrás pensado mejor esa tontería de abandonar, de dejar de escribir para mí… No te conviene, sería un mal negocio. Ya te dije que podíamos cambiar las condiciones de nuestro acuerdo, me parece justo. No soy un tipo avaricioso, ya lo sabes… —Mauro le escuchaba clavándole la mirada como un par de cuchillos y Latorre, esquivo, se sintió un poco intimidado—. Puedo darte un porcentaje de los *royalties* y todos contentos… ¿Por qué deshacer un buen equipo? ¿Sería de estúpidos, no crees? Tú escribes para mí, pones el talento y yo la fama. Tu literatura y mi nombre, ¡la combinación perfecta! Podemos forrarnos. ¡Vamos, Mauro! ¡No seas tan romántico! ¡Esto de la literatura es un negocio como otro cualquiera que han inventado unos cuantos intelectuales cansados de comer pan duro pudiendo comer gambas, y tú lo sabes tan bien como yo! ¿O acaso no son siempre los mismos los que se reparten el pastel? —Mauro guardó silencio—. Y luego está ese concurso en el que vas a participar. Entenderás que no puedo permitirlo. No ha sido una buena idea. Deberías habérmelo consultado. No, no, no… —Movió el dedo índice negando—. No deberías haberte presentado a ese *casting*.

—¿Eso crees?

—¡Mírate! —Latorre le señaló con ambas manos como si señalara un despojo humano—. Está claro que tienes talento, pero ¡qué demonios! ¡Estamos hablando de televisión! Está bien. Tendré que ser sincero contigo. —Adoptó un todo condescendiente y puso su mano sobre el hombro de Mauro—. Verás, formo parte del jurado de ese concurso, no sé si estás al tanto de eso. Ya sabes, soy un pilar fundamental de la cadena y han echado mano de mí para garantizarse una audiencia… digamos, significativa. Hay dudas de que el programa tenga el éxito que se espera y, si se va a la mierda, se va mucha pasta por el retrete, ¿entiendes? Bien, pues con sólo una sugerencia mía, prescindirían de ti como concursante. Así de sencillo —mintió—. Pero he preferido que tengas una salida digna, que renuncies por ti mismo. ¿No querrás hacer el ridículo delante de todo el país? Puedes poner alguna excusa de tipo personal, aún están a tiempo de buscarte un sustituto, no se empieza a grabar hasta dentro de una semana y media…

Mauro apartó su mano con desprecio y apoyó la espalda sobre la pared. Con una frialdad pasmosa observaba a Latorre. Estaba nervioso y desconcertado al no percibir en Mauro a la víctima que esperaba encontrar.

—¿Y si no lo hago? ¿Y si decido que no voy a escribirte más libros? ¿Y si pongo en conocimiento de la cadena de televisión que me estás extorsionando? ¿Entonces qué? —Le increpó casi escupiendo las palabras—. A lo mejor se desmorona como un castillo de naipes ese personaje que te has inventado… ¿no crees? ¿Qué pasaría entonces?

El tono conciliador de Latorre, sibilino y persuasivo, se difuminó en un instante. Agarró a Mauro por el cuello aplastando con fuerza su cabeza contra la pared. Se le habían acabado la paciencia y los argumentos. El imponente físico del presentador era una clara ventaja frente al escritor. Tenía los ojos inyectados en sangre y apretaba los dientes salpicando diminutas gotas de saliva con su respiración agitada mientras hablaba.

—¡Mira chaval, no me toques más los cojones! ¿Entendido? ¡Eres un estúpido!

Mauro intentó, sin demasiado éxito, liberarse de esa soga que le oprimía la garganta y le impedía respirar, pero Latorre era un hombre fuerte y corpulento. Sus manos no tenían las mismas fuerzas que las de Germán y lo más que pudieron hacer fue arañarle el rostro, mientras le daba patadas torpemente.

—¡Me he tirado a tu novia! La muy zorra gritaba de gusto cada vez que se la metía. ¡Tendrías que haber estado allí! ¿Quieres que filtre las fotografías a la prensa rosa? Algunas revistas sensacionalistas pagarían una pasta por publicar las imágenes de cómo me follo a una fulana. —A Mauro empezaba a faltarle el aire y su cara comenzaba a ponerse azul—. Y aún tienes que dar gracias de que no me gusten las niñas, pero tengo un amigo que estaría encantado de jugar a los médicos con esa pequeña y encantadora niñita rubia a la que recoges del colegio… Si quieres puedo darte detalles de todas las cosas que le haría a esa muñequita.

De haberlo podido hacer, Mauro lo hubiera matado allí mismo. Tuvo que reconocerlo. Si lo que Latorre pretendía era herirle de muerte, sacarlo de sus casillas, llevarlo al límite, aquellas palabras lo habían conseguido. Cristina era sagrada para él. Sacando fuerza de la misma rabia, le propinó un rodillazo en la entrepierna que tiró a Germán al suelo blasfemando, encogido en posición fetal, mientras Mauro intentaba recuperar la respiración tosiendo y abriendo la boca como un pez fuera del agua intentando atrapar bocanadas de aire. No dejó que Latorre se incorporara. Aprovechando que estaba en el suelo, le dio varias patadas en las costillas, una y otra vez, sin poder parar de hacerlo.

—¡Si la tocas te mato! ¿Me oyes? ¡Te mato! —le gritaba fuera de sí sin dejar de darle puntapiés—. ¡Juro que te mato! ¡Hijo de puta! ¡Juro que lo haré con mis propias manos!

De repente, Latorre se quedó inmóvil, tirado en el suelo, encogido como un animal aterrado, protegiéndose la cabeza con los brazos y Mauro sintió pavor de sí mismo y de lo que era capaz de hacer. Agitado y sudoroso, salió corriendo dejando en el suelo al exitoso presentador de televisión, que lloriqueaba como un niño malherido.

Los mechones rubios oxigenados de Brigitte caían como una cascada sobre la camisa de Mauro. Ella apoyaba su cabeza sobre su hombro mientras ronroneaba como una gata cariñosa en busca de una caricia. Pero Mauro no estaba allí, se había quedado colgado en algún lugar de la nada sin saber cómo volver del todo.

—¡Ay, cielito! Cada día estás más triste. Eso no tiene que ser bueno. No se puede vivir con esa amargura… Te he echado de menos, ¿lo sabes? Ya apenas vienes a verme y a contarme esas historias que tanto me gustan.

El Moro pasó por la barra, dando friegas al mostrador con una bayeta sucia, y al ver que Mauro había apurado su copa, un gin-tonic con ginebra Bulldog, le hizo un gesto con los ojos para preguntarle si quería que le sirviera otro. Mauro asintió. Le gustaba aquel sitio porque la mayoría de las veces ni siquiera era necesario hablar.

—¿Alguna vez has querido a alguien más que a tu propia vida, Brígida?

—¡Te he dicho mil veces que no me llames así! —le riñó con cariño—. Eres un tipo tozudo, ¿lo sabes?

—Dime, ¿lo has hecho? —Mauro la interrogaba con impaciencia también con los ojos. El Moro dejó el nuevo gin-tonic sobre la barra.

—¡Qué sé yo! Supongo que sí... —Se encogió de hombros—. Pero aprendí muy pronto que no es una buena idea.

—¿A alguien por el que hubieras sido capaz de hacer cualquier cosa?

—¿Cualquier cosa? ¿Como qué?

—Como matar, por ejemplo.

—¡Qué barbaridad! Cielito, si el amor te hace matar, ¿no crees que ya no sería amor?

—¿Por qué? ¿No debería ser así el amor? ¿Estar incluso por encima del bien y del mal? ¿Por encima de la vida?

—¡Qué cosas dices! —Incómoda con la profundidad de la conversación, Brigitte se incorporó y tiró de su vestido negro escotado hasta que el encaje del sujetador color rojo asomó por el borde—. El amor siempre termina por hacerte daño. ¡Eso es lo que creo! ¡Y punto!

Mauro se sumergió en la transparencia de su bebida y jugó a contar los reflejos de los hielos durante unos minutos. Tal vez Brígida tenía razón, pensó. Tal vez ella ya era una cicatriz cuando algún día fue amor, tal vez él estaba viviendo a través de una herida. Un grupo de hombres trajeados entró en el burdel alborotando y sacándolo de sus pensamientos. Estaban bebidos y dos de ellos llevaban la corbata anudada en la cabeza, como indios con la pluma caída. El Moro echó un vistazo a la sala. Eran siete y sólo tenía cuatro chicas libres, sin contar a Brigitte, que estaba de cháchara con aquel tipo deprimido. Le hizo un gesto para que fuera a atender a la clientela, pero Mauro la cogió del brazo.

—Está conmigo.

—¡Eh, amigo! La chica no es de tu exclusividad. Si la quieres tienes que pagarla y si no, se irá con otro, ¿lo pillas? —le dijo el Moro de malas formas.

Mauro echó mano a la billetera, pero sólo tenía un billete de diez euros. Había salido de casa con la única intención de arreglar cuentas con Latorre y no había cogido dinero. Puso el billete sobre la mesa, pero el Moro soltó una carcajada.

—¿Me tomas el pelo? Con eso no me pagas ni las copas. ¿Sabes cuánto vale esa ginebra que tanto te gusta?

—¡Vamos, Moro! —intervino Brigitte—. Mauro es un buen cliente, siempre te paga un buen dinero…

—¡Cállate y haz tu trabajo! El único buen cliente es el que tiene pasta en el bolsillo. —Cogió el billete y lo arrugó antes de meterlo en un cajón mientras Brigitte se contoneaba atusándose el pelo caminando hasta el rincón donde se habían sentado los siete ejecutivos. Mauro volvió a su hotel por no tener que ver a su otra Olvido en los brazos de un borracho con traje.

La camarera del hotel llevaba tan sólo una semana en su puesto de trabajo. Se sentía afortunada, ya que la mayoría de sus compatriotas habían tenido que volver a su país ante la falta de oportunidades laborales. Dominicana, de veintipocos años, de piel tostada y una melena azabache que recogía en una trenza gruesa que le iba dando golpes en el final de la espalda a cada paso que daba, arrastraba su carrito de la limpieza por el pasillo de la quinta planta del Hotel Real, mirándose en el reflejo de los cristales y espejos que se iba encontrando a su paso. Le gustaba cómo le sentaba el uniforme. La gobernanta le había dado a elegir dos colores, o rosa pálido o azul turquesa. Ella había preferido el turquesa porque le pareció que le favorecía más con el moreno de su piel y de su pelo. Más que una limpiadora, pensó, parecía una enfermera de una serie de televisión. Y cada dos pasos que daba sobre sus zuecos blancos, paraba unos segundos para bailar al ritmo de la música que escuchaba con sus auriculares, asegurándose de que nadie la viera.

Era temprano, así que comenzó a limpiar y arreglar las habitaciones que tenían colgada en la puerta la cartulina de color verde donde se podía leer «*Please, make-up the room*». La mayoría de ellas eran de ejecutivos que madrugaban mucho por cuestiones de trabajo. Los turistas, salvo los japoneses y alemanes, solían despertarse más tarde. Iba a empezar por el pasillo de la derecha, que correspondía a las habitaciones pares y tenían vistas a la zona norte de la ciudad, pero ninguna estaba libre todavía. Así que, moviendo las caderas, arrastró su carro hasta el pasillo de la izquierda, donde estaban las habitaciones impares, desde la quinientos uno hasta la quinientos once.

La habitación quinientos cinco fue la primera que encontró con el cartel colgando del pomo de la puerta del lado del color verde. La joven cogió un listado de papel que llevaba enrollado en el bolsillo derecho de su delantal y un bolígrafo que llevaba sujeto del carro con un cordel para que no se perdiera. Buscó en las hojas la quinta planta y el número quinientos cinco, y anotó la hora junto a un garabato que simulaba ser su nombre en una cuadrícula que había junto al número. Eran las nueve y diez de la mañana.

Una toalla de baño y otra de lavabo. Se trataba de una habitación individual, así que cogió ambas toallas mullidas y con olor a suavizante y las sujetó bajo el brazo mientras, con la otra mano, rebuscaba la llave maestra que guardaba en el otro bolsillo del delantal.

La chica entró despreocupada, siguiendo el ritmo de la música. Pasó primero por el baño, situado justo a la derecha de la puerta de entrada y dejó sobre el mármol del lavabo las dos toallas limpias. Después fue directa hasta el fondo de la habitación sin encender la luz, para descorrer las cortinas y airear la estancia. Olía a cerrado y podía detectar una punzada de acidez en el ambiente muy desagradable. Estaba acostumbrada a ello, al olor de zapatos sucios, a sudor, a alcohol e incluso a tabaco, a pesar de que estaba totalmente prohibido fumar en las habitaciones, así que no le dio mayor importancia. Tiró con energía de las cortinas opacas del ventanal que daba a la Calle de los Pintores, tradicionalmente conocida así porque se llenaba de caballetes y artistas callejeros que pintaban retratos a los turistas a cambio de un puñado de euros, y se giró dispuesta a empezar con el zafarrancho de su tarea. Pero entonces se topó con él. Horrorizada, comenzó a gritar fuera de sí, paralizada por lo que estaba viendo. Con las manos en la espalda, esposado al cabezal de la cama, estaba el cadáver de un hombre con la cabeza metida en una bolsa de plástico. El vaho de sus últimas respiraciones había empañado la bolsa, pero aun así se distinguía una expresión de angustia en sus ojos y la boca muy abierta intentando respirar su último aliento. La joven camarera se desplomó como un fardo. Habían pasado tres días desde la cita entre Mauro Santos y Germán Latorre.

SEGUNDA PARTE

Olvido Valle

13

Lo habitual no era que Cristina se levantara tan temprano un sábado por la mañana. Era una niña dormilona y Olvido la dejaba remolonear en la cama, perezosa. Así compensaba los madrugones de entre semana para ir al colegio. Pero desde que tenían en casa a Jacinto, en cuanto un rayo de sol se colaba por cualquier diminuta rendija de la persiana del cuarto de Cristina, el loro silbaba el *Cara al Sol* y la despertaba demasiado temprano. Así que a pesar de no ser todavía ni las diez de la mañana, la pequeña ya llevaba danzando por casa más de tres horas, volviendo loca a su madre, parloteando con su nueva mascota y llenando cada rincón de una alegría que a Olvido últimamente se le hacía escasa.

A veces lo pensaba. Aunque cuando supo que estaba embarazada se le vino el mundo encima, ahora no podía concebir la vida sin su pequeña Cristina. Era el centro de su universo, el motor que le hacía levantarse de la cama cada mañana. Dicho así, sonaba un poco a tópico y se le escapaba una sonrisa; con lo bonito que era capaz de contarlo todo Mauro y lo mal que se le daban a ella las palabras…

Lo peor de aquel momento, de saber que estaba esperando un hijo, había sido tener que tomar una decisión y mentir para llevarla a cabo, especialmente mentirle a Mauro. No podía explicarle a nadie que el bebé que crecía en su vientre era el fruto de una relación con un sacerdote que en alguna ocasión había acudido a ella cuando había necesitado satisfacer sus necesidades carnales, apaciguando el remordimiento de su pecado con una suculenta cantidad de dinero que Olvido nunca despreció. Nadie en el mundo sabía que de vez en cuando le ponía precio a su cuerpo, solamente Paca, la señora de la limpieza del sacerdote, y su hija Elvira, a quien su madre también vendía.

A Paca la había conocido siete años atrás, el día que Olvido fue al supermercado a entregar su currículum. Estaba buscando trabajo por enésima vez durante aquel año, y en el cristal de la tienda había un cartel donde decía que necesitaban cajeras. Lo había visto el día anterior mientras iba a comprar el pan. Desde que había empezado la maldita crisis, su vida profesional había ido dando tumbos, encadenando contratos temporales mal remunerados y con condiciones cercanas a la esclavitud que apenas le permitían hacer equilibrios. Hacía poco que su madre había fallecido y continuaba viviendo sola, a pesar de haber superado los treinta, en la misma pequeña casa de alquiler en la que había vivido desde niña. Tenía la sensación de no avanzar, de vivir en una cápsula donde espacio y tiempo eran inamovibles, mientras que el mundo giraba vertiginosamente fuera de aquella esfera, sin tenerla en cuenta en sus planes. Y tal vez de alguna manera, como un perro huele el miedo, Paca lo percibió. Hay personas que son capaces de hacerlo, de eso estaba convencida Olvido.

—¿Buscas trabajo, muchacha?

Paca barría con brío el portal contiguo al supermercado mientras le hablaba. Se encargaba de dar lustre a la escalera del edificio dos veces por semana. Cubría sus redondeces con un vestido negro, como si guardara un luto lejano, dándole un toque de color con el delantal estampado que remataba con una enorme lazada en la espalda. Olvido la miró y pensó que no debía de ser tan mayor como aparentaba. Llevaba el cabello canoso y raído recogido en un exiguo moño a la altura de la nuca con tal tirantez, que a Olvido le pareció que debía dolerle.

—Sí señora, ¿sabe usted de algo por aquí? Puedo dejarle un currículum. —Le mostró la carpeta que llevaba abrazada contra su pecho.

La mujer dejó de barrer y, apoyando la mano sobre la escoba como si fuera un bastón alto, la miró de arriba abajo. ¡Qué más le daba a ella el currículum ese! Ni siquiera sabía lo que era. Sólo necesitaba echarle un vistazo para comprobar que tenía las carnes prietas y una bonita cara que podía gustarle al Padre Sebastián.

—Conozco a un hombre que necesita compañía de vez en cuando. Yo me encargo de cuidarle la casa y hacerle la comida, pero bien sabe Dios que las necesidades de un hombre no se cubren sólo con un estómago lleno —comentó con picardía—. Es un hombre de Dios, ¿sabes? Pero un hombre al fin y al cabo... ya me entiendes. Y guapo, ¡vaya si lo es! Que si me pillara más joven ya me hubiera encargado personalmente de él. Sólo tiene cuarenta años, es una criatura, pero se le empieza a amargar la leche de no sacarla más a menudo. —Paca rió a carcajadas sin que Olvido pudiera encontrarle la gracia al comentario.

—Pero ¿qué trabajo es exactamente el que oferta? ¿De cuidadora? ¿Acaso está impedido o enfermo? —A Paca le hizo gracia la ingenuidad de Olvido.

—¿Impedido? —Se carcajeó con ganas—. ¡Fuerte como un potro pura sangre! —exclamó, y mostró el puño y el antebrazo haciendo un gesto fálico. Olvido torció el gesto mostrándose incómoda, pero aun así preguntó.

—Entonces… ¿qué clase de compañía requiere ese tal…?

—Padre Sebastián, de la Parroquia de Arcángel San Gabriel, ¿la conoces?

—No soy muy de iglesia, la verdad… —Paca frunció el ceño en señal de desaprobación, lo pensó durante unos segundos y pareció convencerse.

—Bueno, no importa, con que no digas nada es suficiente. Allá cada cual con sus pecados. Ojos que no ven… El Padre Sebastián sólo necesita una mujer con la que retozar un par de veces al mes. Nada raro, lo normal, ya me entiendes. Pero no le gustan las zorras… Prefiere una moza de su casa, una que no parezca una fulana.

—Señora, yo no soy una puta —respondió ofendida.

—Ya lo sé, no hay más que verte. ¿No te estoy diciendo que de eso se trata? Eres fina y nada vulgar. Yo sé dónde pongo el ojo. ¿Te crees que eres la primera? Y tampoco serás la última tal y como están los tiempos…

—Creo que usted se está confundiendo conmigo —repuso y se dio la vuelta, dispuesta a marcharse a su casa intentando que le afectara lo menos posible aquella humillación, pero la mujer le cortó el paso con la escoba.

—Todas las decentes decís lo mismo, pero yo no os lo tengo en cuenta. Aquí estaré si cambias de opinión, todos los lunes y los jueves, a primera hora de la mañana. Si no me ves, pregunta por La Paca en el bar de enfrente. Y un consejo de vieja: no seas tan melindre… ¿Acaso no se vendió Eva en el Paraíso por una manzana? No tendrás ese cuerpo toda la vida.

Sin mirar atrás, Olvido aceleró el paso con el corazón desbocado y, mientras se alejaba, pudo escuchar de nuevo las carcajadas de Paca a mandíbula batiente.

Pero como la vida continuó haciendo planes sin preguntarle a Olvido por los suyos, pronto llegaron los problemas económicos y las dificultades para pagar el alquiler. Olvido temió seriamente que la desahuciaran. ¿Qué podía hacer? ¿Dónde iría si la echaban de casa? Había barajado seriamente la posibilidad de aceptar el dinero que a menudo le ofrecía Mauro, pero temía que fuera el precio de la obsesión que sentía por ella. La mirada de Mauro era un laberinto y Olvido escapaba de quedar atrapada en él, por eso siempre se había esforzado en mantener la distancia entre ambos, para no deberle nada más allá de una amistad desinteresada por temor a que quisiera cobrárselo algún día. Le conocía muy bien. Así que se convenció a sí misma de que no tenía una opción mejor. Prefirió vender su cuerpo a vender sus sentimientos. Cruzar aquella línea era la solución menos mala para seguir siendo dueña de su vida. Además, nadie tenía por qué enterarse. Se prometió que sería algo ocasional, que sólo lo haría las veces que la necesidad se lo impusiera, ni una más. No esperaba que la gente la entendiera y no iba a permitir que nadie la juzgara. Así que un domingo fue a misa de doce, a la Parroquia del Arcángel San Gabriel, para conocer en secreto y en la distancia al Padre Sebastián que oficiaba la misa y se dirigía a sus feligreses envuelto en un halo de santidad impostada. Se lo planteó como si estuviera inspeccionando la mercancía antes de comprarla, cuando en realidad la mercancía y la que se iba a vender era ella. Sólo estuvo con el cura en seis ocasiones, hasta que pudo saldar la mayor parte de la deuda contraída con su casero y el supermercado la contrató como cajera. Pero el destino fue caprichoso con ella y para cuando quiso aparcar aquel episodio de su vida en el cajón de los recuerdos que es mejor olvidar, descubrió que estaba embarazada.

No podía borrar de su memoria el rostro de Mauro cuando se lo contó. Sí, le mintió fingiendo alegría, cuando en realidad estaba muerta de miedo. Sintió que había traicionado su amistad, y pudo leer la decepción en sus ojos, pero fue la mentira menos dolorosa que supo encontrar. El resto del tiempo había tenido que aprender a vivir con esa mentira, que de tanto dar por buena, ya casi no le era extraña.

—¡Mamá! ¡Jacinto se ha hecho caca en la colcha de mi cama! —gritó Cristina desde su cuarto.

—¡Maldito pájaro! ¡Como el tío Mauro no se lo lleve pronto un día de estos lo meto en la cazuela y lo guiso con patatas!

—¿De verdad? Yo no me quiero comer a Jacinto, mami… —Los ojos de Cristina miraban a su madre con cierto pavor, mientras esta le daba friegas con un trapo húmedo a la colcha de princesas Disney de la cama de la niña.

—¡Pues claro que no, hija! ¡Es sólo una broma!

—*¡Inútil! ¡Mauro, eres un inútil!*

Olvido abrazó a su pequeña Cristina con una sonrisa. Era la persona a la que más quería en el mundo, el centro de su universo y, para sí, agradeció a Mauro que la quisiera como si fuera su hija. Algún día tenía que decírselo, contarle toda la verdad, pero a Olvido no se le daban bien las palabras.

Antonio Gutiérrez era un viejo sabueso con un olfato especial para el crimen. A sus cincuenta años, la Brigada de Homicidios del Departamento de Policía podía presumir de tenerlo entre sus efectivos, aunque no pasaba por su mejor momento tras un divorcio poco amable y una tensa relación con sus mellizos adolescentes. Era un policía que no tenía aspecto de policía, sino de padre bonachón entrado en carnes. Ese tipo de persona que al mirarla imaginas que trabaja en una oficina o como profesor de literatura en un instituto de secundaria. Con una pequeña libreta de espiral y un bolígrafo, el inspector Gutiérrez se paseó por la habitación quinientos cinco observando cada detalle, por insignificante que pudiera parecer, mientras se mesaba el bigote espeso y poblado de canas. Su compañera, la oficial Carla Poveda, una joven y prometedora policía recién incorporada al departamento, soltera y sin apenas vida privada, observaba más a su superior que a la escena del crimen, como si quisiera adivinar qué estaba pensando aquel experimentado policía del que quería aprenderlo todo.

—¿Qué buscamos exactamente, jefe?

—Algo que nos diga qué ocurrió aquí. Las pruebas te hablan, sólo debemos prestarles atención y aprender su idioma. Esto no se enseña en la academia, pero no te preocupes, es cuestión de práctica e intuición. Sigue tu instinto. ¿Tardarán mucho los chicos de la científica?

—Están de camino.

—Bien, pues hagamos nuestro trabajo antes de que nos echen de aquí. ¿Qué sabemos de la víctima?

Poveda consultó sus notas. Había estado hablando con la recepcionista que, al igual que la limpiadora, estaba siendo atendida por un ataque de ansiedad. Se había producido un gran revuelo entre los turistas, que olisqueaban como perros lo macabro de un asesinato producido en el mismo hotel donde se hospedaban. Sacaban fotografías y grababan vídeos. Dos agentes uniformados impedían que se saltaran la cinta policial.

—La habitación está registrada a nombre de un tal Mauro Santos. Parece que iba a ser una estancia larga, de unas tres semanas. Según los datos de su registro vive en la ciudad. ¿Qué hacía entonces en un hotel? —se preguntó la oficial en voz alta—. Treinta y cinco años. Amable, educado y nada problemático, según ha explicado la recepcionista, aunque ha señalado que era «un tipo raro». Las mujeres tenemos un sexto sentido para eso… Me ha contado que el otro día protagonizó un incidente en la misma recepción tras recibir un sobre que habían dejado a su nombre. No debió de gustarle mucho lo que contenía porque le dio un puñetazo a una mesa y tiró una bombonera por los aires montando un lío monumental. Se disculpó y la pagó en efectivo.

Gutiérrez se paseaba sigiloso por la habitación mientras escuchaba a la oficial Poveda, procesando la información. Sobre la mesilla de noche encontró un teléfono móvil y una cartera. Supuso que eran de la víctima. Ayudándose con la punta de su bolígrafo, abrió la cartera como un libro y la documentación que quedó a la vista confirmó que pertenecía a Mauro Santos.

—¿Es él? —preguntó Poveda impaciente.

El inspector observó con detenimiento la fotografía del documento de identidad y después se fijó en el rostro desencajado y agónico que estaba dentro de la bolsa de plástico. Los comparó. Hizo lo que pudo, teniendo en cuenta que la bolsa había condensado parte del aire de su interior y el plástico se le había pegado a la cara como si estuviera envasado al vacío. ¿Era él?

—Eso parece… pero hasta que no le quiten esa bolsa de la cabeza no podremos estar seguros. ¡Fíjate! —Algo había llamado su atención. Poveda se acercó al cadáver que estaba sentado sobre la cama, ligeramente inclinado hacia delante y con las manos a la espalda, esposadas al cabecero. La cabeza le caía como un peso muerto sobre el hombro derecho—. Mira el cuello. —Con el bolígrafo le separó de la piel el borde de la camisa. La bolsa de plástico estaba sujeta al cuello con varias vueltas de cinta americana.

—¿El qué?

—Esas marcas. —El cadáver tenía unas señales oscuras alrededor del cuello, apenas visibles por la bolsa de plástico.

—Tal vez se resistió y el asesino intentó colocarle la bolsa en otra ocasión antes de conseguirlo por fin… Las marcas están en el mismo lugar que la cinta americana… —Gutiérrez negó con la cabeza y enarcó una ceja. Se peinó el bigote con la mano izquierda.

—No lo creo, esas señales tienen más tiempo, están amoratadas. Dos o tres días por lo menos. Además, no hay signos de lucha en la habitación. Echa un vistazo a tu alrededor… Este tipo era metódico, casi neurótico. Rarito, como diríais las mujeres… Seguro que vivía solo y ni siquiera tenía señora de la limpieza. Tal vez era algo maniático, ya sabes, una personalidad meticulosa. Tendrías que ver mi apartamento. ¿Cuántos tipos te han llevado a su casa a pasar la noche y la tenían así de organizada? —Poveda sonrió—. Lo tenía todo bajo control y algo rompió su orden. Probablemente esa carta que dices que recibió.

Era cierto. La quinientos cinco estaba muy ordenada. La ropa en el armario, doblada o colgada en perchas, un par de libros en una de las mesillas de noche perfectamente colocados uno encima de otro, el ordenador portátil sobre la mesa de despacho con el cable enrollado, al lado del televisor, y el teléfono y la cartera sobre la otra mesilla de noche. Incluso estaba la cama hecha. En el baño ocurría exactamente lo mismo. Ni siquiera se habían utilizado las toallas limpias del día anterior, que todavía estaban hechas un rulo sobre el mármol del lavabo, junto a las que había dejado la camarera momentos antes de encontrar el cadáver y sus cosas de aseo, cuidadosamente dispuestas dentro de un neceser.

—Probablemente conocía a su asesino y le dejó entrar.

—O estaba drogado… —apuntó Poveda. Gutiérrez le hizo un gesto impreciso para hacerle saber que le había parecido acertada la observación.

—Lo que está claro es que no tiene sentido que alguien irrumpa en tu habitación, te amordace y te ponga una bolsa de plástico en la cabeza y no muestres ni un ápice de resistencia. ¿Hay cámaras de seguridad?

—Sólo en recepción; es un hotel modesto y nunca ha ocurrido nada reseñable.

—Pues habrá que averiguar la hora de la muerte y ver esas imágenes. ¿Qué leía este pobre desgraciado? —Le indicó a Poveda que mirara los dos libros que había en la otra mesilla de noche. La oficial se inclinó y leyó los títulos.

Más allá del horizonte hay vida. ¡Joder, qué grima! ¿no? Y… *El primer paso,* ambos de Germán Latorre.

—El tipo de la tele. —Lo anotó en su libretita—. A mi exmujer le encanta ese idiota.

Al aproximarse un poco más a la cama, la oficial Poveda le dio un puntapié a algo que sonó metálico. Oculta bajo el somier, tapada con las faldas de la colcha, había una papelera de acero inoxidable. Poveda la sacó con el pie.

—Jefe, ¡mire esto! Han quemado algo aquí. —Gutiérrez, que observaba el cadáver desde el otro lado, bordeó la cama e inspeccionó con su bolígrafo.

—¡Anda! —En el interior había un rollo de cinta americana junto a unos papeles quemados. Haciendo equilibrios lo sacó con la punta del bolígrafo. —Todo un detalle tirar aquí la cinta con la que le han liado la bolsa al cuello…

—Es probable que fuera de la víctima, ¿tal vez fue un crimen de oportunidad? ¿Una cita que acabó mal? —La metió en una bolsa de pruebas que le ofreció Poveda y prosiguió. Valiéndose de un pañuelo bordado que sacó del bolsillo de su pantalón, cogió un extremo de parte de un papel que no se había quemado del todo.

—¿Y eso? —preguntó refiriéndose al pañuelo.

—¿Esto? Un regalo de mi exsuegra, las navidades pasadas. No te rías, ¿no has tenido nunca una suegra?

Gutiérrez fue hasta la ventana. El día era espléndido y una luz de primavera entraba con insolencia hasta el fondo de la habitación. Observó el trozo de papel, pero no pudo distinguir nada. Era una fotografía de la que tan sólo había quedado intacta una pequeña esquina. —Una foto. Probablemente esto es lo que recibió en ese sobre y no le gustó nada.

—¿Chantaje?

—Es sólo una posibilidad.

—¿Y eso de ahí? —Otro trozo de papel, esta vez blanco, asomaba entre las cenizas. Gutiérrez lo cogió con el pañuelo. Estaba arrugado pero intacto. Era la nota que Latorre había enviado a Mauro junto a las fotografías de Olvido, donde se podía leer: «*Si quieres que solucionemos esto, te espero donde la última vez a las diez de la noche. Todo tiene solución en la vida menos la muerte*».

—Esto tiene pinta de móvil.

—¿Así de sencillo? —Gutiérrez no contestó. La experiencia le había enseñado a no sacar conclusiones precipitadas porque, a menudo, los casos más sencillos eran los más complicados.

Un equipo de la Policía científica apareció por la puerta. Eran cuatro agentes, tres hombres y una mujer, vestidos con monos blancos que les cubrían hasta la cabeza. Saludaron con un gesto a la oficial Poveda y al inspector Gutiérrez. Se pusieron al tanto de la información. Homicidio, sin señales aparentes de lucha, varón de treinta y cinco años, posible chantaje.

—Chicos, necesito alguna huella, pelo, fibra… aunque algo me dice que esto estará más limpio que una patena. Tal vez tengáis suerte con el rollo de cinta —comentó mientras lanzaba la bolsa de pruebas—. Y si sois capaces de averiguar qué había en esa foto quemada que hay en la papelera, os invito a un asado. Palabra de inspector —dijo poniéndose la mano en el pecho solemnemente.

El bigote de Gutiérrez se movía divertido cada vez que hablaba y Poveda, que todavía no se había acostumbrado a escucharle sin prestar atención al enorme mostacho, hizo un esfuerzo por no sonreír, tomó nota de todo y se puso manos a la obra.

Gutiérrez dio órdenes de requisar el ordenador y llevarlo al Departamento de Informática. Quería conocer las tripas de aquel aparato y también las del teléfono móvil. La gente solía guardar toda su vida en esos trastos. A Poveda le encargó una investigación exhaustiva sobre Mauro Santos: quién era, a qué se dedicaba, qué le gustaba hacer en su tiempo libre, una lista de amigos, familiares y hasta dónde compraba el pan cada día. Estaba convencido de que la víctima conocía a su asesino. Aunque algo le desconcertaba en aquel caso. Los datos eran contradictorios. ¿Había sido un crimen premeditado o una cita que había acabado mal? ¿Era el chantaje el móvil del caso? ¿Por qué la víctima no parecía haber mostrado demasiada resistencia? Gutiérrez necesitaba tener todas las pruebas sobre la mesa para unirlas como las piezas de un puzle. Confiaba en que la científica y la autopsia aportaran un poco de luz.

La puerta del hotel era un hervidero de gente atraída por la sangre como las moscas. Algunos cámaras de televisión y reporteros se camuflaban entre la muchedumbre. Las redacciones solían escanear los avisos policiales y a menudo acudían los periodistas incluso antes que los efectivos policiales al lugar del crimen. El día era hermoso, casi perfecto, de no haber sido por aquel luctuoso suceso. Un hombre asesinado en la habitación de su hotel sería noticia de todos los diarios e informativos radiofónicos. Pero poco o nada se sabía de la víctima, así que se afanaban por rebuscar información con avidez más morbosa que periodística. Carla Poveda se sorprendió al ver la que se había montado a la salida del Hotel Real. Nada más poner el pie en la recepción, se sintió como una niña pequeña con un bocadillo en la mano ante una jauría de perros hambrientos. No se sentía preparada para enfrentarse a ellos, así que retrocedió y preguntó a un botones si el hotel disponía de otra salida, mostrándole su placa.

—Sí, señora, la salida de servicio —le indicó con la mano el joven, que estaba pálido como el papel—. Entre en la cocina, atraviésela y salga por la puerta roja que hay al fondo. Da al callejón de detrás, por donde nos llegan los suministros.

Se sintió aliviada y, refugiada bajo la capucha de su chaqueta, atravesó la cocina solitaria, que todavía olía a café con leche caliente y bollería casera. Había enormes pilas de platos a ambos lados, como edificios de vajilla abandonados. Una olla de grandes dimensiones hervía tan sólo con agua. Parecía que la cocina había interrumpido su tarea habitual, pues no había ni un alma. Miró al fondo hasta dar con la puerta roja que le había indicado el botones. La empujó ligeramente y se abrió sin oponer resistencia. Fuera, había un par de contenedores verdes con el nombre del hotel escrito con espray de color rojo; hacían equilibrios para no rodar por la ligera pendiente calle abajo y una enorme piedra trabada en las ruedas se lo impedía. Entonces cayó en la cuenta e hizo una llamada.

—Jefe… soy yo, Poveda. Hay una salida trasera desde la cocina. La puerta tiene cerradura pero acabo de salir sin problemas. No sé cuándo la cierran pero está claro que no es siempre. Por aquí entran la mercancía. Tal vez la usó el asesino para entrar y salir sin ser visto. —Hizo una pausa larga para escuchar, anotó algo y concluyó—. De acuerdo. Hablaré con ella.

Una gata atigrada seguida de tres cachorros acudió a su encuentro, pedigüeña. Era evidente que estaba acostumbrada a que le dieran algo de comer cada vez que alguien salía por esa puerta. Poveda le dedicó una caricia que la gata agradeció encorvada, mientras se daba friegas en las perneras de sus pantalones. Los cachorros pronto la imitaron. Pero la oficial no estaba para mimos. Debía encontrar a una tal Olvido Valle para darle la mala noticia. Esa mujer acababa de llamar al teléfono de la víctima y se había encontrado con la voz del inspector Gutiérrez. Necesitaba una explicación. Poveda odiaba esa parte de su trabajo.

14

El vaso de agua hizo equilibrios para no caerse de la mesilla de noche cuando Germán Latorre, abotargado y todavía con los ojos cerrados, alargó el brazo desde la cama para cogerlo. Se sentía torpe. Le dolía terriblemente la cabeza y tenía el cuerpo como un amasijo de hierros viejos y oxidados. Una punzada hiriente en el costado hizo que se llevara la mano al pecho. Notó el tacto de una venda y tuvo que hacer un esfuerzo mental para recordar cómo había llegado hasta allí. ¡Ah, sí! Ahora se acordaba, el doctor Morris le había asistido en su *loft* después de la paliza que ese mal nacido le había propinado en el parque industrial.

¿Qué día era? Le costaba mucho esfuerzo ubicarse en el tiempo. Para apaciguar el dolor había estado tomando analgésicos sin control, mezclándolos con alcohol y tal vez alguna que otra sustancia, aunque no estaba seguro del todo. En realidad no estaba seguro de nada. Todo estaba turbio. Los recuerdos se le habían escapado por alguna rendija como el agua que se filtra sin hacer ruido, lentamente. Su mente era como una bayeta sucia y acartonada, y la lengua, gorda y amarga, apenas le permitía tragar su propia saliva.

De repente notó que algo se movía a su lado. No estaba solo y se asustó. Dio un respingo, pero una punzada en el costado lo paralizó, y el dolor de cabeza empezó a bombearle las sienes con impertinencia. Un escultural cuerpo de mujer emergió de entre las sábanas, desnudo y perturbador, como una diosa. Era Lara Sánchez quien, en algún momento que Latorre era incapaz de precisar, se había desprendido de su ropa y colado en su cama. ¿Había ocurrido algo más entre ellos? Germán Latorre era incapaz de asegurarlo y eso le trastornó.

Desnuda, caminó descalza sobre la madera del parqué dibujando líneas curvas en el aire, sin hacer ruido. Se acercó hasta un perchero de caoba que había en una esquina del dormitorio, una pieza única hecha a mano que Latorre había mandado traer desde India, y cogió una bata de seda negra que tenía un escudo indeterminado bordado en el bolsillo del pecho. Le estaba muy grande, era de Latorre, pero una vez ceñido el cinturón a su cuerpo con un gesto firme como si estrangulara su cintura, la seda se pegó a su piel dejando que sólo el aire la ondulara cada vez que daba un paso. Lara se dio cuenta entonces de que Germán había despertado y le dedicó una sonrisa más maternal que otra cosa.

—Vaya, ya estás en este mundo. ¿Cómo te encuentras?

—He tenido días mejores… —masculló con dolor.

Hizo verdaderos esfuerzos para incorporarse en la cama hasta que consiguió sentarse apoyado contra el cabecero. Lara le acomodó un par de cojines tras la espalda y llevado por un sentimiento de pudor y abandono al mismo tiempo, sintió vergüenza de mostrarse así ante una mujer tan bella. Odiaba que alguien, y mucho menos una hermosura como Lara, pudiera compadecerse de él.

—Debo de tener un aspecto horrible.

Lara se encendió un cigarrillo. Llevaba las uñas pintadas de rojo, y a Latorre le pareció que estaba más hermosa sin tanto maquillaje y artificio como utilizaba siempre para esconderse. Tenía la piel tersa y sonrosada. Conocía a pocas mujeres que amanecieran tan bellas y había visto amanecer a demasiadas.

—Bueno, sólo son unos cuantos moratones. Nada que el tiempo no pueda curar. Eres un hombre fuerte, lo superarás —comentó, mientras dejaba escapar el humo con sensualidad.

Latorre estaba confundido. No lograba poner en orden sus pensamientos. Incapaz de recordar ni en qué día se encontraba, miró el radio-reloj despertador que parpadeaba en rojo desde su mesilla de noche: faltaban unos minutos para el mediodía del sábado. De repente sintió pavor. Un agujero de tres días le separaba del último recuerdo nítido. ¿Qué había pasado en todo ese tiempo? ¿Qué hacía Lara desnuda y metida en su cama? El vértigo de asomarse a un pozo oscuro se apoderó de él y al mirarse el cuerpo, levantando ligeramente la sábana, fue consciente de su estado. Estaba lleno de cardenales y cada centímetro de su piel le dolía, pero mucho menos que su orgullo, para el que no existía analgésico que pudiera calmarlo.

—¿Cuándo estuvo aquí el doctor Morris?

—Hace tres días. ¿No te acuerdas? —Germán guardó silencio. No se acordaba del todo.

Lara se acomodó junto a él. En una mano llevaba el cigarro a medio consumir y en la otra, un pesado cenicero de cristal. La seda de la bata resbaló ligeramente y dejó sus piernas al descubierto.

—Lo llamó Velasco cuando te caíste por la escalera. Estabas fatal. Tuviste suerte de no darte un golpe en la cabeza. Sólo tienes una costilla rota y unas cuantas magulladuras.

Hizo memoria. Era cierto. Recordaba vagamente haber avisado a Velasco y haber inventado una excusa que pudiera justificar sus heridas. Por nada del mundo pensaba decir la verdad, a pesar de que Velasco, desconfiado y con un buen olfato periodístico, empezaba a sospechar que algo le estaba escondiendo desde hacía tiempo.

—Aunque con esa cabeza tan dura, dudo mucho que te la hubieses partido. ¡Mira que no querer ir al hospital! ¿Qué tonterías son esas? —le riñó como una madre y a Germán eso le molestó. Después le dio una calada profunda al cigarrillo y dejó que la ceniza se precipitara sobre el cenicero hasta quedar reducida a polvo.

El puzle en su cabeza empezaba a armarse con dificultad. Había huecos vacíos y piezas que no encontraba, pero al menos se acordaba de la visita del doctor Morris, un médico con el que había hecho amistad después de entrevistarle en su programa. Era el traumatólogo de grandes celebridades del deporte de élite: futbolistas, atletas, nadadores y famosos en general. Entrado en los sesenta y amante de los excesos y las mujeres guapas, al igual que Latorre, ambos supieron pronto que eran almas gemelas, peces de agua dulce nadando cada uno en su propio acuario. En una ocasión el doctor Morris había invitado a Latorre a disfrutar de una final de Copa del Rey que disputaron Real Madrid y F.C. Barcelona, en el palco del Santiago Bernabéu. Latorre se sintió tan halagado que, para compensarlo, una noche organizó una orgía con cuatro mujeres que no superaban los veinte años, dos para cada uno de ellos, sin escatimar tampoco en polvo blanco y caviar iraní, que esparcían por los pezones de las chicas para lamerlos con avidez todo el tiempo que la Viagra hizo efecto.

—Y... ¿tú? —La pregunta quedó suspendida en el aire—. Quiero decir... ¿tú y yo? Vamos... nosotros dos...

Lara se echó a reír.

—Se te ha puesto cara de idiota, ¿sabes? Tienes que sentirte como un estúpido al despertar conmigo al lado y no acordarte de si hemos follado o no. A mí me pasaría lo mismo, de hecho alguna vez me ha ocurrido… Porque no te acuerdas, ¿verdad? No te acuerdas de si hemos tenido sexo… —Espachurró la colilla del cigarro contra el cristal del cenicero—. ¡Oh, qué triste! —exclamó con una voz aniñada y cínica, casi perversa—. Germán Latorre no se acuerda de si me ha echado un polvo…

—¿Hay algo de lo que acordarse? No juegues conmigo, Lara, no estoy para gilipolleces. En mi estado no sé si hubiera sido capaz de eso…

—No, no lo hay, descuida. Yo vine ayer, a eso de la medianoche. Y, efectivamente, no estabas para muchas alegrías. Estaba preocupada por ti y me tomé la licencia de invitarme a dormir. De todas formas, tú ya estabas dormido…

—¿Y quién te abrió la puerta?

—Velasco. Lleva tres días aquí contigo, yendo y viniendo del trabajo. Le falta la cofia para ser tu enfermera, asistente, sirvienta… ¡Joder, estás peor de lo que pensaba! ¿De verdad no te acuerdas de nada? Deberías mirártelo, a lo mejor sí te golpeaste también la cabeza… —Lara dejó sobre la mesilla el cenicero, al lado del vaso de agua que Germán había apurado de un trago.

—Ya estoy mucho mejor. Sólo necesitaba dormir un poco para que se calmara el dolor.

—Dormir y todo lo que te has tomado —comentó señalando el primer cajón de la mesilla que estaba medio abierto y lleno de envases de pastillas. Germán lo cerró de un manotazo—. Velasco estaba hecho polvo y me dio un poco de pena, la verdad. Así que le dije que por una noche yo le hacía el relevo. Ese tipo te quiere de verdad, ¿sabes? A mí me da un poco de repelús, tan seco y con esa mirada… pero desde luego a ti te tiene aprecio. ¿No estará enamorado de ti?

—¿Velasco? No digas gilipolleces.

—Querido, yo ya he visto de todo en este mundo… Tu amiguito Velasco se encargó de llamar al médico y de avisar a la tele de que te ausentarías unos días, hasta el lunes, dijo. Te ha quitado todos los moscones de encima. Producción quería hablar contigo, Dirección también, y si te descuidas hasta Maquillaje. Menos mal que el pro-

grama de hoy ya lo tenías grabado y que no te afectará a las grabaciones de *Negro sobre Blanco* que empiezan la semana que viene.
Qué inoportuna caída la tuya, ¿no?

Lo dijo con desconfianza, dejando la frase flotando en el aire
con la esperanza de que Germán Latorre diera respuestas a preguntas que no había formulado y, tal vez llevado por su debilidad, Latorre picó el anzuelo.

—Nunca te hagas construir una escalera con peldaños de mármol. Son muy traicioneras. Acababa de salir de la ducha, todavía
tenía los pies húmedos, y subí para coger mi portátil del escritorio.
Al bajar, zas, un resbalón y rodé escaleras abajo…

—Ya, ¿y ese arañazo en la cara? Esa herida no parece de rodar
por las escaleras…

Un recuerdo fugaz, como el fotograma de una película, le vino
a la mente. Pudo verse a sí mismo unos segundos, sujetando por el
cuello a Mauro Santos contra la pared y, de repente, sintió de nuevo
el zarpazo que este le había propinado. Se llevó la mano a la herida
e intentó disimular.

—¿Esto? ¿No estarás celosa?

—¿Acaso debería?

—¡Claro que no! Tal vez la mujer que me hizo este arañazo estaba muy enfadada porque le dije que había conocido a una diosa y
que ella ya no me interesaba. No le gustó nada que la rechazara…
Ahora lo recuerdo bien. Tal vez me agredió por esa razón… eso no
se me ha olvidado.

—Tal vez… Qué caprichos tiene la memoria, ¿verdad?

—Dime una cosa. ¿Siempre duermes desnuda?

Lara cogió su ropa de un puñado y, con gesto altivo y una ofen-
sa fingida, se dirigió al cuarto del baño para vestirse. Le hablaba
desde allí con la puerta abierta.

—No siempre. Pero anoche me pareciste muy inofensivo. No
dormía con alguien sin que me rozara un pelo desde que era una
niña. Ha sido curioso revivirlo. Aunque si llego a saber que ya tienes quien te arañe, te aseguro que no hubiese ocurrido. Anoche no
te vi esa marca —dijo fingiendo estar celosa.

—¡Venga, Lara! ¡No me jodas! ¡No me pega nada que te com-
portes así como una mujer tradicional! Tú eres una chica moderna
y liberada… una mujer emancipada que escribe libros eróticos.

—Utilizó un tono grandilocuente que hizo sonreír a Lara mientras se arreglaba el cabello frente al espejo del lavabo.

—También pensaba yo, a juzgar por lo que escribes, que tú eras un tío legal y sensible. Ya sabes que esto de la literatura es una burda mentira. Somos unos expertos mentirosos, ¿no fue eso lo que dijiste?

—Ya te he dicho que esto no tiene importancia. ¡Joder! Apenas hace unas semanas que nos conocemos. Y me gustas pero… no estoy en mi mejor momento… A veces las cosas se complican, ¿sabes? Sólo necesito un poco de tiempo para arreglarlo todo…

Lara salió del baño, vestida y dedicándole una mirada condescendiente. Se había recogido el pelo en una coleta alta y se había enfundado en unos pantalones vaqueros que casi le cortaban la respiración. El aspecto de Latorre le pareció patético. ¿Cómo había podido fijar sus expectativas en él? Lo encontró viejo y drogadicto, la sombra de lo que había sido. Era la imagen de un hombre acabado y hasta ese instante no se había dado cuenta, así que agradeció tener una excusa para quitárselo de en medio. Aspiraba a algo mejor o, al menos, más alto. Hacerse la ofendida a tiempo era una estrategia de lo más oportuna que incluso le divertía interpretar.

—¿Volverás para cuidarme esta noche? —preguntó Latorre fingiendo una voz infantil.

—¿Sabes, Germán? Creo que tú ya sabes cuidarte solito. —Le tiró la bata de seda a la cara—. Además, he quedado para cenar con Palacci. Creo que quiere proponerme algún proyecto interesante y él sí necesita una gata que le arañe.

Con su bolso de Gucci de dos mil euros sobre su hombro derecho, Lara le lanzó un beso al aire desde la puerta del dormitorio, que se desvaneció tan rápido como su interés por el presentador. Latorre, postrado en su cama, dolorido y amnésico, sintió que su virilidad también había sido herida y no encontró en el cajón de su mesilla de noche ninguna pastilla que pudiera aliviarle la humillación.

El delicado cuerpo de Olvido se desplomó al recibir la noticia. Mauro Santos había sido asesinado en la habitación del hotel en el que se hospedaba. No podía creerlo. Era de locos. Fue incapaz de respirar durante unos segundos y las piernas le flaquearon hasta tener que dejarse caer sobre la silla que había frente a la mesa de la mujer policía que le había dado la noticia, la oficial Poveda. Al parecer, su número de teléfono aparecía como contacto en caso de emergencia en el móvil de Mauro. Aunque había hablado unas horas antes con otro policía, un tal inspector Gutiérrez, que le había respondido a una de sus muchas llamadas a Mauro, por nada del mundo había imaginado que se tratara de un asesinato. Gutiérrez la había citado en comisaría para «hablar sobre un delito relacionado con el propietario de ese teléfono», y Olvido había supuesto que se refería a un robo o algo por el estilo.

No pudo llorar. ¿Quién querría hacerle daño a alguien como Mauro? ¿Qué puede llevar a un ser humano a hacerle algo así a otro? ¿Por qué motivo? Las preguntas le bombardearon la cabeza y cuando ya no supo qué contestarse, se rompió en un llanto que le dolió en lo más profundo de su corazón sin que sus sollozos perturbaran lo más mínimo el trasiego de la comisaría. Hay lugares acostumbrados al dolor y está tan contextualizado, que forma parte del paisaje. La comisaría era uno de ellos.

—¿Se encuentra bien? —La oficial Poveda le tendió un pañuelo de papel desde el otro lado de la mesa. Olvido lo aceptó y lo espachurró con el principio de rabia que había empezado a formársele en la boca del estómago—. ¿Podría decirme qué relación mantenía usted con la víctima? —Poveda había sacado unos impresos de un cajón y cogido un bolígrafo de un bote.

—¿La víctima? La víctima, como usted dice, se llamaba Mauro Santos —contestó dolida.

—Lo lamento, ya sabe… es la costumbre. No era mi intención…

—Éramos… amigos.

Le costó encontrar la palabra adecuada. Lo que eran. Lo que nunca fueron. Lo que pudieron haber sido. Entre Olvido y Mauro los límites siempre habían sido un problema, tal vez el único, y definirse con una sola palabra era una labor imposible para ella. A Mauro se le daban mejor las letras. ¿Qué hubiera contestado él a esa pregunta? Ya nunca lo sabría. Sintió de repente la necesidad de apostillar, como si se hubiera quedado corta.

—Casi como hermanos… La única familia que teníamos ambos. Nos teníamos el uno al otro. Y ahora… —Rompió a llorar de nuevo ante el vacío.

Poveda siguió escribiendo sin apenas levantar la mirada del papel. Aún no estaba acostumbrada a esa parte del trabajo, a separar los sentimientos y dejarlos a un lado, pero destilando la suficiente empatía como para no olvidar que estaba tratando con seres humanos. Eso no lo enseñaban en la academia. Necesitaba muchos muertos todavía para aprenderlo. Tenía la sensación de que no sabía hacerlo y de que se mostraba demasiado dura e insensible ante las familias de las víctimas. Las mismas que tenían nombre y apellidos, una vida, y casi siempre también gente que las quería.

—¿Puedo verlo? —De repente una necesidad de abrazarlo por última vez se había apoderado de Olvido. Y se reprochó los abrazos que no le había dado en vida.

—Me temo que no es posible. Le están haciendo la autopsia.

—¿Autopsia? —Sólo escuchar la palabra le heló la sangre.

—Es obligatoria en caso de muerte violenta... —explicó Poveda—. Tal vez arroje alguna pista sobre lo ocurrido —lo dijo como un consuelo—. ¿Tenía su amigo Mauro algún enemigo? ¿Había tenido algún problema recientemente con alguien?

—Mauro es... era una persona maravillosa. La mejor persona que he conocido nunca. ¿Acaso no creen que haya sido algo casual?

—¿Casual? ¿A qué se refiere?

—Pensé que lo habían matado tal vez al intentar robarle. Esas cosas pasan, algunos ladrones se ponen violentos y... ya sabe... terminan perdiendo el control. ¿Creen que fueron a por él? ¿Alguien quería verle muerto?

—Es muy pronto todavía, señora Valle, para cualquier hipótesis, pero en principio nada indica que se tratara de un robo con resultado de muerte. La habitación del hotel estaba en perfecto orden. Por eso, y por la forma en que fue asesinado, pensamos que es probable que hubiera un móvil. Sí, creemos que alguien prefería a Mauro Santos muerto.

Olvido escuchó atónita aquellas palabras. Tenía los ojos enrojecidos e hinchados por el llanto intermitente. No podía dar crédito a lo que la oficial le estaba diciendo. Por más que le daba vueltas a la cabeza no daba con un solo nombre de alguien que pudiera odiar a Mauro hasta la muerte. Poveda le había dicho que pensara sobre ello unos instantes, pero Olvido no pudo arrojar nada de luz a ese aspecto de la investigación. El Mauro que ella conocía era un hombre solitario que apenas tenía amigos, y mucho menos enemigos. Un hombre que vivía para su literatura, su librería y para Cristina. Era generoso y desprendido, cariñoso y algo desamparado. Un persona sensible, capaz de querer como a un hijo a un loro cojo que le insultaba desde los ocho años. Un hombre bueno que amaba a Cristina más que a su propia vida. Tímido e introvertido, algo excéntrico. Un escritor con sueños al que demasiadas veces se le habían roto, pero que siempre había sido capaz de recoger los trozos y recomponerlos. Un luchador incansable. Un superviviente emocional. Una buena persona que si alguna vez había hecho daño a alguien, era a sí mismo.

—¡Lo siento, no se me ocurre nadie!

Se sujetó la cabeza con ambas manos. Tuvo miedo de que le fuera a estallar y toda la madeja de sentimientos que se le había enmarañado dentro se desbordara a borbotones. Poveda supo que era el momento de dejarlo. Aquella mujer necesitaba su tiempo para asimilar lo ocurrido, si es que eso era posible. Así que la invitó a descansar un poco. Estarían en contacto. Al fin y al cabo, Olvido Valle era la única persona conocida hasta el momento que había tenido una relación personal con la víctima. Mauro Santos no tenía familia y, como bien había dicho Olvido, era un hombre solitario con escasas relaciones.

Cuando Olvido abandonó la comisaría, Poveda lanzó el bolígrafo sobre la mesa con cierto desaliento. Salvo que la autopsia aportara alguna pista, el caso se presentaba complicado de resolver. Necesitaba un café. La cafeína corriendo por su torrente sanguíneo siempre había sido un buen estimulante y le ayudaba a pensar con claridad. Una pequeña cafetera exprés que funcionaba con cápsulas y una nevera destartalada junto a una mesa y cuatro sillas formaban la sala de café de la comisaría. La vieja televisión Samsung de diecinueve pulgadas, colocada sobre una plataforma asida a una esquina de la pared, sonaba de fondo emitiendo un murmullo ininteligible. Poveda eligió la cápsula de café más fuerte que encontró en el dispensador y la introdujo en la cafetera. Colocó su taza blanca donde se podía leer «I love NY», comprada en su último viaje, y dejó que el aromático líquido fluyera mientras abandonaba su mirada en la pantalla de la televisión, pero sin ver nada, absorta. De repente, el rostro de Mauro Santos en las noticias la rescató de sus pensamientos. Buscó con la mirada el mando de la televisión, pero no dio con él. A punto de desbordarse el café de la taza, apretó el botón de off de la cafetera sin apartar la mirada de la pantalla e intentó agudizar el oído para saber qué estaban diciendo.

—¡Mierda!

Se había quemado al coger la taza y no lograba escuchar nada de lo que decía una joven morena de ojos verdes en el informativo que estaba emitiendo Azul TV. Unas letras sobreimpresas atravesaban la parte inferior de la pantalla a demasiada velocidad como para poder leerlas desde aquella distancia. Entonces vio el mando. Estaba sobre la nevera. Se apresuró a cogerlo y subir el volumen, pero las pilas fallaron y por más que apretaba el botón no se escuchaba nada con nitidez. La joven del informativo seguía hablando y Poveda dio unos golpecitos donde estaban las pilas del aparato, lo intentó de nuevo y por fin funcionó.

«...*la víctima, identificada como Mauro Santos, de treinta y cinco años de edad, había sido uno de los diez clasificados para participar en* Negro sobre Blanco, *el concurso de televisión que este canal comenzará a emitir próximamente. Sin duda, una joven promesa de la literatura...*».

15

Explicarle a Cristina que su tío Mauro se había marchado para siempre fue, con diferencia, la situación más difícil a la que se había tenido que enfrentar Olvido jamás. Ni siquiera ella era capaz de entender lo que había ocurrido, así que, difícilmente pudo saciar el hambre de porqués de una niña de cinco años.

—¿Y está en el cielo con la abuela? —preguntó desconsolada la pequeña Cristina, mientras Jacinto le mesaba el cabello de una de sus coletas con el pico, subido a su hombro derecho.

Olvido le contestó que sí, llevada más por la inercia que por la convicción. Pensó que sería lo más fácil para la niña. En realidad ella no creía en una vida mejor después de la muerte. Para Olvido, morir era terminar para siempre, sin una segunda parte y sin posibilidad de volver para enmendar nada, un final de la historia y no un punto y aparte. Pero ese convencimiento le pareció cruel para la inocencia de Cristina, incluso dañino, así que le mintió a sabiendas de que, en ocasiones, un mal menor puede evitar otro más grave.

Entonces... ¿nos quedaremos con Jacinto para siempre, mami? Ahora nosotros somos su familia, ¿verdad? —Se secó las lágrimas con el puño de su camiseta. Cristina parecía encontrar algo de consuelo con aquel pájaro maleducado, así que su madre la sentó sobre su regazo y le dio un abrazo por toda respuesta.

Su «familia», esa palabra pronunciada en la boca de Cristina adquiría otra dimensión. Aunque Mauro y Olvido no eran parientes, en realidad sí eran familia. Eran de esa clase de familia que no certifican los documentos oficiales, pero que sí rubrica el corazón, de piel y no de papeles. Y lo eran desde que ambos se conocieron en el colegio, como si estuvieran destinados a encontrarse sin haberse buscado nunca, como dos hermanos separados al nacer cuya fuerza de atracción termina irremediablemente por unirles como un imán. Al menos así lo sentía Olvido a quien, más que a un amigo, le acababan de matar a un hermano.

Cuando Olvido se miraba en los ojos de Mauro se veía reflejada en las aguas mansas de un hermoso lago. En calma, pero con un fondo oscuro y tenebroso. Un poco también como era ella, con sus secretos en el interior, sujetos a una pesada piedra que impedía que emergieran, ni siquiera para compartirlos con Mauro. Eran dos caras de una misma moneda. Tal vez porque había más cosas que les unían de las que les separaban. Ambos eran hijos únicos, criados en solitario por uno de sus progenitores. Ambos habían aprendido a ser amigos de la soledad y, lejos de incomodarles, encontraban refugio en ella. Cuando era niña, Olvido fantaseaba con un matrimonio entre su madre y el Teniente. Así Mauro y ella vivirían bajo el mismo techo como viven los hermanos de verdad. Pero eso nunca ocurrió y se criaron juntos pero separados, teniendo vidas paralelas que el destino se empecinó en que jamás se juntaran.

Después crecieron y la vida, con esa tendencia suya a complicarlo todo, dibujó un día en la mirada de Mauro una pincelada de deseo que Olvido no supo cómo esquivar. No pudo obligarse a mirarle de la misma manera. ¿Cómo hacerlo? Y todo cuanto habían construido hasta entonces, su amistad, sus silencios compartidos, se volvieron artificiales e incómodos. Los hasta entonces niños cómplices de carencias y afectos, se convirtieron en un hombre y una mujer con demandas que no supieron satisfacer. Los roces furtivos de las manos Mauro empezaron a llamarse caricias y los abrazos ya nunca más fueron gratis; a partir de un momento que Olvido no sabía precisar, siempre buscaron algo más...

Nunca lo hablaron, pero ambos lo supieron siempre. Era el lenguaje mudo de los afectos, los quejidos de la piel no correspondida, la huida de las miradas que no encuentran respuesta en otros ojos. Se conocían demasiado bien como para mentirse. Se respetaban tanto que jamás se hubieran hecho daño a propósito. Pero con el tiempo, Olvido había comprendido que hay grietas más peligrosas que un agujero negro, porque por ellas se escapa todo lo que es importante y lo hace tan despacio, de forma tan sibilina, que para cuando quieres darte cuenta ya nada se puede recuperar.

El trasiego en la redacción de informativos en Azul TV era más denso que el metro en hora punta. Los teléfonos sonaban casi acompasados, uno tras otro, sin pausas, como una sinfonía libre de politonos imposibles. Un exministro imputado por blanqueo de capitales, prevaricación y malversación, estaba a punto de ofrecer una rueda de prensa en directo. La unidad móvil hacía comprobaciones técnicas de última hora para dar por bueno el enlace. Desde la sede de su partido, una marabunta de periodistas aguardaba la comparecencia, ávidos de carnaza para ofrecer a las audiencias de sus respectivos canales. La redactora de Azul TV, libreta en mano y auricular en el oído, hacía pruebas de sonido a falta de unos minutos para entrar en directo en la emisión del magazine de la mañana. Al otro lado del tabique, la redacción de programas también era un hervidero de gente yendo y viniendo. Faltaban sólo siete días para la emisión de *Negro sobre Blanco* y la noticia del asesinato de uno de sus concursantes, lejos de antojarse lúgubre para los productores y la dirección del programa, se había convertido en la mejor de las promociones imaginables. Ningún director de *marketing* hubiera sido capaz de diseñar semejante campaña publicitaria.

—Emitiremos un especial sobre ese tal… —El director consultó sus papeles para recordar el nombre—. Mauro Santos. Eso es, Mauro Santos…

Sentado sobre una mesa, consciente de que tenía que aprovechar semejante filón, fue dando órdenes a diestro y siniestro con euforia, apuntando con el dedo índice a cada uno de los redactores a medida que iba pronunciando sus nombres, y casi de forma marcial, dirigía su mirada imperativa hacia ellos, por encima de las diminutas gafas que hacían equilibrios imposibles sobre la punta de su nariz.

—¡Bárbara! Recopila las imágenes del programa cero que se grabó en el Hotel Congresista. Quiero visionar los totales donde salga Mauro Santos. ¡Alberto! Que se grabe un audio leyendo el relato que presentó Santos para la selección del concurso y otro con el que escribió en el programa cero. Ya sabes, diles que hagan una composición bonita, un montaje con imágenes y música sensiblera que arranque las lágrimas de la audiencia. Lo emitiremos como gancho. ¡Silvia! ¡Hay que grabar una promo ya!

—¡Entendido, jefe! —respondió Silvia.

—¡La audiencia se quedará pegada a la pantalla! —Se frotó las manos con entusiasmo—. ¡Ah! No estarían mal unas palabras del resto de concursantes, *in memoriam*… Que escriban algo conmovedor, que para eso son escritores y aspiran a ganar este concurso.

Desde el fondo de la sala, Velasco intentaba pasar desapercibido. Oía sin escuchar, tenía la cabeza en otro sitio. Estaba angustiado y se mordía las uñas a falta de algún estimulante más potente con el que calmar su creciente ansiedad. Había estado llamando a Germán Latorre por teléfono en infinidad de ocasiones desde que se había conocido la noticia del asesinato de Mauro, pero no respondía. Tenía la maldita costumbre de dejar el teléfono en silencio cuando estaba en casa.

—¡Velasco! Los tres miembros del jurado también deberían grabar unas palabras de condolencia. Todavía tengo que decidir si los tres juntos o cada uno por separado… —El Director le sacó de su ensimismamiento—. ¿Qué sabemos de Latorre? ¿Cuándo se incorpora?

Velasco se quedó helado, se removió en la silla, incómodo. No era capaz de articular palabra, tenía un mal pálpito, ese instinto que a pesar de todo no le había abandonado. Conocía a la perfección cómo funcionaba el engranaje de la televisión, esa máquina de triturar carne, y tenía la certeza de que, tarde o temprano, encontrarían su conexión con Mauro Santos y la de este con Germán Latorre, y ambos formarían parte de uno de esos programas sensacionalistas que tanto gustaban al canal. Finalmente atinó a responder.

—Mañana… se incorpora mañana, al menos eso creo. Estoy intentando hablar con él.

—Está bien. Entonces encárgate tú de eso. Sin florituras, algo sencillo pero sentido. Dile que le necesitamos aquí, al pie del cañón.

El teléfono de Velasco comenzó a sonar estrepitosamente con la canción *Bienvenidos* de Miguel Ríos. Era Germán Latorre. Se excusó y salió al pasillo en busca de una intimidad difícil de hallar en las tripas de una televisión. Refugiado en una esquina del pasillo, al lado de una máquina de agua que, de manera intermitente, soltaba una burbuja que ascendía hasta la superficie para explosionar emitiendo un sonido sordo de ultramar, Velasco respondió al teléfono angustiado.

—¡Joder, Germán! ¿Por qué coño no respondes al teléfono? ¡Han encontrado fiambre al escritor al que le quemamos la librería! —murmuró sin dejar de mirar a un lado y a otro temeroso de que alguien pudiera escucharle. Esperó escuchar a Germán, mientras sudaba y le temblaban las piernas. Al ver que no respondía, insistió, cada vez más nervioso—: ¿Estás ahí? ¿Me estás oyendo, joder?

—¡Cálmate! ¿Quieres? —le ordenó. No entendía nada de lo que le estaba diciendo—. ¿Qué es eso que me estás contando? Ya sabes que cuando estoy en casa no veo la televisión.

—¡Muerto, tío! —susurró con angustia contenida—. Lo han encontrado en la habitación de su hotel. ¡Asesinado!

Al otro lado del auricular Latorre intentó asimilar la noticia. Se mantuvo frío, contenido y silencioso. Cavilando sobre lo que acababa de escuchar: Mauro Santos ya no existía. Estaba muerto. Y la muerte no le había sorprendido de forma natural, sino que lo habían matado. Resopló.

—¡Joder!

Acostumbrado a dominarse ante las cámaras, su mente analítica dio un repaso rápido a la situación hasta llegar a la conclusión de que la noticia podía serle muy favorable de no ser porque, definitivamente, se quedaba sin negro para sus novelas. Muerto el perro se acabó la rabia, se dijo. Sopesó las circunstancias. Si ponía en la balanza todo lo que había ocurrido en las últimas semanas, llegaba a la conclusión de que ese sorprendente giro del destino le beneficiaba más que otra cosa. Mauro Santos empezaba a ser un incordio rebelde y difícil de controlar que, además, se había atrevido a desafiarle, presentándose a un concurso de televisión en el que él mismo participaba como jurado. Eso sin contar la paliza que le había dado y de la que había prometido resarcirse. Definitivamente, Mauro Santos se le había empezado a ir de las manos y reconocía haberle deseado la peor de las muertes. Y ahora estaba muerto, era un fiambre. Hacía tiempo que no se alegraba tanto por la muerte de alguien. Una sensación de alivio le invadió por completo. Ya se preocuparía más tarde de encontrar a otro escritor fracasado dispuesto a escribir a cambio de una buena suma de dinero; ese era el menor de los inconvenientes porque, como a Latorre le gustaba decir, siempre hay una puta a la que comprar. Al fin y al cabo, sus libros se vendían solos gracias a que llevaban su nombre escrito en letras grandes en la portada. No importaba la calidad del contenido si es que alguna vez había importado. Más tranquilo, decidió indagar un poco más sobre lo ocurrido.

—¿Qué se sabe de la investigación?

—Todavía no ha trascendido mucho, pero me temo que pronto llegarán hasta nosotros.

—¿Hasta nosotros? ¿Por qué?

—¡Germán, las fotos! ¡Y el incendio de la librería! —gimió Velasco al borde del llanto.

—¡¿Te quieres calmar?! ¡Sé frío! Nada te relaciona con él y mucho menos con un incidente de violencia callejera atribuido a unos exaltados… En cuanto a las fotos… no se veía mi cara, sólo una zorra a la que se la estaban follando. Borra los originales ya, ¿entendido?

—¡Tú! ¡Siempre tú! ¿Y qué pasa conmigo? ¿Eh? Fui yo quien llevó esas fotos a la recepción del hotel donde lo han matado. ¿Se te ha olvidado ese pequeño detalle? ¿Y si hay cámaras de seguridad? ¡Y la nota que acompañaba a las fotos! ¡La escribí de mi puño y letra! ¡Tendrá mis huellas!

—Como puedes ser tan idiota…

—¡Estoy de mierda hasta el cuello!

—¡No seas paranoico! —le gritó—. Deshazte del material fotográfico y mantén la calma. ¡Y no se te ocurra hablar con nadie de esto! ¿Está claro?

Aturdido, Latorre colgó el teléfono. Necesitaba pensar con calma, pero todavía no era capaz de hacerlo. Aparte de él, ¿quién querría ver muerto a Mauro Santos? Aquel tipo anodino y meditabundo parecía tener una vida tranquila, incluso aburrida, tal vez también un futuro prometedor, así que… ¿había alguien más en el mundo a quien pudiera estorbarle su presencia? No supo qué responderse.

Abrió el cajón de la mesilla de noche donde guardaba las pastillas. Le dolía terriblemente la cabeza y el costado, pero después de fijar la mirada unos segundos indecisos sobre la colección de barbitúricos, descartó la idea de tomarlos. Ya había estado ausente demasiado tiempo y debía estar lúcido para seguir de cerca la investigación de lo ocurrido, así que optó por darse una ducha. El sonido del agua tibia le relajaba y la planta de los pies pisando el frío mármol le ayudaba a espabilarse.

Con el cuerpo lleno de moratones, se abandonó con placer debajo del grifo mientras en su cabeza barajaba todas las posibilidades. Tal vez había una parte de la vida de Santos que desconocía, un lado oscuro, algo turbio por lo que alguien quisiera rendirle cuentas. Era una posibilidad, aunque por el tiempo que había estado investigándolo Velasco sin encontrar nada extraño, se le antojó bastante remota. La descartó de momento. ¿Y si se trataba de un crimen pasional? Sabía muy bien que la gente suele matar por dos motivos fundamentalmente: por dinero o por amor. Descartado el móvil económico, valoró muy seriamente que aquella zorra a la que se había follado lo hubiera matado después de mantener una violenta discusión a causa de las fotografías que había hecho que Velasco le entregara. Era una hipótesis más que plausible que, de ser la acertada, le colocaba peligrosamente en el punto de mira de la investigación en caso de que la policía encontrara las fotos y pudieran identificarle como el hombre desnudo con la cara pixelada que aparecía en ellas. Comenzó a angustiarse. Tal vez no había sido tan buena idea extorsionarle sin pensar en las consecuencias.

Salió de la ducha. El baño de mármol travertino era una nube de vapor de agua en suspensión. Cogió una toalla blanca con olor a melocotones y se la enrolló alrededor de la cintura. Con la palma de la mano limpió el vaho del espejo que estaba encima del lavabo y atinó a adivinarse con dificultad en la imagen turbia que le devolvía. Se sintió extraño ante ese reflejo, como si esos ojos que le miraban no fueran los suyos, como si supieran algo que él no era capaz de recordar. Entonces le vino a la mente Velasco, en una extraña asociación de ideas, y se le revolvió el estómago. ¿Y si había sido él? Le creía capaz de cualquier cosa cuando estaba bajo los efectos de las drogas, aunque después se mostrara como el hombre más desvalido y temeroso del mundo, un polluelo que acaba de caerse del nido. En una ocasión, Latorre fue testigo de cómo le partía la nariz a un tipo de un solo puñetazo en la barra de un garito. Aquel cuerpo enclenque hizo un alarde de fuerza inimaginable y derribó a un borracho alto y gordo, de un golpe, por el simple motivo de llamar gilipollas a Iker Casillas. Velasco iba puesto hasta las cejas y Latorre, una vez más, zanjó el asunto con una generosa suma de dinero. Al día siguiente de aquel incidente, el recuerdo que le quedaba a Velasco de lo ocurrido difícilmente iba más allá de una mano vendada, una terrible resaca y el orgullo de madridista herido. Ante la evidencia, Latorre se angustió y le dio por pensar en círculo. ¿Y si por alguna razón la entrega de las fotos se le había ido de las manos? ¿Había salido algo mal? ¿Tal vez Mauro Santos lo había descubierto? ¿Tal vez Velasco había intentado sacarse un dinero extra al margen de Latorre y llevar a cabo un chantaje por su cuenta? ¿Podía asegurar que Velasco era incapaz de matar a ese tipo en caso de haberse visto acorralado como se había visto él mismo en aquel callejón? La respuesta a esta última pregunta fue un no, pues le creía muy capaz de hacerlo y de llorar después como una niña negándolo todo y resultando convincente. Pero él lo conocía bien. Las drogas podían ser muy traicioneras, Latorre lo sabía, y sabía también que Velasco se transformaba en otra persona cuando iba puesto. Si Velasco era el culpable, él podía ser detenido como cómplice de asesinato, y esa posibilidad se repitió en su cabeza como un eco acusador.

De vuelta de recoger a Cristina del colegio, Olvido intentaba no sucumbir al llanto que le asaltaba en cualquier momento y lugar. Una mezcla de pena e impotencia se le había quedado dentro y temía no saber encontrar alivio. Nunca antes se había sentido así, ni siquiera cuando su madre había muerto después de una larga enfermedad. Tal vez porque en aquella ocasión la muerte sí la había avisado y, al esperarla, no la pilló por sorpresa. Pero Cristina sufría cada vez que la veía llorar, así que se había prometido ser fuerte y no dejarse seducir por esa terrible sensación de vacío.

—Después de merendar voy a hacerle un dibujo a tío Mauro y se lo voy a mandar en una carta —le dijo Cristina a su madre, mientras esta abría el buzón del portal y recogía el correo; un puñado de cartas acumuladas tras tres días sin atenderlo—. ¿Sabes si en el cielo hay cartero, mami? —Olvido no respondió, perdida como estaba en algún lugar de sus pensamientos, pero a Cristina no pareció importarle demasiado, porque en su mundo todo era más sencillo y contaba con todas las respuestas que necesitaba—. Tiene que haber cartero porque seguro que algún cartero también se ha muerto y está en el cielo. En el cielo hay de todo porque todos se mueren. Profesoras, princesas, médicos, peluqueras, *barbies* y escritores como tío Mauro. Y seguro que también hay carteros. Yo ya sé escribir un poco así que le voy a dibujar a Jacinto, a ti y a mí, y le voy a poner nuestros nombres debajo. Para que se ponga el dibujo en su habitación del cielo. Seguro que tiene un corcho como yo en mi dormitorio, para pinchar las cosas que le gustan. ¿A que sí, mami?

—Olvido la besó en el pelo con dulzura y dejó que Cristina, ya en casa, corriera a su cuarto para sacar de su jaula a Jacinto.

En la calle empezó a lloviznar y las gotas repiqueteaban en los cristales de las ventanas. La primavera había irrumpido con fuerza y mantenía una lucha entre el sol y las tormentas.

—¡Cristina, cariño! ¡No abras la ventana de tu cuarto! ¡Está empezando a llover!

Olvido lanzó las llaves con desidia sobre una bandeja de cristal verde que había en el recibidor. Se quitó la chaqueta y colgó el bolso en uno de los ganchos. Cogió el puñado de cartas que había sacado del buzón y se sentó en la silla de la cocina para revisarlo. La mayoría era correo bancario, probablemente notificaciones de algún recibo devuelto o avisos de pagos pendientes, así que las fue lanzando sobre la mesa sin abrirlas como una baraja de cartas, cayendo desordenadas sobre el hule que la cubría, estampado con cafeteras y panes. Encontró también un par de promociones de un supermercado, ofertas y descuentos que colocó en un montón aparte, después de apartar unas migas de pan que habían quedado esparcidas sobre el mantel del desayuno. Y finalmente dio con un sobre sin remite, con su nombre y dirección escritos a mano, con letras mayúsculas, con una caligrafía que le resultó familiar pero que no supo identificar. Aquel sobre despertó su curiosidad. Hacía tanto tiempo que no recibía una carta escrita a puño y letra que ni siquiera podía recordar cuándo había sido la última vez, así que se apresuró a desvelar el misterio. Cuando comenzó a leerla, no dio crédito: era de Mauro.

Mi querida y amada Olvido:

Si estás leyendo esta carta es porque mis peores temores se han confirmado y ya no estoy aquí.

Sé que resultará muy duro para ti recibirla y no pretendo con ella causarte más dolor del que ya estés soportando, sino todo lo contrario. Siento la necesidad de despedirme y de decirte lo importante que Cristina y tú habéis sido en mi vida. Yo mejor que nadie conozco la importancia de decir adiós y de dar explicaciones, del vacío de las palabras no dichas, así que recibe estas letras como un bálsamo que alivie tu pesar, te aseguro que para mí lo está siendo escribirlas. No quiero que las cosas que no nos hemos dicho nunca se pudran en ese lugar donde guardamos las preguntas sin respuestas, como un día se me pudrieron a mí...

Tal vez las cosas entre nosotros no han sido perfectas, pero la perfección es tan sólo una percepción subjetiva, y como todo lo subjetivo, de libre interpretación. Quiero que sepas que a mi manera, he sido feliz amando, mucho más de lo que se puede ser siendo amado. ¿Es eso posible? Lo es, te lo aseguro. A veces el amor es egoísta pero no por ello deja de ser hermoso. Os he querido con la fuerza de ese egoísmo, convirtiendo vuestra existencia en el motivo de mi vida y si hay otra vida, os seguiré queriendo desde allí.

Ahora que ya no estoy, quedarán mis letras, mis historias, mis libros, la esencia de lo que he sido en esta vida. Todo lo mío es para Cristina, tal y como le prometí un día y, en definitiva, para ti también. Así lo he hecho constar en mis últimas voluntades. Y mientras ese legado siga vivo, de alguna manera yo también lo estaré.

Cúrate las heridas, Olvido, y mira hacia delante. La vida puede ser maravillosa, esa es una certeza que tú todavía debes descubrir. Yo lo he hecho demasiado tarde tal vez. Y, por favor, repítele cada día a Cristina cuánto la quería su tío Mauro para que no me olvide.

Con amor infinito.
Mauro.

P.D.: Seguiré escribiéndote, ya entenderás por qué, pero este debe ser nuestro secreto por ahora. Sé que lo guardarás celosamente. En cuanto la reforma de mi casa esté terminada, múdate allí con Cristina. Ahora es vuestra. Y con la librería, haz lo que te parezca oportuno. Gracias por cuidar de Jacinto. En su jaula hay un falso suelo, una parte hueca que descubrirás haciendo presión sobre la base. Allí guardo una importante cantidad de dinero que ahora te pertenece, pero no debe saberlo nadie. Gástalo con discreción. Por favor, coge la mitad de ese dinero y entrégaselo a la persona cuyo nombre y dirección he anotado en el reverso de esta carta, ella sabrá qué tiene que hacer con él. Dale las gracias por todo de mi parte.

16

Al inspector Antonio Gutiérrez le gustaba madrugar. Aún conservaba la rutina de la vida ordenada de casado, de cuando llevaba al colegio a sus mellizos, después de desayunar con ellos en torno a la mesa de la cocina, con las noticas del informativo matinal de la radio sonando de fondo, sorbiendo con cuidado café ardiendo y hojeando el periódico. Su mujer solía regañarle por ello. Decía que no era humanamente posible prestar atención al mismo tiempo al periódico y a la radio, y que temía tener que convertirse en un cadáver para que le dedicara más tiempo a ella y a los niños. Fueron los primeros reproches que recibió, pronunciados con un sarcasmo edulcorado, de espaldas, enjuagando las tazas de los niños antes de meterlas en el lavavajillas, las primeras señales que le pasaron desapercibidas como el veneno que te mata lentamente y que apenas puedes detectar en el paladar. Después ya no hubo vuelta atrás. Los niños dejaron de ser niños y los desayunos compartidos se limitaron a un trago de leche rápido y alguna galleta que llevarse a la boca camino del instituto. Ya no había que acompañarles, se hubieran avergonzado de haberlo hecho, y el matrimonio tuvo que enfrentarse entonces a la intimidad de una cocina donde sólo la cálida voz de la locutora de radio era capaz de romper los silencios.

De aquello quedaba poco, ni siquiera el café. Sentado en una silla de piel ajada frente a su mesa de trabajo repleta de papeles, Gutiérrez tiraba del hilo que sujetaba una bolsita de tela repleta de flores de manzanilla, haciéndola subir y bajar dentro del agua hirviendo de una taza que cada mañana subía del bar de enfrente, llamado Café Español, regentado por un chino y su esposa. Su médico le había prohibido el café y a cada sorbo que daba a la manzanilla por culpa de una úlcera de estómago producto del estrés, Gutiérrez pensaba que no era aquel el agujero que más le molestaba en su interior.

La comisaría nunca dormía, allí siempre era hora punta. Detenidos, policías, ciudadanos, el mundo no paraba ni un segundo en aquel lugar. El inspector hojeaba el informe forense. La autopsia de Mauro Santos era bastante reveladora. La asfixia era la causa de la muerte, algo que por otra parte ya daba por hecho. La víctima había agonizado hasta agotar el aire de la bolsa de plástico que tenía sujeta al cuello con cinta americana, una muerte lenta y angustiosa, pero tal y como el inspector había observado en el lugar del crimen, a Mauro Santos habían intentado asfixiarle al menos cuarenta y ocho horas antes de su muerte. Tenía marcas evidentes de ello que lo atestiguaban, claramente infringidas por unas manos, así que el forense había hecho constar en su informe un «intento de estrangulamiento previo al fallecimiento».

—Pero… ¿por qué no lo denunciaste? —se preguntó en voz alta.

—¿Denunciar el qué…? —Carla Poveda interrumpió sus cavilaciones. Apareció de la nada envuelta en un agradable olor a colonia fresca, como de niño pequeño, y con el cabello húmedo. No hacía mucho que había salido de la ducha.

—¿Te acuerdas de las marcas del cuello en la víctima? —Poveda asintió—. Estrangulamiento previo. Con las manos y con la suficiente fuerza como para no matarle pero sí dejarle esas marcas —comentó Gutiérrez señalando una de las fotografías del informe forense.

—¿Tenía señales defensivas?

—Ninguna que conste.

—¿Algún juego sexual tal vez?

Poveda se quitó la americana y la colocó cuidadosamente en el respaldo de una silla que arrastró sonoramente hasta la mesa de Gutiérrez. Vestía una camisa blanca ceñida elegantemente a su talle y unos pantalones vaqueros que dibujaban unas curvas de carretera secundaria. El inspector no pudo evitar observarla y se preguntó qué razón llevaría a una mujer tan hermosa a invertir los mejores años de su vida entre tanta miseria humana.

—¿Juego sexual? —repuso casi para sí con el ceño fruncido. No había pensado seriamente en esa posibilidad.

—Sí, ya sabes, asfixia sexual consentida. «Hipoxifilia» creo que se llama, también *breathplay* si no recuerdo mal. Algunos se ponen con esas cosas y no sería el primero al que se le va de las manos.

—Veo que estás documentada en el tema.

—Pura teoría de la psicología criminal, nada que no venga en los libros.

Gutiérrez dedicó unos segundos a la teoría propuesta por la oficial. Sorbió un poco de manzanilla. Se le había quedado fría y tenía el aspecto de una muestra de orina, así que apartó la taza con desgana.

—No encaja… ¿Un juego sexual y un tipo totalmente vestido? No… Ni siquiera estaba la cama deshecha. Además, la cinta americana alrededor de la bolsa… Quien quiera que lo hiciera no quería que se la quitara y hasta lo inmovilizó con las manos esposadas a la espalda.

—¿Y se dejó hacer, así sin más? No parece que mostrara ningún tipo de resistencia. Pudo haberlo vestido después, no sé, por pudor. Ya sabes, empiezas con el juego sexual y no paras a tiempo… Si la víctima te importa no dejas que la encuentren de cualquier forma. No sería el primer caso en el que le ponen los pantalones al fiambre después de muerto. Dejarlo todo ordenado es un rasgo muy femenino, ¿no crees? ¿Recibió la visita de alguna mujer? No deberíamos descartar a esa tal Olvido. ¿Tal vez una fulana? —conjeturó.

—Estoy en ello. Es laborioso, son muchas las personas que entran en un hotel, entre huéspedes y visitas, tengo varios centenares en las imágenes de seguridad de la recepción, nos llevará tiempo. Además, la mitad son extranjeras que ya habrán abandonado el país.

Esa era la parte del crimen que traía de cabeza al inspector. ¿Había sido un homicidio no intencionado fruto de una relación sexual como apuntaba Poveda? ¿A aquel tipo le gustaba que le ahogaran y por eso tenía esas marcas en el cuello de un encuentro sexual anterior? De ser así, ¿qué papel jugaban en el caso la nota manuscrita y las fotografías quemadas? De lo contrario, si no había sido un acto consentido, ¿cómo era posible que no hubiera ninguna señal de lucha? ¿Quién había intentado estrangularle días atrás? ¿Por qué? Estaba confuso. Aquello no terminaba de encajarle.

—¿La científica ha encontrado huellas? —preguntó Poveda.

—De la bolsa y el rollo de cinta sólo se han podido extraer algunas parciales, poca cosa. Los chicos están trabajando en ello, además, ya sabes cómo son los jueces con las huellas parciales, nada concluyentes. Por lo demás, en la habitación han encontrado varias huellas que cotejar, ten en cuenta que se trata de una habitación de hotel. Además de las de la víctima hay que descartar al personal, huéspedes anteriores, ver qué nos queda y tener la suerte de que el posible sospechoso esté fichado. Si no está en el sistema lo tendremos complicado. Necesitamos mucho más que eso.

—Las pruebas toxicológicas no muestran restos de drogas en su cuerpo. —Poveda le había arrebatado el informe forense al inspector y ahora era ella la que pasaba las hojas con avidez—. Es posible que le amenazaran con un arma y le obligaran a estarse quieto.

—Ya lo he pensado, pero esa posibilidad implica necesariamente la participación de dos sujetos. Un solo hombre no podría hacerlo. Se necesita cooperación. Uno amenaza con el arma, mientras el otro lo esposa y le pone la bolsa en la cabeza.

—¡Eh! ¿Has visto esto? —exclamó señalando un párrafo al final de una de las hojas—. ¡Epiteliales! La víctima tenía restos de piel bajo las uñas de la mano derecha. —A Gutiérrez se le iluminó el rostro—. Tal vez sí hubo algo de lucha al fin y al cabo…

—¿Te he dicho que adoro las epiteliales? —Poveda sonrió.

—Anda, te invito a un café… —miró la taza de manzanilla de Gutiérrez—. o a eso que tomas de viejo. Los chicos me han pasado las imágenes de la cámara de seguridad de la recepción del hotel donde aparece el hombre que entregó el sobre que trastornó tanto a la víctima. Ya sabes lo que dicen en la academia: «En el crimen no existen las casualidades».

—Me iba a acercar a Informática, a ver si ya han destripado el ordenador y el teléfono de Mauro Santos, pero supongo que podrá esperar un rato. Me muero por un chute de cafeína. ¡A la mierda la úlcera!

De camino al Café Español, el inspector Gutiérrez recibió una llamada en su teléfono móvil. La búsqueda de posibles antecedentes o denuncias previas de la víctima había dado sus frutos. Pocos días antes de su muerte, Mauro Santos había acudido a una comisaría a denunciar un acto vandálico. Alguien, con claras intenciones destructivas y tal vez también intimidatorias, había lanzado un cóctel molotov contra el escaparate de su librería, que había ardido completamente. Pero la denuncia no se había llegado a formalizar y la agente que lo había atendido, a la que le faltaban un par de meses para jubilarse, había recordado vagamente su cara cuando vio su fotografía, pero no supo dar más detalles; tan sólo que el tipo le pareció muy raro, uno de tantos personajes extraños que acuden a comisaría a diario, en un día de mucho trasiego, sólo para que alguien les escuche durante un rato. No había sospechoso del incidente, pero las piezas de aquel puzle empezaban a encajar y, tal como había dicho la oficial Poveda, el inspector Gutiérrez tampoco creía en las casualidades.

Germán Latorre pensó que invitar a cenar a Velasco era una buena idea para sonsacarle más de lo que este le había contado por teléfono sobre la muerte de Mauro Santos. Necesitaba confirmar o desmentir sus sospechas. No se terminaba de fiar de la debilidad de carácter de Velasco y de su tendencia a flaquear en momentos de dificultad. De no haber sido porque su vida, su prestigio y todo su mundo estaban en juego, le hubiera importado un bledo que el enclenque de Velasco fuera a parar con sus huesos en una celda el resto de sus días. Al fin y al cabo, el tiempo en que el reportero le había sido de utilidad parecía haberse terminado, así que lo mismo le daba qué pudiera ser de su vida, siempre y cuando no arrastrara la suya.

Eligió llevarlo al Prim's. Ese era su territorio y no el de Velasco, acostumbrado más a bares de esquina con menús para solitarios a módicos precios, que cierran a altas horas de la madrugada para alimentar también la soledad de sus clientes. Sabía que allí, rodeado de tanto esnob y lujo comprado, se vería obligado a guardar las formas. Era algo así como ponerle una correa al perro para sacarlo a pasear a sabiendas de que le sería imposible escapar, porque estaría todo el tiempo bajo control.

Nada más verlo entrar en el restaurante a través de la cristalera de la cocina, el chef Máximo Prim, como siempre, salió raudo a recibir a Latorre, moviendo sus carnes generosas de derecha a izquierda con cierta gracia, y dibujando una sonrisa con su enorme bigote puntiagudo.

—¡Menuda sorpresa, amigo mío! ¿Cuánto hace que no te pasabas por aquí? ¿Uno? ¿Dos meses tal vez? —Hizo ademán de darle un abrazo, pero Latorre se excusó llevándose la mano al costado.

—Discúlpame... Una mala caída por las escaleras.

—¡Oh! No sabía nada.

—Una costilla rota y el orgullo algo herido. Nada grave, aunque doloroso. Me caí escaleras abajo totalmente en pelotas. Imagínate la postura de este cuerpo desparramado por el suelo... —rió jocosamente.

—¡Vaya! ¡Qué desafortunado! Y ciertamente embarazoso, amigo mío... ¿Qué estarías haciendo, pillastre? —Le importaba un pimiento, pero se hizo el gracioso dándole una palmadita en la mejilla. El chef desvió la mirada hacia Velasco, claramente fuera de lugar, que observaba ojiplático el restaurante, como un niño cuando mira la grandiosidad de un museo por primera vez—. ¿No me vas a presentar a tu amigo? —Por un momento temió que Latorre hubiera recogido a un indigente para invitarlo a cenar en su restaurante.

—¡Por supuesto! Enrique Velasco, el mejor redactor de Azul TV. Probablemente uno de los mejores periodistas de la televisión de este país.

—¿En serio? ¡Otra estrella! —exclamó intentando esconder su recelo. Jamás lo hubiera imaginado—. Es un placer recibirle en mi casa. —Le tendió la mano sin dejar de mirarle. Llevaba puesta su camisa preferida de felpa, con cuadros granates y negros, y unos pantalones vaqueros que sujetaba a su esmirriada cintura con un cinturón de cuero que casi le daba dos vueltas. Nada que ver con la imagen de dandi que lucía Latorre, con un traje de chaqueta azul marino hecho a medida.

—Todos me llaman Quique. Bonito lugar. De haber sabido que era un restaurante tan elegante me hubiera arreglado un poco más —se excusó.

—Para venir aquí sólo se necesita un buen estómago, amigo mío. —Y una buena cuenta corriente, pensó Velasco—. Están ustedes en su casa. Disfruten de la velada y la comida.

La camarera les acompañó hasta una mesa en mitad de la sala, cerca del pianista que tocaba una pieza de Wagner, pero Latorre le pidió ocupar alguna otra que contara con un poco más de privacidad. Negocios, le había dicho mientras le guiñaba un ojo. Así que se sentaron en la última mesa, justo al fondo, cerca del pasillo que daba a los baños. En otras circunstancias, se hubiera molestado ante semejante ubicación, pero debía sacrificar algo de su hedonismo para llevar a cabo su estrategia.

—La carta, señores. —La muchacha le dio una a cada uno, sonriendo lo justo para resultar agradable pero sin llamar la atención. Pero Latorre ni siquiera abrió la suya. Cierta impaciencia por abordar el tema se estaba apoderando de él.

—Dejemos que hoy nos sorprenda el chef Prim. ¿Te parece bien? —Se dirigió a Velasco, que no daba crédito a los precios de los platos.

—¿Tú invitas, verdad? —sintió la necesidad de asegurarse. —Pues lo que tú prefieras…

Con un gesto anodino de la mano, Latorre despidió a la camarera e intentó mostrarse despreocupado al iniciar la conversación. Pretendía que una confesión de Velasco fluyera con cierta naturalidad y para ello sabía que debía esparcir toda la grasa que fuera necesaria, el resto, resbalaría sobre ella irremediablemente. Lo hacía con frecuencia con sus entrevistados, era una de las claves de su éxito, conseguir que padecieran una especie de ataque de incontinencia verbal en pleno programa. Les hacía sentir arropados y cómodos, hasta el punto de que eran ellos mismos los que se ataban la soga al cuello.

—Quique, he querido invitarte a cenar para agradecerte todo lo que has hecho por mí todos estos años. —Se acomodó la servilleta sobre su regazo—. Eres un buen tipo, un buen amigo, y creo que te lo he dicho pocas veces, muchas menos de las que te mereces. ¿Cuántos años hace que nos conocemos? ¿Veinte? ¿Veinticinco tal vez? Joder, me pongo sentimental si lo pienso, ¿sabes? La de cosas que hemos pasado juntos… y tú siempre ahí, al pie del cañón, mi fiel escudero.

—¡Bah! No tiene importancia, los amigos estamos para eso. ¡Menudo garito! —exclamó Velasco todavía impresionado—. Me hubiera bastado con una cerveza bien fría y unas buenas patatas fritas. Sabes que no soy de lujos.

—Nuestra amistad se merece lo mejor. Además, un día es un día.

La camarera se acercó para servir el vino. Un reserva de unas bodegas francesas que Máximo Prim mandaba embotellar y etiquetar exclusivamente para su restaurante. Ambos guardaron silencio. El gorgotero engolado interrumpió la conversación mientras de fondo, el piano entonaba un vals. Todo era armonioso.

—Dime una cosa... —Latorre bebió de su copa para darse tiempo. Necesitaba encontrar las palabras adecuadas y esperar que la camarera se alejara lo suficiente—. ¿Sabes que puedes confiar en mí? ¿Verdad, Quique? Que estamos juntos en esto...

—Y tú en mí, Germán... ¿También lo sabes, no? ¿A que sí? Como tú dices, estamos juntos en... esto.

—¡Oh! ¡Por supuesto! Al fin y al cabo eres el único que conoce mis secretos.

—Tus secretos, tu gran cantidad de secretos... —murmuró con tono de advertencia. Velasco le conocía muy bien y empezaba a sospechar que algo andaba tramando.

La camarera apareció con dos enormes platos de cerámica blancos con bordes dorados. En uno llevaba «crujientes de langostinos y albahaca» y en el otro «jamón dulce y queso sobre lecho de crema de aguacate a las finas hierbas», dos entrantes de la carta elegidos por el propio chef. Hizo hueco en la mesa retirando un pequeño centro de flores naturales y los colocó deseándoles buen provecho. Germán Latorre retomó la conversación, intentando mostrarse más cauteloso.

—Te noté nervioso al teléfono, nada más. Es normal perder los nervios en estas situaciones. A cualquiera le pasaría lo mismo. Por cierto, ¿se sabe algo más sobre la investigación? Habrás destruido las fotografías, ¿verdad?

—No soy tan idiota, ¿sabes? Por supuesto que las he destruido. Y claro que estoy nervioso, joder, el tío ese al que... —frustró por prudencia lo que iba a decir—. Ya sabes, está...

—¡Vale! ¡Vale! No hace falta que seas explícito. No es el lugar más apropiado para eso. Pero si no has tenido nada que ver con eso, no debes preocuparte. Los inocentes nunca tienen nada que temer.

—Por supuesto que no he tenido nada que ver con eso... —se encorvó un poco, plegándose sobre sí mismo y bajó la voz. Estaba irritado y en los ojos tenía metido el miedo—. Dímelo ya, Germán, ¿para qué tanto rodeo y tanta parafernalia, joder? Este asunto me ha olido mal desde el principio. Primero me pides que investigue a ese tipo, después, ya sabes, lo de la librería y ahora está... —enmudeció mirando a su alrededor de manera paranoica—, justo después de que aparecieras hecho una mierda lleno de golpes. ¿Te crees que soy idiota? ¿Te dio él esa paliza y decidiste... vengarte?

Ni siquiera sé qué mierda de asuntos exactamente te traías entre manos y, francamente, ahora ya es tarde para exigir respuestas. Pero tus, ¿cómo los has llamado?, ¡ah sí!, «secretos» —entrecomilló con los dedos en el aire sin soltar el cuchillo y el tenedor –están a punto de salpicarme... ¿Te das cuenta? Me pueden acusar de cómplice de asesinato...

Velasco recobró la postura sobre su silla. Estaba colorado como la salsa de tomate que acompañaba a la ternera estofada que la camarera acababa de acercarles a la mesa. Al comprobar que todavía no habían terminado los entrantes, colocó diligentemente una pequeña mesa auxiliar al lado. Latorre, sin embargo, se había quedado lívido. Cuando la camarera se hubo marchado, Velasco prosiguió.

—Si has sido tú puedes confiar en mí. Estaré a tu lado. Viendo cómo tienes el cuerpo, tus motivos tendrías para hacerlo. No seré yo quien te juzgue, Germán, pero tengo que saberlo.

—¡No digas gilipolleces! —exclamó elevando más de la cuenta la voz, lo que hizo que los comensales de las mesas de alrededor se giraran para observarles—. ¿Tú eres idiota? ¡Yo soy Germán Latorre! ¡El gran Germán Latorre! ¡No tengo necesidad de ensuciarme las manos! ¿Acaso me crees capaz de algo así?

De eso y de cualquier otra cosa, pensó Velasco. Le conocía muy bien y hubiera podido dibujar sus límites con los ojos cerrados, sencillamente porque no los tenía.

—¿Está todo a su gusto, señores?

La camarera se había acercado para interrumpir a propósito aquella conversación que empezaba a escucharse más nítidamente que las notas del piano. Desde el otro lado del cristal de la cocina, el chef Prim fruncía el ceño sin dejar de quitarles ojo. Latorre la despidió con un gesto despectivo sin tan siquiera mirarla.

—Fuiste tú y ahora me quieres cargar el muerto —susurró Latorre.

—Estás loco, Germán... ¿Por qué iba a hacer yo eso? Si ni siquiera le conocía.

—Por el amor de Dios... Yo llevo tres días sin moverme de casa... ¿Qué hice? ¿Me autotransporté acaso? Ahora va a resultar que tengo poderes —repuso con sarcasmo.

—¿Y quién me garantiza a mí que no saliste, lo hiciste y volviste a meterte en la cama? ¿Eh? Si lo piensas bien es un plan perfecto.

Así te proporcionabas una coartada... mi testimonio, el del doctor Morris, Lara... Todos podrían atestiguar que estabas convaleciente en casa, pero... ¿todo el tiempo? ¿De verdad estabas tan mal o era otro de tus teatros? Te he visto fingir millones de veces, Germán, y lo haces muy bien. ¡Por el amor de Dios! ¡Sólo tienes una costilla rota! Tenías cuentas pendientes con ese tipo —masculló señalándole con el dedo índice inquisitivamente—. No me importan tus chanchullos, pero es algo que no me puedes negar, y a eso la policía lo llama tener un móvil. —Bebió un trago de vino—. No quiero pensar que lo que realmente buscabas era incriminarme a mí. Si has sido tú, es el momento de decirlo.

—¡Idiota! ¡Estaba chutado de analgésicos y barbitúricos! ¡No me tenía en pie! Ni siquiera recuerdo todo lo que ha pasado durante todo ese tiempo...

—Muy oportuna esa amnesia tuya... Cualquier médico forense sabe que podría ser un efecto secundario de toda la mierda que tomaste. Lo llaman «disonancia cognitiva». Una amnesia selectiva de un hecho traumático. La mente es capaz de hacer esas cosas, especialmente si la ayudas un poco... He estado investigando, ¿sabes? ¿Acaso buscabas no recordar, Germán, o simplemente me estás mintiendo y te acuerdas de todo? He de reconocerlo, eres un tipo muy listo.

Se hizo el silencio y mantuvieron un duelo de miradas desconfiadas durante unos segundos. La estrategia de Latorre se había ido al garete. No sólo no había conseguido una confesión de Velasco, sino que además este le había señalado con el dedo acusador firmemente convencido. Velasco le creía culpable y, aunque no le parecía posible, ni siquiera él mismo podía asegurar que no lo hubiera hecho. Maldita memoria llena de agujeros. La ternera estofada se quedó fría en la bandeja del Prim's, mientras el pianista tocaba *La danza de la muerte*.

Sujetó el bolso con fuerza contra su pecho con el miedo de quien teme que se lo roben. Nunca antes había visto tanto dinero junto. Olvido había tenido que contarlo dos veces porque el tacto de los billetes de quinientos euros que había encontrado en el bajo fondo de la jaula de Jacinto, donde Mauro le había dicho que buscara, parecía quemarle. Envueltos en un papel de estraza haciendo un paquete, cien mil euros parecían muy poca cosa, casi una insignificancia, pero para Olvido el dinero era un bálsamo que arreglaba los problemas cuyas soluciones se pueden comprar, que no eran pocos. ¿Cómo era posible que Mauro tuviera tanto dinero escondido? ¿De dónde lo había sacado? ¿Por qué razón le había advertido de que fuera discreta y cauta en su forma de gastarlo?

Aún no había superado la impresión de recibir aquella carta manuscrita de Mauro. Había tenido la extraña sensación de estar dentro de un sueño, como si Mauro la hubiera visitado desde otro mundo, desde otra dimensión. Y lejos de encontrar respuestas, las preguntas parecían reproducirse sin control en su cabeza, aturdida por los acontecimientos. ¿Qué quería decirle con que sus peores temores se habían confirmado? ¿En qué andaba Mauro metido? ¿Era algo tan grave como para causarle la muerte?

Lo primero que había hecho Olvido fue separar la mitad. Cincuenta mil euros. Según la voluntad de Mauro debía entregárselos a alguien y decir que eran de su parte. Leyó el nombre del destinatario de tan importante cantidad, escrito en el reverso del papel, y no le sonó de nada. No le había escuchado nunca mencionarlo. Desconocía que Mauro frecuentara otras amistades aparte de ella y Cristina, y se preguntó cuántas cosas no sabía de él, cuánto somos capaces de conocer de las personas a las que creemos conocer, cuán profundo es nuestro desconocimiento. La dirección tampoco le era familiar: una pensión en la calle del Puente, a las afueras de la ciudad.

No era un buen barrio precisamente, así que cierta intranquilidad la invadió con semejante cantidad de dinero en el bolso, a pesar de que ni siquiera había bajado todavía del coche.

Rebuscó en la guantera un chicle que mascar. Estaba nerviosa. Mientras se peleaba con dedos torpes con el envoltorio del paquete, observó el edificio de la pensión El Puente, ubicada en una callejuela estrecha del mismo nombre que conducía al viejo puente que en el siglo pasado servía para cruzar el río. El edificio, de fachada desconchada, tenía un entresuelo y dos plantas. Olvido dedujo que las ventanas que daban a la calle eran las habitaciones. De los balcones, en improvisados tendederos de cuerdas raídas asidas de cualquier manera, colgaba ropa interior variopinta y calcetines descoloridos. En la segunda ventana, un hombre de piel oscura fumaba un cigarrillo asomado a la calle. En un momento dado cruzaron las miradas y el hombre le guiñó un ojo. Olvido se hundió un poco más en el asiento del coche, aparcado justo en la acera de enfrente.

Debía encontrar a una tal Brígida, sin apellido, que vivía allí y, según había indicado Mauro, la mejor hora para dar con ella era la de la comida. Así que allí estaba, a la una y media de la tarde, con cincuenta mil euros en billetes grandes guardados en su bolso frente a una pensión de mala muerte.

—Porque ya estás muerto, que si no te mataba yo misma... —murmuró mirando al techo de su coche como si allí pegado estuviera Mauro y pudiera reírle la broma.

Se armó de valor. Necesitaba embeberse de todo el coraje que fuera posible. Sin dejar de apretujar el bolso contra su pecho con ambas manos, salió del coche ignorando los piropos de mal gusto del hombre que fumaba en la ventana y entró apresuradamente en la recepción como alma que lleva el diablo, sin tener demasiado claro si en realidad iba a encontrar refugio o más bien se estaba metiendo en la boca del lobo.

Una señora gruesa, a la que le faltaban dos dientes, la saludó con una sonrisa terrorífica aunque sincera. Llevaba un vestido de flores y apoyaba sus enormes pechos sobre un pequeño mostrador mientras se rascaba compulsivamente un eczema bermellón que tenía en el brazo izquierdo.

—Lo siento, está todo completo —dijo antes de que Olvido pudiera pronunciar palabra.

—Estoy buscando a Brígida. No sé el apellido. Me han dicho que vive aquí. Creo que es rubia y de unos treinta años. —La señora soltó una carcajada esperpéntica.

—Sí, sí, querida, sé a quién te refieres; es la única mujer que vive aquí. ¿Brígida? ¿La muy puta se llama así? Tiene su gracia, tan exquisita como se las da diciendo que se llama Brigitte... como la Bardot. —Hizo un gesto de burla atusándose el pelo sucio—. No se admiten visitas, pero supongo que puedo hacer una excepción. No creo que vengas a montártelo con ella, esto no es un burdel.

—¡Oh, no! Sólo tengo que entregarle una cosa. No estaré mucho tiempo —repuso rápidamente. De hecho hubiera salido corriendo en ese mismo instante—. Seré breve, se lo prometo.

La mujer tendió la mano esperando a que Olvido pusiera sobre su palma algo de dinero, pero aparte de los cincuenta mil euros que le iba a entregar a Brígida, Olvido no llevaba nada más encima; ni siquiera había cogido la cartera. Era irónico. Rebuscó con nerviosismo en los bolsillos de sus pantalones. Nada en el derecho, ni en los traseros, ni tampoco en el izquierdo, hasta que recordó que tenía un billete de cinco euros siempre disponible en el bolsillo interno del bolso, para imprevistos. Al fin y al cabo ese lo era. Muy bien plegado lo colocó sobre la mofletuda mano de la señora que lo miró con decepción.

—Lo siento, no llevo nada más... No sabía que...

—Segundo piso, puerta B —masculló mientras se guardaba el billete en la línea que separaba sus pechos.

No había ascensor. La escalera desprendía un intenso olor a podredumbre y los sonidos de las distintas habitaciones se filtraban por las rendijas de una intimidad inexistente, mezclándose con el de las cañerías. Entre la primera y la segunda planta se cruzó con el hombre que fumaba en la ventana. Bajaba al trote. Al verla, le dijo algo que no entendió, en un idioma que Olvido interpretó como árabe, pero para su alivio parecía llevar prisa y no le prestó mayor atención.

Allí estaba. Puerta B. De madera vieja y con una cerradura que, a juzgar por el apaño, habían cambiado muchas veces. Tocó con los nudillos y, unos segundos después, la puerta se abrió sólo un palmo, todo lo que una cadena de seguridad colocada en el interior permitía. Refugiada tras la puerta asomó parte del rostro de una mujer rubia oxigenada que estaba fumando un cigarrillo. A Olvido le pareció hermosa pero marchita.

—Hola, me llamo Olvido. Olvido Valle. Soy amiga de Mauro Santos, el escritor. Verás... —empezó a decir, pero se le encallaron las palabras—. A Mauro le ha ocurrido algo, algo grave. En realidad... ha muerto, hace unos días... Me dijo que te buscara para entregarte una cosa —explicó mostrando el bolso y mirando a ambos lados del pasillo. A Brígida, al otro lado de la puerta, se le cayó el cigarro al suelo.

17

Al inspector Gutiérrez se le ponía mirada felina cada vez que pensaba en silencio. Inconscientemente, se mesaba el bigote con la mano izquierda mientras, con la derecha, apretaba una pelota de espuma para aliviar el estrés. Poveda podía escuchar sus pensamientos abriéndose paso entre el bullicio de la comisaría, pero no era capaz de soportar el mutismo del inspector demasiado tiempo. Inquieta y con la paciencia poco desarrollada, la oficial Poveda, muy al contrario que el inspector, bombardeaba ideas al aire para intentar ordenarlas una vez pronunciadas.

—Necesitamos identificar a este tipo —murmuró dando golpecitos a una fotografía conseguida de un fotograma de la grabación de la cámara de seguridad, que había fijado a un panel metálico con un imán—. Este hombre entregó un sobre a la recepcionista a nombre de nuestra víctima, Mauro Santos. Después de abrirlo, Mauro entró en cólera y la pagó con una mesa. No tenemos el sobre. La víctima debió de tirarlo a la papelera de recepción y es imposible recuperarlo, pero sí una nota manuscrita que hallamos en la habitación. Me apuesto mi paga extra a que esa nota y las fotografías quemadas estaban dentro de ese sobre. —Volvió a golpear la foto con vehemencia—. ¡Este tío es el nexo de unión! ¡El pegamento de esta historia!

Gutiérrez alzó la vista y entornó un poco los ojos para enfocar mejor la imagen en blanco y negro. Apenas se distinguía una figura humana ataviada con pantalones y una cazadora. La cámara de seguridad, situada en una esquina del techo de recepción, había grabado la secuencia desde lo alto, así que el plano de las imágenes era picado y no permitía reconocer ningún rostro con claridad, sino las coronillas de todos los que entraban y salían del hotel. En aquel momento hubiera agradecido tener toda la tecnología y programas informáticos que aparecían en las series americanas. Reconocimientos faciales, bases de datos infinitas y cruce de información con otras administraciones, pero sabía muy bien que la realidad no era, ni mucho menos, la que se plasmaba en las películas. Se sintió frustrado.

—¿Por qué coño no colocarán bien las cámaras de seguridad? ¡Joder! ¿Qué vemos ahí? ¿Eh? ¡Un tipo con coleta! ¡Un metro setenta a lo sumo! ¡Complexión delgada! ¿Cincuenta y tantos años tal vez? ¿Cómo vamos a saberlo? ¡Si hasta podría ser mi suegra! —exclamó y lanzó con furia la pelota anti estrés dando de lleno sobre la fotografía de Velasco.

—Pero tenemos las huellas de la nota y el testimonio de la recepcionista. Ella podrá identificarlo con claridad.

—Sí, pero para eso tendremos que encontrarle primero, ¿no crees? Ese tipo no está fichado. No hemos encontrado coincidencias. ¿Quieres que detenga a todos los cincuentones con coleta de la ciudad y les pida las huellas para cotejarlas?

—¿Algo interesante en el ordenador y en el teléfono?

—Aún no sé nada. La mujer de Rocamora, el de Informática, se ha puesto de parto y me temo que destripar los aparatos se demorará unas horas. Están saturados.

—Vaya, qué oportuno el niño.

—Niña. No sabes lo contento que estaba Rocamora.

—Me imagino… ¿Algún avance con las huellas parciales encontradas en el rollo de cinta y en la bolsa?

—Parece que son todas de la víctima, tal vez en un intento de liberarse. A juzgar por las pruebas, probablemente el asesino usó guantes. No hay más huellas significativas en toda la habitación, a excepción de algunas del personal del hotel.

—No sé —dudó Poveda—. ¿Y las epiteliales que tenía la víctima debajo de las uñas?

—El perfil de ADN es desconocido. Nada. No tenemos con qué compararlo.

—Y tampoco se han podido recuperar las fotografías quemadas.

—Totalmente destruidas por el fuego.

—Está bien, recapitulemos.

La oficial Poveda se quitó la chaqueta y la colgó en un perchero cojo que había detrás de la puerta. La sala estaba separada del resto de mesas por una falsa pared de aluminio y cristal que apenas les aislaba del espacio común de la comisaría. El edificio olía a humedad, pero era un olor extrañamente familiar para ambos. Poveda se arremangó las mangas de la camisa para no mancharse y cogió un rotulador rojo del borde superior de una pizarra blanca situada al lado del panel metálico, donde un imán sujetaba la fotografía de Velasco y otras del escenario del crimen. Gutiérrez se levantó para cerrar la puerta de aluminio y girar la varilla que desplegaba unas cortinas de láminas con el fin de ganar intimidad. Estaba frustrado, furioso y la úlcera le daba punzadas en el estómago.

—Según el forense, Mauro Santos tiene señales de estrangulamiento previas a su muerte producidas dos o tres días antes de los hechos. —Anotó «estrangulamientos. 48-72 horas»—. Hemos podido saber que la víctima acudió a la comisaría pocos días antes de su muerte diciendo que alguien le había quemado su negocio, lanzándole un cóctel molotov al escaparate, pero se marchó sin poner una denuncia. —Anotó «librería quemada».

—¿Qué se sabe de eso? —Gutiérrez daba vueltas alrededor de la sala, mirando al suelo y ordenando sus ideas.

—Poco o nada. Los vecinos dicen que se despertaron cuando el fuego ya había comenzado. Nadie vio a nadie lanzando nada.

—Aquello no fue un hecho aislado. Este tipo estaba siendo extorsionado, tal vez por eso se lo pensó mejor y no puso la denuncia, por miedo. Sin duda alguna fue un primer aviso. Después vino la carta con unas fotografías comprometidas, tanto que decidió quemarlas.

—¿Crees que las quemó él?

—Seguramente. De haberlo hecho el asesino hubiera quemado también la nota, ¿no te parece? —Poveda hizo un gesto impreciso. Pensó en ello. Tenía lógica. Después escribió en la pizarra «recibe nota y fotografías».

—Y no sé si tendrá relación, pero Mauro Santos iba a participar en ese concurso de la televisión… ¿Cómo se llama? El cazatalentos para escritores… —dijo Poveda casi para sí mientras daba chasquidos en el aire, intentando cazar al vuelo el nombre del concurso del que no lograba acordarse—. Su amiga dijo que estaba muy ilusionado, que era su gran oportunidad. Al parecer llevaba toda la vida escribiendo sin ningún éxito. ¡Lo tengo en la punta de la lengua!

—¡*Negro sobre Blanco*!

—¡Ese! No paran de bombardear con las promociones del concurso. Yo veo poco la televisión, pero le están sacando mucho rendimiento al asesinato de uno de sus concursantes. ¿Cómo pueden ser tan ruines? La televisión cada vez es más carroñera. ¿Has visto *El show de Truman*?

El inspector Gutiérrez paró en seco. Dejó de caminar y clavó sus ojos como dos chinchetas en la fotografía. Se aflojó el cuello de la camisa que le estaba agobiando.

—¿Ocurre algo? —preguntó Poveda rotulador en mano.

—¡¿Cómo he sido tan idiota?! ¡Ha estado ahí todo el tiempo! ¡Acércame la lupa! —La oficial alargó el brazo y cogió una lente de aumento redonda que había sobre un escritorio. Se la tendió al inspector Gutiérrez y este la colocó sobre la fotografía, concretamente sobre el hombro del sospechoso—. ¡Sí! ¡Ahí! ¡Mira eso!

—¿El qué? —Poveda empezaba a inquietarse.

—¿Lo ves? La cazadora de este tío tiene bordado el logotipo de Azul TV, el canal que va a emitir el concurso en el que la víctima iba a participar. ¡Este tipo trabaja en la tele! Ya sabemos a qué ratonera pertenece esta rata.

Gutiérrez se dejó caer sobre una silla de plástico que a duras penas pudo soportar el peso de su cuerpo repanchingado. Los botones de su camisa, tirantes y a punto de salir disparados, dejaron entrever la blanquecina piel de su barriga, poblada de un vello espeso. A Poveda le hizo gracia. Gutiérrez sonrió satisfecho, pero no confiado. Aunque por primera vez desde que había comenzado la investigación sentía que todo empezaba a encajar, tener la certeza de que aquel crimen estaba relacionado de alguna manera con una televisión sensacionalista no hacía más que añadirle inquietud al caso. No le gustaba nada que sus investigaciones fueran mediáticas; se sentía más cómodo en el anonimato de una muerte cualquiera. En su opinión, la prensa atraía lo peor del ser humano y, entre la lista de cosas a evitar de Gutiérrez, una de las que ocupaba los primeros puestos eran los políticos dispuestos a sacar pecho delante de una cámara de televisión para apuntarse el tanto del trabajo policial de otros. La carroña de la carroña. En casos como este siempre aparecía alguno, sólo era cuestión de tiempo.

Colocó los billetes esparcidos sobre la cama. Había visto en las películas que los ladrones de bancos los lanzaban al aire provocando
una lluvia de dinero que caía sobre ellos como si fuera confeti, y ella
había hecho lo mismo antes de ordenarlos sobre la colcha. Se sintió
como una actriz de cine rodando esa escena. Brígida ni siquiera
había alcanzado a imaginar alguna vez tanto dinero junto. Cincuenta mil euros era mucho dinero para ella; tal vez era poco para algunos, pero sin duda era una cantidad nada despreciable para una
mujer que empezaba a ser vieja para venderse. Nadie quiere a
una puta vieja, pensó.

Se tumbó boca arriba sobre el lecho de billetes, con los brazos
en cruz, y la bata azul con la que había cubierto su cuerpo para recibir a Olvido se abrió, dejando su desnudez manoseada tan sólo
cubierta por una diminuta braga con estampado de leopardo. Fijó
la mirada en una mosca que se daba cabezazos, una y otra vez, contra la bombilla desnuda que pendía de un cable en el techo. No
supo cómo sentirse, si afligida por la muerte de aquel hombre al
que había llegado a apreciar, su cielito, o inmensamente feliz por
ser rica. Había aprendido que, a menudo, las alegrías propias son
paridas por las desgracias ajenas y esa regla no escrita de la vida le
parecía tremendamente injusta, aunque esta vez la vida, para variar,
la había situado del lado de las alegrías. Así que, por respeto, decidió no alegrarse demasiado y se encendió un cigarro.

Apaciguando su ansiedad con profundas caladas, Brígida sintió una punzada de celos. No era su estilo compararse con otras
mujeres, pero ponerle rostro a la mujer de los relatos que su escritor le leía bajo la luz de una mesilla de noche con el tiempo comprado, había sido como recibir una bofetada de realidad. Ahora
sabía muy bien que aquellas hermosas historias de amor no eran
para ella, por mucho que le hubiera gustado que así hubiera sido.
Ahora entendía que nunca había sido la protagonista y que la mujer del nombre triste, esa tal Olvido, era otra más hermosa que
ella, aunque con la mirada igual de cansada y con la que guardaba
un inquietante parecido.

Olvido también se había dado cuenta de eso. Cuando la había
invitado a entrar en el cuarto de esa pensión de mala muerte, había podido sentir cómo la miraba, con extrañeza, como alguien
que se mira en un espejo y sabe que la imagen que recibe podría

ser la suya, aunque sin serlo, y parpadea para encontrarse de nuevo en ese reflejo. No le había preguntado de qué conocía a Mauro, tal vez no hacía falta explicar lo evidente, pero aun así Brigitte había sentido la necesidad de adornar una historia gris con algunos colores bonitos.

—Éramos amigos. De vez en cuando nos tomábamos una copa juntos en el bar donde trabajo. Soy camarera. Ya sabes, charlábamos, nos reíamos, pasábamos el rato y él me leía historias de amor que escribía… —«para ti», pensó, pero no lo dijo en voz alta.

—Mauro tenía pocos amigos. Nunca me habló de ti hasta que…

También Olvido sintió ese bocado de celos en el estómago, pero no quiso admitirlo. De haberlo hecho hubiera tenido que enfrentarse a sus sentimientos, y hacía tiempo que había decidido no pensarlos demasiado.

—Gástalo con precaución. Me dijo que tú sabrías en qué emplearlo —le dijo a Brigitte antes de marcharse. Y justo cuando estaba a punto de cerrar la puerta, se giró y la miró de nuevo a los ojos, los suyos en la cara de otra—. Debes de ser alguien muy especial para que Mauro te quisiera tanto.

—¡Yo también le quería a él, y mucho! —mintió vehementemente. Sintió la necesidad de justificarse.

—Era tan fácil quererle y tan difícil al mismo tiempo…

—Querer siempre es más fácil de lo que nos empeñamos, cariño, pero en este —dijo señalándose el lado izquierdo del pecho—, en este no manda nadie. Yo le quería a él. Él te quería a ti. Y como decía mi madre, el perro se pasó la vida dando vueltas detrás de su rabo sin poder alcanzarlo, hasta que murió.

Cuando apuró el cigarrillo, Brigitte recogió con cuidado cada uno de los billetes que habían quedado esparcidos por toda la cama. Los contó de nuevo, por tercera vez, para asegurarse de que no faltaba ninguno, y los besó repetidas veces como se besa a un cliente generoso. La mosca sobrevoló en círculos sobre su cabeza, emitiendo un zumbido como si fuera un diminuto helicóptero. De debajo de la cama sacó una bolsa de deporte negra con algunas costuras algo descosidas. Después abrió el armario y se vistió con unos pantalones oscuros y discretos, y una camiseta verde. De un puñado, metió algo de ropa en la bolsa sin molestarse en doblarla, sólo algunas prendas de ropa convencional, y dejó todo el vestuario de puta en el armario, colgando de las perchas con balanceos descompasados. En un bolsillo interior de la bolsa, protegido por una cremallera, guardó el dinero envuelto de nuevo en papel de estraza, tal y como se lo había entregado Olvido. La mosca había ido a parar mientras tanto a una esquina de la ventana que daba a la calle y se golpeaba contra el cristal intentando salir atrapada por un visillo sucio. Había encontrado la forma de escapar, pero no podía hacerlo y tampoco podía volver atrás porque la cortina se lo impedía. Brigitte se miró al espejo. No llevaba maquillaje y se había recogido su melena rubia oxigenada en una coleta alta. Parecía más joven. Por un momento se recordó a sí misma años atrás, como aquella niña que enseñaba el culo en una rotonda de carretera, esperando a que el amor la salvara y un coche se la llevara para no volver. Pero eso nunca ocurrió y, a pesar del tiempo transcurrido, aún le palpitaba el corazón de miedo al ver las luces de freno de los coches. Cada vez que se encendían, significaba que debía satisfacer a un nuevo cliente. Entonces, frente a sí misma, se prometió no volver a mirar atrás nunca más, empezar de cero. Y antes de marcharse para siempre de la pensión, abrió la ventana de par en par para que la mosca pudiera escapar, tal y como Mauro había hecho con ella. Era lo justo. Ambas volaron para huir de su encierro, al otro lado del cristal que separa dos mundos.

Lo primero que hizo Olvido al llegar a casa fue mirar el buzón. Esperaba encontrar una nueva carta de Mauro, pero no la halló. Necesitaba respuestas, hubiera querido mantener una extensa conversación con él, y recibir una carta era lo más parecido a eso que Olvido podía esperar. Haber conocido a Brígida la había revuelto por dentro y tenía preguntas que se sumaban a la ya larga lista de incógnitas sobre todo lo que estaba ocurriendo. ¿Por qué Mauro nunca le había hablado de ella? ¿Por qué ella sí conocía de su existencia e incluso sabía que Mauro estaba enamorado? ¿Qué papel jugaba esa mujer en la vida de Mauro? ¿Tan importante era como para dejarle tanto dinero? Y más allá de todas ellas, ¿por qué le afectaba tanto haberla conocido?

Olvido no podía quitarse de encima el olor a podredumbre de aquella pensión, como si le perteneciera por derecho, como si ese sitio la hubiera encontrado después de muchos años buscándola, al acecho, tendiéndole la mano esperando la oportunidad para tirar de ella y atraparla. Se sintió sucia, perturbada, asqueada de una realidad que no le era tan ajena al fin y al cabo. Miró el reloj. Aún era pronto y Cristina todavía estaba en el colegio, así que decidió darse una ducha. Pero el agua caliente no consiguió serenarla. Sentada en la bañera, abrazándose a sus rodillas con fuerza, corrió la cortina de plástico y dejó que el agua cayera desde lo alto sobre su espalda, acurrucada sobre sí misma. Se sintió atrapada en su soledad. Echó de menos otros brazos que no fueran los suyos, un abrazo ajeno, un regalo de afecto, y la soledad se le hizo insoportable hasta romper a llorar.

Debía admitirlo. De alguna manera se había visto reflejada en Brígida, en esa vida que pudo haber sido para ella. Pensó que las vidas son guiones que escriben otros y nosotros sólo somos actores con limitada capacidad de decisión. ¿Qué hubiera sido de ella en otras circunstancias? Pensó en Cristina, su línea de flotación, la personita que siempre la había mantenido con la cabeza fuera del agua, impidiendo que se ahogara. Tenía suerte de tenerla, de que la hubiera enseñado a flotar, de revelarle lo fuerte que podía llegar a ser. Pero también pensó en Mauro, en los afectos, en el amor, y en los perros que se pasan la vida dando vueltas persiguiendo su propio rabo hasta morir. Y entonces pudo sentir mejor que nunca la distancia que los había separado. Fue consciente de ella, podría haberla medido incluso, y se sintió culpable y desolada a partes iguales. Entendió por qué Mauro había compartido su amor con otra persona. Comprendió su necesidad de dar y de tener a alguien que recibiera. Amar para ser. Ser a través del amor. Ella se había empeñado en espantarle tantos años, como un bicho molesto, que incordia todo el tiempo en una tarde de verano. Y entendió que Mauro hubiera buscado ser feliz a su manera, canalizando sus afectos. No podía reprocharle nada. ¿Acaso no va de eso la vida?, se preguntó. Y le lloró de nuevo, sinceramente, y le abrazó con los ojos cerrados, agarrada a sus piernas, hasta que el agua de la ducha se enfrió.

Cuando dos agentes uniformados de la policía irrumpieron en la redacción de Azul TV con una orden de arresto, todos los trabaja-

dores que estaban reunidos ultimando los detalles del programa de
próximo estreno, *Negro sobre Blanco*, pensaron que se trataba de una
cámara oculta. Algunos pusieron cara de desconcierto, otros rieron
divertidos lo que dieron por hecho que era una broma. Tan sólo el
director, que en ese momento se servía un café de un termo en un
vaso de plástico, derramó su contenido en el suelo, fruto de lo insólito e inesperado de la situación. No todos los días se detiene a un
sospechoso en las dependencias de un canal de televisión. Las cosas
suelen ocurrir más bien al contrario; son los medios de comunicación con todo su ejército de infantería, cámaras, micrófonos, graba-
doras y redactores, los que acuden al lugar de los hechos, como las
moscas a la miel. Pero una vez se hubo identificado al hombre que
aparecía en la grabación de las cámaras de seguridad de la recepción del hotel como Enrique Velasco, periodista de Azul TV, el ope-
rativo policial se puso en marcha rápidamente.

Velasco salió esposado con las manos en la espalda, igual que el
cadáver de Mauro Santos, en mitad de una nube de gente que asistía estupefacta y con curiosidad, más morbosa que periodística, a la
detención de un compañero de trabajo. Pero el compañerismo no
libró a Velasco de convertirse en carne de cañón, sino todo lo contrario. La trituradora de carne ya se había puesto en marcha. El
consejero delegado en persona, el señor Palacci, había dado orden
de grabar la detención segundos después de que los agentes de policía salieran de su despacho tras identificar al sospechoso. Por una
vez el espectáculo no estaba en la pantalla, sino en las tripas de la
televisión. La realidad se disfrazaba de documental, de película po-
liciaca, y el presunto asesino era increpado a gritos mientras los
curiosos olisqueaban el morbo. Un policía lo introdujo, sujetándolo
por la nuca, en la parte trasera de un coche patrulla.

Palacci, observando sin ser visto desde la última planta de los
despachos de su imperio, detrás de unos cristales tintados que le
protegían de las miradas del resto del mundo, se encendió un puro
con parsimonia y llamó por teléfono.

—Que editen esas imágenes y se emitan tras el primer corte
publicitario. —Guardó silencio para escuchar una respuesta que
no pareció agradarle demasiado—. ¿Presunción de inocencia? *Ma
quello che dici!* ¡Esto es la televisión, no un juzgado! —Y colgó el
teléfono airado, mientras en el interior del coche patrulla Velasco

lloriqueaba como un niño y sólo acertaba a decir que era inocente, sorbiéndose los mocos. En cuanto el coche arrancó, Velasco se meó en los pantalones.

A Latorre, la detención de Velasco le pilló en maquillaje, reclinado sobre el sillón y con los protectores de papel sobre el cuello de su camisa mientras le extendían un poco de base por la cara con una esponjita triangular. Solía prestarse al ritual refugiado en unos auriculares, escuchando algún programa deportivo de la radio o alguna emisora musical, para aislarse de las conversaciones banales de las maquilladoras. Las consideraba trabajadoras inferiores con las que no merecía la pena malgastar saliva, salvo que alguna de ellas no superara los treinta años y sus curvas tuvieran la intención de visitar su cama. Alguien de vestuario gritó la noticia, asomando la cabeza por la puerta.

—¡La policía ha detenido a Velasco! ¡Se lo han llevado esposado a comisaría! ¡Dicen que ha matado a ese escritor que apareció muerto en un hotel!

—¿Velasco? —preguntó extrañada la maquilladora que se encargaba del rostro de Latorre, intentando ponerle cara a ese apellido. Le sonaba ese nombre pero eran muchos los que trabajaban en la televisión.

—Sí, el amigo de… —repuso una compañera más joven, señalando con un gesto de cabeza a Latorre que tenía los ojos cerrados y no se enteraba de la conversación—. El de la coleta… —Susurró. La maquilladora de Latorre, asombrada, abrió la boca de par en par y los ojos como platos. Atusándose el cabello frente al espejo rodeado de bombillas, su compañera, sin embargo, no parecía sorprendida—. Se veía venir…

—¿Tú crees? ¡Qué fuerte!

—¿No sabes de qué va ese tal Velasco? —preguntó mientras se golpeaba dos veces la nariz con el dedo índice, cerciorándose primero de que Latorre continuaba con los ojos cerrados—. Vete tú a saber en qué trapicheos andaba metido ese… El que mal anda…

—Eso sí, pero matar a alguien…

El bolsillo derecho del pantalón de Germán Latorre comenzó a vibrar y a emitir un zumbido. Era su teléfono móvil. Con un gesto

brusco, Latorre pareció despertar de golpe, como un muerto vi-
viente, incorporándose con la dificultad de una bisagra vieja y asus-
tando a las dos maquilladoras, que no pudieron reprimir la risa por
lo cómico de la situación.

—¿De qué coño os reís? —les increpó Latorre, antes de tirar al
suelo los protectores de papel de su camisa, quitarse los auriculares
de los oídos y salir al pasillo para contestar. Era su editora.

Mariona Roser estaba excitada, eufórica. Las palabras se le amontonaban en la boca y Latorre no lograba entender nada de lo que le
estaba diciendo. ¿Nuevo libro? ¿Novelar el caso? ¿Nadie mejor que
él para escribir sobre ello? ¿A qué se estaba refiriendo? Lo último
que le faltaba a Latorre, en aquel momento de frágil equilibrio en su
vida, era una editora agobiándole con plazos de entrega de un nuevo
manuscrito, justo cuando acababan de asesinar a su negro. No podía
pensar en eso ahora, así que la llamada de Mariona Roser le importu-
nó sobremanera.

—¡¿Puedes parar un poco?! ¡Empieza desde el principio! —exclamó, incómodo.

El trasiego de gente por los pasillos era más rápido y concurrido
de lo habitual. Alguien pasó por su lado y le hizo un gesto compungido mientras le preguntaba sin pararse a hablar.

—¿Te has enterado?

Latorre no le prestó atención. No sabía a qué se refería. Intentaba centrarse en lo que Mariona Roser le estaba contando.

—La editorial quiere que dejes el libro que tienes entre manos
y te pongas inmediatamente a escribir sobre el caso de Mauro Santos. El otro ya lo retomarás en otro momento. Necesitamos una
novela sobre ese asunto lo antes posible. Será un bombazo. ¿En
cuánto tiempo crees que podrías tenerla lista? ¿Seis meses serían
suficientes?

Como si el universo entero hubiera conspirado contra él, Latorre empezó a sentir sudores fríos y unos chorretones de maquillaje pronto comenzaron a rodar desde sus sienes hasta el cuello
de su camisa. Buscó un lugar más privado para continuar la conversación. La puerta de uno de los baños de caballeros estaba justo
a su derecha, así que se cercioró de que no hubiera nadie dentro y
cerró con pestillo. Ante el silencio de Latorre, Mariona continuó hablando.

—¿Sigues ahí? ¿Te imaginas los ejemplares que podemos vender de ese libro? ¡Estamos ante el próximo bombazo editorial! ¡Romperemos el mercado! ¡Tendrás colas de horas y horas en el próximo Sant Jordi! La extraña muerte de un escritor desconocido que aspiraba a ser el concursante ganador de un *reality* de la televisión en cuyo jurado está el propio autor de la novela. No me digas que la vida real no nos brinda historias fascinantes…

Lo dejó suspendido en el aire esperando encontrar el mismo entusiasmo por parte de Germán Latorre, pero este, sentado en la taza de un váter, escondía la cabeza entre sus rodillas, con el teléfono pegado a la oreja, intentando digerir una angustia que iba creciendo en la boca de su estómago. Ni siquiera tenía solucionado el problema de ese manuscrito que Mauro Santos debía de estar escribiendo para él, para el que ya tenía plazo de entrega; ¿cómo iba a escribir una historia sobre el asesinato de su propio negro? Era de locos.

—¡Germán! ¿Me estás escuchando? —Un lamento apenas audible fue la única respuesta—. Lo sé, lo sé… es un poco precipitado todo, pero ya lo hemos hablado con el gran jefe. De hecho ha sido una brillante idea suya. La historia es fascinante y, además, el hecho de que seas tú quien la escriba le añade un elemento de morbo que será muy rentable… No podemos dejar que nadie se nos adelante. Es muy importante ser los primeros en apropiarnos de esta idea. Ya sabes cómo está el sector. Siento decirlo porque yo formo parte de esta industria, pero la verdad es que los editores son como buitres al acecho de oportunidades como esta. Además, ahora que han detenido a ese periodista es el momento. ¿Le conoces?

—No sé de qué me estás hablando. ¿Un periodista detenido? ¿Cuándo? ¿Cómo se llama? —A Latorre le temblaba la voz.

—Velasco, Enrique Velasco… creo que han dicho. Acaban de poner las imágenes de la detención en tu canal hace un par de minutos. ¿Cómo es posible que no lo sepas?

La respiración de Latorre se agitó sonoramente y sintió un dolor en el pecho que hizo que temiera desplomarse allí mismo. Alguien aporreó la puerta del baño, pero no contestó.

—¡Será tu obra definitiva, Germán! —continuó su editora al otro lado del teléfono—. ¡Es la oportunidad que estabas esperando! ¡Vas a hacer historia de la literatura!

Con cierta dificultad, Latorre se excusó. Intentó mostrarse correcto con ella, desbordada de euforia, y alabó tímidamente la idea. Necesitaba pensar. Enfriarse. Dijo que no podía hablar, que estaba en mitad de una grabación. Mintió todo lo bien que la experiencia le permitió. Y cuando colgó el teléfono, destapó lo más rápido que pudo la tapa del váter porque una arcada le sobrevino sin control. Su vómito se precipitó con violencia en el inodoro, salpicando sus zapatos de quinientos euros.

18

Tuvo la sensación de que toda su vida cabía en unas pocas cajas. Toda su existencia reducida a un puñado de cosas. Se preguntó dónde se guardaban los sentimientos, si era posible que todos cupieran en el corazón. O los recuerdos, que parecían escapársele de la memoria. Nunca antes había hecho una mudanza, así que para Olvido hacer inventario de todo cuanto tenía, embalarlo y escribir con un rotulador una leyenda en cada una de las cajas de cartón, hizo que se sintiera como un caracol pero con muchos caparazones. «Vajilla», «Ropa de Cris», «Libros», «Cosas del baño», «Juguetes», «Zapatos», «Mi ropa»… A Cristina parecía divertirle todo aquel revuelo y se empeñaba en ser ella la que escribiera los letreros, jugando a ser mayor. Olvido recordaba con nostalgia aquella época en la que su vida también había sido un juego.

—¿Vamos a meter a Jacinto también en una caja, mami? Yo sé escribir su nombre. —Resuelta, Cristina cogió un rotulador, dispuesta a escribir el nombre de su loro.

—No, cariño, a Jacinto lo llevaremos en su jaula. —Olvido se lo quitó de las manos. Temía que se manchara la ropa—. Sólo vamos a guardar nuestras cosas.

—¡Jo! —protestó—. Una vez un niño del cole trajo gusanos de seda en una caja de zapatos. Le hizo agujeros en la tapa para que pudieran respirar, pero los hizo tan grandes que a la hora del recreo se le habían escapado dos. A la profesora le daban asco y no quería cogerlos del suelo —explicó Cristina con una risita mientras metía sus juguetes en una de las cajas—. ¡Si hubieras visto la cara que puso! Al final, un niño pisó uno sin querer y lo espachurró por el suelo. A mí me dio pena. Yo creo que lo hizo aposta —El rostro de Cristina se ensombreció—. ¿No se morirá también Jacinto, verdad? Yo no quiero que se muera.

—Seguro que se pone bien muy pronto. El veterinario ha dicho que sólo necesita tiempo y mucho amor. —¿Y quién no? —pensó Olvido.

Cristina le dio un beso a la última de sus muñecas, la colocó con cuidado en el fondo de una de las cajas y después le puso encima un trozo de plástico con burbujitas, como había visto hacer a su madre con la vajilla. Fue hasta la jaula de Jacinto quien, a pesar de tener la puerta abierta, no había salido. Al ver a Cristina, se cimbreó en repetidas ocasiones, pero no pronunció ninguna palabra. Hacía varios días que Jacinto había enmudecido y se arrancaba compulsivamente las plumas con el pico. Cristina metió su pequeña mano dentro de la jaula para que el loro se asiera a ella.

—¿Qué es «duelo», mamá? —preguntó la pequeña mientras acomodaba a Jacinto en su hombro derecho.

—¿Dónde has escuchado esa palabra?

—La dijo el veterinario. Dijo que Jacinto tenía que pasar un «duelo». ¿Qué es «pasar un duelo»?

—Significa que está triste porque echa mucho de menos a tío Mauro.

—Yo también le echo mucho de menos.

—Y yo cariño… Todos le echamos de menos. Los loros son animales muy sensibles y, aunque no puede saber que Mauro está en el cielo, el veterinario dice que puede notar que pasa algo raro. A lo mejor nota que nosotras también estamos tristes.

—¿Y por eso se arranca las plumas? —Jacinto parecía una perdiz a medio desplumar. Su hermoso plumaje de vivos colores tenía grandes calvas que dejaban al descubierto la piel de ave, blanquecina y erizada.

—Sí, por eso. Si lo queremos mucho, poquito a poco se le irá pasando.

—¿Y por eso no habla?

—Supongo que no tiene ganas de hablar.

Con Jacinto en su hombro, Cristina fue hasta la cocina. Cogió una manzana del frutero y abrió el cajón de los cubiertos, pero lo encontró vacío. Olvido ya había embalado todos los utensilios de cocina. Entonces, le dio un bocado a la manzana, lo más grande que pudo, y arrancó un buen trozo. Jacinto extendió las alas de contento. La manzana era su comida preferida.

—¿Podemos comprarle a Jacinto una jaula más grande, mami? Si nosotras vamos a tener una casa nueva, Jacinto debería tener también la suya.

La pequeña hablaba con la boca llena. Con una mano sujetaba el pequeño trozo de manzana que Jacinto picoteaba, y con la otra le daba bocados a la fruta, con signos de estar hambrienta. Le faltaba el parche en el ojo para parecer una pirata de cabellos rebeldes y mirada inquieta sacada de una película infantil o de un cuento con bonitas ilustraciones.

—Me parece lo justo —dijo divertida Olvido, al ver la estampa de su hija y aquel loro desplumado—. En cuanto nos instalemos en casa de tío Mauro, lo primero que haremos será comprarle una preciosa jaula a Jacinto.

—¿De la *Barbie*? —preguntó entusiasmada.

La casa de tío Mauro… Olvido no se acostumbraba a hablar de aquella casa como suya, porque en realidad no lo era, era de Cristina. Cuando el albacea de Mauro contactó con ella para dar lectura al testamento y cumplir sus últimas voluntades, Olvido tuvo la certeza de que todo lo que estaba ocurriendo no era un mal sueño, sino una terrible realidad. Hasta ese momento, aún despertaba cada mañana con el corazón encogido, deseando que todo hubiera sido una pesadilla. Tal vez le pasaba como a Jacinto, estaba pasando por un duelo, en esa fase que llaman «de negación», aunque ella no tuviera plumas que arrancarse. Pero repartir las cosas de Mauro cuando ni siquiera le había podido dar sepultura a su cuerpo, le hizo darse cuenta de que estaba en un punto de no retorno. El antes y el después. La repartición de lo que dejamos. Las cosas mundanas de la muerte. Burocracia, papeleos y muchas firmas. En cuanto a los afectos, nada había dicho aquel hombre vestido de traje que no la había mirado a los ojos.

—Cristina Valle es la heredera universal y única de todos los bienes de Mauro Santos —había explicado—. Usted será usufructuaria. ¿Sabe lo que significa? —Olvido había asentido, aunque no estaba segura del todo—. Tiene derecho al uso y disfrute de los bienes. Bien… como la niña es menor de edad, el señor Santos la designó a usted, su madre, como la persona responsable de velar por la correcta administración de la herencia.

Olvido se había levantado arrastrando la silla. Últimamente se arrastraba toda ella, cuando caminaba, cuando despertaba, cuando sonreía, todo le era pesado. El hombre del traje la había acompañado a la puerta del despacho, intentando ser amable, pero resultando tan aséptico que parecía de cartón.

—Tome —había dicho mientras le tendía una tarjeta de visita—. No dude en consultarme si necesita asesoramiento legal. Lamento mucho su pérdida, señora.

Y eso había sido todo. Un punto y final.

En la sala de interrogatorios, Velasco esperaba inquieto a que alguien entrara y rompiera aquella soledad que sabía que era fingida. Podía sentirlo. Sabía que al otro lado de ese espejo que le devolvía, insolente, una patética imagen de sí mismo, varios pares de ojos le observaban. Lo había visto infinidad de veces en las películas. No era tonto. Aunque estaba muerto de miedo y su endeble cuerpo parecía no responderle, todavía podía pensar o al menos lo intentaba.

¿Qué debía decir? Se hizo esa pregunta varias veces, pero no lograba ponerse de acuerdo consigo mismo. Sabía que tenía derecho a un abogado, pero no tenía dinero para pagarlo. Podía solicitar uno de oficio, pero no confiaba en los recién licenciados imberbes que practican con las vidas ajenas para adquirir experiencia, o peor aún, con los veteranos, cuyos despachos privados cosechan tantos fracasos que necesitan recurrir a los exiguos ingresos del turno de oficio para pagar sus hipotecas. Tal vez era mejor hacer una primera declaración sin presencia de abogado. Al fin y al cabo era inocente, y mostrarse colaborador con la investigación podía beneficiarle. Los inocentes no tienen nada que temer. Eso también lo había visto en las películas.

Podía contarle a la policía que él sólo era responsable de asustar un poco a ese tal Mauro Santos, al que ni siquiera conocía en persona. Pero decir eso implicaba involucrar a Germán Latorre, tener que dar explicaciones que necesariamente conducirían hasta él, y Velasco no estaba seguro del todo de que esa idea fuera la más acertada. Seguro que Latorre pensaba sacarle de aquel atolladero. Era muy probable que ya estuviera contratando al mejor abogado de la ciudad. Seguro que sí. Latorre no iba a dejarlo tirado. Le auxiliaría. Era lo menos que podía hacer por él dadas las circunstancias. Si también era inocente, como le había confesado en aquel restaurante tan elegante, tampoco tenía nada que temer. Intentó convencerse de ello. Estaban juntos en esto. De no haber cumplido sus encargos, no estaría ahora mismo en ese escollo, se dijo. Además, eran amigos, habían pasado ya por muchas situaciones difíciles, aunque ninguna tan grave como una acusación de asesinato. Se estremeció. Dudó de si la amistad entre ambos resistiría aquella dura prueba. Velasco estaba hecho un lío.

Se moría de ganas de fumarse un cigarrillo. Le dolían las muñecas, huesudas y exiguas, por culpa de las esposas que había llevado durante el traslado a comisaría, y se las frotó con energía para aliviar el dolor que no terminó de disiparse. A falta de nicotina se mordió las uñas con avidez hasta hacerse sangre en uno de los dedos. La succionó con fuerza, con ansiedad de vampiro. La luz amarillenta del techo parpadeaba insistentemente y emitía un zumbido metálico. Le ponía nervioso. Velasco se estaba desesperando. Tenía los pantalones empapados en su propia orina y la boca seca. Quería escapar de allí, salir corriendo. Entonces la puerta se abrió. Era el inspector Gutiérrez con un vaso de plástico con agua en una mano y una prenda de ropa en la otra.

—Toma. No sé si son de tu talla, pero por lo menos están secos. —Lanzó la prenda sobre la mesa de la sala de interrogatorios, eran unos pantalones, y le ofreció el vaso de agua. Velasco lo miró con desconfianza—. ¡Venga! ¡Cámbiate! ¿Acaso te da vergüenza? Te aseguro que no eres de mi tipo. A mí me gustan más entraditos en carnes.

Velasco miró el espejo. Temió que hubiera más gente observando y se sintió violentado, casi violado. Celoso de su intimidad, se cambió los pantalones en una esquina de la habitación, intentando esconder sus raquíticas piernas, surcadas por venas violáceas, detrás de la silla.

—Anda, siéntate. —Le invitó Gutiérrez cuando hubo terminado, como quien invita a un amigo a tomar una cerveza en un bar, fingiendo cierta camaradería.

«No te fíes, es una estrategia», se dijo Velasco para sí. La oficial Poveda observaba desde el otro lado del espejo, junto a otro agente. No quería perderse detalle de cómo Gutiérrez enfocaba aquel interrogatorio. El agente le ofreció un café de máquina, pero Poveda lo rechazó con un gesto anodino.

—Verás, ahí afuera tengo cientos de periodistas como tú, esperando a que les dé la carnaza que necesitan para pasar el día —dijo

Gutiérrez—. En cuanto salga de aquí, hay preparada una rueda de prensa. ¿Sabes de lo que te estoy hablando, verdad? Tú conoces muy bien cómo funciona esto. —A Velasco se le empezó a acelerar el corazón y la pierna izquierda le temblaba sin control.

—Soy inocente —aseguró antes de bajar la mirada. Temía meter la pata.

—¡Lo sé, lo sé! —Gutiérrez se levantó y comenzó a mesarse el bigote—. Yo lo sé, tú lo sabes, mis agentes lo saben… pero toda esa prensa de ahí afuera no lo sabe. —Señaló detrás del espejo—. Ya sabes cómo sois vosotros los de los medios de comunicación. —Gutiérrez hablaba pausado, con frialdad, mientras recorría con pasos cortos la habitación—. Os importa un bledo la ley. Ni presunción de inocencia, ni secretos de sumario, ni derecho a la defensa, ni esperar a un juicio justo… A vosotros lo único que os importa es la audiencia. «La audiencia» —dibujó un imaginario letrero en el aire con las manos—. Todo por la audiencia. Mataríais por una exclusiva. Incluso sacrificar a uno de los vuestros por un puñado de telespectadores lo consideráis un precio justo. Nunca os he entendido… a vosotros, los periodistas quiero decir. ¿Sabes? En la Policía si hay algo sagrado es tu compañero. Los policías moriríamos por un compañero sin dudarlo ni un segundo. Pero vosotros… —Hizo una pausa antes de continuar—. ¿Conoces la teoría del tonto útil? —Gutiérrez volvió a sentarse. Le hablaba a Velasco muy cerca de la cara. Este se retiró hacia atrás unos centímetros, apartando la mirada. Sudaba profusamente. —La teoría del tonto útil dice que algún tonto tiene que pagar por esto y creo que tus amigos de la prensa te acaban de otorgar el título del tonto útil del día. Se te está poniendo cara de noticia. Les sirves para llenar muchas horas de televisión, muchos periódicos. Les da igual si eres inocente o culpable, al menos de momento. ¿Qué les importa eso a todas esas hienas? ¡Eso ahora mismo no les importa una mierda! Yo te diré lo que les importa. ¡Lo que les importa es tener una foto tuya en la pantalla de la televisión mientras todos hablan de ti y dicen que parecías una persona normal!

Velasco sabía cuánto de verdad había en esas palabras. Pudo visualizarlo. Llevaba muchos años en la profesión como para no hacerlo. Imaginó las horas de televisión que a partir de ese momento le dedicarían a su persona. La gente que hablaría de él creyendo conocerle. El vecino, el frutero, su camello, la última puta con la que había estado y, por supuesto, sus compañeros de trabajo. Todas sus miserias serían expuestas en un acto de profanación de su intimidad. Pornografía televisada en horario de máxima audiencia. Sabía que aquel policía tenía razón y se sintió impotente, presa de la misma trampa que tantas veces él mismo había utilizado para dar caza a otros. Ahora él era la presa, una presa fácil, metida en una jaula que, paradójicamente, le mantenía a salvo de la jauría que estaba fuera.

El inspector Gutiérrez pudo oler su debilidad, su miedo, su inseguridad, y le tendió una mano, confiando en que la agarrara todo lo fuerte que el miedo al abismo al que estaba asomado le permitiera.

—Tengo fotografías tuyas entregando un sobre en la recepción del hotel donde mataron a ese hombre. —Hizo un gesto con la mano, de espaldas al espejo y, al segundo, un hombre uniformado entró en la sala con un sobre. Gutiérrez extendió sobre la mesa tres fotografías, poniéndolas en fila—. Ese eres tú, con la cazadora del trabajo. Apuesto a que tus huellas están en esta nota que encontramos en la papelera de la víctima —dijo mientras colocaba otra fotografía de la nota manuscrita hallada en la habitación—. Y me apostaría la jubilación a que el examen caligráfico determina que esa letra es tuya. —Clavó su dedo índice sobre la foto.

—¡Pero yo no le maté! ¡Lo juro! ¡Lo juro! —exclamó Velasco lloriqueando.

—¿De verdad importa eso para esa gente? ¿Cuánto tiempo crees que tardarán en conseguir estas fotografías? ¿Eh? —Gutiérrez suspiró y bajó el tono—. Está bien, está bien… Entiende lo que te voy a decir. Puedo salir afuera y dar esa rueda de prensa diciendo que Enrique Velasco es el principal sospechoso del asesinato de un escritor que iba a participar en un programa de televisión del canal donde él mismo trabaja. Con eso tendrán bastante hueso con el que entretenerse royendo. Les encantará hincarte el diente. Te despedazarán. Te harán trizas. Vapulearán tu vida hasta destrozarla. Para cuando quiera que pillemos al culpable y haya un juicio, no quedará nada de ti. Lo habrás perdido todo. ¿Y crees que entonces rectificarán? ¿Crees que permitirán que puedas explicarte? No, amigo mío, no lo harán —aseguró, y se acercó un poco más a Velasco utilizando un tono persuasivo—. O bien puedo decirles que Enrique Velasco no es sospechoso, sino todo lo contrario. Que se trata de un buen ciudadano que está colaborando eficientemente con la policía en el esclarecimiento de este caso. La pieza clave de la investigación. La llave de este complicado asunto… ¿Qué me dices?

Velasco abrió los ojos como platos. Por primera vez cruzó la mirada con el inspector. Aquello no sonaba tan mal. Tal vez había llegado el momento de ponerse a salvo, de pensar en sí mismo. Era inocente y un hombre había muerto. ¿Qué otra opción tenía? Gutiérrez no le dejó demasiado tiempo para pensar.

—Tú decides qué prefieres ser… ¿héroe o villano?

—¿Y qué pasaría con esa nota? —Señaló la fotografía. Temía ser acusado de chantaje o extorsión.

—Que yo sepa, escribir cartas todavía no es delito en este país, y menos si las escribe un confidente de la policía —repuso guiñándole un ojo.

Velasco apuró de un trago el agua del vaso de plástico. Le supo a gloria. Tenía la boca como un trapo y no se le daba bien pensar con rapidez. Las drogas habían mermado su agilidad mental. Hubiera necesitado tiempo para barajar concienzudamente todas las opciones. Pero el tiempo, como la arena del reloj, se le escurría entre los dedos.

Detrás del espejo Poveda no perdía detalle del poder de persuasión de su compañero. Admirada, asistía con fascinación a aquella lección magistral. Se sintió como si estuviera fuera de la pecera y el pez pequeño estuviera a punto de morder el anzuelo que el pescador le había lanzado. Y no contento con haberlo pescado, el pez estaba a punto de darle las gracias al pescador. Pero por un segundo temió que se le pudiera escurrir. Velasco tenía la duda escrita en sus ojos. Tardaba demasiado en decidirse. Se deshizo la coleta y se peinó el cabello con los dedos. Después se la volvió a hacer. Estaba nervioso. No dejaba de mover la pierna y se mordía el labio una y otra vez. A Poveda los segundos le parecieron interminables. El silencio, insoportable. Pero finalmente Velasco decidió qué camino tomar.

Una de las máximas de Germán Latorre era que la defensa es el mejor ataque. Mejor ser águila que conejo, lobo que oveja. Inteligente y manipulador, Latorre era un superviviente, un depredador capaz de sacrificar a cualquiera con tal de mantenerse a salvo. Una vez hubo digerido la noticia de la detención de su íntimo colaborador, Quique Velasco, su mente analítica y resolutiva se puso a trabajar. El tiempo era un elemento que jugaba en su contra. Podría haber huido a algún país caribeño sin tratado de extradición y terminar sus días entre mulatas y palmeras cocoteras; tenía dinero suficiente para vivir dos vidas, pero escabullirse como una rata no era, ni mucho menos, su estilo. Latorre siempre flotaba, nunca se hundía, aunque para ello tuviera que sujetarse a un cadáver. Además, habría parecido culpable y había decidido que no lo era, o al menos, que no recordaba serlo. De haber salido corriendo en aquel momento, ¿dónde hubiera quedado su reputación? Y si había algo que Latorre amaba más que a sí mismo, era su reputación, su otro yo, construido con tanto tiempo y esfuerzo y a un precio, en ocasiones, demasiado caro.

Descartó esa primera idea casi al instante. Tal vez podía sacar provecho de aquella situación si sabía darle el enfoque apropiado, se dijo. Darle la vuelta a la tortilla, actuar como víctima y no como culpable, utilizar su situación privilegiada dentro de la televisión y, como íntimo amigo del detenido, para narrar una historia, convenientemente retocada, que le dejara en buen lugar. Tenía toda una cadena de televisión a su disposición, el mejor instrumento para llegar a las masas y manipularlas. Podía sacar un buen rendimiento de todo lo que estaba ocurriendo al fin y al cabo. Y luego, ya tendría tiempo de buscar a alguien que escribiera ese maldito libro que le exigía la editorial. La prioridad era salir victorioso de aquel agujero en el que estaba metido.

Aunque había dos variables que no terminaban de encajar en la ecuación. Una de ellas era que desconocía qué pruebas contra él podía tener la policía en su poder. Después de meditarlo unos minutos, concluyó que los agentes encargados del caso no debían de tener nada que le inculpara directamente porque, de lo contario, ya le habrían detenido, como a Velasco. La otra era que conocía a la perfección la debilidad de carácter de su compañero. Sabía que si lo presionaban quizás acabaría diciendo cosas que no iban a beneficiarle lo más mínimo ¿Qué podía haber contado ya a aquellas horas de la tarde? Así que lo tuvo claro. Necesitaba adelantarse. Caminar unos cuantos pasos por delante de Velasco y la Policía. Llegar el primero a donde pretendía llegar.

Sin tiempo que perder, subió hasta la última planta de Azul TV y fue directo hasta el despacho del consejero delegado. Palacci atendía el teléfono con la puerta del despacho abierta. Su secretaria, en una antesala que olía a ambientador de jazmín y parecía empapelada con fotografías de sus dos niños y dibujos de trazos infantiles, se levantó de su silla para saludar a Latorre.

—¡Oh! ¡Dios mío, Germán! ¡Estamos todos consternados con lo ocurrido! —exclamó desolada. Le dio dos besos apretujando un pañuelo de papel con la mano. Parecía haber estado llorando—. No te puedes ni imaginar la que se ha montado esta mañana aquí. Todo lleno de policías. ¡Un horror! Un inspector en persona ha venido a ver al señor Palacci. Llevaba una fotografía de Quique. Incluso a mí me han pedido que lo identificara. Me han tomado declaración o como se diga eso… Me he tenido que tomar un *lexatin* y todavía me tiemblan las manos. —Las mostró para que comprobara que era cierto.

—Lo sé, lo sé… Todo esto es increíble. —Latorre la abrazó contra su pecho unos segundos y se mostró compungido—. Parece mentira, me siento tan engañado… ¡Qué decepción! No puedo evitar sentirme culpable. Cómo no lo vi venir… Últimamente estaba fatal.

—Tú no tienes la culpa, Germán, faltaría más… Nadie podía saber que a este hombre se le iba a ir la cabeza.

—Supongo que nunca terminas de conocer a las personas del todo.

Palacci colgó el teléfono y se aflojó la corbata. Su rostro reflejaba el estrés de la situación. Con un gesto hizo pasar a Latorre. La secretaria cerró la puerta.

—Supongo que vienes por lo de Enrique Velasco. *Giusto?* ¿Tú sabías algo de todo esto?

—Te juro por lo más sagrado que no tenía ni idea. Últimamente estábamos muy distanciados. Sus problemas con… ya sabes… sustancias, se habían agravado. ¡No lo estoy justificando! ¡Dios me libre! Sólo intento entender toda esta locura.

Palacci había abierto un pequeño mueble bar situado al lado de una estantería. Mientras escuchaba a Latorre se sirvió un *whisky* en un vaso ancho, con culo de vidrio pesado. Después cogió otro y le sirvió uno a Latorre.

—He ofrecido *collaborazione* total a la Policía —comentó mientras le ofrecía la bebida—. Así que si estás metido en esto de alguna manera, si sabes algo que la Policía deba saber, ahora es el momento de hablar. Entiendo que era tu mejor amigo… —Bebió un trago.

—¡¿Qué te hace pensar eso de mí?! —exclamó ofendido—. Ya te he dicho que últimamente apenas nos veíamos. Andaba distraído, perturbado. ¡Qué sé yo qué le rondaba por la cabeza! Ya no era el de siempre. No sé qué tenía con ese hombre que han asesinado, pero tal vez estaba metido en un lío y… Desde luego a mí no me contó nada.

—¿Le crees capaz de matar a alguien? —Latorre no respondió. Distrajo la mirada en el *whisky* y guardó silencio, un silencio perturbador y televisivo. Un silencio capaz de hablar por sí solo. Un silencio acusador. Cuando creyó que había sembrado la duda necesaria, sentenció—: Tal vez se le fue de las manos. —Después, bebió un sorbo y, con habilidad sibilina, cambió de tema—: ¿Escocés?

—Un *Bruichladdich* de cuarenta años. Tres mil euros la botella. Me ayuda a templar los nervios y a pensar con claridad.

—Siempre has sido un hombre que sabe elegir bien. —Se acercó a Palacci y confraternizó dándole unas palmaditas en la espalda—. Escúchame. Vengo a proponerte algo. El caso de Velasco y el escritor asesinado pone a nuestro canal en el centro de esta turbia historia.

—¿Crees que no lo sé?

—Debemos coger el toro por los cuernos. Mostrarnos desnudos ante nuestra audiencia. Demostrar que no tenemos nada que ver, que somos los primeros que condenamos este asesinato.

—¿Qué propones que hagamos? Te escucho.

—Lo he estado pensando. Debemos hacer un seguimiento exhaustivo del caso. Empecemos emitiendo un especial esta misma noche. Yo puedo presentarlo. Son las seis. Tenemos seis horas hasta la medianoche para recopilar datos, testimonios… Conozco a mucha gente que ha tenido relación con Velasco. Puedo llamar a alguno. Hablemos también de la víctima: quién era, por qué se presentó a nuestro concurso, cuáles eran sus sueños, su familia, sus amigos…

Mataremos dos pájaros de un tiro. Faltan dos días para la emisión del primer programa de *Negro sobre Blanco* y eso nos servirá de publicidad.

Latorre rezumaba entusiasmo. El hombre de televisión se había tragado al ser humano y Palacci estaba entregado a aquel discurso vehemente.

—Yo mismo puedo contar mi experiencia como compañero y amigo de Velasco. No me importa. Por Azul TV haría eso y cuanto hiciera falta. Le debo mucho a esta casa —pintó la propuesta con una pátina de complacencia—. Además, humildemente, creo que nadie mejor que yo para conducir un programa como ese. Piénsalo un segundo. Es lo mejor que podemos hacer en este momento. La mejor forma de gestionar esta crisis. Lo mejor para la cadena. Y aunque esté feo decirlo, sé que no me vas a malinterpretar, también puede ser lo más rentable. —Una mueca de satisfacción se dibujó en los labios de Palacci—. Da la orden y me pongo en marcha en este mismo instante. Levanta ese teléfono y ya mismo grabamos la promoción.

Asomado a la cristalera del despacho, el consejero delegado contempló el mundo desde lo alto. Al igual que Germán Latorre, él también era un águila avistando a los conejos moverse despreocupados por el suelo, entrando y saliendo de sus agujeros. Ambos hablaban el mismo idioma, un lenguaje exclusivo. De espaldas al presentador, apuró el *whisky* de cuarenta años y dio la orden de preparar ese especial sobre el asesinato de Mauro Santos. Por un momento, se sintió como un emperador con el dedo pulgar hacia abajo en un circo romano.

19

Aunque lo intentó, Olvido no fue capaz de recordar la última vez que había comido en un restaurante. Casi había olvidado esa experiencia. Acostumbrada a medir su economía contando hasta los céntimos en cada compra en el supermercado, hacía mucho tiempo que no se permitía aquel tipo de lujos. Un perfume, una escapada de fin de semana, una sesión de peluquería, un bonito vestido, comer fuera de casa… Se había instalado en la renuncia con tal aceptación, que ni siquiera se planteaba la posibilidad de escapar de ella. Pero todo había cambiado. Ahora tenía dinero en efectivo que debía gastar con prudencia. Eran tantas las posibilidades en su cabeza que a veces hasta se aturdía. Quería un coche. Un coche nuevo. El suyo tenía casi veinte años y sólo lo utilizaba para llegar hasta lugares donde el metro y el autobús no la llevaban. Estaba harta del transporte público, harta de las horas punta que abarrotaban los vagones del metro. Cansada de los bonos para familias monoparentales que subvencionaba el Ayuntamiento. Estaba harta de los pervertidos que, aprovechando las aglomeraciones, se restregaban contra su cuerpo sin pudor alguno. El metro siempre olía a sudor, a caras de lunes, a miradas perdidas en otros lugares con tal de no estar allí. Se compraría un coche. Un coche rojo. Pequeño, nada ostentoso, un utilitario que resultara práctico para aparcar. Lo había decidido mientras miraba la carta de aquella bonita hamburguesería nueva que habían abierto en el barrio. Uno de esos lugares modernos decorado con cierto aire nostálgico, ochentero, donde algo tan sencillo como una hamburguesa había sido reinventada y presentada de cincuenta formas posibles. A sus cinco años, Cristina nunca había estado en un lugar como aquel y miraba la carta intentando leer todas aquellas letras, mientras balanceaba las piernas, que no le llegaban al suelo.

—Bu-e-y… ¿Buey?

—Carne de buey, hamburguesa de carne de buey. Es una carne muy rica. ¿Quieres una de esas? —Cristina no pareció convencida y negó enérgicamente con la cabeza sin levantar la nariz de la carta.

—Ce-bo-lla ca-ra-me-li-za-da… ¿Hacen caramelos con las cebollas? —Olvido comenzó a reír. Siempre le divertían mucho las ocurrencias de su hija. Desde que era capaz de leer casi todas las palabras, iba por la calle leyendo en voz alta todos los carteles con los que se encontraba y haciendo preguntas que a veces resultaban del todo pintorescas.

—¡¿Cómo van a hacer caramelos con las cebollas?! ¡No, qué va! Es una forma de cocinar la cebolla. La preparan con un poquito de azúcar y sabe dulce. Anda, déjalo estar que a este paso nos va a dar la cena.

Olvido buscó a la camarera con la mirada. El local, con sólo seis mesas ubicadas alrededor de una barra, apenas estaba concurrido. Únicamente otra mesa estaba ocupada por una pareja de jóvenes que charlaban animosamente mientras bebían Coca-Cola y picoteaban aceitunas. Un mueble con tocadiscos decoraba una de las paredes, de la que colgaban discos de vinilo como si fueran cuadros. La camarera que las había atendido les daba la espalda mientras sacaba brillo a unas copas con un trapo blanco y las colocaba con pulcritud en una valda. Llevaba el cabello recogido en una gorra con redecilla, pero un mechón rebelde que se había escapado de ella delataba que era pelirroja. De fondo, un televisor grande asido a la pared emitía imágenes de un informativo, sin que apenas pudiera escucharse el sonido. Olía a carne asada y a patatas fritas. Como si hubiera podido sentir la mirada de Olvido, la camarera se giró y acudió con una fresca sonrisa en los labios hasta su mesa.

—¿Ya se han decidido?

—Me temo que no. ¿Cuál nos recomiendas? —La joven mordisqueó el extremo del bolígrafo unos segundos hasta acertar a contestar.

—Puedo ponerles el surtido de minihamburguesas de degustación. Menú especial para dos personas. Son ocho hamburguesas de este tamaño —dibujó un círculo de unos cinco centímetros con los dedos—, y viene acompañado de patatas gajo con cuatro salsas y ensalada de tomate.

—Suena bien.

—Si se quedan con hambre, tenemos una carta de postres caseros que son irresistibles.

—¿Las patatas gajo son como las naranjas? —preguntó Cristina.

—Parecidas. —Sonrió la camarera—. Se cortan como si fueran gajos de naranja pero saben a patata —repuso guiñándole un ojo.

La muchacha fue hasta la cocina mientras apuntaba en una libreta la comanda. En el camino se cruzó con otro camarero, un joven con la cabeza rapada y ojos de búho, que llevaba dos grandes platos de loza negra con sendas hamburguesas de tres pisos y una montaña de patatas fritas. Los sirvió en la mesa de los jóvenes.

Entonces algo llamó la atención de Olvido en la pantalla de televisión. Al comprender lo que era, se le heló la sangre. La imagen fija de aquel hombre hizo que se estremeciera. Lo reconoció al instante. Imposible no hacerlo. Leyó en voz baja las letras que había en un lateral de la pantalla. *Enrique Velasco, principal sospechoso del asesinato del escritor Mauro Santos.* No podía creerlo. No podía ser casualidad. Olvido no creía en las casualidades. Se levantó rápidamente y se acercó a la barra. Descompuesta, le pidió a la camarera, que estaba preparando las bebidas, que subiera el volumen.

«*...hasta el momento, poco se sabe del misterioso Caso del Escritor, salvo que el único detenido, Enrique Velasco, periodista de Azul TV, pudo ser la última persona en verlo con vida*».

Le sobrevino una angustia insoportable. Palideció. Con el ajetreo de la mudanza, hacía tres días que no veía la televisión, ni leía un periódico, ni escuchaba la radio, desconectada de todo cuanto pasaba en el mundo. Así que toparse de repente con el rostro de aquel extraño hombre que le había ofrecido un contacto con un desconocido, en un hotel de carretera, a cambio de una indecente cantidad de dinero, fue algo que no esperaba. Casi había conseguido borrarlo de su mente, como si nunca hubiera ocurrido. Enterrarlo. Un mal recuerdo. Un error. Aquel hombre que había pagado por sus servicios había resultado ser Germán Latorre, y ahora acababa de descubrir que el tipo que había hecho de enlace también era periodista y el principal sospechoso de la muerte de su mejor amigo. Entendió que todo estaba relacionado, que eran eslabones de una misma cadena. Ella, el presentador, aquel periodista detenido, Mauro, el concurso para escritores... Supo que jugaba un papel importante en la muerte de Mauro… pero ¿cuál? ¿Cómo saberlo? ¿Cuántas cosas más desconocía de todo cuanto estaba sucediendo? ¿Por qué Mauro no le había contado nada? No pudo evitar sentir un pellizco de miedo y de culpa al mismo tiempo. Caminaba por el centro de un lago helado en el mismo instante en el que el hielo empezaba a crujir. ¿Qué hacer? ¿Quedarse quieta o salir corriendo? Olvido perdió completamente el apetito.

Hacía quince años que el inspector Gutiérrez no compraba nada para un bebé. Le pareció que en todo ese tiempo, lo relacionado con la puericultura había cambiado mucho, tal vez demasiado. Cuando sus gemelos eran pequeños las cosas parecían más sencillas. Los chupetes no se esterilizaban; los biberones sólo eran de una forma; no existían las cámaras de seguridad para espiar a los pequeños durmiendo en sus cunas, ni las aplicaciones para móviles; la ropita para las niñas era de color rosa y de color azul la de los niños. A lo mejor era que se estaba haciendo viejo, pensó. Además, de esas cosas solía encargarse su mujer. Él nunca había comprado los regalos para los amigos que habían sido padres, de la misma manera que ella jamás había llevado el coche al taller. De forma tácita, su mujer había adquirido ese tipo de responsabilidades, como él la de sacar la basura o pasear al perro, por ejemplo. Si pensaba un poco en ello, aquel le parecía un enfoque del todo machista, pero lo cierto es que en aquel momento las cosas parecían funcionar, hasta que llegó el divorcio.

Optó por dejarse aconsejar por la dependienta de la tienda, una cincuentona con aspecto de institutriz de colegio británico que parecía dominar la materia.

—¿Para quién es?

—Para un amigo. Bueno, en realidad es un compañero de trabajo. Ya sabe…

—Comprendo. ¿Niño o niña?

—Niña. —Tuvo que pensarlo un segundo para estar seguro del todo.

—¿El primer bebé de la pareja?

—Sí, el primero… y me temo que el último. Han sido padres tardíos. —No supo muy bien por qué daba tanta información, se sintió como en un interrogatorio, así que cerró la boca.

Finalmente se decidió por una vajilla de melamina, con vistosos motivos infantiles, que venía dispuesta en una caja muy aparente. Un regalo grande siempre causa buena impresión, pensó. La dependienta tenía la teoría de que la gente regala demasiados utensilios y ropa para el recién nacido, y se olvidan de que los bebés crecen muy deprisa y pronto todo queda en desuso ocupando espacio en algún trastero.

—A los cuatro meses empiezan con las papillas y entonces la mamá agradecerá tener este bonito detalle. —Le explicó la señora mientras lo envolvía para regalo con una cinta rosa que rizó con unas tijeras. Después, sujetó los extremos con una pegatina que ponía «Espero que te guste».

Estaba apenas a seis manzanas de la comisaría. La primavera parecía haber perdido sus horas de rebeldía y lucía plácida, con una temperatura agradable que invitaba a callejear, a salir de los escondites del invierno, así que decidió caminar con aquel enorme paquete bajo el brazo. Cuando estaba a punto de llegar, llamó a la oficial Poveda.

—Me ha llamado Rocamora, el de Informática.

—¿Ya se ha incorporado?

—Hoy mismo.

—¿Y qué tal el bebé? Era una niña, ¿verdad?

—Pues llorón, como todos. Bueno, en este caso llorona. Sí, una niña. Espero que se parezca a la madre. —Hizo un gesto brusco para ajustarse la caja de regalo bajo la axila izquierda. A punto estuvo de caérsele. Tal vez no había sido tan buena idea comprar un regalo tan grande—. Escucha. Rocamora tiene algo gordo que contarnos sobre el caso del escritor. Ya han destripado el ordenador y el teléfono de la víctima. No ha querido decirme nada por teléfono. Yo voy para allá. ¿Estás lejos?

—No, no, estoy aquí, haciendo unos informes. —Poveda se levantó de su silla y se asomó por la ventana. Mascaba chicle y de vez en cuando hinchaba una pompa que hacía explosionar sonoramente.

—Yo estoy llegando, doblando la manzana. Nos vemos en un minuto. —Y colgó.

Al instante, lo vio asomar desde la ventana, por el extremo derecho de la calle. Le pareció que su inspector tenía un aspecto muy cómico. Viéndolo así, si no lo hubiera conocido, jamás hubiera acertado a decir que se trataba de uno de los mejores policías que había conocido. Vestía con su traje preferido, el de color beis, cuyas costuras soportaban una presión difícil de explicar por las leyes de la física, y caminaba con un enorme paquete bajo el brazo, envuelto en papel color rosa y con un lazo más propio de una dama de honor que de un inspector de policía. Parecía sacado de una película de Woody Allen.

A Rocamora, enternecido por la reciente paternidad a sus cincuenta años, el detalle del inspector le emocionó. En cuanto lo vio aparecer en su departamento con el regalo bajo el brazo, acompañado de la oficial Poveda, se echó a sus brazos agradecido.

—¡Gutiérrez, qué detalle! —dijo dándole sonoras palmadas en la espalda.

—¡Sí, sí! ¡Vale! ¡Está bien! Sólo es una tontería sin importancia. —Era la frase que siempre decía su mujer en esos casos—. Dáselo a Silvia de mi parte. Joder, Rocamora, ¡suéltame, coño! ¡Que somos policías, hostias!

—¡Qué bonito es el amor en primavera! —exclamó Poveda con sorna.

—A ver… ¿qué tienes que merezca tanto misterio?

—No te lo vas a creer: Mauro Santos, la víctima, temía por su vida.

—¿Qué quieres decir?

Sin pronunciar palabra, Rocamora se sentó delante de un ordenador y tecleó algo. Al instante apareció un archivo de audio en la pantalla.

Escucha esto. Es una grabación de voz que estaba en el teléfono de la víctima. Está fechada justo tres días antes de que lo mataran. No es de buena calidad, debía de tener el teléfono escondido en algún bolsillo. Hay mucho sonido de fondo, partes que no se entienden, tal vez provocado por la ropa rozando el micrófono, así que he tenido que hacer virguerías para limpiar la grabación, pero ha merecido la pena. Esto es lo que he podido salvar. —Rocamora accionó el *play*.

«*…Estaba a punto de marcharme. Llegas tarde. Pero veo que eres listo… Una lástima lo de tu librería. Me enteré por los periódicos… […] —¿Qué quieres de mí? —Supongo que te habrás pensado mejor*

esa tontería de abandonar. [...] Puedo darte un porcentaje de los ro-
yalties y todos contentos... ¿Por qué deshacer un buen equipo? Sería
de estúpidos, ¿no crees? Tú escribes para mí, pones el talento y yo la
fama. Tu literatura y mi nombre, ¡la combinación perfecta! Podemos
forrarnos».

—Para ahí —ordenó Gutiérrez—. ¿Con quién está hablando?
¿Para quién coño dice que escribe? ¡Mierda! Esa voz me resulta
familiar pero no logro identificarla. Me apostaría el bigote a que la
he escuchado antes.

—Joder, Gutiérrez, eres un impaciente —le recriminó Rocamora. Disfrutaba conociendo el desenlace—. Es alguien de la tele, escucha lo que dice a continuación.

«¡Vamos, Mauro! ¡No seas tan romántico! ¡Esto de la literatura
es un negocio como otro cualquiera [...] Y luego está ese concurso en
el que vas a participar. Entenderás que no puedo permitirlo. No ha
sido una buena idea. Deberías habérmelo consultado. No, no, no...
No deberías haberte presentado a ese casting. *[...] ¡Está claro que*
tienes talento, pero ¡qué demonios! ¡Estamos hablando de televi-
sión! Está bien. Tendré que ser sincero contigo. Verás, formo parte del
jurado de ese concurso, no sé si estás al tanto de eso [...] Pero he
preferido que tengas una salida digna, que renuncies por ti mismo.
¿No querrás hacer el ridículo delante de todo el país? [...]».

—¡Joder! ¡Es Germán Latorre, el presentador de Azul TV! —exclamó Poveda con los ojos como platos. Guardó silencio para seguir
escuchando después de que el inspector la regañara.

«¿Y si decido que no voy a escribirte más libros? ¿Y si pongo en
conocimiento de la cadena de televisión que me estás extorsionando?
—¡Mira, chaval, no me toques más los cojones! ¿Entendido? ¡Eres un
estúpido! ¡Me he tirado a tu novia! La muy zorra gritaba de gusto cada
vez que se la metía. ¡Tendrías que haber estado allí! ¿Quieres que filtre
las fotografías a la prensa del corazón? Algunas revistas sensacionalis-
tas pagarían una pasta por publicar las imágenes de cómo me follo a
una fulana. Y aún tienes que dar gracias de que no me gusten las niñas,
pero tengo un amigo que estaría encantado de jugar a los médicos con
esa pequeña y encantadora niñita rubia a la que recoges del colegio...».

—¡Será hijo de puta!

«¡Si la tocas te mato! ¿Me oyes? ¡Te mato! ¡Juro que te mato!
¡Juro que lo haré con mis propias manos! [...]».

La grabación terminó. Rocamora exhibía una expresión triunfante, Poveda de asombro y Gutiérrez se mesaba el bigote como hacía siempre que estaba pensando, con el ceño fruncido. Finalmente intervino.

—Y tres días después de este incidente, Mauro Santos aparece muerto. Parece que todo va tomando forma en este caso. Por eso no ha querido hablar Enrique Velasco; estaba protegiendo a alguien más poderoso, sacrificándose por él. Estaba protegiendo al mismísimo Germán Latorre. La víctima y el presentador hacían negocios juntos. Al parecer escribía para él y un buen día se cansó y… He visto matar por menos.

—Velasco, el periodista detenido, debe de tenerle mucho miedo a ese tal Latorre para no poner a salvo su culo. Está callado como una rata y ha pedido un abogado. Por un momento pensé que iba a vomitarlo todo, pero algo se le debió de pasar por la cabeza en el último segundo, porque no soltó prenda a pesar de que sabe que se enfrenta a una acusación de asesinato o, como mínimo, de cómplice —explicó Poveda a Rocamora para ponerle al día—. Lo tuvimos ahí —señaló la punta de su dedo índice—, pero finalmente se encerró en su caparazón, pidió un abogado y no dijo ni media. —Suspiró profundamente con cierta decepción y, de repente, le cambió la cara—: ¡Joder, claro! ¡Los libros de la mesilla de noche! ¡Los que había en el hotel! ¡En la escena del crimen! ¡Eran los libros de Germán Latorre! ¡Qué fuerte me parece! Y ahora resulta que los ha escrito Mauro Santos… Vivir para ver.

Gutiérrez sonrió. La inexperiencia de la oficial le hacía sorprenderse como una niña pequeña. Por desgracia, él llevaba demasiados años en el cuerpo como para que el comportamiento humano le fuera extraño. Había visto de todo y temía incluso haberse vuelto insensible.

—A juzgar por lo que hemos escuchado, este tío no se anda con tonterías. Cuando la víctima decidió grabar este encuentro es porque ya sabía de lo que era capaz esa sabandija. Debió de decidir dejar de escribir para ese tipo y eso no le hizo mucha gracia —recapituló en voz alta—. Después le quemaron la librería a ese pobre infeliz. Ese fue el primer aviso, al menos que sepamos. Seguro que fue Velasco el que hizo el trabajo sucio. Conozco muy bien ese tipo de tándem, lo he visto mil veces antes, uno ordena y otro ejecuta.

No contento con todo eso, la víctima se presenta a un concurso de la tele donde Latorre es miembro del jurado.

—¡Con dos cojones! —apuntó Rocamora—. Ese tío los tenía bien puestos.

—Y después habla de unas fotografías acostándose con su chica… Con toda seguridad se trata de las fotografías quemadas, y amenaza con tocar a una niña. Esa debió de ser la gota que colmó el vaso. ¡Valiente cabrón asqueroso! Enrique Velasco le entregó las fotografías con una nota. La víctima quemó las imágenes. Supongo que para proteger a la chica.

—Debe tratarse de Olvido Valle. No dijo que fueran amantes, ni pareja, pero no sé quién más podría ser. Ese tío era un solitario. Además, es madre de una niña pequeña y encaja con lo que dice en la grabación.

—Habla de nuevo con ella.

—De acuerdo.

—El problema es que no se pronuncia su nombre en ningún momento de la grabación. ¡Maldito Mauro! —exclamó Gutiérrez mirando al techo—. ¡Tendrías que haber identificado con nombre y apellidos a tu agresor!

—Pero sí dice que es un miembro del jurado del concurso ese de la tele —apuntó Rocamora—. Mi mujer siempre está viendo ese canal. Estrenan el programa esta semana. Sólo hay tres jurados: un escritor mexicano, una escritora y ese tipo. Tres jurados. Blanco y en botella. Yo no escucho ningún acento mexicano en la voz de la grabación y, por descontado, no es la de una mujer. Está claro que la calidad no es buena, pero seguro que un perito puede certificar que se trata de la voz de Germán Latorre.

—Y otro perito debidamente comprado por la defensa dirá lo contrario. Certificará sin lugar a dudas que no lo es. Es más, dirá que se trata de una grabación falsa, que en realidad el extorsionador era la víctima y no al revés, que era un loco mitómano que se había obsesionado con ese presentador famoso y deliraba creyéndose ser el verdadero escritor de sus obras… —Suspiró—. Rocamora, tú sabes mejor que nadie cómo funcionan estas cosas. Al final será la opinión de un perito contra la de otro perito —dijo Gutiérrez decepcionado—. Necesitamos una prueba pericial concluyente. Los tipos con poder tienen abogados caros y sin escrúpulos.

Invalidarán la grabación. ¿Qué tenemos? El audio de una turbia disputa con alguien que suponemos es Germán Latorre. Un exitoso presentador de la televisión, ahora también reconocido «escritor» —entrecomilló con los dedos— que tiene poder mediático y dinero para enterrarnos a todos. —Gutiérrez frunció el ceño—. No me gusta la mano de cartas que nos ha tocado en esta partida.

—Pero tenemos el móvil. —Poveda intentó ser positiva—. Que le quemaron la librería es un hecho. Que le enviaron unas fotografías con una nota es otro hecho probado. Tenemos la nota y las grabaciones de Velasco entregando ese sobre. Nosotros sabemos que era la víctima la que escribía esos libros. Algo se torció en el plan de Germán Latorre hasta el punto de compensarle matar a Mauro Santos. Dejarlo con vida empezaba a ser peligroso para su reputación. Santos le había amenazado con contarlo todo y los muertos no hablan. ¿Por qué se iba a arriesgar a dejarlo vivo?

Los números rojos del reloj de la mesilla de noche del inspector Gutiérrez parpadeaban al compás de las luces de neón azul que se colaban por la ventana de su dormitorio, procedentes del bar de copas de la esquina. Recordó una vez más que debía colocar de una vez unas cortinas y arreglar la persiana. No podía dormir. Tenía razón su exmujer cuando le decía que llevarse los informes de los casos a casa iba a acabar con él. Casi echó de menos la regañina. Ni siquiera se había puesto cómodo todavía y tampoco había cenado. Nada más llegar a su apartamento de alquiler se había descalzado y se había desprendido de la americana. Le gustaba leer en la cama, le ayudaba a concentrarse, pero por alguna extraña razón, aquel caso parecía desconcertarle un poco más a medida que las pruebas parecían esclarecerlo. Resultaba paradójico.

Tumbado en la cama, malhumorado, lanzó con desdén las gafas de cerca sobre la colcha y cerró la carpeta del caso. Le dolía la cabeza y la úlcera de estómago se estaba quejando, ¿o tal vez era hambre?

Tenía un mal pálpito. Le ocurría con frecuencia. Presentía cuándo algo no iba a salir bien. Algunos lo llamaban «intuición»; otros, «instinto policial». Sabía que Germán Latorre, con todo su dinero, podía salir libre de todos los cargos, apenas salpicado por una mala reputación que, lejos de perjudicarle, podría incluso reportarle más fama todavía. El mundo de la televisión tenía sus propias reglas, era un universo paralelo donde la lógica y el sentido común se habían prostituido a cambio de un buen dato de audiencia.

Con aquel personaje metido entre ceja y ceja encendió el televisor, y un resplandor iluminó la pequeña habitación. En la calle, alguien se reía con fuerza y otro le increpaba a voz en grito. El sonido de unos cristales rotos se disputó por unos instantes el protagonismo con el de los anuncios de la emisión. Hacía tiempo que había descubierto por qué aquel céntrico apartamento era tan económico. Hastiado, hizo una llamada de teléfono.

—Soy yo, el inspector Gutiérrez. Sí, sí, lo de siempre. Ya... Os agradecería mucho que enviarais una patrulla cuando podáis. Así no hay quien pegue ojo. De acuerdo, gracias. Buen servicio. —Y colgó.

Cambió de canal una vez, dos veces, tres veces. Había pasado ya la medianoche y no encontró nada interesante con lo que entretenerse. Un programa de póker televisado, una vidente echando las cartas, una serie barata de policías... Pero en el cuarto intento, cuando estaba a punto de desistir, se topó con el rostro de Germán Latorre en la pantalla. Acababa de sintonizar Azul TV y, para su sorpresa, emitían un programa cuyo título era clarificador: *Especial sobre el Asesinato del Escritor. Todas las claves del caso*. Las letras pasaban rápidamente por la parte inferior de la pantalla una y otra vez, justo al lado de una etiqueta fija, en la parte inferior izquierda, donde se podía leer «Programa en directo».

Miró el reloj de nuevo. Pensó que tal vez le daría tiempo de llegar a la televisión antes de que ese especial acabara de emitirse. Dudó. A lo mejor debía quedarse en casa viendo el programa, tal vez era cierto que tenían todas las claves del caso, se dijo bromeando consigo mismo. Aquel programa especial le apestaba a basura. Escuchó de fondo la radio de un coche patrulla. Había sonidos que era capaz de detectar a kilómetros de distancia y ese era uno de ellos. Se asomó a la ventana. Dos agentes uniformados le pedían la documentación a un grupo de hombres que bebían en la calle a las puertas del garito de las luces de neón. Llevado por una corazonada y sin pensárselo dos veces, se volvió a calzar, cogió la americana y condujo durante veinte minutos hasta los estudios de Azul TV. Pensó que no tenía nada que perder y que presentarse por sorpresa frente al sospechoso podía dar buen resultado. Los culpables no son buenos improvisando y a menudo cometen errores, se dijo. Además, el sueño no le seducía y necesitaba tener frente a frente a ese tipo, mirarle a los ojos y leer en ellos cuanto quisiera contar. La vida le había brindado esa oportunidad en bandeja, así que no pensaba desaprovecharla. Gutiérrez creía en esas señales. Latorre le había quitado el sueño por alguna razón. Para el inspector era importante sentir la energía que emanaba en persona aquel hombre, observar de cerca sus constantes vitales, comprobar si sudaba, si tenía miedo, si ocultaba algo. Intimidarle. Obligarle a mantener un pulso, hacerle saber que le pisaba los talones, que estaba en su punto de mira. Así que condujo con rapidez temeraria para llegar a tiempo, antes de que acabara el programa, y por poco lo consiguió.

Nadie pareció asombrase demasiado al presentarse un inspector de policía a aquellas horas de la madrugada, a pesar de que el programa de Germán Latorre hacía escasos minutos que había terminado. Era evidente que no era uno de los invitados, pero tras la detención de Velasco casi en directo, su presencia no era lo más extraño.

—¿El señor Latorre ya se ha marchado? —preguntó en la entrada.

—No, qué va —repuso la azafata que lo había recibido sin dejar de sonreírle—. Si no está en su camerino, es probable que todavía esté en plató —dijo mirando el reloj de su muñeca. —Yo le acompaño.

Atravesó los pasillos de la televisión acompañado de la joven azafata, que sonreía todo el tiempo. Tuvo la sensación de estar caminando por las tripas del monstruo. Se había colado dentro. Nunca antes había estado en una televisión nacional y le pareció que todo era de atrezo, como en las atracciones de feria, sólo que de mejor calidad. La mayoría de las luces estaban apagadas. Tan sólo los pasillos estaban iluminados y de las paredes colgaban enormes fotografías de las estrellas de la cadena, incluyendo la de Germán Latorre.

—Es por aquí. Ya hemos llegado. Todavía están recogiendo.

La azafata le cedió el paso con el brazo hacia una puerta que daba a un amplio plató. Sonrió por última vez a modo de despedida y dejó a Gutiérrez en el lugar que minutos antes estaba viendo en el televisor, tumbado en su cama, como si hubiera traspasado la imagen. Tuvo cuidado de no tropezarse con los numerosos cables que había por el suelo y, sin que nadie le preguntara nada ni advirtiera su presencia, Gutiérrez observó a un grupo de personas que charlaban en el centro del plató. Eran los contertulios que habían intervenido en el programa. Iban bien vestidos y maquillados, y parecían continuar animosamente la conversación. Buscó entre ellos con la mirada a Germán Latorre, pero no lo encontró. Entonces, un hombre con grandes auriculares y un micrófono incorporado se dirigió a él.

—¿Busca a alguien?

—Soy el inspector Gutiérrez —anunció, mostrando la placa—. Me han dicho que podía encontrar a Germán Latorre por aquí.

El joven giró la cabeza ciento ochenta grados, a derecha e izquierda, pero tampoco dio con él. Justo en ese instante apareció Latorre por una pequeña puerta, a espaldas de Gutiérrez, subiéndose la bragueta.

—¡Germán! ¡Un inspector de policía pregunta por ti! —gritó. Los contertulios se giraron y centraron su atención en Gutiérrez—. Ahí lo tiene. Todo suyo —dijo el hombre de los auriculares, como si le estuviera pidiendo que se lo llevara para siempre.

Gutiérrez se acercó a Latorre. Se estaba limpiando la cara con una toallita húmeda, quitándose el maquillaje. Lejos de sentirse intimidado, Germán Latorre, sabiéndose observado, pasó a la ofensiva.

—¿No será usted el inspector Gutiérrez, verdad? —preguntó, tendiéndole la mano—. He oído que es el responsable de la investigación.

—El mismo.

—¿Ha visto el programa? Hemos hablado de usted. En realidad de todo su departamento. Están haciendo un gran trabajo.

—Para eso paga usted sus impuestos. Pero creo que esa parte en la que han hablado de mí me la he perdido.

—Le mandaré la grabación donde usted me diga sin ningún problema. No todos los días sale uno en la tele, ¿verdad? —comentó con socarronería dándole un codazo—. Y dígame… ¿viene en visita oficial? ¿Necesita que le eche una mano con este asunto? Estamos todos consternados, como se puede imaginar. Un compañero de trabajo de tantos años, detenido, y por algo tan turbio como la muerte de un joven tan prometedor. Entenderá que es difícil de digerir…

Latorre tiró la toallita a una papelera y cogió otra del paquete que había encima de la mesa del regidor. Frotándose enérgicamente se la pasó por el cuello repetidas veces. A Gutiérrez no le pasó desapercibido un profundo arañazo en la parte inferior de la mejilla derecha que ya no disimulaba el maquillaje. Parecía estar cicatrizando.

—Me hago cargo… En realidad le agradezco su ofrecimiento porque pretendía pedirle su colaboración; nos sería de gran ayuda en el departamento —propuso, consciente del juego al que estaba jugando Latorre. Había necesitado tan sólo unos segundos para darse cuenta. Decidió atraparlo en su propia trampa—. Estaba en casa, ya sabe, viendo el programa… Usted es un gran periodista y conoce el caso desde dentro. Hacía tiempo que no veía un programa tan bueno como el de esta noche. —Latorre, confiado, se hinchó de ego—. Además, conoce a Enrique Velasco. Ese detalle es importante.

—No me lo recuerde. Ni se imagina lo que estoy pasando. Hubo una época en la que fuimos amigos. Quién lo iba a decir, ¿verdad? Hace tiempo que estábamos distanciados, pero nunca hubiera imaginado algo así…

—Me gustaría que pudiéramos hablar sobre ello. A veces cualquier detalle sin importancia puede ser esclarecedor. Ya sabe… conocer el aspecto psicológico del detenido, su evolución. Tal vez pueda aportarnos alguna clave. Podría pasarse por comisaría y ayudarnos un poco en la investigación.

Latorre frunció el ceño. No le gustó nada la propuesta. La gente empezó a abandonar el plató y a despedirse del presentador desde lo lejos, alzando la mano. Algunos focos se apagaron y todo pareció más muerto que al principio.

—¡Oh! Creo que nos están echando —indicó mientras se deshacía de la última toallita—. Inspector Gutiérrez, me tiene a su disposición. —Arrancó un trozo de papel de una libreta que había en la mesa del regidor y apuntó un teléfono—. Contacte con mi abogado. Por supuesto, hablaremos todo lo que usted quiera, pero lejos de la comisaría. Hágase cargo, soy una estrella de la televisión. ¿Se imagina usted la de especulaciones a las que daríamos pie? —Miró el reloj—. Es muy tarde. ¿Le acompaño?

—Me sé el camino, no se preocupe —dijo, guardándose el papel en el bolsillo—. Si no le importa. Necesito, ya sabe… —señaló el baño.

Con cierta preocupación añadida, Latorre se marchó del plató. Los últimos operarios recogían el mobiliario y el decorado. El inspector Gutiérrez disimuló e hizo como que iba al baño. Permaneció unos segundos hasta que se aseguró de que el presentador se había marchado. Después, sirviéndose de su bolígrafo, sacó de la papelera, sin tocarlas, las dos toallitas húmedas con las que Latorre se había limpiado el maquillaje de la cara y el cuello. No pudo evitar una mueca de satisfacción. Con cuidado, las metió en una bolsa para las pruebas que siempre llevaba en el bolsillo. Hubiera gritado allí mismo de alegría, pero se contuvo. Sintió la necesidad de compartir su logro con la oficial Poveda, pero temió despertarla. Era muy tarde. Así que en lugar de llamarla por teléfono, le escribió un mensaje. No podía esperar hasta el día siguiente.

«Tengo una muestra de ADN de Germán Latorre para cotejarla con la encontrada bajo las uñas de Mauro Santos. La de Enrique Velasco dio negativo, pero me apuesto el bigote a que esta vez coinciden. ¿Te he dicho que adoro las epiteliales?».

20

Cualquier ciudad de la costa le servía. Le era indiferente el nombre. Ella sabía muy bien que un nombre no te define, que no puedes esconderte de quien eres detrás de unas letras. El mar es el mismo en todas las orillas. Por mucho que las personas nos empeñemos en repartirnos las aguas, el mar no tiene dueño, es libre. Qué más le daba esta o aquella ciudad… Así que dejó que el destino decidiera por ella. Empezaba a confiar en él, habían decidido reconciliarse.

—¿Cuál es el primer tren que sale para el Mediterráneo? —preguntó Brígida en el mostrador de la estación donde ponía «Próximas Salidas».

—¿A qué ciudad quiere ir?

—A cualquiera, cariño.

—El Mediterráneo es muy grande, señora —le apremió molesto el joven que atendía, al comprobar la larga cola de viajeros inquietos que luchaban, sin conseguirlo, por ganarle minutos al tiempo.

—Me da igual. Elije tú. ¡Sólo quiero ir a una ciudad que tenga bonitas playas para poder verlas desde la ventana cada mañana, mientras me prepare un café! ¿Acaso no hay ningún tren que pueda llevarme a un lugar así?

Aunque sintió curiosidad, ni siquiera miró inmediatamente su destino, impreso en el trozo de cartulina que, con desgana, le había dado el joven para quitársela de en medio dedicándole una mirada de desdén. Otra loca más de las que deambulan por las estaciones, arrastrando sus vidas sin un lugar fijo en el que detenerse, había pensado él. Brígida hubiese querido prolongar las mariposas en el estómago que le provocaba asomarse a tanta incertidumbre. Era una sensación estimulante, casi adictiva, euforia en estado puro, pero la megafonía rompió el misterio. Vía 3. Suspiró, volvió a suspirar. Le faltaba el aire. Eso debía de ser la libertad, se dijo. En nada comparable a cualquier otra droga que hubiera probado antes.

Brígida aprovechó el trayecto de tren para elaborar mentalmente una lista de cosas que quería hacer, sumida en una dulce ensoñación y mecida por el vaivén del traqueteo. El asiento de su izquierda estaba vacío y frente a ella viajaba un matrimonio de muchos años, con alianzas que habían hecho surco en la carne de los dedos con el paso del tiempo. La esposa se escondió en la lectura de un libro y el marido en la de un diario.

El primero de sus deseos ya lo había conseguido: alejarse del Moro lo más posible, irse sin avisar, sin cruzar ni media palabra, sin explicaciones. Desaparecer, como las chicas de los trucos de magia, pero de verdad. Hasta la palabra le gustaba. Desaparecer. Si la pronunciaba en su cabeza la imaginaba como el humo de un cigarro perdiéndose en la nada. Aunque debía reconocer que hubiera dado cualquier cosa por verle la cara al descubrir que había huido, que ya no estaba bajo el yugo de su mirada, como un perro atemorizado. Brígida ya no tenía miedo. Caminaba de puntillas por sus sueños, unos sueños nuevos, renovados, que nada tenían que ver con los de aquella chiquilla que se enamoró un mal día de una bestia que sólo la había usado como mercancía. Ahora ya sabía de la vida y la vida sabía de ella a partes iguales. Se conocían, se habían mirado a los ojos. En la nueva partida tenía todas las de ganar, o tal vez empatar, pero desde luego ya no las de perder. Calibró muy bien sus nuevos anhelos para que fueran posibles. Quería cosas sencillas que poder cumplir. Sembrar pequeñas ilusiones para recoger modestos éxitos y no grandes fracasos. ¿Acaso no trataba de eso la vida? Un pequeño apartamento alquilado, con un par de habitaciones y una terraza con vistas al mar desde donde ver los atardeceres. Amigos con los que hablar de cosas sin importancia. Un trabajo que pudiera hacer vestida. Algunas tardes paseando, hundiendo los pies en la arena mojada de la orilla. Un perro. Un presente. Un futuro sin pasado. Una vida común de la que otros se cansan tan pronto.

Ni siquiera pedía amor, no era tan ambiciosa. A Brígida el amor le parecía que era retorcido y engañoso, que jugaba al despiste y hacía tantas trampas, que por culpa del amor, el maldito amor, su vida había sido un desastre. Así que decidió quererse a sí misma de una vez por todas.

La lista de cosas que le quedaban por hacer era larga. Temió que le faltara vida para poder cumplirlas todas. Nunca nadie le había ganado la batalla al tiempo, así que decidió priorizar. Por ejemplo, nunca se había subido a un avión. Tampoco podía decir que hubiera viajado. De niña, cuando pasaba los veranos en casas de acogida junto a los niños de otras familias, a veces hacían excursiones a la montaña o a los pueblos limítrofes. Pero todo era de prestado. El afecto, la familia, los hermanos… nada era para siempre. Una obra de caridad. Siempre llegaba ese momento en el que debía volver al colegio. Y entonces, con los olores de las monjas escondidos en los pliegues de los hábitos, con los chorretones de los cirios en las misas escuchadas de rodillas, con las llamadas de una madre ausente que apenas la visitaba, aprendió con el tiempo a desdibujar el espejismo de una vida mejor que no le correspondía, y a construir la suya propia, hecha de remiendos.

Una vez, Brígida le explicó a Mauro que se había sentido como un perro hambriento al que le restriegan un trozo de carne por las narices, para que pueda olerlo, pero sin dejarle dar ni un solo mordisco, mientras le obligan a mirar cómo otros se lo comen con gozo. Mauro le dijo que eso que ella sentía se llamaba «frustración».

—Frustración.

Se le escapó la palabra en voz alta en mitad del vagón. Era como si ese sentimiento hubiera encontrado por fin su nombre y lo exhalara para librarse de él. El señor de enfrente la oteó por encima de la línea del horizonte de su diario durante unos segundos, asomado a sus gafas. Todo pasaba muy deprisa al otro lado de la ventanilla y Brígida apenas podía fijar la mirada en nada, así que cerró los ojos y pensó en el Mediterráneo. Lo evocó gracias a las imágenes de la televisión y a las fotografías de las revistas. Pero lo que no pudo hacer fue imaginarse cómo olía. Brígida nunca antes había visto el mar, así que difícilmente alcanzaba a interiorizar el salitre en los labios, las cosquillas de la arena en los pies descalzos o ese olor único que le habían contado. Sabía que, por mucho que lo intentes, no todo en la vida se puede imaginar; hay muchas cosas que es necesario vivirlas. Y abrazada a su bolsa de deporte con cincuenta mil euros dentro, Brígida se durmió de camino a sus sueños.

La oficial Poveda pensó, con buen criterio, que era mejor hablar con Olvido Valle en su casa y no en la comisaría. Una charla informal alejada de cualquier oficialidad. Tal vez una conversación de mujer a mujer, en su territorio, serviría para romper el caparazón de aquella misteriosa mujer. Así que se presentó en su nueva casa, sin avisar. Curiosamente era la vivienda que había pertenecido a la víctima. Le había dado las nuevas señas su antiguo casero. El factor sorpresa solía jugar a favor en esos casos, lo había aprendido del inspector Gutiérrez, y confió en que lo inesperado de la visita favoreciera la investigación.

—¡Vaya! No sabía que se había mudado… aquí —comentó Poveda mirando con ojos de policía, cuando Olvido le abrió la puerta.

Donde antes olía a tabaco de pipa, animales muertos y recuerdos rancios, ahora olía a pintura fresca. Las cajas de cartón ocupaban el centro del salón. Apenas había muebles todavía. Sólo una cómoda y un par de sofás que Olvido se había apremiado en comprar, pagando en efectivo.

—En realidad, estoy en ello. Siento todo este caos; nunca pensé que mudarse resultara tan estresante. ¿Puedo ofrecerle algo de beber?

Olvido abrió la nevera de Mauro. La luz parpadeó varias veces antes de encenderse definitivamente. Anotó mentalmente que debía ocuparse también de comprar electrodomésticos nuevos. En la puerta del frigorífico sólo había tres cartones individuales de zumo de piña, los preferidos de Cristina, y una botella de litro y medio de agua mineral. Las baldas estaban vacías.

—Lo siento. Sólo tengo zumos y agua —se disculpó—. No esperaba visita y con la mudanza y la niña, apenas he podido ir a comprar.

—No importa, un vaso de agua estará bien.

De espaldas a Poveda, mientras servía el agua, Olvido intuyó que la visita de la policía no era, ni mucho menos, de cortesía, y que trataría sobre ese hombre que estaba detenido y que había sido su enlace con Germán Latorre. Tuvo miedo de no saber qué decir o, tal vez, de decir demasiado. ¿Por qué no había recibido ninguna carta más de Mauro indicándole qué debía hacer? Él le había dicho que volvería a contactar con ella, pero eso no había ocurrido y los acontecimientos se precipitaban convirtiéndola a ella en el epicentro de un seísmo que amenazaba con ponerlo todo patas arriba.

—Gracias. —Poveda cogió el vaso de agua que Olvido le ofreció y se sentó en el extremo de uno de los sofás. Olvido hizo lo mismo en el otro extremo y apoyó su vaso de agua sobre las rodillas—. ¿Y cómo es que se ha mudado a la casa de… Mauro? —Por poco no se le escapó decir «la víctima».

—Como le dije, éramos como hermanos, y eso convierte a mi hija en su sobrina, supongo. Mauro nombró heredera universal a Cristina. Ahora la casa y la librería son suyas. En realidad yo sólo estoy de prestado —lo dijo con cierto resquemor. Después bebió un sorbo de agua para tragarse el sentimiento que, inconscientemente, la enfrentaba a su hija.

—Si no fuera porque la investigación sigue otra línea de trabajo, cualquiera diría que ese es un buen móvil.

El desafortunado comentario molestó a Olvido. Sintió el impulso de lanzarle el agua de su vaso a la cara. ¿Cómo se atrevía aquella policía a decir algo así? Pero temió el lío en el que pudiera andar metida, sin ni siquiera saberlo, y se contuvo.

—Si es una broma, no tiene ninguna gracia.

—Sí, lo siento —se excusó Poveda, consciente de que había metido la pata. Trató de enmendarlo cambiando de tema; todavía era torpe emulando a Gutiérrez—. Supongo que se habrá enterado. Hemos detenido a un sospechoso.

—Lo he visto en las noticias.

—Se trata de un periodista de Azul TV, Enrique Velasco.

—¿Fue él quien mató a Mauro?

—Creemos que no. En realidad todo es mucho más complejo.

—¿Más complejo? ¿A qué se refiere?

—Tenemos la convicción de que Velasco sólo es una pieza del puzle, un colaborador necesario, el hombre que ha ayudado al verdadero asesino.

A Olvido se le encogió el corazón. También para ella ese tal Velasco había sido eso, un colaborador necesario. Necesitó beber un poco de agua y no pudo mantenerle la mirada a la oficial Poveda, que percibió su debilidad.

—Hay algo más —dijo la policía.

—¿Algo más?

Las manos de Olvido temblaban como una hoja seca un día de viento. Aferrada al vaso de cristal, el agua dibujaba diminutas olas por el efecto trémulo. Ella intentaba disimularlo. Temía que Poveda llegara hasta donde estaba intuyendo.

—Sí, una grabación. En el teléfono móvil de Mauro hemos encontrado una grabación de audio. Se trata de una fuerte discusión entre él y Germán Latorre, el presentador de la televisión. —Poveda acababa de pronunciar el nombre maldito y Olvido sintió un escalofrío—. Al parecer, Mauro escribía para ese tipo. Hay indicios que nos llevan a pensar que los dos libros que ha publicado Latorre los había escrito Mauro.

—¡No! ¡Eso es imposible!

Olvido se levantó del sofá conteniendo el aliento. Estaba a punto de romper a llorar. Jamás hubiera sospechado nada de lo que le estaba contando la policía. Ni por un segundo habría podido imaginar algo así. Ni siquiera los había leído, a pesar de que Mauro se los había regalado. Ahora entendía el porqué de ese regalo y la vehemencia con la que defendía esos libros. Para Mauro, escribir era algo sagrado; si era cierto, ¿por qué lo había hecho?

Se acercó a la ventana y la abrió de par en par. El penetrante olor a pintura acentuaba su ahogo. Necesitaba aire. Seguía sin entender qué papel jugaba ella en todo ese asunto. Podía sentir la mirada de Poveda en su nuca y, de espaldas, la escuchó explicarse.

—Bueno, ni es el primero que ha trabajado como escritor en la sombra para otro, ni será el último.

—Usted no lo entiende… —exhaló.

—Lo que le llevó a hacerlo no es lo que nos ocupa en la investigación. Usted era su amiga, tal vez logre averiguarlo. La gente hace cosas inimaginables, se lo aseguro, y esta no es de las más graves que he visto. —A Olvido, por el contrario, sí se lo pareció—. La cuestión es que Mauro decidió dejar de escribir para ese tipo y presentarse a ese concurso de talentos. Lo dice en la grabación. Creemos que ese fue el detonante de todo. A partir de ahí, empezaron a extorsionarle, suponemos que para hacerle cambiar de idea. En esta parte interviene Velasco. Sospechamos que él lanzó el cóctel molotov que destruyó su librería. Mauro decidió mantenerse firme después de aquello. Hay que reconocer que era un hombre con coraje. A partir de ahí, Latorre y Mauro comenzaron un pulso.

—Olvido se giró, de pie junto a la ventana con el aliento contenido, abrazando con sus manos el vaso ya vacío.

—¿Un pulso? ¿Qué quiere decir con eso?

—Midieron sus fuerzas. Mauro insinuó que si no lo dejaba en paz haría público su secreto. Una amenaza en toda regla, se lo aseguro. Póngase en el lugar de Latorre. Todo su prestigio literario restregado por el fango. Para un hombre tan famoso como él, tan egocéntrico, tan idolatrado, hubiera sido un duro golpe. Una burda mentira que hubiera salido a la luz convertida en carnaza mediática. Podría haberle destruido. Sin hablar del dinero que ha generado con los *royalties* de esas novelas. Hablamos de millones de euros y de una vergüenza imposible de reparar...

El dinero. Los cien mil euros en efectivo escondidos en el suelo de la jaula de Jacinto. Ahora lo entendía todo. De dónde venía el dinero, por qué Mauro le había pedido que lo gastara con precaución, esas palabras cobraban sentido, y empezó a sentir cómo la angustia se apoderaba de ella. Pero no dijo nada. ¿Acaso había sido ella el detonante de aquel enfrentamiento al hacer que se presentara a aquel concurso? ¿Había muerto Mauro por su culpa?

—Pero Latorre no es de los que se dejan amedrentar por alguien como Mauro Santos —continuó la inspectora. Al ver el ceño fruncido de Olvido, se apresuró a aclarar—: Quiero decir que Latorre tiene poder y mucho dinero, y Mauro era un desconocido. Ese presentador de la tele no es el tipo de persona que se deja intimidar, al contrario. Así que pasó a la ofensiva... —Poveda hizo una pausa. Estaba llegando a donde quería ir y necesitó unos segundos y un sorbo de agua para exponerlo de la manera más adecuada—. Germán Latorre utilizó a la gente a la que Mauro quería para atacarle donde más daño podía hacerle. Creemos que Mauro intentaba protegerlas a usted y a su hija.

Olvido ahogó un grito con la mano y tuvo que volver a sentarse. Poveda le dejó unos segundos, para que asimilara las palabras y lo que significaban. Le retiró el vaso y dejó los dos sobre la encimera de la cocina.

—Señora... es el momento de decir la verdad. —Poveda giró el cuerpo de Olvido, encogido como un ovillo, y la puso frente a ella, sujetándola por los brazos. Pudo sentirla temblar—. En esa grabación Germán Latorre amenazaba a Mauro con hacer públicas en los medios unas fotografías de contenido sexual con una mujer.

—¿Fotografías? ¿Qué clase de fotografías? —preguntó horrorizada, consciente de lo que debían de contener.

—Fotografías manteniendo relaciones con Latorre. Suponemos que son las fotografías que recibió Mauro junto a una nota. Pero Mauro las quemó. No hemos podido saber a quién se refiere. Pero usted y yo sabemos de quién eran esas fotografías, ¿verdad?

Olvido asintió mientras notaba cómo las lágrimas caían mejilla abajo.

—Las copias de Mauro están destruidas, pero puede que Germán Latorre, o quizá Velasco, aún conserven los originales. Ayúdeme a ayudarla, Olvido… se lo ruego —le suplicó con dulzura—. Si no lo quiere hacer por mí, ni por usted, hágalo por él. Se lo debe a Mauro. —Olvido sabía que era cierto, pero se debatía entre hacer lo correcto y su propia vergüenza—. Él dio su vida por protegerla a usted y a Cristina. Dígame que es usted la mujer a la que Mauro quería mantener a salvo, confírmeme que es la persona que aparecía en esas fotos y que lo declarará en un juicio si es preciso, y podremos evitar que esas fotos entren en el mercado negro de la prensa morbosa.

—¡No! ¡Por Dios!

—Detendremos a ese malnacido y pagará por lo que ha hecho. Pero debe ayudarnos y contarnos todo lo que sabe de ese Latorre.

Olvido rompió a llorar tapándose la cara con las manos. Al escucharla, desde la habitación de Cristina, el loro Jacinto gritó por primera vez desde hacía mucho tiempo. *¡Arriba España! ¡Viva Franco!* Y una bocanada de aire fresco se coló por la ventana.

Cuando una muestra de ADN llegaba al laboratorio con una etiqueta de prioridad, la policía científica trabajaba incluso de noche. A primera hora de la mañana, cuando el sol todavía no había dado muestras de que estaban en primavera y amanecía temprano, Gutiérrez acudió al laboratorio. Estaba impaciente por certificar sus sospechas.

—Coincidentes. La muestra de piel hallada bajo las uñas de la víctima y la que me entregaste con las toallitas húmedas pertenecen a la misma persona.

Gutiérrez se dejó caer como un fardo sobre una silla del laboratorio, con la cabeza hacia atrás y los brazos colgando por su propio peso. Suspiró con los ojos cerrados. Se sintió aliviado al escuchar esas palabras de su compañero, pero al mismo tiempo, temeroso de lo que se les venía encima. La detención de Velasco, que ya había sido puesto en libertad con cargos al no poderse probar su participación directa en los hechos, había sido una minucia comparada con lo que iba a suponer la de Germán Latorre. Sintió el peso de los años como una tabla de acero sobre sus sienes. Estaba agotado.

La oficial Poveda, por el contrario, parecía estar disfrutando de lo lindo con el caso. Había conseguido arrancarle a Olvido Valle una declaración que en nada favorecía a Latorre. Además, la sostendría en un juicio. La extorsión cobraba forma y aquel testimonio, junto a la propia grabación de la víctima, la convertía en un móvil sólido. Aunque el asunto de Velasco no había salido del todo bien, Poveda tenía el pálpito de que terminaría confesando su participación en aquel turbio asunto. Era cuestión de tiempo que se derrumbara. En cuanto Latorre estuviera detenido con cargos de asesinato, Velasco cantaría como un pajarito. Ya no tendría ningún sentido guardar silencio. Ya no tendría a nadie a quien proteger salvo a sí mismo. Además, a poco que supiera su abogado de oficio, le aconsejaría cumplir una mínima condena por un delito menor, en vez de un buen puñado de años por cómplice de asesinato.

La guinda de aquel pastel era la prueba de ADN. El premio gordo de la tómbola. Una prueba material prácticamente irrefutable, así que Poveda se mostró eufórica en cuanto se enteró.

—¡Le tenemos! ¡Le hemos cogido por los huevos! ¡Sí! —exclamó Poveda mascando chicle y haciendo aspavientos con los brazos. Gutiérrez la observaba, meditabundo, desde su silla de trabajo. Le recordaba a él mismo antes de que la vida le hubiera robado el entusiasmo—. ¿No te alegras?

—Sólo estamos a medio camino. Todo esto terminará cuando un juez dicte una sentencia. Entonces me alegraré.

—No me digas que para todo eres tan contenido… —Gutiérrez hizo una mueca que la oficial interpretó como una sonrisa. Empezaban a tener esa clase de confianza—. Vale, aún no está condenado, tienes razón, pero lo estará. Nuestra parte del trabajo termina aquí. Nosotros investigamos y recopilamos pruebas. Después ya es cosa del sistema judicial. ¿Tengo que recordarte a estas alturas cómo funciona esto? Tenemos más que suficiente para detener a ese tío, ¿cierto?

—Efectivamente. Lo tenemos.

—¿Acaso dudas de que se produzca esa sentencia?

—No sé, hay algo que me tiene mosqueado en este caso desde el principio.

—¿El qué?

—¡El problema es que no sé qué es! ¡Joder! —El inspector se enfadó consigo mismo y dio un puñetazo sobre la mesa al tiempo que se levantaba. ¡No quiero que pase lo mismo que con Velasco!

—No pasará. Además, ese tío está tan acojonado que ha salido del calabozo y se ha encerrado en su casa con tres cerrojos de seguridad. Tiene una nube de periodistas en su puerta, al acecho, esperando a que asome la coleta. Está probando de su propia medicina. Tómatelo como si estuviera en arresto domiciliario. Al menos le sale gratis al sistema. —Gutiérrez sonrió—. Detengamos a ese Germán Latorre y verás cómo te sientes mejor. —Le dio una palmada en la espalda, como hacen los compañeros. Gutiérrez intentó recordar cuándo había sido la última vez que le había tocado una mujer tan atractiva como ella. No lo consiguió—. Venga, te invito a un café.

Dos horas después, Germán Latorre era detenido por el asesinato de Mauro Santos. En esta ocasión la detención se produjo en su casa, fuera del alcance de las cámaras de televisión, el mismo día que se iba a estrenar el *talent show Negro sobre Blanco*, cuatro horas más tarde. Estupefacto, no opuso resistencia. Aún confiaba en sus posibilidades de salir indemne de aquello. Parecía tener una confianza en sí mismo hecha de hormigón. Tenía dinero, abogados caros, pocos escrúpulos, una masa de seguidores incondicionales, prestigio social, amigos influyentes… No debía temer el peso liviano de la justicia, se dijo, que siempre se inclina del lado del poderoso. Él no era Quique Velasco. Él era un hombre importante de los que no pisan la cárcel.

Aguantó el tipo. Latorre confió en su suerte, tal vez más de lo que la prudencia hubiera aconsejado en su situación. Creía que podía dar explicaciones convincentes para todo y que su abogado de mil euros la hora lo sacaría de aquel malentendido más pronto que tarde. No creyó que fuera para tanto. Sin duda era un malentendido. Se mostraría colaborador y le soltarían. Con suerte hasta llegaría a tiempo para el estreno del programa. Pero parecía desconocer que siempre hay una primera vez para todo y que los éxitos tienen la cáscara muy débil, capaz de agrietarse con la bofetada de realidad más liviana.

Pero había algo que Germán Latorre no sabía. Su mentira había salido a la luz y ya nada era un secreto. La verdad gritaba y ya nadie podía acallarla. La grabación de voz encontrada en el teléfono de Mauro Santos, la víctima, se había filtrado convenientemente a una cadena de la televisión de la competencia. Rocamora dijo no saber qué había podido ocurrir, mientras se lamentaba de lo mal pagado que estaba un policía con tantos años de servicio y lo costoso que resultaba criar a un bebé.

La batalla de las audiencias había comenzado. Dos canales de televisión se disputaban la gloria. A la misma hora, Azul TV estrenaba un concurso pionero en la televisión del país, en busca de talentos literarios con una ausencia difícil de justificar, mientras en la competencia, las voces de uno de sus concursantes frustrados y uno de los miembros del jurado, detenido como sospechoso de su asesinato, discutían y se amenazaban de muerte ante una audiencia que no daba abasto con el mando de la televisión, ávidos de morbo con el que satisfacer sus instintos más primarios.

Mientras tanto, el jefe editorial de Germán Latorre daba órdenes a la imprenta, casi de madrugada. Cinco ediciones más de cada uno de los libros de Latorre debían estar listas para su distribución lo antes posible. El escándalo multiplicaría las ventas casi tanto como si le hubieran concedido el Nobel de Literatura. Todos, si no lo habían hecho ya, querrían leer esas historias que escondían detrás otra historia aún mejor, escrita magistralmente por la propia vida. Ya habría tiempo de preguntarse quién era realmente el autor de esos libros. Aquel era un detalle sin importancia en ese momento.

El mundo parecía haberse precipitado como una fila de piezas de dominó colocadas en cadena. Alguien había golpeado la primera y una tras otra caían sin que nadie pudiera remediarlo. Mientras tanto, Germán Latorre, aislado del exterior en el calabozo, no alcanzaba a imaginar de qué manera todo cuanto rodeaba a su vida estaba empezando a desmoronarse.

21

Mi querida Olvido:

Cuando recibas esta segunda carta, algo importante y decisivo con respecto a mi muerte ya habrá ocurrido y será del conocimiento de la opinión pública. Si estás leyendo esto es porque las noticias han informado de la detención de Germán Latorre como el culpable de mi asesinato. Probablemente ya esté en prisión.

Olvido no pudo reprimir la ansiedad al encontrar, por fin, un sobre con su nombre escrito con letra de Mauro en su buzón. A esas alturas, ya había perdido la esperanza. Dejó caer las bolsas de la compra en el suelo, rasgó la solapa sin miramiento con la punta de una llave, tenía las manos torpes, y, sentada en el primer peldaño de la escalera, desplegó los tres folios que contenía y se dispuso a leerlos con avidez. Tuvo una sensación macabra.

Sí, lo sé. Sé que tienes motivos para estar enfadada conmigo por no contarte mucho antes cuánto sabía de mi propia muerte, pero entenderás que a estas alturas, las cosas de los vivos sólo son para mí circunstancias mundanas a las que vosotros le otorgáis una categoría distinta. La muerte te da perspectiva y aunque cuando escribo esto todavía estoy vivo, la percibo ya como parte de mi ser. Sintiéndola cerca, decido entonces administrar los tiempos, el poco tiempo que me queda, y planificar cada uno de mis movimientos, incluyendo la recepción de estas cartas. Cada cosa a su tiempo, un tiempo para cada cosa… ¡qué gran verdad! Cuando se te agota, la vida te enseña que el tiempo es el único y verdadero tesoro que no tiene precio.

Con la detención de Germán Latorre es muy probable que se abra la tapa de una cloaca maloliente de la que yo formo parte, como una rata más. Apostaría incluso a que ha ocurrido ya. No seré yo quien me exculpe de mi parte de responsabilidad en esta basura; sólo espero atinar a explicarme con claridad, puesto que la muerte me impedirá rectificar y no habrá más oportunidades de hacerlo.

Olvido exhaló y su hondo suspiro se evaporó por el rellano de la escalera. Cogió aire. Aun después de muerto Mauro conseguía hacerla sentir extraña, revuelta por dentro. Todo cuanto estaba ocurriendo era una locura y lamentó profundamente que Mauro no hubiera tenido la suficiente confianza como para contárselo en vida. Por lo visto, incluso antes de morir, Mauro ya tenía la certeza de que Germán Latorre iba a ser acusado de su propia muerte. Entonces, ¿por qué no le contó nada? ¿Por qué no le contó nada a nadie? Olvido no lograba entenderlo y se sumergió de nuevo en aquellos papeles manuscritos en busca de respuestas.

Me vendí como vulgar mercancía y sí, supongo que lo hice por lo que lo hace todo el mundo, por dinero. Aunque en realidad no lo necesitaba; Calderón 17 daba para vivir; el dinero puede ser muy sibilino y perturbador si llama a tu puerta. Pero el dinero no fue la única razón, ni siquiera la más importante, confía en mi palabra. Sé que lo harás. Nunca antes te he mentido y no voy a empezar a hacerlo ahora, a las puertas de mi funeral.

Tú sabes mejor que nadie que he consagrado toda mi vida a la literatura. No en vano has sido mi inspiración, una llama que jamás terminó de extinguirse en mi corazón, a pesar de algunos momentos de escarcha. Ya no me importa reconocerlo. Escribir, leer, oler los libros, venderlos en una modesta librería… ese ha sido todo mi mundo, llegando a convertirse en una obsesión. Un día decidí que quería ser escritor. Fue una decisión jovial, cargada de ilusión, preñada de posibilidades, de optimismo, como nacen todos los sueños. Me puse entonces manos a la obra. Nada se consigue sin trabajo, me dije. Así que dediqué noches enteras y días interminables a mis historias. En invierno las letras me calentaron y fueron una fuente de frescura en los tórridos veranos. Bálsamo para mis

heridas, gasolina para mis pasiones, azúcar para mi amargura, pero también un lecho de cristales sobre el que caminar
descalzo, un puñado de arena en los ojos, las espinas de la
rosa. Escribir lo ha sido todo para mí, lo bueno y lo malo contenido en un papel y un bolígrafo. He podido incluso experimentar en mi cuerpo algo muy similar a lo que debe ser un
parto para vosotras las mujeres. No exagero. Mis hijos de papel y tinta han sido engendrados desde el trabajo concienzu-
do y el talento de las musas, y han nacido no sin el dolor que
causa el desprendimiento de parte de tu propio ser. He escrito
hasta agotarme, hasta consumirme, derramándome, desga-
rrándome y exponiéndome como la más obscena de las prácticas humanas. Lo he dado todo, me he vaciado, incluso he
necesitado un tiempo para volver a llenarme y así, poder seguir escribiendo.

A Olvido se le encogió el corazón y la piel se le erizó con un
escalofrío.

Durante todo este tiempo he creído en mí mismo, en mi
talento, en mi capacidad de trabajo. Nunca he despegado los
pies del suelo ni he sido sospechoso de creerme algo que no
soy, pero tampoco he dudado de mis posibilidades. Nadie
mejor que uno mismo para saber quién es. Después de cono-
cernos, podemos decidir ponernos máscaras y vivir en un car-
naval perpetuo, o aceptarnos tal y como somos. Tal vez ese ha
sido mi error, vivir a cara descubierta.

Entonces vino el largo peregrinaje por las editoriales. Los
infinitos tiempos de espera, la colección de rechazos, la ausencia de respuesta en la mayoría de los casos. El vacío, la nada
frente a mi todo.

Al principio, lejos de desalentarme, el fracaso me hizo
fuerte. Me ayudó a aferrarme al convencimiento de que nada
grandioso se construye con un chasquido de dedos, que el
sufrimiento forma parte del proceso. Al fin y al cabo la historia
de la trastienda de la literatura está repleta de indiscutibles
escritores que fueron rechazados por decenas de editores antes de saborear las mieles del éxito. Ernest Hemingway, Geor-

ge Orwell, John Le Carré, Stephen King, Isaac Singer... Podría nombrarte decenas de ellos, comenzando por el mismísimo Miguel de Cervantes. Si alguno de ellos hubiese abandonado ante el primero, el segundo o incluso el décimo rechazo, nosotros no hubiésemos podido leer sus obras y el mundo, ciertamente, sería mucho menos hermoso e interesante. Por eso, cada vez que recibía un correo de rechazo de una editorial, me decía a mí mismo, paradójicamente, que algo estaba haciendo bien.

Pero reconozco que finalmente me derrumbé. El destino fue tremendamente cruel conmigo. Cuando conseguí publicar por fin mi primera novela, fue como dar de beber un cacillo de agua a un moribundo en el desierto, para dejarle morir de sed de nuevo, prolongando su agonía.

No fui capaz de reponerme a la sensación de tocar el cielo con la punta de los dedos y volver al infierno para siempre. Fui como un niño con la nariz pegada a un escaparate repleto de dulces, salivando como un idiota, a quien le acaban de robar las pocas monedas que llevaba en el bolsillo. Los hermanos Gil me estafaron. Pasaron por mi vida con una de esas máscaras de la que te hablaba antes, y yo me los creí. Iban disfrazados de editores, modestos e independientes, en busca de autores con talento a los que descubrir como mecenas del siglo XXI. Pero en realidad eran piratas con trajes caros, traficantes de sueños, proxenetas del talento de otros, a cambio de un botín de unas pocas monedas.

Tuvo que parar de leer y secarse las lágrimas de los ojos con un pañuelo de papel que llevaba en el bolsillo del pantalón. Recordó aquel momento. Tras aquel engaño, Mauro dejó de ser el mismo y comenzó a deambular por la vida como si le pesaran los zapatos y temiera caer al mar con ellos puestos.

A partir de ese momento llegó la nada más absoluta. El vacío que ni siquiera contiene un eco dentro, un agujero negro. Me volví invisible. Se apagó mi voz. Sencillamente había muerto en el intento. Y el cajón de mi escritorio empezó a parecerse a un ataúd de manuscritos, una fosa común. Libros escritos para morir sin ser leídos, como niños paridos muertos sin ni siquiera pronunciar un quejido al mundo. Algunos sin nombre y de cuerpo presente. Quise dejar de escribir pero no pude. Te lo prometo. Abandonar se me antojó muchas veces como un alivio, cerrar los ojos para abrirlos de nuevo en mitad de un bosque, libre como un animal salvaje. Pero siempre estaba allí, tecleando con una furia inaudita y destructiva. Para entonces ya era un adicto y necesitaba chutarme todos los días. Un enfermo frente al ordenador, bendecido con un don, un regalo envenenado de los dioses.

Las palabras de Mauro mordían. Se preguntó Olvido cuántas veces ella misma le había dicho exactamente eso, que lo suyo era un don, un regalo de la vida al que debía sacarle provecho. Cuántas veces le había alentado a no abandonar, a seguir escribiendo, cuando lo que estaba haciendo en realidad era mantenerle la cabeza debajo del agua desconociendo que se estaba ahogando. Si lo hubiera sabido…

Y eso fue todo hasta que un día Germán Latorre quiso comprarme los cadáveres y revivirlos, adoptar a mis hijos de papel como si fueran suyos, quitarles el hedor a muerto y vestirlos de domingo para sacarlos a pasear. Me dijo que mis novelas merecían una oportunidad y yo me lo creí. Estaba tan necesitado de creer…

Te doy mi palabra de que así es como yo lo vi en aquel momento, como una oportunidad, no tanto para mí, sino para mis novelas. Desprenderme de ellas no fue fácil. ¿Acaso es fácil renunciar a un hijo? En el fondo lo hice porque pensé que volverían a ser rechazadas de nuevo, como lo habían sido tantas veces antes, cuando llevaban mi nombre debajo del título. Estaba convencido de que las recuperaría.

¡Pero cómo fui tan imbécil! ¡Nada de eso pasó! Y entonces todo se precipitó.

Aquella primera historia, *Más allá del horizonte hay vida*, que llevaba años escrita sin el más mínimo interés editorial, estuvo en las librerías tan sólo dos meses después de que se la entregara a Latorre. ¿Qué había ocurrido con esos dilatados tiempos de espera que yo mismo había tenido que soportar? Fue el lanzamiento editorial del año. Le acompañó una carísima campaña de publicidad en todos los medios. Radio, televisión, revistas especializadas, críticos literarios… La editorial no escatimó ni empeño ni dinero. No te puedes imaginar lo que sentí la primera vez que me subí a un autobús rotulado con enormes carteles de la gran obra de Germán Latorre, mi novela. La primera vez que tuve que colocar su fotografía en el escaparate de mi propia librería. La primera vez que mis manos tocaron mi libro, con encuadernación cartoné, con otro nombre que no era el mío en la portada.

El mundo parecía haberse vuelto loco. ¿Cómo era posible? Nadie la había querido cuando yo rezaba como autor y, sin embargo, todos la idolatraban cuando creyeron que el autor era Germán Latorre. ¿Acaso importaba entonces la calidad de la obra o sólo quién la firmara?

A Olvido le faltaba el aliento. Había tanto sufrimiento contenido en aquellas palabras, en aquella historia callada y escondida, que pudo sentirlo con el tacto de sus dedos al pasar las yemas por las líneas escritas a bolígrafo. Abrazó los papeles como si abrazara a Mauro y las lágrimas se le escaparon en silencio. Después, continuó leyendo.

¡Oh! ¡Olvido! No sabes las veces que quise contarte mi secreto. Pero tuve miedo y fui reincidente. Le entregué a Germán Latorre una segunda novela, *El primer paso*, aun a sabiendas de lo que había ocurrido con la primera. Te estarás preguntando ahora mismo por qué lo hice si esta vez ya sabía lo que iba a ocurrir. Sencillamente porque había probado el veneno, placentero y destructivo a partes iguales, de sentirme reconocido y admirado, aunque fuera desde el anonimato. Me dormía cada noche sabiendo que millones de personas en todo el mundo estarían leyendo en ese mismo instante la obra que yo había creado, y no hay gozo mayor para un escritor que ese, te lo aseguro. Hombres, mujeres, viudos, jóvenes enamorados, ejecutivos, señoras distraídas, estudiantes de literatura, conductores atrapados en una autopista en hora punta, veraneantes en playas paradisiacas… ¡Era mágico! Me sentí omnipresente, etéreo como un fantasma y poderoso como un dios. Aunque los lectores creyeran estar leyendo a Germán Latorre, yo sabía en lo más profundo e íntimo de mí mismo que no era así, y el ego convertido en un monstruo que practica el canibalismo me devoró sin piedad, arrastrándome hasta su guarida por la punta de mi autocomplacencia.

Pero entonces llegó el concurso de la televisión y ese afán del destino de retorcerlo todo.

Olvido sintió una punzada en el estómago. Sabía que en esa parte de la historia intervenía ella.

Cuando ya pensaba que mi nombre jamás iba a aparecer en uno de mis libros, cuando pensé que estaba condenado a escribir para gloria de otro, en un purgatorio perpetuo de mis pecados, cuando asumí que debía aprender a conformarme con escribir mi nombre en las puertas de los váteres públicos en los que dejo mis frases escritas con un rotulador que siempre llevo encima, la vida me puso en bandeja la posibilidad de que no fuera así. Y me aferré a ella con una ilusión renovada. Porque para entonces ya sabía que mi obra gustaba a millones de lectores en todo el planeta. ¿Por qué no empezar de nuevo?

Pero a Germán Latorre aquella no le pareció tan buena idea. Supongo que no quería dejar escapar a ese esclavo literario al que había comprado por un puñado de dinero, una ganga, las migajas de sus millonarias ganancias. Yo era su gallina de los huevos de oro, ¿cómo osaba utilizar las alas para volar? Las gallinas no vuelan aunque sean aves, sólo ponen huevos para otros. Y entonces se revolvió como se revuelven las serpientes antes de atacar. Germán Latorre vino a por mí. Lo ha intentado todo con el único fin de hacerme cambiar de opinión, pero yo pienso mantenerme firme hasta el final. Aunque si estás leyendo esto, el final ya no tenga arreglo.

Mi querida Olvido.
El resto de la historia ya la conoces.

Prisión provisional sin fianza. Nunca cuatro palabras le pesaron tanto a Germán Latorre. Nunca antes se había tenido que esconder de las cámaras de televisión. Pero esta vez lo hizo, ocultando su rostro torpemente debajo de la chaqueta a la salida del juzgado pero dejando al descubierto sus muñecas esposadas, mientras se refugiaba en el furgón policial camino de la penitenciaría, seguido por unas decenas de unidades móviles.

Ya había anochecido cuando llegó a la cárcel. Allí le esperaban las manos de un funcionario enfundadas en unos guantes de látex, el tacto áspero de un uniforme de poliéster con olor a desinfectante, las cámaras de videovigilancia en lugar de las de la televisión... Todo su mundo parecía haber centrifugado a mil revoluciones por minuto, dejándole aturdido y fuera de lugar.

—El reloj también —dijo el funcionario de prisiones señalando el *Rolex* modelo *Deepsea*, con esfera azul, que Latorre llevaba en su muñeca izquierda—. Póngalo en la bandeja. —Latorre, desconfiado, dudó—. Ahí dentro podrían matarle por un *peluco* como ese. Créame, es mejor dejarlo a buen recaudo.

Sin decir ni media palabra, obedeció. Se quitó el reloj y lo dejó junto con el resto de sus efectos personales en aquella bandeja de plástico que se parecía a las de los aeropuertos. Le vinieron a la memoria las palabras que acompañaban a aquel modelo de *Rolex* en el catálogo que le mostraron en la joyería. Se lo había comprado para celebrar su primer contrato editorial internacional. *«Inspirado por las profundidades marinas donde la presión es inimaginable. Diseñado para situaciones extremas».* Parecían casi proféticas.

—¿Cuándo podré reunirme con mi abogado? Es sumamente vital que hable con él cuanto antes.

—¡Pero si acaba de acompañarle hasta aquí! —repuso con sorna el funcionario mientras ultimaba el protocolo de ingreso—. ¿No me diga que ya le echa de menos? No se preocupe, aquí seguro que encuentra compañía.

—Usted no lo entiende. No hay tiempo que perder en mi defensa. Cada minuto que pasa se me está infligiendo un daño irreparable. —Señaló vehementemente con el dedo índice a un lugar indeterminado, queriéndose referir al exterior—. ¿Quién rectificará luego? ¿Eh? ¿Quién compensará todas esas horas de infamias y calumnias televisadas? ¿Quién borrará las imágenes de Internet?

—El funcionario no contestó, pero lo miró a los ojos y encontró a un hombre muerto de miedo.

—Intente descansar —le aconsejó fríamente—. La primera noche es la más difícil. No busque problemas con el resto de presos, la mayoría de los de este módulo están aquí por delitos de sangre. —Hizo una pausa intencionada—. Como usted.

—Yo soy inocente.

—Ellos también. Siempre lo son.

Había escuchado decir que lo peor de la primera vez que entras en la cárcel es el sonido rotundo y metálico de las puertas de la celda al cerrarse. Era cierto. Cuando las luces se apagaron y una estridente alarma anunció el toque de queda, Latorre se quedó a solas consigo mismo y con sus pensamientos, esos que no se callaban y que por más que deseaba que guardaran silencio, gritaban y gritaban, retumbando en las paredes de su cabeza. Tampoco se callaba su compañero de celda, empeñado en darle conversación.

—Eh, amigo, ¿estás bien? —le preguntó al verlo acurrucado como un ovillo en un extremo del catre—. Era un preso de confianza, escogido por la dirección para vigilar los movimientos de Latorre y evitar ideas suicidas—. ¿Te apetece un poco para pasar la noche? —Sacó una botella de enjuague bucal de un neceser y echó un trago, exhalando sonoramente por entre los huecos de los dientes—. Es ginebra azul, el mismo color que el *Listerine* —comentó soltando una carcajada. Latorre la rechazó con la mano—. Me llamo Paco, pero puedes llamarme «Peque».

El hombre se sentó en su cama, apoyando la espalda en la pared y los pies sobre las sábanas, haciendo uso de una confianza que nadie le había otorgado. Germán se vio obligado a encogerse todavía un poco más para no rozarle. Sintió repulsión. De vez en cuando, Peque le daba sorbos a la botella de colutorio que contenía ginebra, como si estuviera en la barra de un bar, sin abandonar la conversación que más bien era un monólogo. Latorre se sentía como una rata enjaulada a la que han atrapado por el rabo, al lado de otra rata molesta.

—Están todos locos por conocerte, ¿sabes? ¡Joder! ¡La que se ha montado cuando se han enterado de que te traían aquí! Un famoso entre toda esta chusma. —Se carcajeó antes de volver a beber—. El programa ese tuyo de las entrevistas me encanta, tío. Siempre que me dejan lo veo. Eres el puto amo de la tele. ¿Qué coño te ha pasado para matar a ese tipo? Seguro que se lo merecía. Hay mucho indeseable suelto. Yo estoy aquí por drogas. Cuatro años. La mala cabeza de uno y la necesidad, que te llevan a hacer tonterías, ¿sabes? Pero ya sólo me quedan dos y medio. Aunque por buen comportamiento estoy a punto de que me concedan el tercer grado. He tenido suerte con el abogado. Si no fuera porque no pienso volver a este agujero en mi vida, mataba al tipo que me engañó. El muy hijo de puta me dejó tirado con toda la mierda.

Encontró cierto alivio al saber que aquel hombre al que llamaban «Peque» y con el que compartía apenas unos metros cuadrados, no era un asesino. Le observó. Era menudo, casi diminuto a su lado. Debía de tener su misma edad, aunque una dentadura muy deteriorada y una prominente calva le hacían parecer mayor. Tenía los calcetines sucios y una mata de pelos salía de sus orejas. Entre sorbo y sorbo, se limpiaba las uñas con un trozo puntiagudo de cáscara de nuez.

—Yo no he matado a nadie —dijo finalmente. Aunque pensó que, de lo que realmente estaba seguro, era de no recordar haberlo hecho.

—¡Claro, claro! ¡La presunción de inocencia! —exclamó, dándole un golpe fraternal en el hombro—. Se han pasado toda la tarde hablando de ella en la tele.

—¿En la tele? —preguntó mientras se incorporaba, angustiado.

—Han hablado de ti, tío, y de ese escritor… ¿cómo se llama? El muerto…

—Mauro Santos.

—¡Ese! —Guardó de nuevo la botella de colutorio en el neceser—. ¡¿Quién me iba a decir a mí que esta noche iba a estar aquí charlando contigo?! ¡La vida es la hostia! En la tele dicen que lo tienes jodido.

—¿Qué han dicho exactamente? ¿En qué canal? —le interrogó.

—Pues que hay ADN de ese en las uñas del muerto. ADN tuyo. —Utilizó el trozo de cáscara de nuez para hurgarse una muela, abriendo la boca de par en par—. Han puesto una grabación de una pelea que tuvisteis, no sé qué de un chantaje… No me he enterado bien; la gente monta mucho follón, ¿sabes? Y soy un poco duro de oído. —Se dio golpecitos con el dedo en la oreja derecha. A Germán le pareció increíble que con todo ese pelo asomando por el pabellón auricular pudiera ser capaz de escuchar algo—. ¡Vamos! Que dicen que le tenías ganas a ese tipo, que se te hincharon las pelotas un día y lo mataste. Pero todo eso son mierdas. ¡Tú, ni puto caso! Tienes pasta, tío, pasta para aburrir. Puedes pagarte un abogado de los buenos y en dos días estarás en la calle. Seguro que encuentra algún testigo o alguna mierda de esas legales para demostrar que no lo hiciste.

El hombre se incorporó. Bostezó y se desperezó con todo el cuerpo como un gato. La ginebra empezaba a hacerle efecto.

—Intenta dormir. Ahora mismo pasará el funcionario de turno para darnos el besito de buenas noches. —Volvió a reír con aliento a alcohol—. En el fondo esto es como un colegio. No está tan mal. No se te ocurra hacer tonterías, ¿de acuerdo? El Peque está aquí para lo que haga falta. —Se golpeó el pecho—. Mañana te presentaré a unos colegas. También hay gente legal aquí dentro.

Le dio unas palmaditas en la espalda y se metió en su cama. Tapado con las sábanas hasta la cabeza, Peque parecía un niño dormido. Sólo entonces, cuando comprobó por lo pesado de su respiración que estaba dormido, Latorre se estiró en su catre, mirando al techo, y una angustia profunda le sobrevino desde la boca del estómago. Todo le era extraño. Los sonidos, los olores, la luz intermitente del faro de seguridad girando cada dieciocho segundos… Entonces escuchó a Peque roncar, sumido en un sueño que parecía placentero, y se preguntó cómo un ser humano podía acostumbrarse a aquello. Para Latorre, despojado de todo cuanto era o aparentaba ser, la noche se le antojó una trampa de la que no sabía cómo salir y ahogó un llanto acongojado entre ronquido y ronquido de su compañero de celda. Lo intentó, pero no logró recordar la última vez que había llorado.

22

Aquella mañana, Esmeralda quiso cambiar el olor a cirio e incienso de su casa por el de las flores frescas del parque, antes de que la polución lo contaminara. Le gustaba madrugar y darse un paseo. No esperaba ninguna visita en su consulta, al menos ninguna que estuviera concertada con antelación, así que decidió aprovechar el tiempo para realizar algunas gestiones. Después de pintarse las uñas y dejar que el esmalte rojo se secara ayudando con unos ligeros soplidos, se recogió el cabello en un moño alto. Frente al espejo del baño, enmarcado en azul sobre azulejos floreados, dibujó dos líneas del mismo color en cada uno de sus párpados. Le gustaba estar guapa. Los años no le habían borrado ni un ápice de su coquetería y, si la muerte rondaba cerca, Esmeralda siempre decía que al menos quería que la encontrara hermosa.

Antes de salir de casa envuelta en perfume de lavanda, Esmeralda besuqueó, una por una, la media docena de estampitas de santos que adornaban la cómoda de la entrada. A cada uno de ellos encomendaba una misión. San Benito Abad debía desterrar a los espíritus malignos. San Pantaleón era el encargado de velar por su salud. San Jorge debía abrirle nuevos caminos. San Miguel Arcángel, protegerla de todo mal y San Judas Tadeo, procurarle trabajo y ayuda en las causas difíciles. La última estampita que besaba era siempre la de la Virgen María, la madre de todos, protectora de todo mal.

Después, cogió el último sobre cerrado, de los tres que aquel joven escritor le había pedido que echara en el buzón en los tiempos marcados, en caso de que a él le ocurriera algo.

Sintió alivio al saber que por fin iba a terminar con aquel extraño encargo. Aunque en su momento había aceptado sin calibrar adecuadamente las consecuencias, verse involucrada en aquella historia con una muerte violenta no estaba siendo de su agrado. Pero Esmeralda era una mujer de palabra. Además, por alguna razón había sentido que debía ser ella, y no otra persona, la que se encargara de aquella tarea. El propio Mauro se lo había hecho entender cuando, angustiado, había acudido una vez más a su consulta, días después de salir del hospital.

—Si temes por tu vida debes acudir a la Policía. Yo te advertí de que un buitre andaba rondándote a ti y a esa niña. El mal te acecha. Pero ahí termina mi labor. Tal vez los espíritus te trajeron hasta mí para que te pusiera sobre aviso. Pide ayuda.

—No puedo hacerlo. Nadie me creería.

—¿Por qué?

—De la misma manera que yo tampoco la creí a usted el día que me dijo dónde estaban las cartas que me escribió mi madre, ¿recuerda? Hasta que no pude verlas con mis propios ojos, tocarlas con mis manos y leerlas, fui incapaz de dar crédito a sus palabras. Con mi historia pasa lo mismo. Nadie la creería si yo la contara. Usted debería saber de lo que estoy hablando.

—¿Ni siquiera la Policía? En el mundo de los vivos hay leyes y normas que se deben hacer cumplir.

—Ahora no es el momento. Si me pasara algo, si algo trágico me ocurriera, entonces la verdad deberá salir a la luz. Todo deberá saberse entonces. Pero ahora sería totalmente inútil.

—Pero es que no entiendo qué podría hacer yo en tal caso.

Mauro sacó de su mochila tres sobres cerrados con un nombre, el de Olvido Valle, y se los entregó a Esmeralda. Ella mejor que nadie entendía de cartas que nunca llegan a su destino, de secretos ocultos que las historias de los vivos disfrazan de mentiras, de ausencias, de tinta de bolígrafo dibujando puntos y aparte en las vidas de otros. Ella era la persona adecuada para que aquellas cartas preñadas de verdades llegaran a su destinataria si él moría.

—En estas cartas está escrita toda la verdad de mi puño y letra. Le pido por favor que, si me ocurre algo, se encargue de echarlas a un buzón. Solamente eso. Tanto y nada al mismo tiempo. —Esmeralda las cogió con cierto temor y pudo sentir su energía posando sobre ellas la palma de su mano—. La primera debe enviarla al poco tiempo de mi muerte. Se enterará por las noticias. La segunda, cuando una persona muy conocida sea detenida por la policía como el culpable de mi asesinato.

—¿Pero cómo sabes que eso ocurrirá?

—Ocurrirá. Pero no puedo denunciar el futuro. ¿Entiende? Estoy seguro de que ocurrirá… Y, cuando eso pase, esta segunda carta deberá llegar a su destino. ¿Lo comprende? —Mauro suspiró de certeza antes de proseguir—. Y la tercera y última, deberá enviarla pasada una semana de esa detención. Eso es todo.

Esmeralda guardó silencio con las tres cartas en la mano. Percibiendo la duda en sus gestos, Mauro sacó otro sobre de su mochila. Este estaba abierto y contenía un puñado de billetes para seducir conciencias. Lo deslizó sobre la mesa hasta colocarlo cerca de la vidente, que lo miró de reojo.

—¡Oh! No puedo aceptarlo de ninguna de las maneras —protestó deslizando el sobre en sentido contrario—. Los encargos de la muerte no pueden cobrarse. Nunca hay que hacer negocios con ella.

—Por favor… No lo considere un pago, sino una donación para alguna buena causa, nada que ver con este encargo. El dinero sólo es útil en el mundo de los vivos.

La duda rondó la conciencia de Esmeralda unos segundos hasta que, finalmente, sucumbió. Sin contarlo, pero con la certeza de que la cantidad no era despreciable dado los billetes que asomaban del sobre, lo dobló y lo guardó debajo de su pecho izquierdo, acomodado entre su piel y el sujetador.

Y por fin se encontraba a sólo una carta para cumplir con aquel encargo. Tras conocer la muerte de Mauro Santos por la televisión, Esmeralda sintió curiosidad por conocer su contenido en infinidad de ocasiones, pero supo apaciguar la tentación de abrirlas. Había dado su palabra a un muerto. Lo que sí había hecho era observar a Olvido Valle y a esa niña pequeña que siempre la acompañaba, y que los espíritus le habían mostrado antes. Le fue sencillo encontrarla por la dirección que Mauro había escrito en los sobres. Había contemplado desde la distancia la tristeza y la soledad que habitaban en aquella mujer y cierto desasosiego que parecía acentuarse cada vez que recibía una de las cartas. Por eso, con la tercera y última metida en su bolso, Esmeralda deseó que al menos la aliviara, mientras caminaba temprano por la ciudad en busca de un buzón.

Totalmente instalada en la casa de Mauro, Olvido intentaba recuperar su vida haciendo de la rutina la mejor medicina con la que combatir el ajetreo que había tenido que soportar con Cristina. Decidió dejar el trabajo en el supermercado. Empezar de nuevo. Partir de cero y dibujar un camino distinto que recorrer junto a su hija. Su nueva situación económica se lo permitía y ultimaba los detalles para reabrir Calderón 17. Supuso que a Mauro le hubiera gustado y, cada vez que pensaba en ello, se le escapaba una sonrisa.

Alejada del ruido mediático, Olvido evitaba, en la medida de lo posible, escuchar la radio, ver la televisión o leer un periódico. A veces se pasaba días enteros sin ni siquiera conectar el teléfono móvil. Había tenido periodistas haciendo guardia en la puerta de su casa. Algunos llamaban de madrugada para hacerle preguntas sobre Mauro, sobre su relación y sobre el caso, metiendo el hocico en sus vidas. Todos querían saber más. El mundo parecía haberse vuelto loco. Los medios de comunicación llevaban más de una semana escudriñando la vida de Mauro y diseccionando su historia, capítulo a capítulo como un culebrón, aireando sin pudor alguno una intimidad que ya tenía más de espectáculo de circo que de verdad. Un hombre triste y atormentado, dijeron que era, abandonado de niño por su madre y criado en solitario por un despótico teniente del Ejército retirado. Introvertido hasta lo patológico, infeliz y amargado. Olvido asistía ajena a todo cuanto contaban, le resultaba extraño, como si ese hombre del que hablaban no fuera Mauro, sino otro que se hubieran inventado, una versión distorsionada de la realidad que tenía mucho de caricatura, de la que buscaba estar lo más alejada posible. De Mauro ya sólo le quedaba el recuerdo y Olvido quería conservarlo puro, intacto, a salvo de las intoxicaciones y especulaciones de quienes ni siquiera le habían conocido y hablaban de él como el reflejo de un espejo de feria, deformándolo hasta convertirlo en un ser que no había sido.

En un programa de televisión, a Olvido la habían bautizado con el sobrenombre de *La Dulce Viuda* y hablaban de ella como la mujer discreta de la que parecía haberse encaprichado el presunto asesino, Germán Latorre. Le pareció increíble hasta qué punto podía llegar la especulación y lo equivocados que estaban todos. Afortunadamente no había trascendido nada sobre las fotografías. Tan sólo se dijo de ellas que se mencionaban en la grabación filtrada a la prensa, pero la Policía no había podido dar con ninguna copia, y suponían que los originales habían sido destruidos.

Algunos periodistas elucubraban versiones variopintas sobre ella y el papel que había jugado en tan truculento crimen. Un afamado comentarista de sucesos que siempre llevaba pajarita, aseguraba que Latorre, acostumbrado a tener todas las mujeres que deseaba, se había obsesionado con la amante del escritor fantasma que escribía para él y, al ser rechazado, quiso castigarla asesinándolo con una crueldad desmedida, convirtiendo el crimen en uno de los más pasionales y mediáticos de los últimos años. Pero lo cierto era que todo seguía bajo secreto de sumario, a pesar de algunas filtraciones. La investigación continuaba su curso y la única certeza era que Germán Latorre, en prisión a la espera de juicio, era considerado por la Policía el autor material del asesinato de Mauro Santos.

Jacinto parecía haber mejorado un poco. Aunque no había recuperado del todo su chispa parlanchina, el veterinario se había mostrado optimista con su evolución. Ya no se arrancaba obsesivamente las plumas con el pico y, donde semanas atrás había tenido calvas, unas incipientes y vaporosas plumitas verdes cubrían ya su piel de ave.

Aquella mañana Olvido estaba de buen humor. Con Jacinto posado en su hombro, aprovechó que Cristina estaba en el colegio para ultimar los detalles de la librería. El día anterior había recibido los primeros pedidos de libros y archivar los títulos con el nombre de autor, temática y editorial en el ordenador, y colocarlos en las estanterías, llevaba su trabajo, así que, con la sola compañía de Jacinto, dedicó la jornada a Calderón 17. Si pretendía cumplir los plazos que se había marcado, apenas le quedaban unos días para su reapertura y quería que todo estuviera perfecto, tal y como le hubiera gustado a Mauro.

Absorta en sus cosas, Olvido esquivaba las cajas que había esparcidas por el suelo mientras escuchaba música en sus auriculares y organizaba los libros en las estanterías. Calderón 17 parecía un campo de batalla con montañas de ellos por colocar. Jacinto iba de aquí para allá, acostumbrándose quizás a la nueva decoración de la librería.

De repente, aleteó vigorosamente las alas y comenzó a gritar «*¡Todo el mundo al suelo! ¡Todo el mundo al suelo!*», para terminar posándose sobre la cabeza de Olvido. Desconcertada, Olvido se quitó los auriculares y riñó cariñosamente al loro.

—¡Me vas a matar de un susto!

—*¡Quieto todo el mundo! ¡Todo el mundo al suelo!*

Asustado, Jacinto parecía haber percibido la presencia de alguien, de la que no se había percatado Olvido. Entonces escuchó unos nudillos repiquetear sobre el cristal del escaparate. Un hombre de rostro familiar la saludó con la mano, pero en un primer momento, Olvido no logró identificarlo. Sacó un juego de llaves del bolsillo de su pantalón y abrió un poco la puerta, temiendo por un momento que pudiera ser otro periodista entrometido al que hubiera visto fugazmente en televisión.

—Lo siento, está cerrado. Abriremos la semana próxima.

—¡Oh! ¡No! No vengo a comprar ningún libro. ¿No se acuerda de mí? —preguntó extrañado—. Soy Álvaro Castro, el abogado, el albacea del testamento del señor Santos…

Entonces cayó en la cuenta. No era muy buena fisionomista y tan sólo había visto a aquel hombre una vez, en circunstancias nada propicias. Además, en aquella ocasión vestía formal, con un impecable traje de chaqueta gris oscuro y con corbata, y, sin embargo, ahora llevaba unos pantalones vaqueros y un polo azul marino. Parecía más joven.

—¡Qué tonta soy! Claro, el abogado… —dejó la palabra suspendida en el aire mientras abría por completo la puerta para que pudiera pasar. Le tendió la mano y volvió a cerrarla con llave—. Disculpe todo este desorden. Tenga cuidado no se vaya a tropezar con algún libro. —Apartó con el pie un par de cajas vacías que ocupaban la mitad de la estancia, mientras Jacinto buscaba acomodo posándose en una estantería.

—No se preocupe. Lamento haberme presentado así, sin avisar, pero no he encontrado mejor manera de dar con usted. Llevo días intentando localizarla. No responde al teléfono, no devuelve mis llamadas…

—El teléfono… Claro, lo tengo desconectado. Sólo busco un poco de tranquilidad, esperar a que pase un poco todo el revuelo mediático.

—Entiendo.

—Supongo que con el tiempo los periodistas se olvidarán de esta historia y podré recuperar mi vida. Pero desde luego no se puede decir que no sean insistentes. —Buscó con la mirada un taburete que utilizaba para acceder a las baldas más altas, a las que no alcanzaba ni de puntillas. Dio con él y lo limpió con un extremo de su camiseta—. Por favor, siéntese. —Ella hizo lo mismo con una silla plegable algo destartalada—. ¿Y a qué debo su visita? Debe de ser algo importante si ha venido hasta aquí.

—Lo es, muy importante en realidad. —Suspiró—. Es un tema relacionado con el testamento del señor Santos. Ya sabe usted que su hija, Cristina Valle, es la heredera universal de todos los bienes del difunto. —A Olvido, aquella palabra aún seguía pellizcándola por dentro cada vez que la escuchaba—. Y eso incluye, no sólo los bienes inmuebles como este local o como la vivienda —señaló con el dedo la planta de arriba—, sino también la propiedad intelectual.

—Le agradecería que fuera usted un poco más claro. Lo mío no son las cuestiones legales.

—Me explicaré… Verá, si es cierto lo que se está contando, que el señor Santos es el verdadero autor de las novelas de Germán Latorre, si hay forma de demostrarlo, podemos iniciar una causa legal para recuperar las ganancias que esos libros han generado. Legalmente ese beneficio correspondería al señor Santos y, por tanto, una vez fallecido, a su única heredera, Cristina Valle, su hija.

El abogado parecía entusiasmado. Los ojos le brillaban como a un niño que ha encontrado un valioso tesoro escondido debajo de una piedra y se frotaba las manos con las perneras de los pantalones, como si le estuvieran sudando de nerviosismo.

—¿Es eso posible? —Olvido se mostró escéptica.

—¡Por supuesto que lo es! ¡No sólo es posible, sino que además es lo que legalmente le corresponde! Si yo estuviera en su situación lo tendría clarísimo. ¡Su hija puede ser millonaria!

Olvido se levantó de la silla. No podía creerlo. Con todo lo que estaba ocurriendo, ni por un momento se había parado a pensar en eso. De espaldas al abogado, que le había dado unos segundos de silencio para asimilar la noticia, recordó lo que una vez le había dicho Mauro: «Lo primero que debe hacer un escritor es registrar su obra para ponerla a salvo de los ladrones de ideas».

—¡Mauro siempre registraba todos sus escritos! Era muy meticuloso con esas cosas.

—Lo sé… —Una expresión picarona asomó al rostro del abogado, que enarcó una ceja—. Él mismo me lo dijo cuando vino a mi despacho a hacer testamento. Por supuesto, en aquel momento yo no tenía ni idea de a qué se estaba refiriendo y mucho menos el alcance que podía tener, pero en cuanto he estado al tanto del caso por la televisión, he comprendido que se refería no sólo a sus obras, las que pueda tener escritas con su nombre, sino especialmente a las dos que se han publicado con el nombre de Germán Latorre.

—¿Y de qué cantidad podemos estar hablando?

—Sería difícil cuantificarla sin un estudio contable de las liquidaciones editoriales, pero puedo aventurarme a decir, sin temor a equivocarme, que la cifra alcanzará al menos un par de millones de euros.

—¡Dios mío! ¡Eso es muchísimo dinero!

—Señora Valle, creo que usted todavía no es consciente de la magnitud de lo que tenemos entre manos. Es una bomba, si me permite la expresión. Estamos hablando de dos *best sellers* internacionales que se han traducido a… ¿cuántos idiomas? ¿Veinte? ¿Veinticinco? Y eso sin contar el repunte de ventas que tendrán ahora, a partir de todo el ruido que se está formando alrededor del caso. Probablemente se multiplique esa cantidad. —Olvido no podía cerrar la boca de asombro—. Y toda esa fama arrastrará al resto de novelas del señor Santos. Me dijo que tenía más obras escritas.

—Sí, las tiene, tengo copia de todo. La Policía encontró mucho material inédito en su ordenador. Mauro se pasó toda la vida escribiendo.

—Las editoriales se lo van a rifar. Todos van a querer publicar las novelas inéditas de Mauro Santos, el escritor asesinado. El «negro» chantajeado por un famoso presentador para seguir escribiendo. Apostaría un brazo a que después vendrán los derechos cinematográficos sobre sus historias e incluso una película sobre su vida. ¿Se da cuenta del dinero que va a generar todo eso? —Paró para coger aliento.

—Pero dicen que Mauro vendió esos libros por dinero.

—¿Está usted segura de eso? ¿Podría demostrarlo? —Olvido no dijo nada. Ella sabía muy bien que había sido así; el propio Mauro se lo había confesado en su última carta, pero eso sólo ella lo sabía y no pensaba contarlo—. No hay ninguna transacción mercantil que lo demuestre, ni siquiera un apunte bancario, créame, lo he comprobado minuciosamente. Ni mucho menos un contrato o cualquier tipo de acuerdo que lo acredite, ni tan siquiera verbal. Lo único que tenemos es la grabación de su teléfono móvil, la que se ha emitido por televisión. De ella se desprende que el señor Santos fue extorsionado para que escribiera para Germán Latorre. Legalmente, cualquier otra versión no se sostendría. Todo lo demás son elucubraciones que me temo nunca sabremos si obedecen a la verdad.

—Entiendo.

—En Derecho las cosas hay que demostrarlas, señora Valle. Esto no es la televisión, donde sirven las especulaciones gratuitas para llenar programas. Un juzgado no es un plató.

Abrumada, se volvió a sentar en la silla plegable abanicándose con un albarán. Si era cierto lo que el abogado le estaba contando, aquello significaba que Cristina había heredado una fortuna. De repente, las palabras que Mauro siempre le decía a Cristina cuando pasaba las tardes en aquella misma librería cobraron sentido: «Algún día, todo lo mío será para ti».

—¿Sabe una cosa? —El abogado interrumpió sus pensamientos—. Le he estado dando vueltas a la cabeza estos días, reproduciendo nuestra conversación una y otra vez. Se me hizo raro que una persona tan joven, sin problemas de salud, hiciera testamento. Le puedo asegurar que no es una situación habitual. Además, hizo comentarios que no parecían tener mucho sentido, fuera de contexto. Sobre sus libros, sobre su faceta de escritor… Y una semana después fue asesinado.

—¿Qué quiere decir?

—Creo que el señor Santos sabía muy bien que todo esto iba a ocurrir. Sabía que su vida corría un grave peligro. Creo que conocía perfectamente de qué manera funcionaban las leyes del mercado y muy concretamente la dinámica editorial. Y, por supuesto, también tenía nociones sobre el Derecho Civil y lo concerniente a las herencias.

—¿Cree que él previó las consecuencias de su muerte?

—Sin ninguna duda. Él sabía que estaba en peligro y se apresuró a hacer testamento sabiendo que si algo le ocurría, al no tener descendientes, ni ascendientes directos, ni demás familia, debía dejar constancia legal de heredero; de lo contrario, todos sus bienes se los hubiera quedado el Estado, que muy probablemente no hubiera caído en este matiz de los *royalties*. De alguna manera él supo antes de morir que su asesinato desencadenaría todo lo que está ocurriendo.

Olvido entristeció de golpe. Dejó caer la cabeza hacia atrás y cerró los ojos. Echaba de menos a Mauro, a su amigo, y sintió profundamente que se hubiera guardado todo lo que le estaba ocurriendo para sí. Jamás le había contado ni una sola palabra de todo aquello. Temió por un momento que se hubiera sentido solo al morir. Nadie debería morir solo, pensó.

—¿Sabe? Nunca me contó nada —se lamentó Olvido.

—No se lo tenga en cuenta. Tal vez no quiso que usted sufriera. Probablemente quería protegerla de ese depravado. —El abogado le cogió la mano en una intimidad que a Olvido le resultó algo violenta—. Mauro debía quererlas mucho a usted y a su hija. No sé si es consuelo para usted, pero probablemente sea la mejor herencia que alguien puede dejarnos, su amor, y sobre el corazón no hay leyes que manden.

23

La sordidez de la prisión se le hacía insoportable. La arrastraba como un peso muerto sobre su espalda. Cabizbajo, Latorre era un pez dando vueltas en una pequeña pecera, acostumbrado como estaba al inmenso mar. Abría la boca intentando atrapar bocanadas de oxígeno para no ahogarse, y se esmeraba, sin conseguirlo, en pasar desapercibido. Pronto fue la atracción de la feria, el elemento discordante, un extravagante preso que despertaba curiosidad y recelo a partes iguales entre sus compañeros.

Su altanería se había deshecho como la ceniza, de un soplido, y hasta su porte lo acusaba. Ya no caminaba erguido, sino replegado sobre sí mismo, encorvado. Visiblemente más delgado, la angustia del encierro lo había consumido. En apenas una semana había perdido seis kilos y las cuencas de sus ojos eran profundas como los pozos donde se esconden las miradas temerosas. Su vanidad, reducida a un puñado de escombros tras un seísmo, era un cadáver maloliente vestido con uniforme de preso. Allí no era nadie, no era nada, al menos nada de lo que había sido fuera. Y Latorre lo sabía muy bien. Poco importaban ya los mensajes de ánimo de su abogado, que le había prometido que saldría libre muy pronto. De nada servía que le repitiera una y otra vez que, en su opinión, la jueza se había precipitado mandándolo a prisión llevada, tal vez, por la alarma social que había generado el caso. La Policía no podía demostrar nada, no era capaz de situarlo en la escena del crimen en el momento en el que se había producido. Un perito médico encargado por la defensa estaba trabajando en la secuencia temporal de los hechos, intentando argumentar que el ADN encontrado bajo las uñas de Mauro Santos, la prueba principal, era el resultado de la pelea grabada por él mismo, tres días antes de su muerte. La herida en la mejilla de Latorre lo confirmaba, y el proceso de cicatrización demostraba que era muy anterior al asesinato. Y con la prueba de ADN invalidada, todo resultaba efímero, reducido a un delito menor. Ni huellas, ni testigos, ni cámaras de seguridad que pudieran situarlo en el hotel aquella noche, a pesar de que tampoco tenía coartada.

Pero a Latorre le obsesionaba más el juicio mediático al que estaba siendo sometido. Sin abogados y sin posibilidad de defensa. Sin presunción de inocencia, ni secreto de sumario, donde todos los actores se erigían en jueces y partes, y donde la especulación era el argumento estrella. Un juicio cuya pena se sentía incapaz de cumplir. Dudaba que pudiera soportarlo. Estaba destruido.

—¿Cómo estás? ¿Has tenido problemas con algún preso? Deberías comer un poco más —Le repetía su abogado con actitud maternal y seriamente preocupado por su aspecto—. Aguanta un poco, lo tengo todo listo. Pediremos una fianza y saldrás de aquí muy pronto. Los papeleos legales son lentos, pero ya queda menos.

—¿Cómo están las cosas fuera? ¿Qué cuentan los periódicos? Aquí apenas me entero de nada. Lo poco que puedo ver en televisión me pone enfermo. No dicen más que mentiras, burdas mentiras. ¡Habla con Palacci! ¡Dile que frene todo esto! ¿Me oyes? ¿Cómo puede consentir que se emita en su cadena tanta mierda sobre mí? ¡Joder, es MI cadena! —exclamó, intensificando el posesivo—. He dado mi vida por ellos. ¿A quién coño creen que deben los niveles de audiencia de los últimos diez años? ¿Eh? ¡A mí! —Latorre se apuntaba con el dedo índice contra el pecho, enervado e impotente. El funcionario de prisiones que supervisaba las visitas le llamó la atención.

—Baja el tono o se acaba la conversación.

—¡Tengo derecho a hablar con mi abogado! —protestó.

—Pues habla y no grites, ¿entendido?

El abogado hizo un gesto con las manos para pedirle calma. Con una mueca condescendiente le dio a entender al funcionario que todo estaba bajo control. Después, intentó apaciguar el estado de ánimo de su cliente.

—Escúchame. Con esa actitud no conseguimos nada. Cálmate un poco y olvídate de lo que digan en la televisión. Aquí las cosas no funcionan así. A la jueza le importa una mierda el circo que se pueda estar montando en la prensa. Ese es un mundo paralelo.

—¡Pero es mi mundo! —gritó en un susurro contenido, con el cuello surcado de venas violáceas y los ojos inyectados en sangre, mientras miraba de reojo al funcionario—. ¿Es que no lo entiendes? ¿Qué voy a hacer cuando me saques de aquí? ¿Acaso crees que Palacci querrá que vuelva a presentar un programa en *prime time*? ¿Acaso crees que todo volverá a ser como antes, como si no hubiera pasado nada, que me darán una palmadita en la espalda y organizarán una fiesta de bienvenida?

El abogado guardó silencio. Las respuestas a todas esas preguntas eran inútiles. Pensó que tal vez era cruel salvarle la vida desde un punto de vista legal, para luego dejarle morir de realidad. Para Latorre ya nada sería lo mismo, y cualquier parecido con lo que había sido, a partir de ese momento, sería fruto de la coincidencia. Pero no le dijo nada, al menos no con palabras, porque aún le quedaba una última baza que jugar por su cliente y, por qué no reconocerlo, por él mismo.

—Ahora lo importante es sacarte cuanto antes de aquí. Lo demás ya lo solucionaremos —aseguró sin demasiada convicción—. Sólo te pido que controles un poco tu carácter e intentes adaptarte mientras yo hago mi trabajo. —Se estiró de los puños de la camisa blanca para que sobresalieran elegantemente por debajo de las mangas de la americana—. He pensado en contratar un investigador privado para que haga el trabajo que la Policía no ha sabido hacer. Conozco uno muy bueno.

—¿Qué pretendes? —Le gustó la idea.

—Si tú no has matado a Mauro Santos y Velasco tampoco, el asesino sigue suelto. No sería el primer caso en el que resulta más sencillo encontrar al auténtico culpable que exculpar a un acusado. Hay muchos cabos sueltos en esta investigación y la Policía ha tenido mucha prisa por acallar a la prensa. Si lo conseguimos, si encontramos al culpable, mataríamos dos pájaros de un tiro.

—No te entiendo. Explícate. —Latorre, interesado en lo que estaba contándole su abogado, parecía haberse calmado un poco.

—Si damos con el asesino, no sólo servirá para librarte de cualquier causa judicial, sino que además servirá también para lavar tu imagen. Podremos mostrarte como una víctima del sistema, un damnificado de los errores policiales y judiciales, encarcelado injustamente por la presión social. Incluso podríamos reclamar una indemnización por daños morales. —La mirada de Latorre cambió por completo. Se le encendió una chispa en el fondo de sus ojos.

—¡Joder! Menos mal que vales la pasta que te pago. ¡Contrátalo ya! ¿Me oyes?

—Pero para eso… —el abogado bajó la voz— debo estar seguro al cien por cien de tu palabra.

—¿Qué quieres decir?

—Yo también me juego mucho en esto, ¿entiendes? Ahora es a mí a quien persiguen las cámaras de televisión por la calle. Llevan toda la semana haciendo guardia en la puerta del despacho. Soy el abogado del asesino más famoso del país. Vosotros los de la tele habéis inventado la moda de convertir en personajes a los abogados de los famosos imputados. Mi cara ha salido en las revistas del corazón. Hasta mi mujer ha decidido marcharse unas semanas a casa de su hermana, en la costa, para alejarse de todo esto… No puedo permitirme fracasar en esta causa. Si estoy dispuesto a darlo todo tiene que ser porque esté completamente seguro de que eres inocente. De lo contrario, prepararé el recurso para sacarte de aquí y después abandonaré el caso. —Le miró a los ojos como si fueran un detector de mentiras—. Pero si eres inocente, iré a por todas. Porque lo eres, ¿verdad?

Juró y perjuró que lo era, que era completamente inocente, sin ningún atisbo de duda. Mintió con la convicción que décadas de televisión le habían enseñado, mirando fijamente a los ojos de su abogado, como si fuera una cámara tomando un primer plano. Incluso hubiera superado la prueba del detector de mentiras de los programas sensacionalistas. Lo hizo porque no podía permitir que también su abogado lo abandonara, como lo habían hecho todos a su alrededor, y los maldijo por traidores y cobardes, deseándoles que la vida les devolviera la traición de la peor de las maneras. Pero las palabras que Velasco había pronunciado en el Prim's retumbaron en sus sienes como un eco. Disonancia cognitiva. Amnesia selectiva. La mente humana es capaz de hacer esas cosas con un hecho traumático. ¿Y si era culpable? ¿Y si había borrado de su cabeza el asesinato? ¿Y si se había atiborrado de pastillas para poder olvidar? Aterrado, se miró las manos y por primera vez vio en ellas las de un asesino.

Olvido ya no esperaba recibir ninguna carta más de Mauro. Había dado por zanjada aquella macabra correspondencia con la segunda misiva recibida. Tal vez porque en ella explicaba los motivos que le habían llevado a venderse como lo había hecho y también porque Mauro no la había avisado de la existencia de una tercera carta, como sí había hecho con la segunda. Sencillamente pensó que ya no quedaba nada más por explicar, así que encontrar en el buzón de nuevo un sobre con su nombre, a sabiendas de que lo había escrito él, causó en Olvido la misma inquietud que la primera vez.

El sobre pesaba, tal vez era el más grueso de todos. En el interior no sólo había un puñado de folios doblados de forma apaisada, sino también otro sobre más pequeño, cerrado, de color gris, que cayó al suelo al abrir la carta, quedando boca arriba sobre la tarima. Mauro había escrito en él: «Para entregar a la Policía».

Inquieta, Olvido no supo qué hacer, si leer primero la carta y después abrir el segundo sobre o a la inversa. Sintió una curiosidad difícil de reprimir. Después recapacitó. Tal vez Mauro no quería que lo abriera, no estaba a su nombre; de haberlo querido tampoco hubiera estado cerrado, pensó. Tal vez Mauro sólo esperaba de ella que lo entregara a la Policía, así que decidió leer primero lo que tuviera que contarle.

Se recogió el pelo con una coleta, a la altura de la nuca. Se sentó en una silla de la cocina y desplegó los folios, dejando el sobre pequeño sobre la mesa. La casa olía a salsa carbonara. Olvido estaba preparando pasta para comer. Los macarrones a la carbonara con mucho queso, gratinados al horno, eran los preferidos de Mauro, así que no pudo evitar acordarse de las veces que había cocinado para él.

Querida Olvido:

Por si te lo estás preguntando, esta será la última carta que recibas.

Olvido sonrió; parecía leerle el pensamiento.

Una vez más voy a abusar de tu generosidad. Necesitaré que hagas algo por mí: entregar a la Policía el sobre que acompaña a estas letras. Pero antes de que lo hagas, por favor, lee cuanto tengo que decirte. Retomaré el relato donde lo dejé.

Tras sentirme acorralado por Germán Latorre y por mí mismo, tras saber que no hay forma de escapar de esta situación, he meditado concienzudamente todas mis opciones, que en realidad son muy escasas. Germán Latorre es un depredador y yo me he convertido en su presa, he de reconocer que por voluntad propia; pero la realidad, me guste o no, es que estoy atrapado por sus fauces y, al mismo tiempo, atrapado en mi propio sueño, en mi propia vida. He tardado un tiempo en comprender que no puedes pretender entrar en la jaula de tu carcelero y después salir a tu antojo, cuando te venga en gana. Tu carcelero no te lo permitirá, como así ha ocurrido. Si entras ya no sales, esas son las reglas, no hay posibilidad de escapatoria, al menos no con vida.

Conocía esa sensación de sentirse atrapada, pensó Olvido, como un pez que ha mordido el anzuelo, dando coletazos fuera del agua.

Aunque en algún momento albergué la esperanza de que Latorre entrara en razón y pudiéramos negociar una solución satisfactoria para ambos, hace unos días tuve la certeza de que jamás me dejaría abandonar. Yo soy su gallina de los huevos de oro y ha intentado destruirme para hacerme saber lo débil y frágil que soy frente a lo poderoso que es él. Lo dulce frente a lo salado, la oscuridad frente a la luz, la vida frente a la muerte. Muchas veces cobramos sentido frente a lo opuesto.

¿Sabes? Creo que hubiera podido soportar cualquier ataque a mi persona; al fin y al cabo yo no soy nada, en eso tiene razón. Pero la línea fronteriza del ser humano está en lo que amamos. Somos lo que nuestro corazón reconoce como nuestro y Latorre, que no es un hombre estúpido, supo al instante que yo existo a través de vosotras dos.

Dicen que el corazón no duele, pero Olvido sintió una aguda punzada al leer esas palabras.

Entonces os utilizó, como antes me había utilizado a mí, pero esta vez, desde la impunidad del desconocimiento, desde la obscenidad que supone comerciar con las personas como mercancía. Ese fue su error, el interruptor accionado.

Me revolví, como se revuelve quien no tiene nada que perder, como la fiera salvaje que defiende a su manada. Y dejé de ser el hombre sumiso que siempre había sido. Dejé de aceptar la suerte que me había tocado y decidí cambiarla, convertirme en el ratón que se come a la serpiente. Lo tuve claro. Creo que nunca antes he tenido nada tan claro. Al principio, cuando ideé este plan de escapatoria, tuve una inquietante sensación de vértigo alojada en la boca del estómago, como cuando asciendes despacio en un vagón de la montaña rusa, muy lento, anticipando lo que va a ocurrir segundos después, una caída brusca y rápida que nada ni nadie puede evitar ya. Caer siempre es sencillo. Pero después, decidí que iba a disfrutar de la caída, como un espectador disfruta del miedo frente a una película de terror.

¿Plan de escapatoria? ¿A qué se estaba refiriendo? Desconcertada, Olvido se levantó un segundo para apagar el horno, sin soltar la carta. Después, continuó leyendo.

Así es como he decidido que voy a acabar con él antes de que él acabe conmigo y con todo lo que he amado. Al fin y al cabo, ¿hay algo peor que morir? Lo hay, Olvido. Vivir destruido. Hace mucho tiempo que vivo destruido. He fracasado una y otra vez en mi intento por convertirme en un escritor reconocido, he hecho de la derrota mi forma de vida. Creí que el talento era suficiente, pero me equivoqué. Por eso, después de lo ocurrido con Latorre, lo he tenido claro. Tal vez incluso tenga que estarle agradecido. Tal vez gracias a él consiga lo que siempre he anhelado. Tal vez al final sea yo quien lo utilice a él y no al contrario.

No creas que veo la muerte como algo tenebroso y oscuro, al contrario. La literatura es demasiado tremendista a veces. No hay guadañas, ni túnicas, ni cuencas de ojos vacías. En este momento de mi vida, la muerte se me presenta como un punto de luz. Primero fue un punto de luz pequeño, como la mirilla de una puerta que da a la calle, que te chiva que hay algo al otro lado, que te anima a abrirla. Después, cuanto más lo he pensado, ese diminuto punto de luz se ha transformado en un haz entrando por el hueco que ha dejado un cascote caído al suelo, tras pegarle una patada al muro que me encarcela a esta vida. Estoy convencido de que es la solución, la solución para todo. Ahora ya nada es oscuro para mí. ¿No debería ser la vida eso, la máxima expresión de la luz? ¿Por qué entonces para mí ha sido lo contrario?

Olvido estaba desconcertada. Leía con rapidez, deseando llegar al desenlace. Poco podía imaginar que estaba a unas pocas palabras de descubrir toda la verdad.

Puestos a elegir una forma de suicidio, he elegido una que tenga consecuencias. Consecuencias legales, morales, sociales y, especialmente, consecuencias mediáticas y literarias. La muerte hará de mí lo que siempre quise ser en vida y, al mismo tiempo, os mantendrá a salvo. He puesto mi mente de escritor a trabajar para llevarlo a cabo. Hace tres días que no pienso en otra cosa, a todas horas, apenas como y no puedo conciliar el sueño. Quiero ser meticuloso; al fin y al cabo es lo último que voy a hacer. Los detalles, tanto en la literatura como en la vida, son de suma importancia. Lo tengo todo planificado. Sé cómo hacer que mi muerte, de la que soy el único responsable, parezca un asesinato a los ojos de la Policía y de la ley. Sé cómo señalar a Germán Latorre como el sospechoso por excelencia. Él tiene un buen motivo para hacerlo y yo tengo su piel bajo mis uñas y una grabación en mi teléfono móvil para inculparle, que con toda seguridad encontrará la Policía.

Se le paró el pulso. Con la mano en la boca frustró un lamento. La palabra «suicidio» se le había cosido al corazón con puntadas hirientes.

Motivo, pruebas y oportunidad. Unir estos tres puntos ha sido sencillo. Durante tres días no me he lavado la mano con la que arañé a Germán Latorre, incluso me la he protegido con un guante de algodón para evitar que el material biológico desapareciera. Hoy he comprado unas esposas en una tienda de juguetes sexuales y un rollo de cinta americana en una ferretería. Si todo sale bien, mañana acabaré con mi vida simulando un crimen. Colocaré una bolsa de plástico en mi cabeza y rápidamente la sujetaré a mi cuello con fuerza, dando varias vueltas alrededor de él con la cinta americana. A partir de ese momento tendré poco más de un minuto para no sucumbir al instinto de supervivencia que me llevará a arrancarme la bolsa para poder respirar. Ahí entran en juego las esposas. Ya me he mentalizado, incluso he practicado. Para evitar que mis manos vayan a la bolsa en contra de mi voluntad más racional, pero a favor de mis instintos, me esposaré al cabecero de la cama del hotel, que muy apropiadamente es de barrotes. Con las manos sujetas a la espalda, ya nada podré hacer para escapar de la muerte, simplemente dejarme seducir por ella. Será rápido. No sufriré.

Le sobrevino una arcada que no pudo reprimir. El vómito se precipitó hasta su garganta y, con dificultad, consiguió retenerlo en la boca hasta llegar al baño y derramarlo en la taza del váter. Quería llorar pero no pudo. Se enjuagó la boca con el chorro de agua que salía del grifo del lavabo y el espejo le devolvió una imagen triste de sí misma. Después volvió a la cocina para continuar leyendo.

¿Sabes? No es verdad eso que dicen. El crimen perfecto no es aquel en el que no cogen al culpable, ni siquiera aquel en el que culpan a otro, a un inocente. El crimen perfecto es aquel que ni siquiera es un crimen.

No estés triste por mí, Olvido. Esto es lo que quiero y lo que he elegido. En realidad esta decisión ha sido una revelación para mí. Conseguir lo que siempre he perseguido ha estado ahí, en la punta de mis dedos, y ha sido necesario que Latorre me atrapara, os atrapara, para darme cuenta de ello. ¿No resulta irónico?

Será la última historia que escriba, la de mi vida, también la de mi muerte. La más grandiosa. Paradójicamente la muerte me dará lo que no me ha dado la vida. Siempre he deseado que mi literatura fuera reconocida. He ansiado que mis libros cosecharan éxitos en lugares remotos, en idiomas que no sé hablar. He imaginado los rostros de mis lectores, pegados a mis novelas con los sentimientos a flor de piel. Siempre he querido que mi obra fuera universal y que traspasara la barrera física del espacio y el tiempo. La vida me ha dado el talento pero la muerte me dará el reconocimiento que tanto ansío. Me gustaría que interpretaras esta forma de morir como el medio para conseguir el propósito de toda una vida, porque así será.

Pero no podía hacerlo porque no era capaz de entenderlo. Olvido apretó con fuerza la carta de Mauro hasta casi romperla. Se sentía rabiosa y profundamente abatida al mismo tiempo. El cálido aroma a hogar no lograba reconfortarla, pero hizo un esfuerzo por terminar de leer.

Supongo que mi plan de inculpar a Germán Latorre de mi propia muerte no se sostendrá en un juicio. Es probable que sus caros abogados sepan manejar la situación legal con magistral eficiencia. Pero por si acaso, por si no es así, mi intención no es que lo condenen por algo que no ha hecho, simplemente que reciba un escarmiento durante un tiempo, digamos… prudente. En el sobre pequeño tienes una declaración jurada, escrita de mi puño y letra, para entregar a la Policía. Es una nota de suicidio y una explicación de por qué voy a elegir esta forma tan literaria de acabar con mi vida, la versión reducida y oficial de todo cuanto te estoy contando. Será suficiente para exculpar a Germán Latorre del cargo de asesinato si es que sus abogados no lo han librado ya cuando la entregues a la Policía. Puedes contarles que la has encontrado entre mis cosas, no es necesario que conozcan nuestra correspondencia. Será nuestro secreto.

Mi supuesto asesinato será un escándalo. Y no porque yo sea el muerto, sino porque él será considerado el asesino durante un tiempo al menos. Un famoso presentador y reconocido escritor implicado en un delito de sangre será como un tarro de miel para las moscas. Absolutamente irresistible. La sociedad quedará atrapada. A partir de ese momento, nuestra inmensa mentira saldrá a la luz dosificada convenientemente; la mentira de un sistema que se prostituye. Y yo ocuparé entonces el papel protagonista. Si creo conocer la condición humana, todo se precipitará alrededor de la persona que fui, del escritor que seré después de muerto. Todos hablarán de mí y de mi obra. Los mismos para los que he sido invisible toda mi vida. Los mismos que me rechazaron decenas de veces, probablemente sin tan siquiera leer una sola de mis líneas porque no era nadie. Los mismos a los que les importa una mierda la buena literatura y sólo tienen ojos para liquidaciones millonarias, sin importar de dónde vengan. Cuando muera se alzarán voces moralizantes que pretenderán utilizar lo ocurrido como una catarsis del mundo editorial, pero nada de eso ocurrirá, todo quedará reducido a buenas e hipócritas intenciones. La industria impondrá de nuevo su dictadura. Cuando el tiempo anestesie la memoria, todo volverá a ser lo mismo, salvo una cosa. El mundo entero, esta vez sí, conocerá al gran escritor que fue Mauro Santos. Todos sabrán de la historia de su muerte y querrán leer sus libros durante muchas generaciones. Habré conseguido ser inmortal, ¿no tiene gracia?

En cuanto a Germán Latorre, una breve estancia en la cárcel será más que suficiente castigo para él. Supongo que aprenderá que no conviene hacer enfadar a un escritor, a uno de verdad. Nuestra mente es la mejor arma que existe, la más eficaz y perversa. Por mi parte, el éxito será mi venganza.

Cuando leas esta carta yo ya no estaré, pero seguiré siendo, porque seré eterno a través de mis obras. Muchas de las cosas que vaticino ya habrán ocurrido. Otras estarán por llegar. Pero ten la certeza de que ocurrirán todas. Deja que el tiempo haga el resto por mí. El tiempo pondrá las cosas en su sitio y lo dejo todo dispuesto para que así sea.

Disfruta por mí de las mieles de mi estratégico plan. Yo me regocijo de sólo imaginarlo. Me resulta tan placentero que bien vale el precio que voy a pagar por él; lo pagaría mil veces si fuera preciso. Por fin voy a ser lo que siempre he soñado. Y no olvides nunca cuánto te he amado. No te reproches jamás no haberme correspondido. Tú sola existencia me dio la vida y tú se la diste a

Cristina, a quien le profeso un amor absoluto. Aunque algunas veces quise más de lo que tenía de ti, es cierto, tan sólo fue porque la vida nos hace egoístas. Es la muerte la que me está enseñando a ser generoso.

Sé feliz, mi querida Olvido, y dile de mi parte a Cristina, cada día, cuánto la quiere su tío Mauro.

Fue entonces cuando, por fin, Olvido rompió a llorar, sintiendo a Mauro más cerca que nunca y, al mismo tiempo, lejos para siempre, separados por toda una eternidad.

Aquella aciaga mañana a Brígida se le pegaron las sábanas. Aún no se había acostumbrado a madrugar. Demasiados años trabajando de noche y durmiendo de día parecían haberle cambiado el reloj vital. Se preparó un café cargado, se encendió un cigarro, no sin antes recordarse que debía dejarlo de una vez, y levantó la persiana del salón de su pequeño apartamento para ver el mar. Solía acompasar sus estados de ánimo con los del Mediterráneo. Si las aguas estaban en calma, para Brígida el día se presentaba solícito y sereno; por el contrario, las aguas agitadas aventuraban inquietudes y desasosiegos.

Aquella mañana las olas morían furiosas en la orilla, escupiendo espuma. El cielo dibujaba nubarrones algodonados teñidos de toda la gama de grises. El viento despeinaba las palmeras del paseo marítimo y la gente paseaba con los párpados entornados para evitar que la arena les entrara en los ojos. La mayoría llevaba un paraguas en el brazo, por si acaso.

Miró el reloj mientras le daba sorbos apresurados a la taza. Ya eran más de las nueve de la mañana. Se lamentó. Demasiado tarde para los desayunos, al menos para el de los clientes más madrugadores. Por suerte, la cafetería que regentaba desde hacía un par de semanas, y a la que había puesto por nombre «Café El Escritor», estaba ubicada en la misma calle del apartamento, a sólo cinco portales, y no tardaba más de dos minutos en levantar la persiana y poner a triturar el grano de café.

Cuando Brígida llegó dando zancadas y con el juego de llaves sonando en su bolsillo a cada paso que daba, ya le estaba esperando en la puerta Friedrich, un jubilado alemán, sesentón y de buen ver, a quien Brígida llamaba Federico porque si intentaba pronunciar su nombre en alemán, nunca conseguía hacerlo correctamente y despertaba las carcajadas de todos los presentes.

Friedrich era un hombre afable y sonrosado, con una generosa cabellera plateada que le daba un aire juvenil. Siempre parecía tener un buen motivo para sonreír. La mayoría de las veces iba acompañado de su gato Mond, un persa *blue point* con pedigrí, pelo largo y ojos azules como su amo, al que paseaba con una correa como si fuera un perro. Ambos eran la sensación del vecindario. Desde que aquella rubia con mirada traviesa había abierto de nuevo la cafería que hacía meses que se traspasaba, Friedrich era un cliente habitual. No podía decir que el café fuera el mejor de la zona, pero sí lo era la sonrisa de Brígida, aquella mujer sin pasado que el viento había llevado hasta allí, de la que sólo sabía, porque ella se lo había contado un día, que era la viuda de un escritor, la musa de un artista. No le había extrañado en absoluto.

—¡Ay, Federico! ¡No me digas que estás esperando a que abra! ¡Se me han pegado las sábanas! —exclamó mientras accionaba con la llave el motor de la persiana y un sonido sordo enrolló el metal—. No me enfado si algún día se me hace tarde y te tomas tu café en otro sitio. De verdad… —Le pellizcó la mejilla sonrosada.

—¡Oh, no! ¿Has visto qué feo está el día? —El viento alborotaba el pelo de Mond y Friedrich se lo había recogido en una pequeña coleta—. Pues es necesaria tu sonrisa para que salga el sol cada día. Si no sale el sol, esto parece Alemania —dijo en un perfecto castellano.

Brígida sonrió con generosidad. Abrió las puertas y encendió las luces de la cafetería. Le gustaban los cumplidos caballerosos de aquel hombre que la rondaba como si fuera un mozo. Había estado tan falta de ellos que le sabían a gloria bendita. Le gustaba dejarse querer a cambio de nada, si acaso, a cambio de una sonrisa como propina.

Friedrich acomodó a Mond en el bordillo de la entrada sujetando la correa a la pata de una silla; estaba prohibida la entrada de animales en el local. Se sentó en un taburete en el extremo de la barra, observando a la rubia de sus ojos ajustarse a la cintura un delantal negro que tenía bordado en el pecho con hilo dorado «Café El Escritor».

—¿Lo de siempre? —preguntó ella mientras cogía una taza de lo alto de una torre de otro puñado de ellas, todas de loza blanca, que hacían equilibrios para no caer.

—Lo de siempre y lo que tú quieras. Veneno de tu boca me tomaría yo cada mañana si me lo dieras. —Brígida se deshizo en una carcajada.

—¿De verdad que eres alemán? Yo creo que eres andaluz, de Sevilla, mi alma. A mí no me engañas, cielo. Tienes un salero que no se puede aguantar. ¡Lo que tú habrás sido de joven, Federico! Seguro que tienes a unas cuantas mujeres buscándote por Alemania. —Intentó sonsacarle mientras frotaba la taza con un trapo blanco.

—¡Qué importa de dónde venga uno!, ¿verdad? ¡Qué importa lo que dejes en el pasado! Eso ya es historia para escribir en los libros. Lo que importa es a dónde vas y quién te acompaña en el camino.

—Qué razón tienes, Federico.

Brígida le dio al mando de la televisión que pendía de una pared al fondo de la cafetería y la encendió. Estaban dando el magazine de la mañana. Después, puso en marcha la trituradora del café y un sonido ensordecedor impidió que continuaran conversando. Refugiado en un periódico del día anterior, Friedrich dejó que el aroma a café recién molido le sedujera, mientras Brígida colocaba en las vitrinas una bandeja repleta con una colección de bollería.

Entonces algo llamó la atención de Brígida. Alzó la vista y se topó con una fotografía de Mauro Santos en la pantalla. No podía escuchar nada de lo que estaban hablando, así que se apresuró a apagar la ruidosa máquina y subir el volumen del televisor. En ese instante, la televisión cambió de imagen, sustituyendo la fotografía de Mauro por una de Germán Latorre. Era la fotografía perteneciente a su ficha policial. De fondo, una voz femenina, la de la presentadora, daba explicaciones:

«*Repetimos, esta información es una última hora. Aún están por confirmar los detalles. Hasta el momento sólo ha trascendido que el presentador de televisión Germán Latorre ha sido brutalmente agredido esta noche en la cárcel donde estaba ingresado, acusado del asesinato del escritor Mauro Santos. Su estado es crítico y ha sido*

*trasladado al Hospital Universitario, donde en este momento está
siendo intervenido por herida de arma blanca en el cuello.»*

La voz de la mujer sonaba solemne, casi lúgubre.

*«Los hechos se producen justo cuando se acaba de saber que la Po-
licía tiene en su poder pruebas exculpatorias que demostrarían la inocencia de Germán Latorre en la muerte de Mauro Santos. Según su
abogado, el presentador iba a ser puesto en libertad esta misma mañana. Una unidad móvil de esta cadena se había desplazado hasta las
puertas de la penitenciaría para recoger las primeras imágenes de nuestro compañero en libertad, sus primeras declaraciones, tras este grave
error judicial.*

*Al parecer, y son informaciones que nos van llegando en estos
precisos instantes, insistimos, Germán Latorre se habría visto envuelto en una pelea entre reclusos y uno de ellos le habría asestado varias
puñaladas en el cuello con un objeto punzante de fabricación casera.
Latorre ha perdido mucha sangre y se teme por su vida.*

*Estaremos pendientes de la evolución de su estado de salud. Cam-
biamos de asunto…».*

Brígida apagó la televisión. Había comenzado a llover y Mond
se quejaba con maullidos lastimeros porque algunas gotas le alcanzaban de refilón.

—Anda —le dijo a Friedrich—. Entra al gato para que no se
moje. Y cierra las puertas, que creo que es una tormenta. Ya sabía
yo que hoy el día se iba a escribir con renglones torcidos.

Friedrich obedeció. Con Mond sobre su regazo, aguardó a que
su rubia le sirviera el café con leche, con doble sobrecito de azúcar.
Casi antes de que Brígida dejara el plato con la taza y la cucharilla
tintineando sobre la barra, haciendo equilibrios por no derramarlo,
Friedrich le cogió la mano furtivamente. Ella, sorprendida, le miró
a los ojos. No había nadie más en la cafetería y las gotas de lluvia
repiqueteaban en las puertas de cristal. A Friedrich le pareció el
momento perfecto para invitarla a cenar.

Epílogo

La historia de Mauro Santos fue conocida en todo el mundo. Su falta de reconocimiento literario en vida y todos los acontecimientos que rodearon su muerte catapultaron su obra a la fama, convirtiendo a Mauro en un autor de culto y un referente de la literatura contemporánea.

Los escasos ejemplares vendidos de su primera novela, *Perdóname si tal vez no te lo dije antes*, publicada sin éxito por Ediciones LIG, fueron altamente cotizados por los coleccionistas, llegándose a pagar por ellos importantes sumas de dinero.

La prestigiosa casa de subastas Christie's subastó una puerta de un baño público firmada por Mauro Santos, donde había escrito, de su puño y letra, algunas citas de su novela *El primer paso*, publicada por Germán Latorre. Un pujador anónimo pagó trescientos mil euros por ella.

Tras reclamarlos judicialmente, Cristina Valle fue la beneficiaria de todos los *royalties* generados por las novelas que Mauro Santos escribió para Germán Latorre. Su madre y ella se encargan actualmente de gestionar el legado literario de Mauro Santos a través de una fundación que lleva su nombre. Mauro Santos guardaba en su ordenador dos novelas inéditas y una recopilación de más de cien relatos.

La Fundación Mauro Santos, de la que es presidenta Cristina Valle, creó un premio literario destinado a descubrir nuevos talentos. Es considerado uno de los galardones literarios de mayor prestigio por su independencia y dotación económica.

Germán Latorre sobrevivió a las graves heridas, pero como consecuencia de la importante pérdida de sangre que sufrió y las complicaciones que sobrevinieron en su intervención, entró en un coma del que todavía no ha despertado. En ocasiones recibe la visita de Enrique Velasco.

El *talent show Negro sobre Blanco* no alcanzó los niveles de audiencia esperados por la cadena de televisión y por la productora, por lo que se precipitó su final y no hubo segunda edición.

Brígida es madre de un niño de ojos azules llamado Federico y sigue regentando el Café El Escritor. Nunca se ha casado.

Mi nombre escrito en la puerta de un váter.
Paz Castelló.
20 de mayo de 2015.

ECOSISTEMA DIGITAL